十五岁那年，关星禾家来了个少年。

关星禾以为他难以接近，可她不知道，少年每每想起她，便在笔记本上写一遍她的名字。

毕业时，一共十个笔记本，一千六百页，一字一字，压抑狂乱。

那天大雨倾盆，他浑身湿透地跟在关星禾身后，看到她和另一个少年同撑一把伞。

他心中怒火翻涌，不管不顾地走上前："跟我回家，不许早恋。"

南陵一别

少年每每想起她，便在笔记本上写一遍她的名字。
毕业时，一共十个笔记本，
一千六百页，一字一字，压抑狂乱。

白色风信子的花语，是沉默而不敢表露的爱。
原来，他浓浓的爱意，
曾经以那样隐晦的方式告诉过她。

他愿意包容她的所有，陪着她长大，
为她承担所有的苦难，阻挡这世间所有的风雨。
他要做这个世间最爱她的人。

彩页绘制：糖谷一　可乐喝手　马丽丽

魅丽文化　花火工作室

难攀

NAN PAN

南陵一别 / 著

江苏凤凰文艺出版社
JIANGSU PHOENIX LITERATURE AND ART PUBLISHING

图书在版编目（CIP）数据

难攀 / 南陵一别著 . -- 南京 : 江苏凤凰文艺出版社，2023.4
ISBN 978-7-5594-6816-1

Ⅰ . ①难… Ⅱ . ①南… Ⅲ . ①长篇小说 - 中国 - 当代 Ⅳ . ① I247.5

中国版本图书馆 CIP 数据核字 (2022) 第 075281 号

难攀

南陵一别 著

责任编辑 张 倩
出版统筹 曾英姿
特约编辑 丐小亥 八 柚
装帧设计 @RECNS QQ:3300392723
封面绘制 糖谷一
出版发行 江苏凤凰文艺出版社
南京市中央路 165 号，邮编：210009
网 址 http://www.jswenyi.com
印 刷 人民金典印务有限公司
开 本 880mm × 1230mm 1/32
印 张 10.25
字 数 359 千字
版 次 2023 年 4 月第 1 版
印 次 2023 年 4 月第 1 次印刷
书 号 ISBN 978-7-5594-6816-1
定 价 46.80 元

目录

CONTENTS

目录

CONTENTS

第一章
站在哪边

海市今年的秋天来得特别早，九月还未过半，热气就在秋风中散去。

别墅外，黄叶铺了一地，铁门发出“嘭”的一声巨响，惊得院子里的人纷纷望去。

关星禾背着小提琴，慌慌张张地往里闯。她穿着一身烟粉色连衣裙，长发飘飘，裙摆被风吹起，像是从画中跑出来的人。

她将小提琴放在椅子边，这才发现桌子上已经摆好了东西，慌忙道歉：“对不起，对不起，今天我们老师拖堂了。你们开始了吗？”

一旁的徐梧一副吊儿郎当的样子，跷着腿道：“没呢，就等你了，大小姐。今天小胖家里有事，不能来，咱们少一个人。”像是想到什么，他突然身子前倾，扯了扯关星禾，提议道，“听说你家新来了个哥哥，叫他下来代替小胖，怎么样？”

关星禾撇了撇嘴，道：“算了吧。”

她端起桌上的果汁杯，轻轻地抿了一口，视线不自觉地转向二楼的一个房间，那间房的窗子紧紧地关闭着，深色窗帘遮挡住了一切，什么也看不到。

“他不会来的。”

徐梧“啧”了一声道：“你不试试怎么知道？”

他这么一说，周围的小伙伴也七嘴八舌地附和起来。

“是啊，人多才好玩。”

“星星，你去叫一下他嘛。”

“对啊，要不然今天少一个人好没意思。”

关星禾无奈地站起来，被大家推进了屋里，准备玩游戏的快乐瞬间消失得无影无踪。

她不情不愿地往楼上走。

关星禾和这个哥哥并不熟，一个多月了，两人连话都没说上几句。

刚开始，家里来了一个新哥哥，爸爸妈妈又很少在家，她不免对他有几分好奇，常常主动找他说话，可他的回答不是"嗯"，就是"哦"。

关星禾家境优越，又长着一张稚嫩无害的脸，眉眼弯弯，笑容温暖，谁见了她都是一副笑脸，唯独这个新来的哥哥冷冷的，从不给她一个笑脸。

久而久之，关星禾也就不自讨没趣了。

望着二楼角落紧闭的房门，她的脚步越发沉重。

走到房门前，关星禾深吸一口气，屏住呼吸，敲了敲门。

几秒后，稳健的脚步声由远及近。

房门打开后，少年站在门口，身后是一室昏暗。

他身形消瘦，眼窝深邃，眉骨锋利，沉默地望着她。

关星禾莫名地怵了一下，她咽了咽口水，小声问："我们在玩《大富翁》，你要一起吗？"

"不用了。"他皱了皱眉，似乎在费劲地找理由。

过了半晌，他又补充了一句："我在看书。"

意料之中地被拒绝了，关星禾低低地"哦"了一声。

想到等一下又要被一群小伙伴抱怨，关星禾不知哪儿来的勇气，看着正缓缓合上的房门，她咬咬牙，猛地伸手挡住："等等。"

她垂眸对上贺灼手中的书，思考了片刻，低声问道："我们家有这本书的下册，你想看吗？"

那是一本《基督山伯爵》，深蓝色的封面上划了几道印子，四边都磨起了毛边。上个月，关星禾就注意到贺灼在看这本书，可将近一个月过去了，他还在看上册，所以，关星河忍不住猜测，他或许是忘记带下册了，要不然就是他根本没有下册。

少年握着书的手攥紧了几分。

这本《基督山伯爵》是小学毕业时，班主任送他的礼物。

那一次，向来不苟言笑的班主任对他笑了。

班主任说："贺灼啊，你的成绩一直不错，好好努力，将来和你爸爸一样考上大学。"

班主任弯下身子，拉开破旧的抽屉翻翻找找，半晌才掏出一本书，献宝似的递给他："这是送给你的。下册不知道去哪里了。等你走出清水镇，再去看看下册的故事。"

贺灼曾经在昏暗的灯下将这本书翻阅了无数次，也在无数个寂寂长夜里默默地幻想着走出清水镇，找到下册。

他攥着书，犹豫和渴望在心里交织着。

他没玩过那个叫"大富翁"的游戏，甚至连听都没听过。对他来说，童年是烟熏火燎的厨房，是一桶桶沉重的井水，还有比他还要高的灶台。

从没有人邀请他玩过这种游戏，所以，他害怕会闹出什么笑话。

袖口被轻轻地扯了几下，贺灼垂眸对上了女孩儿的眼睛。

她的眼角微垂，像只耷拉着耳朵的小兔，耳边的碎发翘起几缕，莫名地透出了几分可怜的意味。

"就玩一局，好吗？《基督山伯爵》下册很好看的。"

贺灼心中对书的渴望一瞬间压倒了潜藏的顾虑。

几秒后，他微微点头。

围成一圈的少年看着一前一后走来的两个人，发出低低的欢呼声。

贺灼的视线撞上正中央的徐梧的视线，他的脚步滞了滞，嘴唇抿成直线。

关星禾以为他是因为看到了这么多人有些紧张，于是拍了拍身旁的座椅，软声说："坐啊。"

过了几秒，贺灼垂着眼眸，缓缓地把椅子往外拉出一些。

他的坐姿端正，脊背挺直，只占了座椅一半的位置。

半晌，徐梧扔给他一沓虚拟货币，将骰子递给他，道："开始吧。"

贺灼一只手接过骰子，苍白的手背上浮起了几道青筋，他犹豫了片刻，而后轻轻地把骰子往桌上一掷——一点。

有人将代表他的棋子往前放了一格，问他："买吗？"

贺灼压根不知道游戏规则，他愣住了，嘴唇抿得发白，没答话。

徐梧轻"啧"了一声，语气有些不耐烦："问你话呢？"

众人齐刷刷地望着他。

有人露出疑惑的神情，也有人露出不耐烦的神色，还有人一脸蔑视地看着他。

一双双眼睛仿佛刺眼的白光，穿透他的内心，把他心底的自卑赤裸裸地展露出来，无处遁形。

他恍若回到了刚转学的那一天。上课时，老师用英文问他问题，他愣愣地站着不出声，全班人像看笑话一样地看着他，耳边全是嘈杂的嘲笑声。

“听说他是从农村转过来的。”

“你看看他的铅笔，都那么短了，还在用。”

没有人知道他这一个月是怎么过来的。

父亲死后，他寄宿在学校，只有逢年过节才回家几天。

一个人的生活孤寂灰暗，他开始害怕过节，因为每到除夕夜，他只能一个人默默地躲在逼仄的屋子里，听着外面的欢笑声和鞭炮声。

他以为他会永远是一个人，永远像这样躲在黑暗里，可一个月前的暑假，镇长敲开了他家的门，告诉他，有人想要资助他，带他去大城市，去读最好的学校。

于是，他坐上了从没见过的豪华轿车，看着路两边的建筑从破败的小楼变成高楼大厦。

他住进了他做梦都没见过的大房子，开始了新的生活。

关叔叔和林阿姨很和蔼，只是，他们很忙，除了一个多月前匆匆见过一面，贺灼再也没有见过他们，而这个妹妹……

他垂眼，将视线落在关星禾的身上。

她好像生来就带着光，从来都是温和又漂亮的样子。

可贺灼知道，她的温言细语都是伪装。

他想起一个多月前，自己刚来的那天。

那是个艳阳天，空气都是燥热的，他站在梧桐树下，看着不远处的两个人。

其中那个少年一只手插兜，嘴里不知道含着什么。

贺灼知道，那是关叔叔的妹妹的孩子，也就是关星禾的表哥。

关星禾面对着他坐在花园的长椅上，及腰的长发在风中微微飘起来，膝上放着一把崭新的小提琴。

少年道：“听说，舅舅从乡下捡了个人？”

“不知道哪儿来的乡下野小子，浑身的穷酸气，看见了就烦。”

“我一定要好好整整他，你必须站在我这边。”

半晌没得到回应，他侧过头，气恼地轻轻踢了踢女孩儿的脚：“你到底有没有听我说话？”

不知过了多久，女孩儿才低低地“嗯”了一声。

贺灼莫名地觉得手脚冰凉。

“你到底玩不玩？”不耐烦的声音把贺灼从回忆里扯了出来。

他感觉到了周围直勾勾的眼神，掌心里逐渐渗出汗来。

到底是应该买，还是不该买？

贺灼喉结微滚，正准备说话，就有轻浅的花香飘过来，手心里的虚拟货币瞬间被抽走了。

“买，怎么不买？”女孩儿的声音脆生生的。

贺灼侧目望去，只看到女孩儿低头抽出几张不同颜色的货币，往桌上一扔，语气不满道：“你见过有钱不买地的吗？”

徐梧被刺了一下，低哼了一声，道：“行吧行吧，下一个。”

游戏继续进行。

贺灼垂着眼，手上被塞进了一张游戏卡片和一沓货币。

他只感觉耳尖儿拂过一抹温热，浅淡的香气随之而来，女孩儿刻意压低的声音钻进了他的耳中：“我们轮流摇骰子，走到空地就可以买地，走到别人的地就要付钱，如果你再次走到自己的地，就……”

贺灼的指尖微顿，下一秒他才意识到，女孩儿是在给他讲规则。

他垂下眼帘，耳廓被热气轻拂着，像是被蝶翼轻轻地碰触着，痒痒的。

她为什么要帮自己？

心底的疑问还未解开，耳边的热气便骤然离开了。

贺灼侧过头，只看见女孩儿对他眨了眨眼睛。

她的瞳孔是稍浅的茶色，看起来温柔极了。

“到你了。”

贺灼见她用口型示意，连忙回过神来，轻轻地拾起骰子，往桌上一掷。

游戏的规则本就简单，关星禾和贺灼说过一遍，他便懂了。接下来，游戏进行得十分顺利，加上他的手气好，不断地买地盖房子，没过多久就占据了上风。

可徐梧就没这么顺利了。他好几次走到贺灼的地，手上的钱越来越少，他的脸色也逐渐阴沉下来。

作为关星禾表哥关熠的好兄弟，他其实是认识贺灼的。

他们虽然就读于同一所学校，却在不同班，平时只会在走廊上碰个面。今天，关星禾邀请他们来玩《大富翁》，他就和关熠合计着要好好整贺灼一番。

徐梧攥着手里的游戏卡片，表情阴晴不定。感觉到口袋里的手机振了几下，他悄悄地掏出手机看了一眼，是关熠发来的消息：“兄弟，我可能要晚点儿到，你拖一下时间。”

徐梧低骂一声，看着手里越来越少的虚拟货币，恨不得现在就转身离开。

偏偏旁边的人还推了他几下，连声催促：“到你了，到你了。”

他心烦意乱，随意地掷出骰子。

四点！

刚好又走到了贺灼的地。

徐梧气得想掀桌。他暴躁地数着自己所剩无几的货币，这才发现自己剩下的钱根本不足以支付这笔过路费。

他破产了，偏偏还是输给了这个乡巴佬。

坐在他正对面的贺灼并没有看他。他微垂着眼眸，下颌线条利落锋利，骨节分明的手搭在桌子的边缘，似乎丝毫不把徐梧放在眼里。

徐梧的脸色越发难看了。

偏偏旁边的人没注意到徐梧的脸色，幸灾乐祸道：“哟，徐梧第一个出局了，哈哈哈……”

“好了好了，别说了。”看着处在暴怒边缘的徐梧，有人建议道，“要不先这样结束吧，算算谁的钱多，谁就赢了。”

众人也点头同意。

最后，贺灼第一，关星禾第三，徐梧最后一名。

几个人收拾着桌子，只有徐梧一个人低着头打字：“兄弟，你好了吗？”

那边回得倒快：“没呢，你们再玩一局呗，拖一下时间。”

徐梧翻了个白眼。

再玩一局，看着那乡巴佬得意的样子，说不定自己得气得掀桌。

他飞快地打字：“我们已经结束了。”

对面回道：“再等一会儿，求你了，要不我们就功亏一篑了。”

徐梧捧着手机，靠在椅子上，轻轻地抬眼。

花花绿绿的游戏卡片被收进了盒子，几个人已经起身想要离开，徐梧心下一急，连忙说：“要不，我们去吃冰激凌吧？”

“好啊好啊。”立马有人附和，“反正我也不想回去。”

徐梧松了一口气，看向一旁的贺灼，不怀好意道：“按规矩，刚刚赢的人请客。”

这确实是平时玩游戏后不成文的规定，冰激凌也不值几个钱。

关星禾抿了抿唇，看着一脸得意的徐梧，心里总有些不好的预感。

不料始终沉默着的贺灼微微颔首，沉声说：“好。”

贺灼紧绷着的身体不由自主地放松下来。

从小到大，这是他第一次玩游戏，虽说开始并不会玩，但总归还是顺利的。

微风轻轻地吹着，带着青草味，让人心情愉悦。

徐梧领着一行人浩浩荡荡地走出小区，穿过马路，最后停在了离商场不远的一家装修精巧的小店前。

关星禾看着招牌，拽过徐梧，压低声音说：“干吗来这里？平时不是去便利店吗？”

“急什么？”徐梧说，“你爸又不是没给他钱，吃点儿贵的怎么了？”

想到贺灼刚来家里时，爸爸的确给了他一张卡，关星禾叹了一口气，说：“你能不能消停会儿？”

徐梧挑挑眉，没理她，他双手插着兜，走到柜台前，对服务员道：“一个巧克力味的冰激凌球，一个香草味的冰激凌球。”

他回头，眼神扫过贺灼，而后问其他人：“你们吃什么？”

大家七嘴八舌地点了自己想要的口味的冰激凌球，只有关星禾皱着眉说：“我不要了，最近吃不了冰的。”

服务员礼貌地点点头，道：“一共是三百六十块，请问是使用现金还是刷卡？”

徐梧朝贺灼的方向努了努嘴：“问他。”

冰柜里整齐地码着各种口味的冰激凌桶，贺灼站在角落里，攥着口袋里的纸币，手心渐渐地湿润了。他只带了五十块钱。

他本以为只是吃几支普通的冰激凌，花不了多少钱。

三百六十块曾是他两个月的生活费。

来到这里读书、生活已经花了关叔叔很大一笔钱了，他哪里还能乱花钱？

这段时间，他没有用关叔叔给的那张卡，而是将它锁进了抽屉，想着下次见面再还给他。

如今，衣食住行都有了着落，爸爸留下的那些钱也勉强够他生活了。

贺灼透过冰柜，看着五颜六色的冰激凌桶，服务员拿着勺子在桶里轻轻地挖了一勺，留下一道漂亮的纹路。这样随意的一个举动，花掉的却是以往他一个多星期的伙食费。

手心渗出的汗沾在了纸币上，潮湿又黏腻。

徐梧见他不作声，有些不耐烦道：“喂，你不会是想赖账吧？”

他的声音不大，却格外清晰。

站在一旁的关星禾忍不住抬眼望去。

外边的天逐渐阴沉了下来。

屋内，暖白色的灯光漾开，贺灼穿着干净的白衬衫，腰板挺得笔直，一双深邃的黑眸像窗外乌云密布的天空一样阴沉。

他的嘴唇紧紧地抿着，身侧的拳头攥得发白。

该不会是没带够钱吧？关星禾暗暗想。

店员可能也是这么想的，他微微躬身，语气生硬道：“先生，一共是三百六十元。如果您暂时无法付款，请往左边站一些，以免挡住后面顾客的视线。”

后面排队的顾客也催促道：“买不买啊？买不起就别挡道。”

贺灼微微垂下肩膀。

满含蔑视的话语仿佛一把无形的刀子，将少年的自尊心扎得鲜血直流。

那一句直白尖锐的话，令店内的气氛瞬间沉寂下来。

“谁说我们不买？”

贺灼的耳边响起一个清脆的声音。他指尖一颤。鼻尖处袭来一阵清浅的香气，那声音更近了一些。

贺灼听到她问：“能用会员卡吗？”

服务员一愣，过了几秒才反应过来，结结巴巴地说：“能，当然能。”

拥有这家店的会员卡的顾客都是有钱人。

关星禾说：“今天忘记带卡了，直接报电话号码，可以吧？平时我和我表哥经常来的，你应该认识我吧？”

服务员有些不确定地看了关星禾一眼，小姑娘穿着连衣裙，肌肤莹白似雪，一双杏眼灵动明亮，一看就是有钱人家的孩子。

“是、是的。”他勉强地点点头，生怕得罪了这个大客户。

一旁的徐梧目瞪口呆，他还来不及阻止，就听到关星禾报出了关熠的电话号码。

没过几秒，徐梧的手机振了振，随后，他看到关熠发来一长串问号。

徐梧恶狠狠地咬了一口冰激凌，回复：“你妹刚用了你的会员卡，以那小子的名义请我们吃冰激凌呢。”

对面回得很快：“你再说一次？”

徐梧没再回复，放下了手机。

香草味冰激凌在嘴中化开，醇香又丝滑。

徐梧望着远处的少年。

他沉默地站在那里，身材消瘦单薄，脊背挺直，宛若挺拔的白杨。

手机再次振动了一下，关熠发来了一条新消息："他完了。"

徐梧低低一笑，生出了几分期待。

真想看看，等会儿贺灼会是什么反应。

厚重的云层遮蔽了日光，天空都暗了几分。

几人从店里出去时，天空飘起了毛毛细雨。

关星禾说："我前几天在琴行订了松香，今天应该到了，我去取一下，你们先回去吧。"

"好，那我们先走了。"

大家住得都很近，几步路就到家了，不在意这点儿雨，纷纷走进雨雾中。

琴行就在冰激凌店的隔壁，关星禾取完松香，天边响起了几声闷雷，不过几秒钟，豆大的雨珠便落了下来。

她的脚步微顿。

不远处，少年站在屋檐下，雨中的景物都蒙上了一层灰色，只留下他那一抹干净的白。

关星禾有些讶异，招呼道："你还没走吗？"

"嗯。"贺灼低低地应了一声。

关星禾抬眼看了看天空，雨丝毫没有停歇的迹象。她说："我们走吧，就这几步路，跑着回去。"

关星禾迈开步子，露出一截白皙的小腿，不染纤尘的麂皮靴子半露在台阶外，转瞬间便沾上了水珠。

贺灼皱眉，伸手轻轻地拦住了她："等等。"

他垂眼看她，那双黑黢黢的眼眸里不知藏了什么，又冷又沉。

几秒后，他沉声说："你在这儿等我一下。"

关星禾看着他转身跑进商场，瞬间没了身影。冷风夹杂着雨水，凉意从露出的小腿处蔓延上来。

关星禾闷闷地数着日子，发现再过几天就是生理期了，要是淋了雨，腹部又会痛得抽搐。

脚步声夹杂着雨声传来，她转过头去，发现贺灼正迈着大步往这里走。

贺灼手上攥着一把崭新的伞，骨节分明的手指利落地撕着包装袋，走到屋檐下，他啪的一下将伞撑开。

他垂下眼眸，道："刚刚，谢谢你。"

雨声嘈杂，就连远处汽车的鸣笛声都变得模糊起来。

关星禾没听清他说什么，有些迷糊地问："啊？"

贺灼低头看到关星禾的裙摆被风吹得飘起来，白皙的小腿都开始颤抖。他抿了抿唇，将大半的伞面往她那边倾，道："走吧。"

关星禾抬眼看他。

贺灼清隽的脸上没有什么表情，冷淡又沉静的眉眼仿佛浸着海市冰凉的雨水。

但他撑着伞靠过来时，她身上仿佛传过来一阵暖意。

关星禾眨了眨眼睛。

这个哥哥，其实是个面冷心热的好人嘛。

两人并肩走进雨幕里，周围嘈杂的雨声被这把暖黄色的伞隔绝在外。

贺灼大半个身子露在伞外，到家时，他的白衬衣几乎湿透了。

"谢谢你啊。"关星禾有些愧疚，道，"对不起，害你淋湿了。"

贺灼轻轻地摇头。他看见关星禾一边的裙摆沾上了雨水，皮靴上还有几点泥，嘴唇都泛着紫。莫名地，他的心底涌上了几分不舒服的感觉。

可他甚至不知道这股奇异的情绪从何而来。

先前的那些防备与抵触仿佛笼上了一层厚重的白雾，变得遥远又朦胧。他不明白她为什么要帮他，更不明白自己为什么会无缘无故地留下来等她。

客厅寂静，雨水渗透了贺灼的衬衫，滴滴答答地顺着衣角掉落。

阿姨连忙拿了毛巾给他。

关星禾对贺灼说："要不，你先上去换一件衣服吧，然后再泡个澡。我去书房找一下那本书，等下给你送过去。"

贺灼垂眸沉默地接过毛巾，随意地擦了几下，轻轻地点头。

顺着楼梯往上走，路过餐厅门口时，他停住了脚步，手掌轻轻握拳又松开，挣扎了几秒，才开口问："有红糖姜茶吗？"

来这里一个多月了，贺灼和房子里的用人几乎没什么交流，用人们虽不至于怠慢他，对他却也算不上殷勤。

"有。"里面的人递给他一小包红糖姜茶粉，便转身继续做自己的事。

贺灼没在意，他找到一个空杯子，默默地倒了一杯热水，将粉末倒进去。

氤氲的热气缓缓地上升，贺灼小心地端着红糖姜茶往房间走，脚步却突然顿住。

昏暗的走廊里，他隐约看到一个少年的轮廓。

少年懒洋洋地靠着墙面，一只脚轻一下重一下地点着地。

见他来了，关熠勾了勾嘴角，笑得不怀好意。

“回来了？”关熠双手插兜，一脸嘲讽，“才回来啊？”

这已经不是关熠第一次找贺灼的麻烦了，在学校遇见时，关熠总是有意无意地嘲讽他几句。

贺灼压下心中的怒火，隐忍地越过他，推开房门。

可下一秒，怒火冲上了他的脑门。

原本整洁的房间如同狂风过境，桌上的书散落一地，干净的书页上印满了灰黑色的脚印，洁白的枕头沾着污水渍，就连被子上都是脏污的痕迹。

他最最珍爱的那本书被扔在他的脚下，有几页已经被人撕掉。

贺灼站在原地，胸膛起伏不定。他看着一片狼藉的屋子，猛地转头，那双沉冷的眸子里燃烧着熊熊的怒火。

关熠并不看他，冷冷一笑，语气里带着几分嘲弄：“《大富翁》好玩吗？”他斜睨着贺灼，慢悠悠地补了一句，“冰激凌好吃吗？”

贺灼呼吸一顿，身侧的手紧紧地攥成拳。

许久，他隐忍地深吸了一口气，跨过凌乱的书本走到书桌前，从抽屉里取出几张百元大钞，压抑着满腔的怒火道：“钱，还给你，但请你把我的房间恢复原状。”

“呵。”关熠背着手，冷笑道，“你吃我们家的，用我们家的，你还得起吗？不过，第一次玩游戏的感觉怎么样？其实，你应该好好谢我，要不是我让他们邀请你，你都没玩过吧？”

贺灼的心跳停了一瞬。

湿透的衬衣紧贴着身体，冷意悄无声息地钻进他的心底。

他想到了关星禾来邀请他时的样子，她微微地仰着脸，眼中仿佛藏着浓浓的期待。

原来，那都是要他玩的吗？为了羞辱他，嘲弄他。

原来，她和那些人并没有什么两样。她把他引下去，眼睁睁地看着他卸下防备，一步步地走入他们设好的陷阱。

心中的怒火快要吞噬掉贺灼的理智，他的拳头微微颤抖，恨不得挥过去，打碎关熠脸上得意的笑容。

可他明白，这是在关家。

寄人篱下的他没有辩驳的资格。

“要不，”关熠顿了一下，从一片狼藉的地上捡起一块黄铜色的怀表，将表链绕在手指上，一下一下地甩着表盘，悠闲地说，“你把这个给我，就当是还钱了。”

“不行。”贺灼咬着牙，冷声拒绝。

只有这个不行，这是父亲留给他的东西。

他猛地往前一步，强硬地伸手夺过怀表。

旋转的怀表被猛地一拉，“嗖”的一下飞向了窗外。

空气寂静下来。

关熠也没想到会是这样的结果，他的一只胳膊被贺灼的手钳住，动弹不得，只得挣扎着哀号：“快点儿放开！一块破表，至于吗？！”

贺灼的胸膛上下起伏着。

下一秒，楼梯上响起“嗒嗒嗒”的脚步声。

他猛地松开关熠。

关星禾的声音在下一秒响起来：“贺灼？”

走廊里没开灯，外边又下着雨，光线昏暗，关星禾只看见两个模糊的人影。

她拿着好不容易找到的《基督山伯爵》下册走向贺灼，准备把手里的书递给他，可少年看也不看她，径直转过了身。

下一秒，“嘭”的一声，房间的门被狠狠地甩上。

震天响的关门声将关星禾吓了一跳。她看着紧闭的房门，有些不知所措。

几秒后，她犹豫着上前，轻轻地敲了敲门，试探着喊：“贺灼？”

门里寂静无声。

关熠忍不住怒道：“还敢甩脸色！他以为自己是谁？”

“走开。”冰冷的声音夹杂着怒火，从房间里传出来。

骤然被吼了一声，关星禾心中有些不舒服，抿了抿唇。

什么脾气？刚刚不是还好好的吗？

她转头看关熠：“你刚刚惹他了？”

“你哪只眼睛看到我惹他了？走了走了，懒得理你。”

房门隔绝了门里门外的两个世界，不久前雨中的温馨一切仿佛一场梦。

贺灼又恢复了那副不近人情的样子。

他看着纷乱的房间，疲惫地蹲下身。

他伸手缓缓地捡起那本被撕烂的《基督山伯爵》上册。本就破旧的书页顿时“哗”的一下散落开来。

看着一旁的红糖水，贺灼莫名地想到关星禾温柔的茶色眼眸。她笑起来时颊边有浅浅的酒窝，显得甜蜜又温柔。

可这一切都是假的。

贺灼猛地起身，将那杯还温热着的红糖水倒进水池。

棕红色的液体晕开在白色的釉面上，又打着旋涡流下管道。

他垂眸冷冷地看着，杯壁残存着的温度传到他的指尖，贺灼却只觉得心底越来越凉。

他将手指收紧，手背上青筋凸起，指节渐渐发白。

“嘭”的一声，玻璃杯被摔在台面上。

贺灼缓缓地低头，笔直的脊梁瞬间弯下去，下一秒又绷直。

散落的书页，脏污的枕头，这一切的一切，仿佛都在嘲讽着他的自尊心和那一点儿卑微又可怜的，对于温情的渴望。

原来，他不过是别人眼中的笑料。

这场雨一连下了几天，此时还越下越大。

明天就是国庆假期，下午的最后一节课是体育课，老师通知所有人去体育馆上室内课。

关星禾还在收拾书包，一旁的时岁催促道：“星星，你快点儿。”

两人准备直接背着书包去上课，这样，放学后就能直接回家了。

关星禾似乎想到了什么，从书包里掏出一块黄铜色的怀表，道：“小岁，这个是你的吗？”

“不是啊。”

时岁好奇地按开怀表上的按钮，“啪”的一声，精致的表盖翻转开来。

“这表盘怎么都碎了？”时岁问，“哪儿来的？”

“张姨在花园里捡到的。”关星禾小心地将怀表装进书包的最外层，“估计是上次谁掉的吧。我明天去问问他们。”

两人挽着手走出教室，为了避雨，她们从长廊穿行而过。

海市外国语中学分为高中部和初中部，两人穿过长廊，前面就是高中部的教学楼。

“哎，那边好像是在看红榜啊。”时岁看着不远处挤在一起的一群人，一脸的兴致盎然，“关熠是高一的吧？我们去看看啊。”

关星禾刚想拒绝，就被时岁拉了过去。尚未站定，她听到身边的人低声嘀咕：“这个贺灼是谁啊？也太厉害了吧！”

“不是从我们初中部升上来的吧？以前没听说过。”

贺灼？他也在榜上吗？

关星禾抬头去看红榜。

冷风吹进走廊，窗外阴沉的积云把世界都染成了灰暗的颜色。眼前鲜红的榜单成了这灰暗里的唯一亮色。

关星禾几乎是第一秒就看到了贺灼的名字。

因为那位置实在显眼——总分榜第一名，高一三班，贺灼。

“这个贺灼还是普通班的，也太厉害了吧？”

“是啊，你看这个总分榜上，除了他，全是重点班的。”

关星禾顺着他的名字往下看，隔了好几个名字，才看到了关熠的名字。

总分榜第五名，高一一班，关熠。

高一只有一班是重点班，表哥关熠成绩优异，初三时便被保送到了本校高中部的重点班。这一点也成了关熠妈妈炫耀的资本，每逢家族聚会，她就会拿关熠的成绩和关星禾的对比。

可没想到，这次，贺灼超过了他这么多。

“星星，你快看。”时岁拉着关星禾的袖子，示意她看旁边。

关星禾这才发现，大红榜的旁边还排列着七八张小红榜，分别是单科的年级前十。

她忍不住倒吸了一口气。

每一张小红榜上都写着贺灼的名字。

数学年级第一。

物理年级第一。

化学年级第一。

关星禾的心跳莫名地加快，屏着呼吸继续往后看。

生物年级第一。

历史年级第一。

政治年级第一。

除了语文和英语之外的所有科目，他都是年级第一。

关星禾听到有人哀叹：“天哪，好想知道这个学神长什么样子！”

和那个女生站在一起的小姐妹小声说：“我刚刚路过三班，悄悄看了一眼，他坐在最后一排，还挺帅的。”

帅吗？关星禾的脑海里浮现出贺灼清隽的脸庞。好像是挺帅的，像那些年电视剧里流行的冰冷无情的霸道总裁。

时岁在关星禾的耳边小声说：“星星，我感觉咱们得和他搞好关系，抱紧学神的大腿。”

关星禾抿了抿唇。

她原本以为两人的关系亲近了一些，可那天回家后，他便又恢复了那副冷冰冰的样子。

她思来想去，觉得一定是关熠说了什么重话，才让他那么生气。

关星禾知道关熠性子暴烈，之前他让她站在他那边，她敷衍着应了一声，实际上并没有对贺灼怎么样，所以，那声“走开”应该……不是对她说的吧？

可如果不是对她说的，为什么从那之后，贺灼就再也不和她说话了呢？

关星禾的心里有些委屈。

她从小顺风顺水，被人捧在手心里长大，就算是关熠那个小霸王，也从没这样冷脸对她过。

贺灼凭什么这么凶？

关星禾一边觉得委屈，一边又在心里存了点儿希望。

说不定过些日子，贺灼就会来和自己解释的。

可关星禾等了好几天，只等到了他越发冰冷的态度。

一起吃饭，他不说话；一起坐车上下学，他也不说话。

最让关星禾生气的是，当她好心好意地把《基督山伯爵》的下册拿给他时，他直接冷下脸，扔下一句：“不看了。”

什么态度？

关星禾被他彻底惹怒了，发誓再也不搭理他。

时岁见她沉默，伸手推了推她：“星星，你到底有没有听我说话啊？”

“嗯。”关星禾闷闷地应了一声，“但我跟他不熟。”

这样冷冰冰的“大腿”，谁爱抱谁抱。

时岁摇摇头，道：“谁信啊？上次玩游戏的时候，你还和他说悄悄话。别以为我没看出来，你是在给他讲规则吧？”

一说到这件事，关星禾便更来气了。

自己好心好意地帮他，结果得到的却是他越发冷淡的态度。

她赌气道："我就是看他可怜。"

天色阴沉，长廊里没亮灯，关星禾的一双杏核眼瞪圆了，活像一只生气的小刺猬。

"行吧。"时岁捏了捏她圆鼓鼓的脸，"管他是什么第一名，咱们不理他。"

上课铃响起，围在榜单前的人顿时一哄而散。

"快走吧，要不然来不及了。"

关星禾顺着人流往回走，脚步却猛地顿住。

风夹杂着雨水拂进长廊。贺灼穿着秋季校服站在不远处，身上笼着缥缈的雨雾。

那双没有什么温度的黑眸沉默地望了她一眼，顷刻便移开了。

不知道他来了多久，又听到了什么。

关星禾垂下眼眸，手指轻轻绞着衣角，莫名有些心虚。

可她说的是事实啊，他们本来就不熟。

放学后，雨还没停。

关星禾坐在车里，听司机滔滔不绝地抱怨："这天气，你说，排水系统也不好，水都积成小河了，咱们等会儿又要绕路。"

关星禾低头看了看手表，下午六点了，距离放学时间已经过去了半个小时，贺灼还没出来。

前边，司机还在抱怨着，关星禾忍不住打断他的话："王叔，他怎么还不出来？"

"这……不知道啊。"王叔连忙打住话匣子，"要我进去找一下吗？"

车窗外，雨越下越大，校门口已经没什么人了，这样的天气，别是出什么事了。

关星禾的心里隐隐地升起了几分不安："要不……"

她的话音未落，校门口就出现了少年模糊的身影。

他撑着伞，在雨中跑得飞快，没过几秒，他便打开了车门。

一股寒气扑面而来，关星禾下意识地往角落缩了缩。

贺灼的动作一顿。

“怎么搞成了这副样子？”王叔从后视镜里看着贺灼，忍不住说道，“不是带伞了吗？”

他全身都湿透了，头发还在往下滴水，似乎是为了不弄脏座椅，他努力地往前挪了挪。

王叔说：“车里没毛巾，我把暖气开高点儿。今天的路面有大量积水，估计咱们会晚点儿到家。”

贺灼轻轻地“嗯”了一声，又沉默地往前移了一些。

他本就苍白的皮肤似乎被雨淋得没了血色，嘴唇紧紧地抿着，眼底漆黑一片，像是被雨水淋湿的孤狼。

关星禾垂下眼眸，犹豫了片刻，才从书包里取出手帕，小声说道：“擦一下吧。”

贺灼愣了一下。

顶灯下，可以清晰地看见那方手帕整洁的纹路，边角还绣着一颗精致的小星星。

冰冷的雨水顺着发梢滑进贺灼的眼角，带来浅浅的刺痛。他的手指微微蜷着，低声说：“不用了。”他们本来就不熟，他不需要别人的可怜。

雨水沾在他纤长的睫毛上，衬得他本就出众的眉眼更干净了几分。见他侧着身，雨水顺着下颌线缓缓地滴落，关星禾的心不自觉地软下去几分。她轻轻地将手帕放在他身旁，温声说：“我爸爸已经到家了，你想让他看到你这么狼狈的样子吗？”

车里的暖气拂过身体，贺灼冻僵的手脚渐渐恢复了知觉。

他的眼睫微颤，指尖触到温软的手帕，又轻轻地移开。

他的眼睛看着车窗，雨水贴着玻璃蜿蜒而下。

那方柔软的手帕静静地摆在两人之间，始终没有人再去碰一下。

雨渐歇，到家时，贺灼身上的衣服被暖风一烘，已经干了大半。

或许是关城宇回来了的缘故，今天的用人格外殷勤。

两人一进客厅，用人们便慌忙地给贺灼递来温水和毛巾。

关城宇的工作忙，几乎一个月也不会回家一次，所以，关星禾每次见到他都特别兴奋。她一把抱住关城宇的胳膊：“爸爸，你回来啦。”

关城宇正坐在沙发上看报，闻言腾出一只手，慈爱地摸了摸女儿的头。

然后才抬眼，看到一身狼狈的贺灼。

贺灼半干的头发贴在前额上，衬得脸色更加苍白。

关城宇皱眉，道："怎么淋成了这个样子？是不是没带伞？下次没带伞，就打电话让王叔去学校给你送。"

贺灼抿了抿唇，低声说："带了，是我自己不小心，谢谢叔叔。"

外头还飘着小雨，屋里，暖黄色的灯光给客厅笼上了一层温暖的轻纱。

贺灼的身上却还带着点儿寒气，他抬眸看着面前一团和气的父女，心底空落落的。

他好像从没和父亲这样亲近过。

从小到大，父亲贺知都很忙，他是双水中学唯一拥有本科学历的老师，资助了很多学生。

他把所有的时间都花在了学生身上，却对自己唯一的儿子疏远又凉薄。

贺灼看着女孩儿。

她抱着关城宇的胳膊，一边侧脸贴着他的袖子，黑缎般的长发披散着，那双明亮的杏眸里映着灯光，温和得没有一丝攻击性。

贺灼的心里矛盾极了。

既然她和关熠站在一边，又为什么要给他帕子呢？是看他可怜，还是想再耍他一次？

贺灼晦涩灰暗的人生里从未得到过什么温情。

被接到关家的那一天，他坐在车里，看着马路两边的高楼大厦，心里也曾悄悄地生出一丝渴盼。

或许，这里会有真正接纳他的家人。

可关熠的讥讽与嘲弄，同学们的嘲笑与冷眼，一次次地打碎了他内心的卑微渴盼。

于他而言，善意像遥远的绿洲，哪怕知道是幻觉，他也挣扎着想去拥抱住。所以，哪怕是早已有了心理准备，希望落空时，他还是忍不住心生愤怒。

他太渴望那温暖了。

因为从未得到过，所以哪怕只是一点点，都让他心生满足。

生平第一次，贺灼有了逃避的念头。

他有些无力地闭上眼，忽略了心上细密的不安与渴盼。

这样平静的相处就很好了。

屋里静默，用人走过来低着头小声道："先生，晚餐已经准备好了。"

关城宇看了看贺灼，温声说："上去换身衣服再下来吃饭。天气这么冷，别着凉了。”

贺灼点点头。

他的动作很快，下楼时，厨师正倾身为关城宇倒葡萄酒。

“来来来，快坐下。”关城宇今天的心情特别好，示意厨师给他们两人也倒一杯，“你们俩陪爸爸喝一杯。”

关星禾嘟着嘴说：“可是，我们还是学生，而且明天要上课。”

“哦，对对对。”关城宇清了清嗓子，道，“说到上课，今天你们老师给我打电话了。”

他一脸欣慰地望着贺灼：“小贺啊，听说你这次考了全校第一？”

“特别好。”关城宇喝了一口酒，叹道，“你是个有潜力的孩子，以后想考哪所大学啊？”

贺灼说：“京市大学。”

“好，和我还有你父亲是一所大学。”关城宇的笑容淡下来，像是回忆起了什么，低声说，“你父亲也会很开心的。”

关城宇和贺灼的父亲贺知是大学同学，虽然不熟悉，但也说过几句话。毕业后，两人一个继承了家业，一个选择了回家乡，逐渐断了联系。

再见面已是很多年以后。

关城宇还记得，那时候的贺知，头发都白了大半，再也不复年少时的意气风发，可背依旧挺得笔直。

那天，在别墅的会客厅里，贺知说：“老同学，我今天是来求你一件事。”

他顿了一下，才继续说：“我们镇里今年发了大水，把学校都冲垮了，孩子们都没地方读书。镇长听说关氏有一个希望学校基金会，又听说我们是同学，就让我来问问。”

“我知道这个事情要排队，还要走流程的。”贺知不安地搓了搓手，无奈道，“但是，镇上的孩子等不得啊，有些家长听说镇上的学校没了，也不愿意费心思把孩子送去县里的学校，如果是女孩子就直接送去嫁人了，男孩子就送出去打工。这样下去，孩子们的一生都毁了啊。”

关城宇还记得贺知脸上心痛又无力的表情。

祖辈积累下的财富让关城宇生来就有优越感，他一直无法理解为什么贺知要放弃大好前途，回到那个破旧的小镇上，做一个平庸穷困的老师。

可是，在那一瞬间，关城宇突然明白了。

他是牺牲了自己的前途，去换取更多人的未来。

所以，最后，关城宇答应了下来。

小镇里的学校不仅重新建了，还换上了崭新的课桌和先进的教学设施。

他没有再见过贺知，但逢年过节的时候会收到他寄来的一些特产。

前几年，他的礼物突然断了，节日里上门拜访、送礼的人络绎不绝，关城宇也没在意，直到后来才知道，贺知因为常年劳累，得了重病，已经去世了，只留下一个儿子。

关城宇为自己的疏忽感到愧疚，决心把贺灼接回家来，当作自己的亲儿子抚养。

餐桌上的气氛凝重极了，连雨打在玻璃上的声音都清晰可闻。

关星禾嚼着牛肉，看看沉默的贺灼，又望了望严肃的关城宇。

她眨了眨眼睛，撒娇道："爸爸，这次我的英语考了年级第二呢，你都不表扬表扬我呀？"

关城宇冷哼一声："表扬你？你怎么不说说你的数学才考了六十分？"

关星禾差点儿被牛肉噎到。

她不过是想缓和一下气氛，怎么就惹祸上身了？

"这次的数学卷子真的很难。"关星禾无辜道，"大家都考得不好。"

"那为什么人家贺灼都高一了，还能考全校第一？"关城宇恨铁不成钢道，"等会儿吃完饭，拿上数学卷子，让哥哥教你。"

关星禾下意识地反驳道："我不要。"

她错了那么多，让贺灼看到，多丢脸啊！

况且……况且，她还没原谅他呢！

关城宇气得又冷哼了一声："人家小贺还没说不愿意呢，你倒是先摆上架子了。"

他转过头看贺灼，语气瞬间温和了许多："小贺，行不行啊？"

贺灼沉静的双眸起了些波澜，半晌，他才微微点头。

刚刚沉默又悲伤的气氛消散了大半，吃完饭，趁着关城宇拉着贺灼聊天的工夫，关星禾默默地溜回房间泡了个澡，刚从洗手间走出来，她就听到了敲门声。

关星禾打开门，一阵清冷的空气袭来，贺灼站在明亮的灯光下，一双黑黢黢的眼睛沉默地对上她的眼睛，又在下一秒移开视线。

关星禾抿了抿唇，将门打开了些，小声说："进来吧。"

浴室的门还未关上，氤氲的水汽飘出来，带着一丝若有若无的花香。

贺灼的脚步顿了一下，踟蹰着走进去，在书桌前坐下。关星禾磨磨蹭蹭地移了移椅子，又俯下身子，慢吞吞地从书包里取出卷子。

贺灼垂眸看了看，指尖微顿——错得实在有点儿多。

他犹豫了片刻，沉声问道："哪里不会？"

屋里开着暖气，温热的空气让人昏昏欲睡，少年清冷的声音飘进关星禾的耳朵里，让她忍不住打了一个激灵。

她垂眸看着没有几个钩的卷面，第一次因为数学差产生了些许羞愧感。

在一个和你关系不好的人面前丢脸，实在难受。

关星禾很想说她都不会，但心底莫名的羞耻感把这句话生生地堵在了喉咙口。

最后，她只得随便指了一题："这个。"

以两人的关系，关星禾认定了他不会认真教她，应该只会随便讲几句，应付一下关城宇的要求。

房间里很安静，连呼吸声都清晰可闻。

贺灼敛着眉，清冷的脸上露出几分思索的神色，半晌才沉声说："笔给我。"

"啊？"关星禾有些不明所以，过了几秒才傻愣愣地把笔递给他。

贺灼冷白修长的手指握着笔，低头唰唰地写了几笔，才开口给她讲解："我看了一下你上一道题的思路，应该是没有完全理解这个定义，你应该先……"

他侧着身，背依旧挺得笔直，侧脸坚毅清冷，袖子整齐地挽起一截，小臂上浮起几条青筋，显得坚实又有力量。

"听懂了吗？"

关星禾有些惊异于他的认真，犹豫了一会儿，还是说："……能再讲一遍吗？"

她刚刚光顾着看人，没认真听。

贺灼没说话，垂眸看了一眼关星禾。

她长着一双漂亮的杏核眼，眼尾微微下垂，轻轻地眨眼时，显得无辜又天真，仿佛从来不会有什么坏心思。

矛盾感缠绕上来，贺灼莫名地想起了那方柔软的手帕。

他强迫自己硬下心肠，冷声说：“那我再讲一遍，你可以先……”

关星禾连忙集中了精神。

他说完一题，关星禾连忙点点头：“我懂了，懂了。”

贺灼的思路简单又清晰，认真听一遍就懂了。她握着笔，低头改起来。

房间里灯光柔和，贺灼侧过头看着她。

空气中飘来她身上清新的身体乳的香味，她穿着米白色的棉质睡衣，颊边的酒窝若隐若现，柔软得像没有一丝攻击性的小兔子。

贺灼攥着笔的手微微用力。

他忽略了自己心头涌上的矛盾感，强迫自己移开视线。

关星禾是真的听懂了，等她差不多改完时，张姨敲门送来了两杯牛奶：“先生让我送上来的。”

关星禾关了门，弯腰打开抽屉，往两个杯子里各丢了一颗冰糖，然后将其中一杯递给贺灼。

他愣了一瞬才接过来。

她的眼尾像是天生带着笑意，道：“加点儿糖比较好喝。”

贺灼没说话。

或许是生活太苦，他总是不习惯带甜味的东西。

他轻轻地抿了一口，却感觉没想象中那么差。

关星禾把糖袋收回抽屉，抬眸望向他，语气里带着些忐忑：“你明天还来帮我补习吗？”她始终觉得贺灼只是为了应付一下父亲。

空气中飘着淡淡的奶香味，关星禾的声音仿佛也带上了甜味。贺灼的手指微颤，没有抬头看她。

“嗯。”

他忽略心上的矛盾感，告诉自己，他只是为了满足关叔叔的请求，再没有其他理由。

国庆的七天假期过得飞快。

关城宇在假期的第三天就回了公司，家里冷冷清清的，贺灼会在每一天的傍晚过来给关星禾讲题。他很认真，但除了讲题，他并不会说其他的话。

两人的关系似乎比以前好了一些，又似乎和以前一样。

潮湿的雨季伴随着假期悄然离去。

十月八日，天空是一片明净的蓝色。

关星禾坐在车上一边等贺灼，一边听着司机讲八卦。

“那天，小少爷被叫进书房，出来时候两边的脸颊都红了，夫人也是狠得下心。”他说的是关熠。

上次月考，关熠虽然考了年级第五，但和贺灼的年级第一一对比，第五也是差的。

关星禾不用想也知道她这个好强的姑姑会怎样雷霆大怒。

关熠很小的时候，他的父母便分开了，他被判给了母亲，连姓也改成了母亲的姓氏。从小，关熠的妈妈对他便寄予厚望，在学业上对他的要求更是严格。

凡事只可第一，不可第二。

这次，他不但落到了第五，还被他口中的“乡巴佬”踩在脚下，可想而知，这在关熠的心中是怎样的屈辱。

车里一阵静默，司机叹了一口气，道：“我看小少爷的压力也挺大的，晚上我出门买烟，看见他一个人坐在花园里发呆。”

他从后视镜里见关星禾垂着眼眸，半晌不搭话，心里暗道“不好”。

人家家里的事，自己说那么多干吗？

他赶紧转移话题：“这贺少爷最近怎么回回都这么迟，是高中部放学晚吗？”

“全校的放学时间都一样。”关星禾说，“可能是被留堂了，我们再等等。”

“好嘞。”司机应了一声，不再说话。

时间一分一秒地过去，夕阳慢慢下落，只留下一点儿余晖。

贺灼还没有出来。

学校门口不能停车，保安过来敲了敲窗。

关星禾终于忍不住说：“叔叔，你先把车停到远一点儿的地方，我进去看看。”

贺灼被堵在走廊的角落里。

面前的这群人和他一样，是学校的寄读生。

他们家里都有钱有势，即使当初没考上高中，也靠着父母进了这所全市最好的高中。

贺灼不是本市户籍，纵使成绩优异，关城宇也只为他争取到了寄读生的身份。

在这所学校，寄读生仿佛是一个独立的小团体，平日里逃学旷课，成绩垫底。

贺灼一进学校就受到了这个小团体的关注，但他们并不把他当作同类。

他们听说贺灼是从乡下来的，便认定了无权无势的他不敢反抗，平日里对他冷嘲热讽，下课后把人堵在楼道里取乐。

贺灼通通承受了下来。

他知道，自己不过是靠着关叔叔的怜悯，才能在这所学校寄读。寄人篱下，他已经得了许多恩惠，不想再给关家惹上麻烦。

少年的心敏感又坚硬。

这些年，生活教会他的第一件事，是隐忍和孤独。

那人见他不作声，问道："哑巴了，不说话？"他招呼着其他的人，"去厕所里，把那桶水提出来。"

话音未落，"啪"的一声，走廊里的灯亮了起来。

那些人被惊得不自觉愣住了。

"你们在干什么？"女孩儿怒声道。

贺灼抬眸，看着不远处的女孩儿。

她穿着洁白的秋季校服，走廊的灯光落下来，在她的周身镀上了一层光晕。她那双干净清澈的杏眸微微眯着，仿佛燃烧着熊熊火焰。

有人轻笑了两声："初中部的小孩儿？"

关星禾皱着眉："我劝你们放他走。我刚刚叫了人，他们马上就来。"

"吓唬谁呢？"

面前的女孩儿没有丝毫害怕的样子，嘴唇紧抿，一双漂亮的杏眼怒瞪着他们，这副样子让领头的人心里不禁有些虚。

该不是真叫了人吧？

他们这群人在学校都是没有正式学籍的，惹了事就可能被直接轰走，所以，他们平时也不会欺负那些本校生。他们料定了贺灼是个软柿子，才敢来找找乐子，要是真被发现就不好了。

"算了。"他回头斜睨了一眼贺灼，"先放过你，下一次就没这么容易了。"

"走。"

"他们这样多久了？"关星禾没好气地问。

纵使她和贺灼的关系冷淡，她也不想看到他被这样欺负。

十五岁的女孩儿，从未受过生活的苦，不明白少年的隐忍和自尊。

她有些愤怒地掏出手机，道："我打电话和我爸爸说。"

"别。"情急之下，贺灼握住了她的手腕。

下一秒，他便触电般放开了。

贺灼垂下眼眸："别说。"他不能惹麻烦。

"那你就一直这样？"关星禾的声音藏着薄怒。

关星禾说："这已经不是第一次了吧？"关星禾越想越气，恼火道，"不行，我一定要告诉我爸爸。"

她低头按着手机，下一秒就便被冷声打断："你别管。"

贺灼的声音压抑低沉，仿佛带着凛冽的寒意。

关星禾的手指僵住了，她抬眸，少年凉薄漆黑的眼眸和她对视了一瞬，又猛地别开视线。

贺灼逼迫自己不去看那双温柔的眼睛，压着嗓音口不择言地说："不关你的事。"

关星禾愣住了，悬停在通话键上的手指颤了颤。

冰冷的风吹进长廊，半晌，她垂下眼，淡声说："好，我不管，算我多管闲事吧。"

她转过身，强忍住心中的委屈，逞强般地说："那请你下次别让我等这么久。"

凉风蚀骨，贺灼攥紧了拳头。

他不知道关星禾为什么帮他，是捉弄后的补偿、怜悯，还是别的什么？

不管什么，都是他无法承受的。

贺灼抬眸看着她单薄的背影，心脏泛起浅浅的不适感。

他此时并不明白，那是一种名为懊悔的情绪。

秋风凄凉，空寂的校园了无人影，只余呼啸的风声。

贺灼沉默地跟在关星禾的身后，她走得又快又急，脚步中透着怒气。

路灯的灯光亮起来，贺灼张了张口，却始终没有说出一个字。

关星禾躺在床上翻来覆去，她简直要被贺灼这个硬骨头气死了。

什么叫不关她的事？！

只要一想到这句话，她就不由得火冒三丈。

凉风从敞开的窗子里钻进来，关星禾打了个冷战，却懒得起身关窗，只是将被子掖到身下，把自己裹得严严实实。

吹了一夜的冷风，早晨起床，心底的火倒是消了，可身上热烘烘的，手脚都没了力气。

关星禾强撑着吃了早饭，坐车去学校时，她刻意忽略了贺灼投过来的好几个眼神。

不是嫌她多管闲事吗？看什么看！

强撑着上了两节课，关星禾的眼皮越来越沉，脑子像是灌了铅，又重又疼。

同桌时岁看她恹恹的，这才发觉不对劲，凑过来摸了摸她的额头，惊道："好烫！你这是发烧了吧？"

关星禾迷迷糊糊地趴着，恍惚间觉得有人拉住她的手臂，把她扛了起来。

"星星，我帮你请假了，快回家休息。"时岁在她的耳边轻轻地说。

关星禾闭上眼，昏沉地睡了过去。

放学后，那群人因为成绩太差被留了堂，没有人再找贺灼的麻烦。

贺灼想起关星禾昨天的话，下意识地加快了脚步。

昨夜一夜没睡好，脑子里混乱的思绪快要把他折磨疯了。

早晨吃饭时，贺灼几次想要开口，可关星禾连一个眼神都没给他。

贺灼不知道自己这是怎么了，似乎只要一对上那双清澈明亮的眼睛，心底就下意识地忽略了关熠的话。

他明白，不管关星禾以前做过什么，但昨天晚上，她眼中的愤怒不是装出来的。

她总归是帮了他。

贺灼的眸光落在停在校门外的车上。他快步走到车门边，指尖微微颤了一下，深深地吸了一口气，拉开车门。

后座空荡荡的。

贺灼僵着身子上了车。

街景缓缓后退，车辆驶过繁华的街道，道旁的霓虹灯不停地闪烁。

贺灼抿着唇犹豫了许久才道："她……有事吗？"

司机说："大小姐吗？她今天上午发烧，被接回家了。"

贺灼的眼睫一颤，半晌，他垂下眼帘，沉默下来。

司机早已习惯了他的沉默寡言，并没有觉得有什么不对。

秋天的夜晚来得更早了，到家时，天已经黑了大半。

贺灼站在楼梯口。

走廊里安静极了，他隐约听见了房间里传出的人声：“阿姨，我不想吃饭。”

不知道是不是因为生了病，女孩儿的声音软绵绵的，半是撒娇，半是耍赖。

贺灼的呼吸一顿，感觉自己坚硬的心撞上了一团棉花。

他屏住呼吸，侧耳听着里面的声响：“阿姨，我爸妈还没回来吗？”

隔了几秒，里面响起了另一个女声，带着几分犹豫：“先生说有个会议，走不开。”

关星禾低咳了几声，道：“那我妈妈呢？”

“太太她……好像有事。”

竟然连一个理由也说不出来。

走廊里没有亮灯，贺灼一半的身影隐匿在黑暗里。

他听见关星禾的声音带上了哭腔：“他们就那么忙吗？连回来看我一眼的时间都没有吗？”

贺灼从未见过如此脆弱的她。

在他的眼里，她永远温暖又阳光，一双杏眸盈满笑意，仿佛生来便带着柔和的光。

他从不知道，她也会这样敏感又脆弱，渴望着父母的关怀。

贺灼的记忆里没有母亲，父亲贺知是他唯一的亲人。

小时候，他总是很忙，可能十天半个月都不会回一次家。贺灼也曾故意做出淘气又顽劣的样子，企图引起他的注意，得到的却是父亲冰冷的巴掌和严厉的警告。

没人能比他更明白关星禾的感受。

门“吧嗒”一声开了，他猝不及防地撞上了阿姨的眼神。

“贺少爷，您放学了？您是来给小姐补课的吗？她今天发烧了，恐怕没什么精神。”

贺灼低低地应了一声。

他知道自己应该离开，可脚下迈不出半步。

犹豫了片刻，他还是问道：“她……怎么样了？”

阿姨说："小姐说没胃口，只想吃山楂糕，我出去买点儿。"

贺灼的喉结微滚，正要说什么，门里突然传来关星禾的声音："阿姨，是谁在那儿？"她的声音轻轻软软的，带着点儿鼻音。

张姨将门推开了一些，笑吟吟地说："是贺少爷来看您了。"

贺灼来不及阻止，只得愣愣地站在门外，视线却不由自主地往屋里瞧。

关星禾的房间很干净，色调是温暖的米黄色。

雪白的床帘被拉开了一角，她的身上盖着厚重的被子，只露出一张红扑扑的小脸，那双雾蒙蒙的杏眼对上贺灼的视线，猛地眨了眨。

贺灼紧抿着唇，想要说些什么，下一秒，关星禾忽然转身，脸对着墙，只留给贺灼一个后脑勺。

"阿姨，你快去帮我买山楂糕吧。帮我把门带上，我要睡一觉。"她齆声齆气地说道。

张姨尴尬地看了一眼贺灼，把门缓缓地带上："贺少爷，要不，您先回去休息一下？"

贺灼垂眸，身侧握成拳的手缓缓地松开，掌心已是一片潮湿。

他的心上像被针尖扎了一下，虽不见血，却有着尖锐的痛感。

不知过了多久，他低低地应了一声，回了房间。

今天的作业很简单，可贺灼反反复复地算错了好几次，他干脆放下笔，揉了揉眉心。

屋里安静极了，他清楚地听到隔壁的房门被打开又被关闭上。

贺灼的心神不由自主地飘出了房间，飞向他刻意忽略的地方。

桌上的手机忽然振动了几下，是关城宇发过来的消息："小贺，妹妹生病了，叔叔现在忙，脱不开身，麻烦你多照顾一下。"

贺灼低着头，那双黑夜般沉冷的眸子扫了手机屏幕一眼，片刻之后，他垂下眼眸，霍然起身。

张姨端着盘子，站在楼梯口，见他出门，低低地问了一声好。她手里的盘子里放着糕点，糕点被切成整齐的菱形，上面还有精致的图案。

张姨叹了一口气，道："小姐说她要的不是这种山楂糕，是那种过节才会有的，上面包着一层糖衣，吃起来还有点儿桂花味儿。"张姨摇了摇头，无奈地说，"那是前几年过年时别人送的，这几年不知怎么的，那人也不送了，让我上哪儿找去？"

贺灼的脚步一顿。

她描述的山楂糕是清水镇的特产，以前每到过节的时候，父亲贺知便会买很多寄过来。

他拦住张姨，道："有山楂和桂花吗？我会做。"

关家的厨房什么都有，不一会儿，张姨便把需要的食材都准备好了。她看着贺灼利落地架起锅，煮山楂水，碾山楂泥，心里既佩服又惊奇。

没过多久，滚着糖衣的山楂糕就堆在了碗里。

贺灼对张姨说："拿上去给她吃吧。"

张姨有些犹豫，道："您不上去吗？"

贺灼想起关星禾的背影，她裹在被子里，背对着门，不愿意看他一眼。

他抿着嘴摇了摇头。

心里的那股勇气随着时间慢慢地消逝，贺灼默默地等在门外，看着张姨将空了的碗拿出来，转身回了房间。

关星禾吃完山楂糕才有了胃口，喝了几口粥，又吃了药，早早地睡了。

一觉起来，她摸了摸额头，不烫了，应该退烧了。

想着自己昨天缺了课，她就多了一分痛苦。她不敢偷懒，默默地起床去上学。

关星禾的人缘不错，一进教室，同学们都围上来，关切地问她身体怎么样了，她笑着一一回应。

等坐到位子上，时岁默默地递给她一张卷子："喏，昨天发的。"

数学的单元小测，关星禾考了八十五分。对于她来说，这是前所未有的高分。

时岁拍了拍她的肩，一脸遗憾地说道："你怎么总在关键时刻请假呢？昨天老师还特地表扬了你，最后那道题，全班只有你做对了。"

关星禾的手指僵了一下。

那道题是贺灼反复和她讲过好几次的。她低头翻了翻卷子，这才发现，要是没有贺灼的耐心讲解，自己连六十分都考不到。

贺灼给她讲题的时候，认真又有耐心。

关星禾想到昨晚，少年站在门外，望向她的那双冷淡的眸子。

他不会是想关心她吧？

可她又觉得自己是在自作多情。之前，他明明对她冷冰冰的，还让她不要多管闲事。

她看着试卷边角处鲜红的数字，心里矛盾极了。

关星禾不明白为什么贺灼的态度时好时坏，明明之前还耐心地给她讲题，没过多久，又冷漠地对她说："不关你的事。"

她沉默地将试卷塞进书包里，心里闷闷的。

放学时，天空被晚霞染成了浓重的绯红色。

关星禾坐在车里，悄悄地看了一眼旁边的少年。

他没有来迟。

她轻轻地呼出一口气，心下稍安。

贺灼察觉到关星禾的眼神，沉默着攥了攥手心，试图揩去手心里的汗渍。

到家后，他加快脚步回了房间。

关星禾没发现他的异常，慢悠悠地去琴房练了一会儿琴，路过厨房时，她往里面探头道："张姨，昨天的山楂糕还有吗？"

张姨切菜的动作没停："没有了。桂花不够，贺少爷就做了这么多。"

关星禾以为自己听错了，愣了一下，问道："谁做的？"

"贺少爷啊。"张姨回头看了她一眼，道，"他听说你想吃那种山楂糕，说自己会做。还别说，他的动作是真利落……"

天边的夕阳还未完全落下，温暖的霞光透过窗户，洒落在关星禾的脚下。

她愣愣地站在原地，不知过了多久才回过神来。

关星禾不知道该如何面对贺灼。

十五岁的女孩儿，还未受过什么挫折，直白又无畏。

在她的心里，喜欢一个人就对他好，不喜欢的话，忽略就是。

偏偏遇到贺灼这样别扭又内敛的人，总是表现出一脸冷漠的样子，对别人好却躲躲藏藏，弄得关星禾手足无措，不知道如何应对。

算了。

关星禾叹了一口气，等想好要怎么和他相处了再说吧。

下午的第二节是体育课，昨夜下了一场雨，操场还湿漉漉的，体育馆被校外的机构借用，所有人只能到操场上跑步。

跑过八百米过后，关星禾和时岁被老师叫去领器材。

此刻，整个学校都在上课，小道空荡荡的，领完器材经过小卖部，时岁满脸兴奋道："星星，我们进去买点儿零食等会儿吃吧。"

"我不去了。"关星禾摇头，见时岁满脸失落，忍不住妥协道，"那我在旁边等你，你快点儿啊。”

“就知道你最好了。”时岁笑着说道，随后跑去了小卖部。

关星禾望着她的背影，一脸无奈。

为了不挡到过路的车，她费力地将两筐球往角落里推，下一秒，两筐球被一股力道“哗”的一下拖到了角落。

关星禾正想道谢，一抬眸，双手却猛地握紧了。

眼前的人垂眼，讥诮地看着她，语气嚣张：“不用谢，小妹妹。”

罗非言弯腰，关星禾情不自禁地倒退了几步，可他拉住了关星禾的胳膊，把她往角落里拽。

男女力气悬殊，关星禾被拎到了角落。

“胆子还挺大。”他低声嘲讽道，“敢骗我？”

上次，他带着那几个跟班落荒而逃，第二天等了一早晨，也没见有什么事发生，他便知道自己被这个小丫头耍了。

他们这群人的出身好，平时只有耍弄别人的份，哪容得了别人骗他？

他越想越生气，干脆和几个人逃了课出来透气，却意外地撞见了关星禾。

想着对方不过是个娇滴滴的女孩儿，估计被自己威胁几句就会吓破胆，罗非言满怀恶意地笑了笑，用眼神示意着背后的小跟班。

小跟班连忙将球筐打开，慢条斯理地取出一个排球递给他。

关星禾其实并不害怕。这是在学校里，这人就算胆子再大，也不敢对她做什么。而且，这儿离小卖部不远，等时岁出来，看到自己不见了，自然会来找她。

她想通了这些，心下稍定，一抬眸，却看到远处的长廊里走出一个人。

是贺灼。

秋风寒凉，他穿着单薄的校服，抱着一摞卷子从长廊里缓缓地走过来。

罗非言发现了她的不对劲，猛地转身。

他轻笑一声，郁结了一天的心情终于好了一些：“哟，都凑齐了。”

贺灼的指尖一颤，忍不住握起拳头。

他步子急促，带着几分慌乱。

罗非言本以为贺灼会走开，毕竟，在他的印象中，这样无权无势的少年就算被人欺负，也不敢吭声。

可眼前的少年冷冷地垂眸看他，眼中透着几分强忍的愤怒，罗非言猛地惊觉，他竟然比自己还高一个头。

可那又怎样？前几天还不是任他欺负？

罗非言笑了笑，语气轻蔑：“刚好把你俩的账一起好好算一算。”

关星禾的心一揪，出声道：“我朋友马上就过来了，你们最好快点儿放了我们。”

“又想骗我。”罗非言慢悠悠地从筐里取了个球，塞到贺灼的手上，冲他努了努嘴，“来来来，你用球砸她一下，我就放你们离开。”

贺灼接过球，垂眸看他。

少年一双漆黑的眼眸透着狠厉，宛若一只黑夜里的孤狼。

罗非言最讨厌他这样的眼神，忍不住喝道：“还不快点儿？”

贺灼缓缓地举起球，手稍稍用力，苍白的手背凸起一道青筋。

罗非言满意地笑笑，伸手去碰关星禾的脸，嬉笑着说道：“小妹妹长得倒挺好看的。”

电光石火间，贺灼狠狠地将手往下一压，排球犹如一颗炮弹用力砸在罗非言的手背上。

“咝——”罗非言捂着手，疼得不行。他气急败坏，冲旁边的人吼道，“还愣着干吗？”

他的跟班见状，一哄而上。

关星禾看不到贺灼的脸，却蓦地想起几天前他被欺负的一幕。

可今天……关星禾的心猛跳了几下。

接着，杂乱的脚步声传来，夹杂着时岁慌张的声音：“老师，请您快点儿。”

“都跟我到办公室去。”老师看着满地的狼藉，一眼就认出了这群惹是生非的寄读生，心里瞬间有了决断。他看了一眼贺灼，认出他是新来的年级第一，声音放缓了一些，“把试卷捡起来，你也跟着来一趟。”

秋风吹过，轻薄的试卷被吹得散了一地，贺灼将试卷一张张捡起来。

清淡的花香飘过来，关星禾俏生生地站在他面前，手上捧着一沓整理好的试卷：“给你。”

最上面的一张试卷赫然写着贺灼的名字，上面鲜红的“150”醒目极了。

关星禾抿了抿唇，小声说：“刚刚，谢谢你。”

“不用。”他的声音冷淡沙哑。

他明白，如果不是因为自己，那群人也不会找上她。

贺灼接过卷子，哑声道：“我去办公室了。”

“哎。”关星禾跟上他，小声说，“我也跟着你一起去吧。”

她顿了一下，想到那碗山楂糕，忍不住想开口问他，但少年面色冷凝，仿佛刚刚把她牢牢地护在身后的人不是他。

他昨夜没有说，不就是不想让自己知道吗？

关星禾眨了眨眼睛，没有提山楂糕的事，执拗地说道：“反正，谢谢你刚刚护着我。”

贺灼垂下眼眸，不经意地对上关星禾的眼睛。

不管是昨天，还是刚刚，只要一遇到她，他就会忽略过去的欺骗与不堪。

或许，生在黑暗里的人，遇上一点点光，就忍不住想要靠近。

自从她走进自己的生活，那些恪守的原则总是不经意地被打破。

贺灼的心底生出了几分无措与恼恨。

他别开脸，强迫自己冷下心肠，道：“不用，是关叔叔叫我在学校照顾好你。”他的声音冷硬，似乎在和她撇清关系，又像是在为自己的无法克制找理由。

嘴硬心软。

关星禾下意识地忽略了他强装出的冷漠，她垂眼去看他的手。

他的一双手生得十分好看，骨骼均匀，指节修长，只是此刻，关节处微微破了皮，渗出了一点儿血。

关星禾跟在他的身后，软声说：“你的手疼不疼？”

那双手僵了一下。

“不疼。”他的声音冷冷的。

贺灼就像路边野蛮生长的杂草，风吹雨淋，无人问津。

这仿佛是第一次，有人问他疼不疼。

他的心中像被轻轻地刺了一下，说不出是痒还是疼。

关星禾抿了一下唇，说：“你在这儿等我一下。”

贺灼还没反应过来，就看见她轻快地跑进小卖部，没过一分钟，又跑了出来。

关星禾喘着气，小脸因为跑动有些泛红，手上却利落地拆开了纸盒。

贺灼只觉得受伤的指节覆上了一片柔软。

“这样就好啦。”关星禾低着头，小心地将创可贴贴好。

创可贴贴面是淡粉色，还印着白色的小花儿，和他冷硬疏离的气质格格不入。关星禾憋着笑，对上少年肃然的脸，连忙说道：“走吧走吧，再迟就来不及了。”

这场闹剧来得快，结束得也快。

罗非言和他的小跟班平时在学校本就声名狼藉，到了教务处，加上有关星禾的做证，几人很快就被下了处分。那些人的父母本想来学校闹一通，但不知从什么地方打听到被欺负的女孩儿是关家的孩子，便不敢再闹。

贺灼只被口头教育了几句，就放回班级。

第二章

我们和好吧

十月中旬海市外国语中学将迎来校庆日，全校停课一天。

每个班都分配到一个摊位，自由组织游戏或是办跳蚤市场。

贺灼没什么朋友，对这类活动也没什么兴趣，可学校要求学生不能待在教室里，他只好拿了一本书，找个清静的地方看。

路过操场时，他被人叫住。

面前的女孩儿穿着秋季校服，有些忐忑地问："学长，可以帮个忙吗？"

贺灼微微低下头，他的眼中没什么情感，一片冷漠。

聒噪的喇叭声突然响起："初三二班，你们的摊位怎么还没摆好？五分钟内还不摆好就扣分。"

女孩儿慌忙地点头，一只手紧张地绞着衣角。

班长派她来布置摊位，但她力气小，根本撑不起有些重量的遮阳伞。旁边的人各忙各的，根本不愿意帮忙，就连眼前的这个学长似乎也没有想帮她的意思。

女孩儿都快急哭了。

贺灼突然想到，初三二班好像是关星禾所在的班级。

他抿了抿唇，低声问："怎么弄？"

"啊？"女孩儿没反应过来。

贺灼耐着性子又问了一遍："要做什么？"

他的语气依旧很冷，可女孩儿一下子放松了下来，说道："把伞插上去就好。"

摊位上只有女孩儿一人，贺灼上前几步，弯下腰，猛地把伞拎了起来。

他的动作干净利索，没几秒就装好了。

女孩儿挂上笑容，递去一瓶水："谢谢学长。等会儿我们会玩小游戏，赢了有小零食送，欢迎你来参加。"

贺灼没接水，淡声说："不用了。"

他想到昨晚路过厨房时听到的一阵乒乓响声。

原来是在做礼品吗？

他不知道自己是怎么想的。他知道自己应该解释些什么，可自尊心让他死死地封闭了自己，他不想让关星禾知道自己的窘迫与无助。

关熠的那些话就像是黏在他心上的口香糖，拽不掉，又洗不净，一遍一遍地提醒他不该再相信他们。

校园里干净极了，地上甚至没有一片落叶。贺灼回过神来，才发现自己走到了教学楼。

这里没有了往日的安静，不远处，好些人聚在一起，大部分是男生。

"给我一片。"

"哎，我还没拿到。"

一片嘈杂声中，贺灼听到了关星禾清亮的声音："请大家排好队。"

他的脚步一顿，看着先前的人堆几乎瞬间排成了一条整齐的队伍。

下一秒，他蓦地对上关星禾的眼睛，那双清澈的杏眼中仿佛含着一汪泉水，漾得贺灼的心一颤。

贺灼的手指微微蜷了一下，碰到指节上的创可贴。

以往，就算流血受伤，他也从来没有用过这样的东西。昨夜里，他好几次想把它撕下来，明明已经撕开了好几次，却还是贴了回去。

关星禾的视线渐渐地下移到他的右手上。

贺灼一怔，下意识地将手往后藏了藏，他沉默地垂下眼眸想要离开，却被冲过来的时岁拦住了："这不是哥哥吗？我们之前见过的，你记得吗？"

时岁见他不说话，补充道："上次玩《大富翁》的人，也有我。"

贺灼的视线不由自主地越过时岁，看向不远处的关星禾。

她正依次给排队的男生发着饼干，仿佛压根儿没有注意到这儿。

贺灼下意识地松了一口气。他收回视线，对着时岁点头："记得。"

"那你要来参加我们班的小游戏吗？"时岁眨眨眼，道，"去了可以得到小饼干哦。"

他们班的游戏太无聊，压根儿没人愿意去，为了不让场面太难看，班长派了关星禾和时岁两个人出来拉人。

关星禾长得漂亮，是学校乐队的小提琴首席，算是学校的风云人物了。许多男生吃了她的饼干，看在她的面子上，也愿意去他们班上的摊位转一转。

可眼前的少年一脸冷漠，仿佛下一秒就要拒绝。

时岁慌忙改口："不去的话，也可以来试试小饼干嘛，是星星昨天烤的。"

贺灼的黑眸里无波无澜，他刚想冷硬地拒绝，空气中就飘来一阵花香。

他抬眸。

那些围着关星禾的男生已经走了大半，她端着盘子，站在他身前。

关星禾咬了咬唇，声音软软的："要试试吗？"

"啊，只剩一块了。"时岁说，"那哥哥，你快试试吧。"

空气中飘来香浓的黄油味，烤得焦黄的饼干上点缀着一粒椭圆形的杏仁。

贺灼的手指微微蜷曲。

"那个，"不知从哪儿冒出了一个男生，望了关星禾一眼，耳根儿都是红的，"还有饼干吗？"

时岁直截了当道："没了。"

"可是，"他望了一眼盘子，有些不甘心地问，"这儿不是还有一块吗？"

男生看着面无表情的贺灼，怎么看都觉得他是一副不想要的样子。

"你要吗？"男生说，"如果不要的话……"

他话未说完，就见一脸冰冷的贺灼伸手拿走了盘子里的最后一块饼干。

男生一脸遗憾地望了一眼关星禾，悻悻地走了。

贺灼有些懊恼自己的冲动。

他微抿着唇，不经意地对上关星禾的眼睛。

她那双浅茶色眼眸里透出了期待："好吃吗？"

贺灼还未尝到饼干的味道，却下意识地点了头。

她那双会说话的眼睛更弯了，像是两弯小月亮。

贺灼的眼睫微颤。

时岁揽着关星禾的肩，笑眯眯地说："饼干发完了，我们先走了哦。"

关星禾走了几步，又折返了回来，小声说："创可贴要每天换一次。"

贺灼一愣，待他回过神时，关星禾已经转身离开。

阳光映照在少女们白净的校服上，满是蓬勃的青春气息。

他看着她们的背影，半晌才转身离去。

傍晚，天空被晚霞映成美丽的玫红色，关星禾坐在车里悄悄侧眼。

贺灼端坐在另一边，霞光将他的脸也映成了红色。

她心情愉悦，直到回到家中，她的嘴角都没落下来过。

吃饭前，原本答应要回来的关城宇打来电话，说工作忙，又不能回来了。

几个用人站在桌旁，将一道道菜往桌上摆。

关星禾似乎并没有因为关城宇不回来而情绪低落，她静静地切着盘子里的牛排。

餐厅里安静极了，站在一旁的张姨突然说："贺少爷，您的脖子怎么了？"

关星禾抬眼去看，只看到他白皙的脖颈处似乎有一点儿红。

贺灼不动声色地往旁边移了几寸，伸手摸了摸，低声说："没事。"

"看起来挺严重的。"张姨有些担忧地说道。

贺灼立即放下餐具，站起来，掩饰道："没事，刚刚被蚊子叮了一下。"

可关星禾总觉得有些不对劲，她跟着站起来，以便看得更仔细。

只见贺灼的脖颈红了一大片，上面布满红色的疹子，密密麻麻，一直蔓延到领口以下。

关星禾被吓得倒吸一口凉气，焦急地问道："你这是不是过敏了？"

她往餐桌上看，发现那些都是日常的食物，以前都吃过，也没见贺灼吃后有什么不对劲。她下意识地想到了之前的那块杏仁曲奇。

张姨已经打电话叫了医生，关星禾看着那片骇人的红疹，心中懊悔不已。

她低声问："你感觉怎么样？"

听说有些严重的过敏会对生命造成威胁。

她抬眸看着贺灼，眼中含着浅浅的泪，像是沾着露水的玫瑰，刺得贺灼心中一痛。

贺灼道："我没事。"

他顿了一下，喉结微滚，半晌，又挤出一句："你……别哭。"

贺灼紧抿着唇，一向冷硬的脸上透出几分不知所措。

好在，家庭医生随叫随到。

医生进了门，检查了贺灼的脖子，冷静地说："应该是过敏了。今天吃了什么？"

关星禾吸了吸鼻子："杏仁饼干。"

"那可能是坚果过敏。"医生有些不解地皱眉，"你不知道自己对什么过敏吗？"

坚果算是较常见的过敏原，一般人若知道自己对什么过敏，都会避开。

贺灼的心中有些乱。

他不太能理解自己的行为——明明知道吃那片杏仁曲奇会过敏，可对上那双清澈干净的眼睛，他还是忍不住拿了起来。

生活教会这个十六岁的少年克制与隐忍，偏偏她就像生长在悬崖上的玫瑰，深深地吸引着他，明知道靠近就会受伤，他还是忍不住伸手触碰。

屋里安静极了，贺灼抿了抿唇，低声说："不知道。"

他面无表情，声音又沉又稳，连撒谎都令人觉得可信。

医生给他开了药，临走前嘱咐道："下次记得别吃这些了，过敏可不是闹着玩的。"

关星禾给他倒了水，看着他吃下药才舒了一口气，眼睛却还湿润着。

她看着贺灼还未褪红的脖颈，愧疚涌上心头。

"对不起。"关星禾说起话来还带着鼻音，声音都是软的。

贺灼只觉得有一团棉花糖化在了心中。

他的眼睫颤了颤，低低地说："没事。"

是他自己要吃的，跟她又有什么关系呢？

这晚，关星禾因为担心贺灼，一夜都没睡好。早晨，天才蒙蒙亮，她就迷迷糊糊地醒了过来。

她站在贺灼的门前，心里惴惴不安，好几次想去敲门，又怕太唐突。

正犹豫着，门突然开了，关星禾被吓了一跳，猛地抬眸。

眼前的少年穿着干净的衬衫，扣子严谨地扣到了最上面一颗。他的手里抱着书，长身玉立，看到她后脚步一顿。

两人谁也没说话，沉默了几秒，关星禾勾了勾嘴角："早上好。"她又顿了两秒，有些犹豫地问，"那个，你好点儿了吗？"

贺灼抿着唇看了一眼关星禾眼下的青黑色，声线沉下来："好些了。"

他长得清瘦高挑，关星禾站在他的身边，堪堪到他的肩膀处。

她微微仰着头，看见他脖颈上的红色已经褪了大半，松了一口气，道："那就好。"

接着，两人又陷入了沉默。

贺灼是个冷淡的性子，话本来就少，关星禾却是个小话痨。以往，两人关系紧张，她的心里憋着一股气，不愿意主动和贺灼说话。

可想到那片害他过敏的杏仁曲奇，她的心中又涌上一些愧疚。

贺灼这个人，虽然有时候挺冷漠，不好接近，可对她其实还不坏。

关星禾咬了咬唇，仰着脸看他，没话找话道："那个，你起得好早啊。"

回答她的只有沉默，关星禾有些后悔。

她这话确实让人没法接，按照以前的情形，贺灼顶多回她一个"嗯"。

她懊恼地抿着嘴角，下一秒却听到了少年的回答："嗯，等会儿去学校。"

他的声线偏低，清清冷冷的，像是冬季清晨拂过的风。

关星禾一愣，她没想到贺灼会回答。

她的视线落在他手里的书上，问道："你参加了学校的奥数班？"

"嗯。"

关星禾的眼睛忽然一亮，道："我等会儿也要去那附近练琴，要不，我请你吃早餐吧？"

学校旁边有一条小吃街，每次路过，关星禾都馋得流口水。相比之下，家里的早餐总是千篇一律，清淡又无味。

他的喉结微滚，想要拒绝的话堵在喉咙口。

"就当作是我的道歉。"关星禾眨眨眼。

贺灼垂下眼眸，忽略了自己不正常的心跳。

半晌，他才点了点头。

周六是个难得的好天气，秋日的暖阳照在身上，让人心情也愉悦了不少。

下了车，关星禾带着贺灼穿过马路。

只隔了一条街，两边却像是两个世界。

晨风仿佛都带上了几分烟火气，嘈杂的人群挤满了路面，本就狭窄的街道两边遍布着小摊子。

"好香啊。"关星禾深吸了一口气。她是第一次来这种地方，好奇地左看右看。

"我们去吃那个吧，看起来好好吃。"她指着煎饼果子的摊位，又犹豫不决地看了一眼麻辣拌粉，"这个好像也很好吃。"

最后，她仰起脸，眨了眨无辜的大眼睛，问他："你想吃什么呢？"她顿了一下，又补了一句，"我都可以，听你的。"既然要道歉，就应该拿出点儿诚意来。

贺灼看着黑漆漆的油锅，又看了看凌乱不堪的摊子。他倒是没什么，但关星禾……

他垂眼看着关星禾。

她穿着一件米白色的毛衣裙，衬得脸蛋白皙粉嫩，细软的头发随意地披在肩上，被阳光晕染成浅淡又温柔的棕色。

她像春夏时节漫天飞舞的蒲公英，和这里的脏污格格不入。

贺灼毫不怀疑，吃下这些东西，她今天不会好过。

他想拒绝，或者让换一个地方，可她就这样仰着脸看他，眼中满含着期待。

贺灼慌忙避开她的眼神，道：“那家吧。”

他指着整个小吃街唯一一家看起来比较干净的摊位。

最起码，那家摊位的招牌上没有错别字。

“好啊。”关星禾看着招牌，兴致勃勃道，“鸡蛋汉堡，听起来好好吃的样子，而且，排队的人还挺多的呢。”

两人乖乖地站在队伍的最后，好在队伍移动得很快，没过几分钟就到他们了。

老板是个面善的中年男人，脸上带着笑，动作很利落：“同学，看看想加什么？”

关星禾转头问：“你想加什么呀？”

贺灼说：“不用加了。”

“这怎么行？”关星禾瞪圆了眼睛，“这么小一个，你怎么吃得饱？”

她转头对老板说：“两个鸡蛋汉堡，一个加香肠，一个豪华版。”

豪华版，顾名思义，就是把能加的东西都加上。

贺灼来不及拒绝，老板已经把鸡排往铁板上放了。

面善的老板笑眯眯地望着两人道：“你们是兄妹吧？”

“对啊。”关星禾眼巴巴地看着眼前的鸡蛋汉堡。

贺灼的指尖微微一颤。

他垂眸看着关星禾软乎乎的发顶，漆黑的眼眸中似乎落入了光。

老板笑呵呵地看着两人，低头将鸡蛋汉堡从中间切开，依次放进黄瓜和酸菜。

做到第二个时，放黄瓜的盒子见底了，他冲着后面喊：“囡囡，帮我弄一点儿黄瓜丝。”

破旧的摊位后站起一个女孩儿，她撞上关星禾的视线，呼吸猛地一顿。

过了半晌，她看了看自己身上松垮的衣服，低低地和关星禾打了一声招呼：“星禾。”

老板有些讶异：“囡囡，这是你的同学吗？”

徐心圆生硬地扯出一抹笑：“嗯。”

她们不仅是同班同学，还是一个乐团的。不过，两人的关系并不亲近，可能连朋友都称不上。

老板却更热情了，低头又往鸡蛋汉堡里塞了好多料："那今儿，这两个汉堡就送给你们了。"

关星禾慌忙摆手："这怎么行呢？不行不行，一定要给钱的。"

两人在小摊前推来推去，最后，还是徐心圆开了口："星禾，你就拿着吧。"她用纸轻轻地擦了擦手心的汗，低声说，"这东西又不值什么钱。"

话说到这份儿上，关星禾也不好再推辞，她感激地笑了笑："谢谢，下次排练的时候，我请你喝奶茶。"

徐心圆点点头。

小摊前的人实在太多，关星禾怕耽误他们的生意，很快就离开了。

徐心圆看着女孩儿背着小提琴的纤细背影，这才注意到她身边的贺灼。

她有些惊讶，这不是昨天帮忙的学长吗？怎么会和关星禾在一起？

她父亲感慨道："兄妹俩的关系还挺好的。"妹妹一副生怕哥哥吃不饱的样子。

徐心圆心中有些疑惑，好像没听说关星禾有个哥哥啊！

另一边，出了小吃街，关星禾低头咬了一口手里的食物，感叹道："好好吃。"

酥香外皮热腾腾的，香肠和鸡蛋喷香绵软。

阳光下，关星禾眯着眼，白皙的脸颊上露出两个可爱的小酒窝。

其实，贺灼并不爱吃汉堡，可他看着关星禾满脸的快乐，似乎也被感染了。汉堡的温度透过塑料袋传到贺灼的手上，他的心里也暖暖的。

"你觉得好吃吗？"关星禾从食物中分神，问道。

贺灼这才回过神来，低头咬了一口，而后对上关星禾明亮又期待的眼睛，他点头："嗯。"

确实比想象中的好吃许多。

深秋时节，落叶在树下铺了厚厚一层。

关星禾没想到会在琴室楼下遇到徐心圆。

女孩儿站在大树下，像是在等人。

"心圆？"关星禾有些疑惑，"你怎么在这儿？"

徐心圆抿了抿唇，垂着眼，双手紧紧地绞着衣角："那个，我有事情想跟你说。”

关星禾眨了眨眼睛。

她和徐心圆没什么交情，平时见面最多点头笑一笑，也不会交谈，她实在是想不通，有什么事情重要到让这个并不熟悉的同学在琴室楼下等她。

不会是因为那两个汉堡吧？关星禾急忙低头掏书包，却被徐心圆拦住。

她有些难堪地躲避着关星禾的目光：“我不是找你要钱的。”

“那个，”她咬咬牙，语气小心翼翼的，“你……能不能不要告诉别人，你今天见过我？”

过了好几秒，关星禾才明白徐心圆的意思。她有些不知所措道：“好的，我不会说的。”她没事跟别人说这些干吗？

徐心圆似乎松了一口气，脸上终于露出了笑容：“谢谢你，星禾，你和你哥哥都是好人。”

“你认识他？”

徐心圆点头：“是啊，昨天我们班的遮阳伞，就是他帮忙撑起来的。他肯定是知道我们同班，所以才帮忙的。”

他看上去可不像是会帮忙的样子。关星禾的心中浮起奇怪的情绪。

她并不觉得自己在贺灼那儿有什么面子，可面前的女孩儿笃定的语气，让她的心中又生出了一丝感动。

直到回到家，她心中那种奇异的情绪仍未散去。

暮色四合，关星禾呆呆地站在走廊里，她看着面前紧闭的房门，恍惚想起自从那天之后，贺灼就再没来给自己补课了。

她脑海里莫名地浮现出他每次给她补习时的专注神情，还有昨夜他笨拙的安慰。最后，她想起了那碗山楂糕。

她抿了抿唇，似乎下定了决心，轻轻地敲了敲贺灼的房门。

几秒之后，门被轻轻地打开。

贺灼似乎是刚洗完澡，乌黑的头发还未干透，有几缕垂落在额前，衬得他清隽、苍白的面容多了几分不羁。

他还未反应过来，手里就被塞进了一张试卷。

“这是这次的试卷。”

贺灼粗略地看了看，轻轻地舒了一口气——讲过的题都做对了。

他沉冷的声线带上了几分鼓励的意味：“挺好的。”

关星禾轻声说：“谢谢。”

贺灼垂眸，下一秒便直直地撞进关星禾的眼里，那双杏眸里仿佛落满了星光，那样明亮。

她咬着唇，似乎是下定了决心，望着他缓缓地说：“我们和好吧。”

贺灼的心狠狠地一跳。

那双眼睛直勾勾地望着他，满怀期待，令人无力拒绝。

她就像和兄长闹脾气的妹妹一样，语气低低的，像是在撒娇般祈求道：“以前的事，我们都忘掉，好不好？”

像是有一双温暖的手，悄悄地抚慰着他那颗冰冷的心，那种无法抑制的悸动，瞬间打散了他内心潜藏的怀疑与不安。

忘掉以前的事吗？忘掉关熠的嘲讽与欺辱，还有那个冷冷的秋日里，女孩儿敲开他房门时眼中的期待？

他不止一次地抵抗她的靠近，可好像一点儿用也没有。

就像此刻，她仰着头，软软地向他求和，让他忘掉以前的事，他的心就不可抑制地陷落了一块，就像他无法抑制自己为她做山楂糕，保护她，还吃了那块让自己过敏的杏仁曲奇。

贺灼清晰地听到自己胸腔里一声快过一声的心跳声。

他的声音变得干涩而喑哑：“好。”

他告诉自己，再相信一次，相信她的笑意不是装出来的，相信她此刻是真的想要忘记过去的不快与冷漠。

她伸手，语气轻快：“给。”

贺灼低头看，关星禾白皙的手掌上躺着一颗糖果，由老式的玻璃纸包着，在走廊幽暗的灯光下流转出七彩的光。

“请你吃糖。”她的眉眼间透着快乐，“算是和好礼物。”

贺灼蜷了蜷手指，最终接了过来。

在他看来，只有小孩才会吃糖。灰暗孤独的童年，他只得到过那么几次糖果，且时间过去太久了，久到他已经忘记了那是什么味道。

“你吃啊。”关星禾望着他，眼中透出一丝狡黠的笑意。

贺灼剥开糖纸，将糖放入口中，竟是酸的。

他的表情几乎没什么变化，只是眉毛微不可察地皱了一下。

关星禾讶异地问道：“你没什么感觉吗？”她记得这种糖最开始的口感是很酸的啊！

贺灼敛住眸中的神色，低声说：“有些酸。”

他的口腔像是被针刺着一样，喉咙口都堵得难受。可很快，细密的甜味便涌了上来。

他恍惚回忆起童年吃到的第一颗糖，柔软又甜蜜，给人幸福的感觉。

贺灼垂眸看着眼前的关星禾。

她背着手，一双明净的眼里透露出几分亲近，就像寻常家中和兄长开玩笑的妹妹一样。

嘴里的甜蜜瞬间渗到心底，贺灼的嘴角不自觉地上扬。

“好啦，我要去睡觉了。”关星禾笑着进了房间，而后探出个头望着他，“我觉得，这颗糖和你还挺像的。”

外表坚硬刺人，内心却柔软无比。

秋天悄悄地过去了，已是十一月初，学校的同学都换上了鲜红的冬季校服，放学时，熙熙攘攘的人群仿佛一片燃烧的火焰。

今天周五，关城宇打了电话说会回来。他几乎一个月才回来一次。

关星禾坐上车，有一搭没一搭地和贺灼聊天。

自从那天和好之后，两人的关系似乎亲近了不少。

说是聊天，其实几乎是关星禾一个人在说。

她满眼兴奋道：“今天我爸回来。你说，他是休假了吗？”

贺灼正低头看着书，却不忘轻轻地点头回应她。

关星禾抿了抿嘴角，小声道：“敷衍。”她实在不明白书有什么好看的。

关星禾是艺术生，对学习不是那么上心，成绩只算得上中游，和贺灼这种次次考年级第一的人没法比。

比起她的自由懒散，贺灼显得无比自律，几乎把所有的课余时间都用来读书了。

好几次，关星禾夜里起床，通过走廊时，都发现贺灼的房里还透着灯光。

“你都是年级第一名了，还这么用功啊？”关星禾有些不解。

贺灼的手指微顿。

他侧过头看着关星禾。

傍晚时分，天边铺满绯红色的晚霞，她清丽的侧脸映着瑰丽的霞光，显得那样温和、干净。

她像是命运的宠儿，生来就拥有许多人一辈子也得不到的东西，而他几乎一无所有，连现在的生活都是依靠别人善意的施舍。

就连那一点点的温暖，都是她随手给予的。

贺灼明白，自己不可能一辈子靠别人的施舍生活，所以，他时刻提醒自己努力学习，生怕退后一步。

关星禾倚靠在座椅上望着他，一双杏眼澄澈明净，透着天真。

贺灼恍然觉得，有些人的美好，仿佛夜空中的月亮，悠远，美丽，让人生不出一丝嫉妒之心，似乎她生来便该是这样。

那些艰涩的理由被藏在心底，贺灼垂下眼睛，低声道："因为喜欢。"

关星禾第一次听人说喜欢读书，她瞪圆了眼睛，惊叹道："好羡慕！"

要是她也喜欢读书就好了，这样，她的数学成绩也不至于垫底。

她的语气夸张，贺灼忍不住轻勾了一下嘴角。

冬天的天黑得快，到家时，天色已经暗了下来。

吃饭时，关城宇问："小贺啊，你下周要回去吗？"

贺灼有些讶异，他没想到关叔叔会记得他父亲的忌日。

没等他回答，关城宇手中的电话就响了，他接起来说了几句，便拿起搭在椅背上的西装："公司有事，我得回去一趟。"

他走到门口又想起什么，回头道："小贺啊，要回去的话，让司机送你。"

他行色匆匆，最后一个字音被阻隔在大门之外。

关星禾有些丧气，爸爸好不容易回来一次，没几分钟又走了。

她噘着嘴，漫不经心地数着碗里的饭粒，小声嘟囔着："都没说几句话。"

过几天，她所在的乐团有表演，本来她想邀请关城宇去看的，看来是不可能了。

关星禾垂着头，情绪低落，贺灼在一旁看着，张了好几次嘴，却又不知道怎么安慰。

他看着关星禾磨磨蹭蹭地吃完饭，一个人去了阳台。

今天的夜空无月，只有几颗闪烁的星。

关星禾还是不死心，给关城宇打了个电话，问他过几天有没有空看演出，关城宇如她意料之中的那样拒绝了。

"星星啊，爸爸这几天实在是忙得脱不开身，演出又不一定要家人去，你叫朋友也是可以的。"

关星禾闷不作声。

电话那边沉默了几秒才说："要不这样，你问问小贺愿不愿意去。他也是我们家的一分子。"

家人吗？

关星禾不知道怎么开口。她知道贺灼父亲的忌日在下周，却不知道和演奏会是不是同一天。就算不是同一天，在家人的忌日前后，他还有心情去听演奏会吗？

关星禾站在贺灼的门前犹豫不决，最后还是默默地回了自己的房间。

关星禾开了一袋浴盐。

水流回旋地流动着，顷刻之间便呈现出混浊的奶白色。

她坐在浴缸里，温暖的水包围着她，似乎把烦乱的思绪一扫而空。泡泡漂浮在水面上，关星禾合起手掌捧起一堆泡泡。灯光下，泡泡流转着光华，显示出绚烂的七彩色，好看极了。

关星禾听着音乐，沉浸在自己的世界中。

突然，“啪”的一声，浴室陷入了一片黑暗。

耳边还萦绕着音乐声，她的大脑停滞了一秒，反应过来后摸黑按下了暂停键。

不会是停电了吧？

门外响起了几声敲门声。

“你没事吧？”是贺灼的声音。

关星禾顾不上洗净浑身的泡泡，连忙起身穿上衣服。

她走出浴室，将门开了一条小缝。

烛光映进来，门外的少年正举着一根蜡烛，他清冷的眉目似乎被温暖的烛光柔化了些许。

“好像整个小区都停电了。王叔他们去仓库找照明灯了。”他伸手将蜡烛递给她，“你先将就着用蜡烛照一下。”

他想，女孩子大概都怕黑吧。

关星禾正想接过来，突然发现他的手里只有一根蜡烛。她问：“那你呢？”

贺灼说：“我没事。”

关星禾抬眸望过来，眼里映出一片温暖的烛光。

她思索了几秒，说：“要不，你进来吧？我们用一根蜡烛。”

贺灼的心跳漏了一拍。

十一月的夜晚，停了电，屋里连空气都是冰凉的。

烛火摇曳，忽明忽暗，贺灼的指尖仿佛被火光点燃，暖意一路熨烫进心底。

关星禾穿着米白色的睡裙，刚洗完澡，发尾还是湿的，满身都是清新的花果香气。

空气中莫名透出几丝旖旎气息，她仰着头，一双杏眼纯真清澈。

走廊里拂过一阵风，她冷得抖了抖，道："好冷啊，你快进来吧。"

不知为什么，贺灼竟有些焦躁，他慌忙地避开视线，将蜡烛递过去，冷声说："我不进去了，你好好休息。"

关星禾没接蜡烛，声音又轻又软："你就进来待一会儿，我有事情跟你说。"她的眼尾微微地垂着，一副可怜兮兮的样子，"一会儿就好，不会耽误你很久的。"

贺灼终究抵不住心里的那一丝渴望，沙哑着声音说："好。"

淡淡的烛光晕开，将房间里的物件都染上了温暖的颜色。

"你把蜡烛放在桌上吧。"关星禾给他搬了一把椅子。

贺灼将蜡烛倾斜，让蜡油滴落下来。

"这样做是怕蜡烛倒掉吗？"关星禾撑着脸，看着贺灼慢慢地把蜡烛立在蜡油上。

贺灼点了点头。

关星禾弯了弯眼睛，赞道："你好厉害啊，我都不懂这些。"

她的尾音微微上扬，分明只是极其简单的常识，她却仿佛真的看到了什么了不得的事。

贺灼微抿着唇，被她的夸赞弄得有些不知所措。他轻咳一声，转移话题道："你刚刚想说的是什么事？"

这回换关星禾尴尬了。她咬了咬唇，犹豫了半晌才说："你周六有没有空啊？"

贺灼问："怎么了？"

"我们乐团周六有一个小型表演，每人可以邀请一个人到场观看。"关星禾顿了一下，声音带上了一丝忐忑，"你愿意来吗？"

房间里一片静默，烛光微微晃动，在墙上映出少年的剪影。

他侧脸坚毅，鼻梁高挺，深邃的眸子透出几分冰冷的意味。

关星禾见他不说话，有些沮丧地垂下头，低声说："如果你有事……不来也没事。"她的声音里透出失落，"本来就是个小型表演，其实也没什么好看的。"

"周六什么时候？"

"啊？"关星禾猛地抬头。

烛光的映衬下，贺灼冷硬的面部轮廓仿佛柔和了几分。

关星禾这才反应过来，她弯唇，声音中透着轻快：“晚上七点开始。”

贺灼垂眸思索片刻，点了点头：“好。”

他周六要去学校的奥数班，放学之后赶一赶，应该来得及。

关星禾的眼睛瞬间亮了，眼里映着烛火，如同闪烁的星。

贺灼极力忽略心口奇异的感觉，别开视线，低声说：“没什么事的话，我回去了。”

“哎，别。”关星禾轻轻地抓住他的袖子，“我们聊聊天呗。你的房间那么黑，回去也看不了书。”

贺灼垂眼，目光停在袖口那只白皙的小手上。

关星禾以为他不愿意，慢吞吞地松开手，小声说：“其实我有点儿怕。”

贺灼顿了半晌才缓缓地坐下。

“聊什么？”他的声线低沉，带着一丝冷淡，语气却透出别扭和不易察觉的小心翼翼。

贺灼将背挺得笔直。

关星禾忍不住笑出来：“你平时都坐得这么直吗？”

他总是坐姿板正，给人一种冷硬感，仿佛萧瑟寒冬里的一棵白杨，永远沉默又坚毅，任凭风吹雨打也岿然不动。

关星禾忍不住想逗他，她的视线落在桌上的棉花糖上，脑中灵光一闪：“要不，我们用蜡烛烤棉花糖吃吧。”

她有些好奇，这个一向没有什么表情的少年吃棉花糖时是什么样子？

不等少年回应，关星禾不知从哪儿找出了叉子，递给他：“喏，把棉花糖叉在上面。”

贺灼抿紧了嘴角不说话，只是沉默地接过叉子。

闪烁的火光映进他漆黑的眼中，贺灼将叉着棉花糖的叉子伸出去。

“对，就那样放在上面烤一会儿。”关星禾一脸认真，“等表面变成焦黄色就可以了。”

可能是棉花糖易燃，才靠近烛火一会儿，烛火骤然跳动，刹那间便包裹住棉花糖，软白的棉花糖顿时燃烧起来。

“啊啊啊，怎么办？”关星禾吓得六神无主。

贺灼拉住她，将燃烧的棉花糖插进水杯里。

火顷刻熄灭。

空气中弥漫着一股淡淡的焦味，贺灼抬眸，淡淡地说："没事。"

关星禾的心还在猛跳着，她心有余悸地拍了拍胸口，对上少年的眼睛。

那双眼睛分明与往日并无区别，可在这样惊惶又安静的气氛里，那双沉静漆黑的眼睛莫名地给人一种奇异的安全感。

关星禾狂跳的心瞬间平静了下来。

她的面上浮现出几分尴尬："对不起啊，都是我的错。"

贺灼沉默了几秒才问："还想吃吗？"

"啊？"关星禾疑惑地望着他。

贺灼起身去接了一小盆清水放在桌面上："这样比较安全。"

关星禾愣愣地看着他将棉花糖烤得焦黄，递到她的面前："吃吧。"

他的声音低低的，在这样安静的环境里竟让人觉得有些温柔。

关星禾接过来，轻轻地咬了一口，很甜。

比她以往吃过的棉花糖都要甜。

海市今年的冬天格外冷，天气预报说近几天会迎来初雪。

奥数班只在周六开课，教室里的人不多，学生们坐得零零散散的。

临近下课，老师发了一张卷子，敲了敲黑板，说："今天可能要拖一会儿堂，做完这套卷子才可以回去。"

教室里一片怨声载道。

贺灼坐在最后一排，他想起关星禾那双期待的眼睛。

如果他没去，她肯定会很失望。

卷子传下来后，贺灼看了看墙上的时钟，心里隐隐有些焦躁。

奥数卷从来就不"简单"，他扫了一眼题，全部做完，少说得一个小时。

贺灼来不及多想，埋头做题。

做完前三题，已经到了下课时间。贺灼抿了抿唇，做了一个大胆的决定——接下来的题，他全都随意地填上了数字。

他走出教室时，听到背后有人小声嘀咕："厉害啊，这么快！我第一题才做完。"

出去上厕所的老师一回来，就看见讲台上摆了一张卷子。他拿起来看了看，原本笑着的脸慢慢地沉了下去。

这都是什么？除了前三题，后面全都是错的。

透过窗户看见少年的背影，他抓着试卷，气急败坏地喊："贺灼，给我回来！”

教室里的同学哄闹起来。

十六七岁的少年，骨子里已生出叛逆，把敢于挑战老师当作一件了不得的事情。尤其是，那个人还是年级第一名。

贺灼跑起来，寒风刮过面颊，他身体里却像燃着一团火，心中一片炽热。这一瞬间，他什么也顾不上了。

他只想快点儿跑到演出现场，去赴那场和关星禾的约定。

演出的地方在学校不远处的小礼堂，跑过去花了十来分钟。

贺灼喘着气走进去时，不大的礼堂已经坐满了人。他想起关星禾叮嘱的，家属的座位在前三排。

可放眼望去，前三排都坐满了人。

贺灼站在原地，黑眸微沉。

工作人员拿着表格过来拍了拍他，小声提醒道：“您好，快开场了，请您尽快落座。”

少年匆匆而来，他的身上仿佛还带着外面的寒气。他哑着嗓子，低声说：“我是……关星禾的家属。”

“啊。”工作人员低头看了看表格，说道，“不好意思哦，关星禾的家属好像已经登记了呢。”

他有些抱歉地说：“乐团的每个成员只有一个家属位。”

面前少年的脸色越发冰冷，工作人员打圆场道：“是不是没和家里人说好？要不，我为您找一下关星禾的家属，你们好好商量一下？”

“不用了。”贺灼冷声打断。

他的视线落在第三排那个熟悉的背影上——是关熠。

演出还未开始，礼堂里只亮着微弱的光。贺灼体内的那团火瞬间被扑灭，就连眸光都暗淡下来。

他嘲讽地扯了扯嘴角。

又是骗他的吗？和关熠合起伙来骗他，一次又一次。

所以，温声软语是假的，和好也是假的，从头到尾，只有他一个人傻傻地当了真。

贺灼转身走出了礼堂。冰冷的夜风刮在他的脸上，像刀刮一样疼。

他缓缓地抬眸，只见昏黄的路灯下纷纷扬扬地飘起雪花。

海市的第一场雪悄无声息地来了。

清水镇的冬天总是温暖又宜人，这是贺灼第一次见到雪。

贺灼对于雪的印象全部来自课本——银装素裹，白茫茫一片，洁白纯净。

没人告诉他，原来美丽的雪花落在脸上，是这样刺骨冰凉。

狭小的礼堂后台，离上台还有五分钟，老师讲完注意事项后，有人挤到关星禾旁边小声地说："关熠会来哦。"

说话的人叫周雾，是关熠的朋友。

关星禾至今不明白周雾为什么会和关熠那种混世魔王玩在一起。

她撇撇嘴："你爸妈不来？"

"我没告诉他们。"周雾做了个"捂嘴"的动作，把声音放轻，"别告诉别人。"关星禾敷衍地点点头。

表演很快就要开始了，乐队的所有人站在帷幕后，随着主持人报幕结束，厚重的帷幕被缓缓地拉开。

这还是第一次有人来看她演出。关星禾既激动又紧张，握着小提琴的手竟出了汗。

灯光一点点地亮起来，她屏着呼吸往台下看——没有贺灼的身影。

关星禾有些不安，她捺着性子又看了一遍，还是没有看到他。

是他没来得及赶过来，还是有什么事情耽搁了？关星禾的心中生出了几分失落感。

这是这么多年来，第一次有人以家人的名义来看她的表演。

她不停地安慰自己，或许他只是迟到了，一会儿就会来的，可直到表演结束，贺灼也没出现。

她知道贺灼今天是要上奥数课的，照理来说，他下课之后过来，刚好来得及。

是不是老师拖堂了？

关星禾沮丧地往外礼堂外走，却被周雾叫住："星星，我的包落在里面了，陪我去拿一下。"

关星禾叹了一口气，任由周雾拉着她往后台的化妆间走。

里面的人还没走光，有人在大声聊天。

"小慧，今天你爸妈都来了吗？"

"对啊。"

"不是只有一个名额吗？你是怎么做到的？"

杨小慧的声音中透出些许得意："我让我爸和我妈分开进来的，其中一个就说自己是关星禾的家长。”

“还能这样？”

杨小慧不以为意道：“她家哪次有人来啊？反正名额空着也是浪费了。”

房门“嘭”的一声打开。

关星禾死死地瞪着眼前的两人，胸膛上下起伏着。

她愤怒得浑身发抖，眼眶泛红，指节攥得发白。

这是唯一一次有人专门来看她表演。

她们不知道她有多重视这次表演。她在家练习了无数次，就连那身演出服，她都来来回回地熨了好多遍，生怕有一丝褶皱。

可就连这唯一一次机会都被她们毁了。

到底是第一次做坏事被当场抓住，看关星禾的架势，杨小慧吓得瞪大了眼睛，生怕她上来打自己。

好在老师马上来了。

他从周雾的嘴里了解了情况，急忙安抚关星禾：“你先回家好好休息，老师会妥善处理的。明天，乐团会给你一个满意的答复。”

周雾也劝道：“别气了，天这么冷，外面都下雪了，先回家好好休息。”

关星禾吸了吸鼻子，猛地转头：“下雪了？”

那如果贺灼来了，该多冷啊。

她压抑着满腔的委屈和怒火，不顾一切地往礼堂外跑。

初雪骤降，外面早已是白茫茫一片。礼堂外停着几辆车，车顶积了不薄的一层雪。

冷风夹杂着雪花往关星禾的脸上扑。

王叔打着伞过来：“大小姐，快上车吧。”

关星禾的声音都在抖：“贺灼呢？”

“不知道啊。”王叔说，“我刚来，没看见贺少爷。你们不在一起吗？”

他犹豫了一下，又说：“应该是先回去了吧？”

关星禾的心中焦躁不安，她抿了抿唇，说：“那我们先回去。”

因为下雪，车开得很慢，到家时已经是深夜了，家里却没见到贺灼的身影。

关星禾急得快要哭出来。一路上，她给贺灼打了好几个电话，他的手机却一直是占线状态。

这大雪天的，他一个人在外面该多冷啊。

“不行，我要出去找他。”关星禾猛地起身。

正在此时，大门被推开。所有人看了过去，都倒吸了一口凉气。

贺灼站在门廊处，身后雪花漫天飞舞着，他只穿着一件单薄的衬衣，肩上落满了白雪。

他的生气像是被这一场突如其来的大雪湮灭了，黑眸中一片死寂。

屋里开着暖气，雪悄悄地融化了，将他的衬衣浸湿了，衬得他越发消瘦。

关星禾连忙拿了毛巾上前。

贺灼黑沉沉的眼眸中没有一丝光亮，他避开她伸过来的手："不用了。"

这场突如其来的风雪仿佛湮灭了他心中微末的热度。他颓然地告诉自己，或许，像他这样生在泥泞里的人，本来就不配拥有阳光。

一次次地被欺骗、耍弄，不就是因为自己太渴盼温暖了吗？

他抬眸，黑眸中满是颓丧与落寞。

关星禾焦急地道歉："对不起，今天是因为……"

"别说了。"

冰冷的雪水从发梢滑落到脸颊，他嘲弄地勾了勾嘴角。

贺灼极少笑，他这样嘲讽又淡漠地笑着，比冷着脸的时候更让人害怕。

关星禾急忙解释："今天是因为乐团的人，他们故意抢走了我的位子。"

贺灼紧紧地抿着唇。

又来耍他了吗？用温言细语迷惑他，再猛地打击他。

他的声音哑得不成样子："你觉得，我会相信吗？"

是他傻，一遍遍地被欺骗、嘲弄。

关星禾的几句温声细语就让他的一颗心悸动慌乱，让他失了心智一般，变得一点儿也不像自己。

他们一定在背地里笑他吧。

多可笑啊。一个乡巴佬，不会玩《大富翁》，没吃过冰激凌球，更没听过什么交响乐，却妄想着靠近她，成为她的家人。

明明关熠才是她真正的家人。

她不是早就答应关熠，会站在他那一边吗？他又在期待什么呢？

雪水渗进单薄的衬衣里，贺灼浑身冰冷，头痛欲裂，他咬着牙，凭着最后一丝力气支撑着自己往楼上走。

关星禾想去扶他，却被他避开。

他眼眶发酸，说出的话却冷漠果决："别过来。"

别靠近我，别让我感受到温暖，也别用那双温柔的眼睛看着我。

因为，他害怕那颗心不受控制，被再一次耍弄。

这样的把戏，已经是第二次了。

关星禾不知所措地看着他关上了房门。

旁边的用人劝道："贺少爷应该是累了，有什么事咱们明天再说清楚。"

关星禾敲了敲贺灼的房门，小声说："贺灼，我说的是真的啊！你不信的话，我明天找人做证啊。"

屋里一阵静默，几秒过后，灯光熄灭。

关星禾抿了抿唇，找了张纸，把前因后果写了上去，悄悄地塞进了贺灼房间的门缝。

希望他明天起来会看到。

大雪初歇，她一夜难眠。

关星禾起床时，贺灼的房间已经空了。

今天是他父亲的忌日，阿姨说，天还未亮，他就出发了。

关星禾叹了一口气。不知道他有没有看见那张字条。

但她转念一想，照昨天的情形，即便是看了，他大概率也不会相信吧？

算了，昨天他在气头上，情绪不太好，等他回来再当面解释吧。

关星禾没让司机送，背上琴，一个人默默地去了学校。

大雪已经停了，树梢上落满了雪。

关星禾没忘记老师昨天承诺的事情。

今天的排练比较轻松，提前了半个小时下课。

解散后，老师把关星禾留了下来，让杨小慧单独给她道歉。

"对不起。"杨小慧的道歉没什么诚意，更多的是被逼的敷衍。

关星禾没说话。

老师瞪了杨小慧一眼，她才不情不愿地补充道："对不起，关星禾，这次的事情，是我做错了，希望你可以原谅我。"

她的话音刚落，老师就搓了搓手，打圆场道："星禾啊，都是些小事，做人要大度些，乐团成员间难免会有些小摩擦，团结才是最重要的。"

关星禾的语气淡淡的："老师，这就是你说的妥善处理吗？"

她平时性子软，待人也和善，从没说过什么重话，一时间，老师被这句轻飘飘的质问弄得有些不知所措。他愣了愣，说："不要因为这些小事影响了团员间的和谐。"

"对我来说不是小事。"她抬眸，那总是笑意盈盈的杏眼里透出几分执着。

他们不知道，昨天对她来说有多重要。

她的声音温柔，却十分坚定：“我昨天离开，是因为相信老师会公平、公正地处理，而不是为了所谓的乐团团结草草了事。”

老师有些尴尬，他问：“那你觉得怎样才是公平、公正的处理？”

关星禾抿了抿唇，郑重地说：“写检讨书，在整个乐团面前公开和我道歉。”

杨小慧有些不服。一点儿小事而已，她都道歉了，还想怎样？她想反驳，却被老师严厉的眼神制止了。

“可以。”老师转头对关星禾说，“那今天就先到这里，星禾先回去，杨小慧留下来。”

不知什么时候，外面又飘起了雪花。

关星禾在门口遇到了周雾。周雾朝她竖起大拇指，道：“我刚刚听到你说的话了，酷。”

关星禾扯了扯嘴角，抬眼就看到了马路对面的关熠。

他穿着厚重的大衣，把自己裹得严严实实的，司机在一旁为他打着伞，漫天雪花，没有一片落到他的身上。

关星禾突然想起昨天的贺灼，心里有些不是滋味。

关熠走过来，对关星禾说：“我订了一家餐厅，走吧，一起去？”

“不了。”关星禾无语道，“你们两个吃饭，我凑什么热闹？”

“对了。”关星禾眨了眨眼睛，从书包里掏出怀表，问，“这个是你的吗？”

怀表在书包里放了好久，她差点儿都忘了。

关熠瞪大了眼睛：“这不是我……”他像是意识到什么，猛地止住话头，吞吞吐吐地说，“这不是那小子的吗？怎么在你这儿？”

关星禾看着怀表，有一瞬间的恍惚。

原来是他的啊……这怀表看上去挺贵重的。

关星禾低头想，如果她把怀表拿去修好，等他回来时作为道歉礼物给他，他是不是就不会那么生气了？

清水镇的冬季从不下雪，有的只是绵绵不绝的雨水。

贺知的骨灰被安置在阳风山上。

山路崎岖，汽车行驶困难，贺灼干脆下了车，慢慢地往山上走。

远远地，他看到了父亲贺知的坟。

贺灼至今不明白自己对父亲到底是怎样的情感。

他从未从父亲身上感受到一点儿关爱。

很小的时候，他就知道自己与别的孩子是不一样的。他没有母亲，父亲常年忙碌，有时候，邻居会好心地把他接到家里，但更多的时候，他总是一个人。

少年孤僻又沉默，没有人愿意和他一起玩。

有一次，班上的男生说他是没妈的野小子，贺灼气得和他们扭打在一起。记忆中，那是父亲第一次因为他的事情来学校。父亲沉默地赔了医药费，回到家就狠狠地给了他一个耳光。

贺灼仰起头想向他辩解。

他想告诉父亲，这次，并不是他故意顽劣，是对方先出言不逊。

可来不及开口，父亲就打断了他的话，冷冷地说："你知道我有多忙吗？"他披上外套，迈步出门，只留下一句，"我还有事，别再给我惹事了。"

那一刻，贺灼悲哀地想，为什么他宁愿把时间分给无亲无故的学生，都不愿意分给自己唯一的儿子呢？父亲连解释的时间都不愿意给他。

贺灼不知道自己对父亲是怨更多，还是恨更多。

对于温情的渴望一点点地被碾碎在时光里，从此他不再期待有家人，也不再期待获得爱。

直到那个月明星稀的夜晚，关星禾仰着脸叫他哥哥，他才感受到胸腔里那颗早已死寂的心如枯木再生般地跳动起来，一下快过一下，渐渐消磨掉那么多年来的不甘与孤独。

那一晚，他是真的以为自己可以拥有家人。

可原来，还是一场空。

山上寒凉，雨丝落下来，贺灼垂眸从口袋里拿出一张字条。

过了许久，他轻轻地将字条撕碎，扔进了面前的火盆。

有些东西，本来就不该期待。

周日下了整天的雪，周一早上仍未停，整座城市覆盖着一层厚厚的雪。

贺灼还没有回来，司机打电话说，昨天夜里清水镇下了暴雨，雨水淹没了公路，两人被困在了镇上。

没了司机的接送，天还未亮，关星禾一个人默默地出了门。她没打车，撑着伞一步一步地往公交车站走。

早班公交车上的人不多，关星禾找了后排的位子坐，想一个人清净一下。

她犹豫了很久，还是给贺灼发了短信："你没事吧？"

车摇摇晃晃地开出几站，短信如同石沉大海一般，没有回复。

关星禾看着毫无动静的手机，心情越来越沉。

她不明白贺灼怎么这么倔，一句解释也听不进去，连短信都不回一条。

可她转念想到那漫天的大雪，他被冻得苍白的消瘦的脸，落满了肩头的白雪，愧疚便源源不绝地涌上心头。

下课后，雪还未停。

校门前，时岁拉着关星禾说："要不，你坐我家的车，一起回去吧？"

"不用了。"关星禾摇摇头，"我还有点儿事，先不回家。"

时岁家的车已经停在了门口，她挥了挥手，叮嘱道："那你小心点儿。"

关星禾撑着伞，看着那辆黑色的车驶过拐角，转身往另一个方向走。

昨天，关星禾把那块怀表拿到附近的表铺修，因为付了加急费，今天就能取了。刚刚，家里的用人打来电话，说贺灼已经在回来的路上了。

关星禾忐忑了一天的心终于放了下来，她想着，刚好把表取回去还给贺灼，再和他解释清楚事情的原委，说不定他的气就消了。

表铺不远，在离学校几条街的小巷里。

这家表铺是王叔介绍的，修表师傅是个上了年纪的老爷爷，他还找了一个绒布袋，仔仔细细地将黄铜怀表包了起来，而后才递给她："喏，小姑娘，下次可要小心一些，别再摔了。"

关星禾也不解释，笑吟吟地将绒布袋放进了书包："谢谢爷爷。"

为了抄近路，关星禾拐进了旁边的小路。

天色逐渐暗下来，风声凄厉，幽白的雪地上映着关星禾模糊的影子。身后传来窸窸窣窣的脚步声，关星禾的心中浮起了几分不安，不由自主地加快了脚步。

下一秒，她感觉到肩膀一沉，刺鼻的烟味钻入鼻腔。

"别走得那么快嘛。"陌生的声音传来，她的肩膀被人扣住，猛地往后一拽。对方死死地将她抵在墙上。

男人凌乱脏污的头发遮住了面目，身上披着破破烂烂的几块布，像是从垃圾堆里爬出来的。

关星禾的呼吸急促了几分。

"别叫，把身上的手机和钱交出来。"

小巷昏暗幽闭，关星禾的心脏狂跳起来，她强迫自己冷静下来，一双手却止不住地颤抖。

“给。”她的钱包里其实没什么现金。

男人看了几眼，低哼一声，厉声道：“就这些？别耍花样，都拿出来。”

“没了。”关星禾深吸了一口气，攥着书包带的手不自觉地收紧。

男人靠近一步，劣质的烟味夹杂着奇怪的腐臭味扑面而来，关星禾忍不住瑟缩了一下。

“耍花样？把书包的最外层打开。”

他见关星禾慢吞吞的，狠狠地将她往旁边一推，伸手就去抢书包。

“嘭”的一声，关星禾的脑袋撞上了墙面，感到一阵钝痛。

包里还放着贺灼的怀表。

不知道是从哪里来的勇气，关星禾用尽了全身的力气，死死地攥着包。男人一时竟然奈何不了她，只得伸脚狠狠地踹了她两下。

大腿像被石头砸了两下，关星禾的眼前发黑，忍不住松了力道。

男人趁机抢走书包，急切地拉开了书包的拉链。

忽然，一阵劲风袭来，他的后颈一疼，还没反应过来，就又挨了一脚。

关星禾忍着疼抬头看过去。

远处，路灯昏黄的灯光照进了窄巷口，借着这光，她看见一脸冰寒的贺灼。他身上带着冰雪气息，一脸戾气，直直地扑向男人。

少年背着光，冷硬的黑发边缘泛着光晕，仿佛是黑暗中的一束光，令人感到温暖又安心。

关星禾蓦地想起不久前的午后，他也是这样把自己牢牢地护在身后。

雪花纷飞，关星禾的心就在这一刻平静了下来，她连忙弯腰捡起掉在地上的手机，颤抖着手拨通了报警电话。

贺灼三两下就把男人打趴在地。

他转过头，看见女孩儿凌乱的头发，脚下又加了几分力。

“饶了我吧。”男人把钱包和书包往他的前面一推，不停地求饶。

关星禾说：“已经报警了。”

贺灼沉默地将男人的手反剪，不让他再动。

警察到得很快，按照程序，关星禾和贺灼也被叫上了警车。

歹徒是周边的流浪汉，一般是抢劫路过的妇女和小孩，已经是个惯犯了。

做完笔录，两人并肩走出警察局，一路沉默。

关星禾紧紧地跟着贺灼，她抬眸看着他消瘦的背影，忍不住说：“今天，谢谢你。”

贺灼的背影微微一顿。

关星禾抿了抿唇，忐忑地问：“我给你写的字条，你看到了吗？”

他的背影瞬间冷硬了几分，毫不留情道：“没看。”

关星禾靠近了些：“那我再给你解释一遍吧。前天那事情，我真的不是故意的，是我们乐团的人……”

她的身上带着清清淡淡的暖香，若有若无地钻进贺灼的鼻子里，他莫名觉得烦躁，脚步顿了下来。

“啊。”关星禾猛地撞上他的背。

大冬天里，他只穿着一件薄衬衣，坚实的背硌得关星禾的脑袋疼。

贺灼的手指蜷了蜷。

寒风将路边的冬青树吹得沙沙作响，关星禾捂着头，只听到他冰冷的声音：“别说话，好好看路。”

关星禾抿着嘴，心里莫名有些委屈，她吸了吸鼻子，声音低了下来：“我腿疼。”

见眼前的身影微微愣住，关星禾撒娇般地控诉：“他抢我的包时踢了我两脚，好疼。”

他无可奈何地妥协：“哪里疼？”

“这儿。”关星禾指着大腿，一双杏眼中浮现出水光。

贺灼攥着手，冷声道：“等一会儿司机就来了。”

“哦。”关星禾撇了撇嘴，“你还是不相信我的话吗？”

要怎么相信？贺灼无力地闭了闭眼，想要质问她，心中却有些恐慌，让他不敢开口。他不愿承认，哪怕心中早已将她和关熠归为了一伙，他依旧不想当面质问她。

他怕从关星禾的口中听到承认的话语。

仿佛只要她不承认，自己就能将那些不愉快的回忆抹去，只剩下那些鲜活又快乐的回忆，光是想一想，空气似乎都漫起了甜味儿。

四周寂静无声，远处霓虹灯闪烁，给这座冰冷的城市也染上了几分暖色。

贺灼的眼眸暗淡下来，他避而不答，只淡淡地说：“下次再遇到这种事情，他要什么东西就先给他。”

要是刚刚那个人带了凶器……贺灼的心脏不由得瑟缩了一下，不愿再想。

“可是，那个东西很重要。”关星禾抬眸，明亮的眼睛中透着倔强。

贺灼被关星禾这样不管不顾的态度刺到了，他的声音冷了下来：“有多重要？”

关星禾垂下头，缓缓地拉开书包的拉链，将绒布包递给他，执拗地说：“反正很重要。我怕他抢走了，我就再也拿不回来了。”

丝绒小布包卧在他冰凉的手心，他的心中却因为关星禾顽固的态度猛地升起了怒火。

他将薄唇抿成直线，压抑着怒气，动手拆开了布包。

黄铜色的表盖映进贺灼的眼帘，他心中一惊。

是那块早已丢失的怀表。现在它正安静地躺在他的手中。

关星禾口中很重要的东西，哪怕受伤也不愿交出去的东西，就是它。

贺灼的心跳停滞了一瞬。

关星禾的眉眼弯弯，声音轻得像一片雪：“打开看看啊，看是不是和以前一样。”

有雪花飘落在贺灼的指尖上，他屈起手指掀开表盖，里面的表盘光洁如镜，看起来竟比原来还要新。

贺灼轻轻地抚了一下表盘，只觉得喉咙发涩。他哑声问：“这……你从哪里找到的？”

关星禾回答道：“是家里的用人在花园里捡到的。我看到表盘摔碎了，就拿去修了一下。”她顿了一下，试探着问，“你不会介意吧？”

贺灼蓦地回想起那个大雨滂沱的夜晚，关熠嚣张的笑声。

怀表甩到窗外后，他冒着雨找了许久，却一直没找到。

贺灼垂眸看着关星禾，几缕头发散落在她白皙的脸颊边，朦胧的路灯光下，她的眼中好像盛满了星星。

原来，她不知道这些吗？

贺灼心尖一颤，这一刻，他的心中竟生出一丝希冀。

他对上关星禾清澈的眼眸，那双浅茶色的眼瞳像是没有一丝杂质的水晶，澄澈明亮。

贺灼的心瞬间软得不成样子。

要是她真的不知道关熠做的事呢？

要是音乐会的事真的是她说的那样呢？

他一想到这样的可能，就止不住地战栗。

天空飘着雪，关星禾温柔的眼神像是路边暖黄色的灯光，照进贺灼枯萎幽暗的心里，他陡然生出了许多勇气。

他双手紧攥着，声音沙哑得不成样子："你……"

路边骤然响起喇叭声。

关星禾笑着招了招手，转过来说："王叔来了，我们走吧。"

所有的话被堵在嘴边。贺灼心中思绪翻涌。

关星禾走了几步又停下来，她的声音软软的，带着几分小心："你能扶我一下吗？我的腿真的疼。"

贺灼喉结滚动了一下，走了过来。

他靠近她，她很自然地挽住了他的手，往他身边挪了挪。

他听到关星禾小声地问："你刚刚想说什么？"

所有的勇气在这一瞬间消失得无影无踪。

贺灼的声音干涩暗哑："没什么。"

"哦。"她又靠过来一点儿，浅淡的香味夹杂着冰雪的气息。

她轻声地问："那，你相信我了吗？"

她身上的香味仿佛瞬间浓烈起来，贺灼感觉喉咙无比干涩，半晌也说不出一句话来。

关星禾误以为他还是不愿意相信自己，有些失望地垂下眼眸，心底却又泛起了浅浅的疼痛。

无论谁在大雪天里站那么久，都不会开心吧？

车灯投过来，很快，王叔撑着伞走来，扶起她的另一只胳膊，关心地问道："怎么弄成这样了？"

关星禾笑了笑，安慰道："没事的，幸好哥哥及时来了。"

像是被"哥哥"两个字刺到了一样，贺灼的脚步一顿。

"那就好，那就好，要是有事，我可怎么和先生交代！"王叔一边说，一边替他们打开车门。

雪夜里，车开得很慢，王叔从后视镜里悄悄地看了他们几眼。

关星禾察觉到他的目光，忍不住问："怎么了？"

王叔说："那边的人来了，等会儿……你们快点儿回房间去。"

"他们怎么又来了？"关星禾顿时有些愤懑，"姑姑和关熠不在家吗？老来找我们做什么？"

"那边的人"是指关熠爸爸那边的亲戚。

关熠的父母很早便离婚了，他的父亲出身不好，却生得一副好相貌，很多年前，关熠的妈妈就是被这一副好相貌迷住，宁愿解除自己门当户对的婚约，也要和这个一无所有的人在一起。

可婚后不久，他便露出了真面目，动辄便在家里喝酒，打骂关熠的妈妈，不许关熠的妈妈出去工作，不断地打压她的自尊心。

关熠的妈妈用了好长时间，才从这段不对等的感情中醒悟过来，她付了一笔费用，和他一刀两断，从此再无关系。

本来已经相安无事地过了许多年，可去年，关熠的父亲因为涉嫌一宗商业犯罪的案子，被他任职的公司开除，前途也岌岌可危，这一大家子人便缠了上来，哭天抢地地让关家念着从前的情分帮帮他们。

车缓缓地驶进车库，下了车，有用人将关星禾扶下车。

刚进客厅，坐在沙发上的人就立即站了起来："星禾回来了啊。"

那是一个中年女人，头发凌乱不堪，肤色暗沉的脸上纵横着几道沟壑，她过来扶关星禾，关切地问："这是怎么了？"

关星禾轻轻地拂开她的手，勉强扯了扯嘴角："姑姑，我今天有些不舒服，先上去了。"

付颖是关熠爸爸的姐姐，关星禾平时也随着关熠称呼她姑姑。

付颖不情不愿地松开手，声音里带着讨好的意味："星禾啊，你爸爸大概什么时候回来？"

"他很忙，今天不会回来的。"关星禾不再看她，转头对贺灼说，"走吧，我还有一道题想问你呢。"

女人这才注意到关星禾身后的贺灼，她脸上的笑容淡了下来："这是从清水镇来的那个？"

付颖语气中的轻蔑让关星禾觉得恼火，她拽了拽贺灼的衣角，声音软下来："哥，我们走吧。"

贺灼一怔，这是她今晚第二次叫他哥哥。

他的心口泛起一阵酥麻的感觉。

关星禾笑道："你过来扶我一下。"

两人相携着往楼上走，付颖"啧"了一声，嫌弃道："乡下来的就是没规矩，见到长辈也不知道叫人。"

关星禾猛地停下脚步，转过身，硬声道："我是尊重你才叫你一声姑姑，事实上，我们两家已经没有亲戚关系了，你不是我的长辈，也不是我哥哥的长辈。”

关星禾站在楼梯上，冷冷地说：“这是我的家，如果你学不会尊重我的亲人，那么，请你出去。”

贺灼呼吸一窒，下意识地向她看去。

关星禾的眼神像是淬了冰，正居高临下地看着那中年女人。

“亲人”这两个字她说得那么自然，他的心像是被注入了暖流。

付颖顿时跳起来。

平日里，关星禾都是一副温温柔柔的样子，没想到呛起人来丝毫不留余地。她气急败坏道：“亲人？没有血缘关系的算什么亲人？”

关星禾正色道：“那你为什么要在我的家里大吼大叫呢？还不如早点儿去监狱里看看你那有血缘关系的‘亲人’，让他在里面好好地改过自新吧。”

“王叔，送客。”

关星禾不再理会付颖，转而对贺灼说：“快走快走，我好怕她发疯。”

她是个好脾气的姑娘，鲜少这样直白地骂人，此刻，她的心还怦怦直跳。

贺灼的嘴角弯了一下。

付颖正被王叔拉着，门口忽然传出一阵响动。她眼睛一亮，看到救星般大叫：“小熠。”

关熠正站在门廊处，眼皮耷拉着，听到她的喊声，闲闲地看了她一眼。

女人忙不迭地告状：“我刚刚去你家没找到你，只能到这里来，可你表妹竟然要轰我走。”

她装模作样地抽泣了两声，却听到关熠慢悠悠地说道：“那……你怎么还站在这儿呢？”

闻言，王叔双手一钳，将女人拖出了门。

大门隔绝了女人尖厉的怒骂声，屋里顿时安静下来，关熠抬眸看向楼梯上的关星禾：“下次她再来，直接轰走。”

他凉凉地看了一眼贺灼，转身出门：“走了。”

关星禾还来不及说话，门就被关上了。

闹剧瞬间落幕，屋内重归于宁静，用人们也开始忙自己的事。

关星禾慢吞吞地往房间走，却被叫住：“等等。”

贺灼的声音低沉且有磁性：“你刚刚说的，是什么题目？”

第三章
圣诞礼物

关星禾打开车门时，贺灼正端坐着看手里的书。

凛冽的风钻进车里，书页都被吹起来。

关星禾连忙上了车，她关了车门，小声问道：“你们等很久了吗？”

“没有，几分钟。”王叔缓缓地发动了车子。

车里安静下来，关星禾悄悄地看了一眼贺灼，迟疑道：“那个……明天你有空吗？物理学到新的单元了，我有一些题不会。”

贺灼轻轻地放下手里的书：“什么时候？”

关星禾喜笑颜开：“明天下午吧，等我做完作业。”

那一晚之后，他们的关系似乎好了很多。

贺灼低低地“嗯”了一声。

关星禾的眉眼弯下来。

到家时，天已经完全黑了。进了门，有用人说：“太太回来了。”

关星禾愣了一瞬。

一抬眸，她就看到了坐在沙发上的林映。她坐姿优雅，只占了沙发的三分之一，涂着蔻丹的手拿着白瓷杯，衬得一双手纤细洁白。

“星星和小贺放学了。”她笑容温柔，亲切地与他们打招呼，“来喝点儿热茶。”

关星禾有些诧异：“妈，你怎么突然回来了？”

“周末是你爷爷的生日，所以提前回来了。来，我给你们都准备了礼物。”她望了望贺灼，道，“这还是小贺第一次见爷爷，得穿得正式点儿，我给你置办了一套新的西装，今晚有空试试看，不合身就马上叫师傅改。”

贺灼接过来，小声地说：“谢谢阿姨。”

林映点点头，道：“那我先上去了，不合身就跟张姨说。”

她走过来，抚了抚关星禾的脑袋，柔声说：“长高了。”

关星禾扬起笑脸，刚要说些什么，但看到林映满脸疲惫，所有的话瞬间堵在嘴边。

她呆呆地看着林映上楼，眼睛里的光暗淡了下来。她们母女俩已经好几个月没见面了，她想和母亲说说话，但母亲好像并不打算和她聊。

贺灼垂眸看着关星禾，她的长睫轻轻颤动着，掩去了眼中的失落。

贺灼抿了抿唇，说：“明天下午，我没时间。”

“啊？”关星禾叹了一口气，“那算了。”

他的视线落在关星禾的身上：“现在有空。”

关星禾愣了一下，勾起嘴角，道：“哦，那我先去放书包，马上就来。”

周末这天，小雪转成了鹅毛大雪。

“天气越来越冷，晚上可得把暖气开大点儿，别着凉了。”林映在车上叮嘱道。

关星禾和贺灼都笑着点了点头。

今天是关老爷子的生日，老人家讲究排场，包下了整个长岛酒店。这样的雪天，酒店的车库里停满了各种名车，都是来给关老爷子祝寿的人开来的。

宴会厅里，水晶吊灯折射出璀璨的光芒，暖香拂面，和外面的冰天雪地仿佛是两个世界。

关星禾一家人到达时，宾客大多到了，但宴会还没开始，关城宇和林映作为东道主，需要去招呼客人。

关星禾躲在角落里，盛了一盘糕点慢慢地吃着。

“给。”她指了指粉红色的小方块，对贺灼说，“这个特别好吃，你试试。”

贺灼摇了摇头。

他今天穿着林映为他准备的西装，长身玉立，衬得他五官更俊朗了几分。

“那你喝点儿东西。”

关星禾正准备转身拿果汁，一位服务生走过来，手里的托盘一歪，托盘上的几杯香槟倾倒下来，酒液四处飞溅。

贺灼猛地将关星禾往身后拉了过去。

淡黄色的香槟泼洒在他笔挺的西装上，晕出了一块酒渍。

服务生连声道歉：“对不起，对不起。”

关星禾连忙问贺灼："你没事吧？"

她看了看贺灼，好在他今天穿着一身深色西服，酒渍并不明显，只是里头的白衬衫还是染上了浅黄色的酒渍。

"我帮你去问问有没有替换的。"关星禾有些急，要知道，今天可是贺灼第一次见爷爷，老人家比较古板，万一给他留下坏印象就不好了。

关城宇听到这边的动静，过来问明情况，思索片刻，说："车上有一套我留着备用的西装，就是可能不太合身。"他叹了口气，"但也好过这样。"

关城宇转头看了看关星禾："你怎么也……"

林映这时也过来了，说："就几滴，没事的，去洗手间清理一下就好。"

旁边的助理早就乖觉地去车上取西装。

贺灼被服务生带到了走廊尽头的更衣室，他怕耽误了时间，很快地换上了西装。关城宇的西装他穿着不太合身。出了门，他看到有人在等他。

是刚刚把酒泼到他身上的服务生。

"您好，关小姐叫我在这儿等您。"

不知道为什么，走廊里的窗户开了一条缝，贺灼的手紧了紧。

"什么事？"他冷声问。

服务生领着他往楼上走，宴会厅里的人声渐渐远去，贺灼的心中生出一丝不安。

服务生将贺灼带进一个小房间，道："关小姐让您在这儿等她。"

门被关上后，贺灼才发现这间房里没有暖气，窗户也有些破损，无法关严实。零下十几摄氏度的冬天，泼水成冰。屋里一片死寂，寒气像是蛰伏的毒蛇，无声无息地浸入骨髓。

贺灼逐渐意识到有些不对劲，他走到门前按下把手。

门打不开。

刺骨的寒风透过窗缝钻进来，过去那些不堪的记忆像冰冷的海水涌进他的脑海里。

似乎又回到了那一晚，他站在飘雪的音乐厅前，漫天飞雪湮灭了他心中所有的渴盼与希望。

另一边，宴会开始了。

服务生走进宴会厅，远远地对着关熠点了一下头。

关老爷子气场十足地出了场，应酬了一圈才过来和自家的小辈说话。

他问了问关星禾和关熠的学习情况，目光巡视了一圈，问："城宇啊，那个从清水镇带回来的孩子呢？”

关城宇说：“刚刚发生了点儿意外，他去整理一下，马上来。”

关老爷子看起来有些不满，冷哼一声：“那等他来了，带过来给我看看。”

关星禾心里生出不安，整场宴会都心不在焉，时不时左看右看。

可直到宴会结束，贺灼也没有出现。

关城宇还得送老爷子回去，人一散，关星禾就慌忙往更衣室跑。

更衣室空无一人。

关星禾的一颗心吊了起来，她正准备去前台询问，就被关熠叫住了。

“给。”他抛过来一张房卡，“十三楼，最角落的那间。”

关星禾来不及质问，拿了房卡就往楼上冲。

门一开，蚀骨的寒气扑面而来。

十二月的严冬，屋里没有暖气，空无一物，冷得像冰窖。

贺灼缩在墙角，一动不动。

关星禾跑过去，轻轻地推了推他，唤道：“贺灼。”

手触到他的衣服，像是触到冰上，她碰了碰他的手，却是滚烫的。关星禾吓坏了，慌乱地去摸他的额头，拉着他的手用力摇，不停地叫他。过了许久，他的眼皮才动了动，冻得发紫的嘴唇也动了几下。

关星禾却听不清他在说些什么。

贺灼觉得自己陷进一团柔软的云雾里，可顷刻之间，云雾便化作片片冰凉的雪花，落在他的身上。忽冷忽热间，杂乱的记忆纷至沓来。

他回忆起父亲去世后，自己在清水镇过的第一个年。

屋里很冷，窗外是嘈杂的鞭炮声，他一个人静静地躺在床上，窗户外透进了一点儿微弱的光。

他闭上眼睛，强迫自己睡过去，仿佛这样就能把一切悲痛都忘记。

然后，意识变得模糊起来。

他的耳边飘来一道温柔的声音：“喝点儿水。”

贺灼下意识地张开嘴。

温热的水顺着喉咙流下的瞬间，他想起来了，那是关星禾的声音。

她是第一个给他温暖的女孩儿。

贺灼醒来时，发现自己在一个熟悉的房间。床头柜上有一个小小的闹钟，指针指向十点，空气中弥漫着浅浅的花香，是关星禾身上的味道。

床头柜上贴着嫩黄色的便笺，上面写着：“醒来记得吃药，白色的一次一片，胶囊的一次两颗。”

贺灼无力地闭了闭眼，身侧的手一点点握紧。

套间外传来了响动，好像是关星禾的声音。

贺灼垂眸看着便笺，紧紧地抿住发白的唇。

他本以为自己的人生会永远这样晦暗，没想到她出现了，她像是一道光，炽热地照进他的世界里。

身体里涌动着一股热流，这一刻，他突然忘了所有的疑窦与不安。

他想要豁出去相信她一次，相信那些温暖的记忆不是假的。

他想要去问问她，这一切究竟是为什么。

门被重重地砸了一下，“砰”的一声震得关星禾的心都抖了抖。

她打开门，门口站着关熠。

他喘着气，满身寒气，声音里满是压抑着的愤怒：“关星禾，你这是什么意思？”

关星禾双手抱臂，冷冷地说道：“没什么意思，就是把你做的事如实告诉了大家。”她抬眼，声音压低，“还有，你小声一点儿，贺灼在休息，烧还没退。”

“谁管这些？”关熠现在就像个炮仗，一点就爆，“你知不知道爷爷也在那个群里？你发那些话是什么意思？什么叫关熠把贺灼锁在房间，害得他发烧晕倒？”

关星禾深吸了一口气，道：“我说的本来就是事实。”

“你知道爷爷是怎么骂我的吗？你到底站在谁那边？”关熠气得踹了一脚沙发，“我才是你有血缘关系的哥哥。”

关星禾也有些激动：“是，你说得没错，你是我的哥哥，但是贺灼做错了什么？你凭什么这样对他？”

“他什么也没做？”关熠冷笑了两声，道，“你能不能不要这么天真？他们这种出身的人最擅长的就是忍耐，他今天可以放低姿态讨好卖乖，明天就会轻而易举地夺走你的东西。”

就像他自己那个恶心的父亲，就算进了牢房，还是像狗皮膏药一样，甩也甩不开。

关熠时常梦到小时候，梦到那个男人。空气里弥漫着酒味，他就那样站着，背挺得笔直，居高临下地训斥着母亲，仿佛只有那样才能忘掉那骨子里的自卑。

关家人厌恶关熠的父亲，外公对他更是不冷不热。他只有拼命学习，取得好成绩，才能让母亲在这个家中挺起胸脯做人，可贺灼的闯入，轻易地夺走了他的荣誉，将他的努力衬得可悲又可笑。

怒火在心中翻涌，他的胸膛剧烈地起伏。

关星禾知道他想起了自己的父亲，语气软了几分："你能不能不要把所有人都想得这么坏？贺灼和你爸爸不一样。"

"怎么不一样？"积压的怒火在这一瞬间爆发出来，关熠低吼道，"他们简直一模一样！"

他深吸一口气，冷笑道："你之前说和我站在一起，都是骗我的吧？"

关星禾讪讪道："我只是……不希望你去找他的麻烦。"

"所以就骗我？"关熠攥紧双手，咬牙切齿道，"敷衍我？假装和我站在一起，然后去爷爷他们面前告状？"

关星禾讷讷道："我没想那么多……况且，他明明什么也没做，都是你一门心思地挑衅他。"

"好。"关熠长呼一口气，语气异常平静，"都是我的错，你就护着你那个穷酸哥哥吧，以后都别跟我说话。"

"嘭"的一声，关星禾还未反应过来，门就被用力地甩上了。

四周一片寂静，雪不知什么时候停了。

门后，贺灼不知站了多久。

这一刻，他的世界仿佛停滞了。

他没有想到事情竟然是这样。

原来，她从来没有选择站在关熠的那一边。

似有股暖流淌进心中，蔓延至四肢百骸，他的身体一瞬间回暖了。

空气中传来浅浅的叹息声，脚步声由远而近。

贺灼还未反应过来，就对上了关星禾的眼睛。那双明亮的杏眼里此刻正含着泪。

她看见贺灼，抿了抿唇，声音低低的："你怎么醒了？"

"我……"贺灼喉咙干涩，"刚刚听到了声音。"

关星禾吸了吸鼻子，道："你看到我给你写的字条了吗？"

攥在手心的便笺，早已被揉成了一团。

"我……"他顿了一下，声音干涩，"我看了，我出来倒水。"

关星禾将手机递给他，道：“给，刚刚我爸爸的助理送过来的，你忘在了之前的西装口袋里。”她转过身，温柔地说道，“你去床上躺着吧，我去给你倒水。”

手机屏幕上有好几个未接来电，还有一条短信，都来自关城宇。

贺灼点开短信。

“小贺，今天的事不好意思，叔叔会处理的。”

贺灼没有回复，只是抬眸看着关星禾的背影。

会客厅里只亮着一盏灯，她纤细的背影融在暖黄色的灯光里，笼上了一层暖融的柔光，像梦境一样。

他的心底竟生出一丝恐惧，他害怕只要一眨眼，自己就会从梦中惊醒，回到那个寒冷的房间。

不知道是不是发烧的缘故，关星禾觉得今晚的贺灼有些不一样。

他不再像平日里那样冷漠，一向苍白的脸颊透着红晕，那双总是散发着寒意的黑眸也染上了暖色。

关星禾长舒了一口气，将水递给他：“吃药吧。”

贺灼垂下眼眸，难得显出几分乖顺。他接过水，吃了药，抬头望向她，声音低哑：“谢谢。”

“我在你旁边的房间休息，有什么事情就叫我。”一晚上发生了太多事，关星禾有些疲倦。

她正准备回房间，一抬眸，却发现贺灼正望着她。

那是她从未见过的眼神，有些陌生，却让她心尖一颤。

她微微抿了一下嘴，温声问道：“怎么了？哪里不舒服吗？”

贺灼摇摇头，脸上竟浮起了笑意。

关星禾愣了愣，她几乎没见过贺灼笑。

他有着远远超过他年龄的沉稳，总是沉默又冷淡，像一块打也打不碎的坚冰。可这一晚，风雪停息仿佛带来了春意，将这块寒冰一点点地融化了。

关星禾笑着抿抿嘴，道：“那你好好休息。”

客厅的灯暗下来，贺灼望着紧闭的房门，许久才低声说：“晚安。”

进入了十二月，海市不再下雪。

周日是关熠的生日，他没邀请关星禾，但他的朋友周雾给关星禾发了微信消息：“周末，钱柜 KTV，八点，来吗？”

关星禾想了想，回复：“那天有事，不来了。”

关星禾听王叔说，因为上次那件事，关熠被爷爷狠狠地骂了一顿，说他像极了他的父亲，活脱脱一副仗势欺人、小人得志的样子。

那一晚的争吵后，关熠再也没有找过她。

人家开开心心地过生日，她不想过去给他添堵。

微信消息发过去后，那边过了许久才回复：“好吧。”

另一边，周雾抢过手机，没好气地说：“你就不能用自己的手机发吗？”

关熠冷嗤一声道：“不能。”

“道个歉会死啊？”

关熠垂眸，打开自己手机里和关星禾的微信对话框。两人的聊天信息还停在半个月前，他的手指微顿，冷声道：“我凭什么道歉？”

“行吧。”周雾翻了个白眼，小声嘀咕，“嘴硬死你算了。”

十二月的寒冬，虽不下雪，风吹过来也很冷。

关星禾关了窗写贺卡，贺灼的生日只比关熠早一天。

关熠有朋友为他庆祝，贺灼却是背井离乡，一个人来到海市，受到了那么多的欺辱和不公，每次在学校遇到他，他总是孤零零一个人。

关星禾想为他庆祝一下。

周六那天，两人都有事，但关星禾的乐团排练结束得早，她到家时，贺灼还没回来。她没找用人帮忙，一个人布置了起来。

第一次做这些活，她的速度有点儿慢。

贺灼进门时，关星禾的手上还握着个吹了一半的气球，厚重的红木沙发上绑满了丝带，客厅里飘满了彩色的气球。他有些愣怔地站在门廊处。

关星禾听到窸窸窣窣的声音，猛地跳起来：“怎么这么快就回来了？！”

“今天下课早。”

“好吧。”关星禾垂下头，将手上吹了一半的气球一扔，小声嘀咕，“本来还想准备惊喜呢。”

“你……”贺灼听得不真切，声音艰涩道，“是在准备庆祝生日吗？”

贺灼早上收到关叔叔的短信，才知道明天是关熠的生日。

关熠的妈妈邀请他和关熠一起庆祝，说是两人有缘分，生日都离得这么近。他知道，她是希望借这个机会缓和他和关熠的关系。

他从没过过生日，也并不觉得这一天有什么特殊，只是在清水镇时，他听班上的同学说，父母会在他们生日时，会为他们做一碗长寿面。

他第一次听到时，心中隐隐羡慕。

因为他知道，父亲贺知不可能记得他的生日，有好多年，连他自己也会忘记，看到日历，才想起生日过去好多天了。

关星禾弯腰收拾着地上的彩带屑，道："对啊，在布置现场呢，好看吗？"

她的声音轻盈愉悦，像是春日里百灵鸟的歌声。

贺灼垂下眼眸。

今天早上，贺灼礼貌地拒绝了关熠妈妈的邀请，只说他不习惯过生日。

关熠妈妈似乎也意识到，将不在同一天的生日凑在一起过有些不妥，她尴尬地给他发了个红包，附上了一句"生日快乐"。

回家的路上，贺灼并没有什么感觉，甚至连一点儿失落感也没有。

可当他走进屋子，看着关星禾忙碌的身影，看着客厅一点儿一点儿地被装饰起来，心底像是被针扎了一样，泛起细密的痛感。

他明白，再怎么吵架，关熠和关星禾总归是有血缘关系的兄妹。

自己算什么？

贺灼知道自己没有资格生气，可双手还是不由自主地攥紧了。

他换了鞋，径直上楼。

他怕自己留在这里会说出什么过分的话。

"你干什么去？"关星禾突然抬眸叫住他。

贺灼顿住脚步，声音沉了下来，道："写作业。"

客厅的灯光如流水一般倾泻下来，他站在楼梯处，看着关星禾。

她纤细的身影被各色的丝带环绕，那双晶亮的杏眼微眯着，眼神十分温柔，就连声音也是温柔的："今天你过生日呢，就休息一天吧。"

他的世界仿佛在这一刻安静了下来。

关星禾手里的气球飞过来，飘摇地从他的脸颊边掠过，弄得他痒痒的。

"帮我拿一下。"

他下意识地伸手牵住了系气球的绳子。

关星禾"嗒嗒嗒"地跑过来，她抬眸看着贺灼，杏眼扑闪着，认真地问道："作业很多吗？"

贺灼的喉结微滚，声音有些哑："还……行。"

关星禾弯了弯眼睛，语调微微上扬："那还过生日吗？我订了蛋糕。"

贺灼的手指微颤。

那双望着他的眼睛像是落满了星星，明亮极了。

他竟不自觉地点了点头。

关星禾笑起来，道："那你在这儿等一等，一会儿有惊喜。"她环视了一圈客厅，有些沮丧，"我本来想在你回来之前布置好的。"

"不过，还好，我准备了其他的。"关星禾眨了眨眼睛，压低声音道，"跟我过来。"

贺灼随着她走上二楼，在最角落的房间停了下来。

"打开门看看。"她说。

贺灼顿了几秒，伸手推开了门。

灯光如同轻纱一般铺开，房间的正中间像是搭了一个小型舞台，舞台对面放着一张单人沙发。

关星禾将他带进屋子里，她站在柔和的灯光下，神情十分认真。

"哥哥，"她说，"上次演奏会的事，真的很抱歉。"

贺灼的心脏缩了缩，不知道是因为那声"哥哥"，还是为了别的什么。

关星禾的眼睫微颤，继续道："那是第一次有家人愿意来看我的演奏会，我很开心，可是……最后也没能看成。"关星禾深吸了一口气，"所以，趁着你生日，我想给你拉一首曲子，如果……你愿意听的话。"

关星禾清澈的杏眼里满含着期待："你愿意吗？"

贺灼望着关星禾，一颗心像是打翻了的调味瓶，五味杂陈。

过去的十六年，他从未过过生日。

他也曾在寂静的夜晚幻想过，要是有一天，有人记得他的生日，该有多好啊……

那一天会怎么过呢？是像同学说的，和家人一起吃一碗长寿面？还是像电视里一样，和朋友们凑在一起，戴着生日帽，开心地吹蜡烛、吃蛋糕？

原来都不是。

不远处，深棕色的沙发被绕上了五颜六色的丝带，显得有几分滑稽。

可他那晦暗的心情因此变成了彩色。

这些远胜过想象中热腾腾的长寿面和香甜的蛋糕。他从不知道，原来过生日会这样的快乐。

"我……"他的声音干涩得不成样子，"愿意。"

关星禾那双清亮的眼里透着愉悦："那你快点儿坐下来啊。"

她小声嘀咕道："半天不说话，吓死我了。"

贺灼坐在精心装饰过的椅子上，神色冷肃。

关星禾转过身，轻轻地抿嘴笑了一下。

她今天表演的是上次演奏会上拉的曲子。

琴音低回婉转，贺灼虽不知道那是什么曲子，神情却在乐曲中放松下来。

一曲毕，关星禾轻轻放下手中的琴弓，小声地说：“哥哥，生日快乐。”

海市的天气变幻莫测，临近月底，天空又飘起了雪花。快到圣诞节了，学校门口的店铺都摆上了苹果，配上精美的包装，格外引人注目。

王叔望了一眼路边，感慨道：“现在都流行过洋节了。去年圣诞节，大小姐送了我一张贺卡，我还傻愣愣的，不知道为什么。”

贺灼抬眸看了看窗外：“什么？”

“圣诞节啊，后天就是圣诞节了吧？现在的年轻人都爱在那天互送贺卡和礼物。去年，大小姐收了一大堆礼物，两只手都拿不过来。”

贺灼看了看手腕上的手表，这是关星禾送他的生日礼物。

那天，演奏完曲子后，女孩儿神神秘秘地取出一张贺卡和一个盒子，对他道：“喏，生日礼物。”

她似乎怕他不收，补充了一句：“这是我和爸爸一起买的，对上次的事他也觉得很抱歉。”

这块手表一看就价值不菲，贺灼不想收，他已经得了关家很多恩惠。

关星禾却看着他的眼睛说：“你就收下吧，这块手表并不贵，大不了，下次过节或者我过生日，你也送我礼物啊。”她把手表往他的怀里塞，“而且，你不收我也不知道该怎么办了，这手表也不适合我呀。”

贺灼望着满脸笑意的女孩儿，心中的渴望逐渐压过了自卑，小心地将手表接了过来。

当天晚上，手表就被锁进了抽屉。

第一次收到生日礼物，少年视若珍宝，怕一不小心磕着碰着。

第二天，关星禾看着他空荡荡的手腕，严肃地说：“手表就是要拿出来戴的。只是放着的话，时间会不准的。”

“而且，”她一脸认真道，“我觉得用怀表看时间很不方便。”

贺灼只得将手表戴上了。

窗外寒风呼啸，王叔还在喋喋不休，贺灼垂眸，一只手无意识地摩挲着手表。

车门忽然被打开，关星禾看到贺灼，惊讶地问道：“你们高中部放学这么早？”

贺灼轻轻地“嗯”了一声。

车子启动，平稳地向前行驶，关星禾看着窗外，突然抬高声音道：“程楚的签售会呢！王叔，你开慢点儿，我都没看清楚时间。”

王叔放慢车速，问道：“要不，我掉头回去？”

“算了算了，我在手机上查吧。”

王叔有些好奇：“程楚是谁？明星吗？”

“不是啦，是一个很有名的钢琴家，她的每张专辑我都买了。”关星禾滑动着手机，欢欣雀跃道，“这周五，也就是明天，她要在星海音乐馆开签售会。”

“下午两点。”她顿了一下，叹了一口气，“算了，要上课，多花点儿钱去网上买好了。”

贺灼闻言，默默地打开了手机搜索栏，输入“程楚”。

出来的第一条链接是：青年音乐家程楚签售会，十二月二十四日，海市星海音乐厅，与您不见不散。

星海音乐厅离学校并不远，贺灼垂眼，视线落在手表上。

二十四日这天，天空飘起了小雪。

高中部正在进行月考，放学铃声一响，交完卷子，整个走廊乱成了一团。

贺灼穿过人群，默默地往学校外走。

下午三点开始考英语，签售会是从下午两点开始，他必须得抓紧时间。

走出校门时，寒风凛冽，吹得树上的枯枝都摆动。

风夹杂着雪花吹在贺灼的脸上，刀割似的疼，但他不以为意。

贺灼走得很快，到星海音乐厅时才中午十二点多。

眼前的队伍宛若长龙，已经排到了音乐厅外。贺灼去音乐厅里买了专辑，默默地排到了队伍的末尾。

前面的人嘀咕道：“提早这么多过来，怎么还是这么多人？”

“搞不懂，不过我也是代排队的。”有人回应道。那人踮踮脚，看着前面一眼望不到头的队伍，忍不住咋舌，“这么火啊。”

贺灼抿了抿唇，看了一眼时间。已经下午一点了，后面又来了许多人，队伍快要排到马路边了。

他沉默地从书包里掏出面包和书，一边啃着面包，一边复习下午要考的内容。

面包是家里的用人做的，关家提倡健康，面包只放了少量的糖，干涩无味，噎得喉咙生疼。他皱了皱眉，生生地咽下去，眼睛盯着书本，默默地背着单词。

转眼就到下午两点了，队伍终于开始往前移，贺灼也随着队伍进了音乐厅。温暖的空气扑面而来，他松了一口气，把英语书收进了书包。

队伍旁边突然走来一个中年男人，他上下打量了贺灼一番，看着他的校服，搭话道："学生啊？"

贺灼点点头。

"今天不上课？"

贺灼冷淡地垂眸，并不搭话。

那人又说："我赶时间，这样吧，我出五百块，买你这个位置，你到后面重新排队。"

贺灼依旧沉默，他肩上的雪遇到温暖的空气一点点地化开，渗进校服里，又湿又冷。

"不行吗？"那人以为是他出价不够高，扬声道，"六百块，怎么样？"

贺灼冷声道："不行。"

那人一愣，又要加价。贺灼冷声打断道："多少都不行。"

那人眼睛一瞪，就要发火。

排在贺灼前头的人猛地转过身："六百块，我这个位置，要不要？"

男人的怒火转瞬熄灭，他从兜里掏出六张百元大钞，抬头挺胸地站到了贺灼的前头。

贺灼垂下眼眸没说话。

队伍慢慢地往前移，贺灼看了看表，计算着时间，应该还来得及。

音乐厅里有些喧闹，好不容易到了前面花钱插队的大哥，他一股脑地从包里掏出一大摞专辑，笑吟吟地走上前："楚楚，我是你的粉丝。"

程楚有些惊讶，礼貌地笑了笑："谢谢。"

一摞专辑签完，他开始与程楚闲聊。

贺灼捏着专辑，咬了咬牙。

快要来不及了。

好在工作人员终于看不下去，温声将中年男人请走。他抱着一摞专辑，离开之前还得意地瞥了贺灼一眼。

贺灼攥了攥手指，默默地走上前。

程楚笑吟吟地看了他一眼："送别人的？"

少年眉目冷肃，丝毫没有寻常粉丝见到她时的激动神情。

贺灼愣了愣，讷讷道："嗯……"

"那，要不要写个特签？"程楚看他一脸迷茫，解释道，"就是写上她的名字。"

贺灼的眉头舒展开来，道："谢谢。"

"不用。"程楚抿嘴笑了一下，"她叫什么名字？"

"关、星、禾。"贺灼一字一顿，声音低沉沙哑。

程楚的眼中闪过一丝了然："星星的星？"

"嗯。"贺灼顿了一下，低声道，"禾苗的禾。"

程楚唰唰地写完了："给。"

贺灼垂眸一看，漆黑的瞳孔微微一缩。

程楚却笑吟吟地问："是不是把你心里的想法都写出来啦？"

"没。"他急促地否认，不知道是说给自己听的，还是说给程楚听的。

程楚挥挥手："好啦，快回去吧。你不会是逃课出来的吧？"

贺灼握着那张专辑走出了音乐厅。

直到雪花落进他的脖颈，他才猛地回过神来，一看手表，已经下午三点了。

贺灼狂奔起来。

冷风刮过他的脸颊，他心底却燃着一团火，驱散着凛冽的寒意。

还未进校门就远远地听见广播："本次听力考试到此结束。"

按照原来的设想，贺灼是完全可以赶在开考前进场的。

贺灼气喘吁吁地跑到教室门口时，监考老师拦住了他，冷冷地说："迟到十五分钟，禁止进入考场。"

贺灼站在空荡荡的走廊上，寒风肆意地吹起他的头发，考场里的人好奇地看着他，眼里有嘲弄，也有唏嘘。

他攥紧了拳，转身离开了。

到了楼下，他静静地拿出书本，直到考试结束。

雪花飘飘洒洒，关家的车准时出现在校门口。

贺灼沉默地拉开了车门，一声不响地坐下来。

车里十分安静，大概是感受到了贺灼的情绪，一向话痨的王叔没有说话。

直到关星禾出来，王叔才如释重负地开了车门："我去帮她拿东西。"

今晚就是平安夜，明天是周末，许多人提前把礼物送给了关星禾。

关星禾背着书包，两只手拎着五颜六色的袋子，远远望过去，像一棵喜庆的圣诞树。

王叔帮她把礼物都放进后备厢，打趣道："又收了这么多礼物啊？"

关星禾不好意思地笑笑，从书包里翻出一张贺卡："王叔，圣诞快乐！"

她转头对贺灼说："你的贺卡我放在家里了，回去给你。"

贺灼想到放在书包里的签名专辑，微不可察地攥紧了手，轻轻地"嗯"了一声。

车里的气氛轻松了许多。

下车后，王叔帮关星禾提着东西，贺灼静静地走在后面。

关星禾轻声地哼着歌，王叔问："这么开心啊？"

"对啊。"她的发尾随着风轻轻地摆动，连声音都透着快乐，"明天圣诞节啊。"

进了门，屋里开着暖气，贺灼默默地放下了书包。

"我看，不只是因为这样吧？"王叔笑着调侃。

"你怎么知道？"关星禾在包里翻翻找找，献宝似的将东西拿出来，还配上了音效，"当当当当！"

她满脸笑容："你看，程楚的签名专辑。我一个朋友送我的圣诞礼物。本来以为拿不到的，结果他告诉我，他哥哥和程楚是邻居！"

贺灼的手指僵住，轻轻地抿了抿唇。

客厅的角落里摆放了一棵圣诞树，郁郁葱葱的枝干上挂满了彩灯与各种吊饰。

贺灼垂下眼眸，眼底恢复了以往的冷淡神色。半晌，他沉默地将书包合上了。

关星禾在周一的时候收到了贺灼迟到的圣诞贺卡。

拿到贺卡的时候，她还有些惊讶，因为贺灼实在不像是会过圣诞节的人。那张深色贺卡里的祝词也如同他本人一般冷淡。

"祝圣诞快乐，学业进步。——贺灼。"

关星禾将贺卡夹在手账本里。

放学时，雪已经停了。

时岁和关星禾手挽着手走过长廊，不远处人声喧闹，许多人挤在一起。

时岁兴致勃勃道："高一的月考成绩出来了，去看看？"

"不想看。"关星禾浑不在意地说，"反正第一肯定又是贺灼。"

时岁强拉着她往人群里走："我就是想看看关熠是第几，哈哈哈，看看他又被贺灼超过了多少分。"

几天前，时岁知道了关爷爷生日那天发生的事，对关熠的态度大不如前。

关星禾不想去人群里挤，道："你去看吧，我在这儿等你。"

时岁挤进人群里，不一会儿便满脸震惊地退了出来："这次的第一不是贺灼。"

关星禾眨了眨眼睛："那肯定就是第二或者第三了？"

"不是，都不是。"时岁摇了摇头，"前十都不是。"

关星禾觉得奇怪。平时，贺灼与第二名都拉开了几十分的差距，这次怎么可能连前十都没进？

坐车回家时，她偷偷地望了贺灼好几眼。

贺灼一如既往地低着头看书。

她张了张嘴，半晌，还是把话咽了回去。

大概是他在考场上睡着了？

回到家时，关城宇竟然在家。

他的脸色很不好，吃完饭就将贺灼叫进了房间。

"把门关上。"关城宇吩咐道。

关上门后，他斟酌了片刻，直截了当道："今天，叔叔收到你的成绩了。"

每次月考后，学校都会将成绩发到家长的手机上。今天，关城宇收到短信时吓了一大跳——贺灼的成绩与上次相比，退步了五十多名！其中，英语更是直接得了零分。

他将贺灼接到家里，便要对他负责。

可到底不是自己的孩子，打不得，骂不得，就连说话也得格外注意。

他望着贺灼，贺灼的脸清冷坚毅，和他父亲年少时有三分像。

关城宇叹了一口气，道："上次那件事，叔叔知道对不起你，家里都教育过关熠了，希望你不要被影响。"

男人久居高位，向来威严，现在却言辞恳切，语气都低了下来。

贺灼沉声说："没有，不是因为这个。"

关城宇说："那是不是因为帮妹妹补习，影响你学习了？从今天开始，你不用帮她补习了。"

"不是。"贺灼抿了抿唇，"我……上次考试，迟到了。"

他们每天中午都是在学校食堂吃饭，又不回家，怎么会迟到？

关城宇想问，但贺灼的挺得笔直，神色颓然。

到嘴边的话被他硬生生地咽了回去。

关城宇沉默片刻，劝诫道："年轻人都有些贪玩，叔叔也是从你这个年纪过来的，能理解你们，但我还是希望你能以学习为重。"

关城宇顿了一下，觉得要把话说得重一些："不要辜负你爸爸。"

贺灼的自尊心强，在这座陌生的城市里，只有关星禾和关城宇愿意关心他。关城宇的话宛如一把锤子，重重地砸在了他的心底，砸得他心中钝痛不已。

关城宇看着他，叹了一口气："叔叔的话就说到这儿，你回去吧。"

十二月悄悄过去了。

关星禾觉得贺灼很不对劲。

如果说平时他读书用了十分的努力，那现在就相当于在拼命。

好几个夜晚，关星禾半夜下楼倒水时，总能看到贺灼房间透出的光亮。

她担心他像一根绷到极限的绳子，再紧一点点，就会猛然断裂。

关星禾倒了一杯牛奶，轻手轻脚地上了楼，走到他房间门口，抿着唇敲了敲门。

几秒过后，门开了，贺灼站在门内，一只手拿着书。

他垂眸看向关星禾，漆黑的眼中露出几分讶异。

"你还在看书？"关星禾看着他眼下的青黑，皱了皱眉。

贺灼点了点头。

窗外是无边无际的夜色，关星禾说："已经零点了。"

贺灼望向她，喉咙突然感到一阵干涩，他咳了咳，低声说："我再看一会儿书。"

"你明天不是还要参加长跑比赛吗？"关星禾的声音软了下来，"长跑很费体力的，早点儿休息吧。"

贺灼虽然成绩拔尖，却性子冷，向来独来独往。有的人觉得他这样很酷，但更多人看不惯他。

学校每年冬季都会举行长跑比赛，有人便故意恶作剧，在参赛名单上写上了他的名字。

直到几天前，学校将参赛名单贴在走廊上，贺灼才知道自己要参加比赛。

四千米的长跑，绕着四百米的大操场要跑上整整十圈，几乎没有人愿意参加，每个班的两个名额大多是凑数报上的。

贺灼并不在意这件事，或者说，如今，他在意的只有学习。他不怕累，想得更多的是，参加长跑比赛会耽误他多少学习时间。

关星禾望着他，眼里似乎落进了点点星光，她说："明天，我会为你加油的。"

贺灼握着书的手松了一下，第一次对那场不在计划中的比赛有了期待。

手中一暖，他垂眸看见手中被塞进了一个玻璃杯。关星禾说："喝点儿牛奶吧，今晚睡个好觉。"

"还是像上次一样，给你加了糖。"她补充道。

贺灼一怔，杯子的温度顺着指尖攀了上来，悄悄地蔓延至心里。

她不知道，其实，他并不喜欢那种甜滋滋的味道。

贺灼眼睫颤动，轻轻地说："嗯，谢谢。"

热牛奶抚慰了冰冷的胃，贺灼放下杯子，从抽屉里取出那张还未送出去的签名专辑，上面的字迹小巧工整。

"To 星禾：圣诞节快乐！希望以后的每一个圣诞，都能和你一起度过。——程楚。"

没有将这张专辑送出去，他不知道自己内心究竟是庆幸的情绪多还是烦躁的情绪多。

他无法想象她看到这张专辑时的表情。

他抿抿唇，将专辑放进了抽屉。

堆积如山的课本和笔记一下子将他拖回了现实。贺灼长舒了一口气，再次埋头看书。

如今，他唯一能抓住的东西便是成绩，长夜漫漫，他没有资格浪费时间。

长跑比赛从上午九点开始，按规定，第一节课照常上课。

第一节是英语课，大家都没了上课的心思，老师便让同学们自行改正试卷。班级里嘈杂喧闹，贺灼一个人坐在最后，静静地做着卷子。

因为缺考，他没有拿到试卷，所以今天，英语老师给了他一张新的卷子。

下课后，老师让所有人到操场集合。

冬日的操场寒风呼啸，贺灼沉默地坐在看台上，垂着头看书。

旁边有人将横幅展开，暗暗嘀咕了一句"书呆子"，而后问他："你不去热身？"鲜红的横幅上橙黄色的字格外醒目——吴啱必胜。

吴啱是他们班的另外一个参赛选手，不同于其他人，他是少数自愿报名参加四千米比赛的。

吴喏人缘好，长得阳光帅气，又热爱运动，听说他要参加比赛，班上的同学私下凑钱给他定做了应援横幅。

长跑比赛按照年级进行，贺灼望了一眼跑道，视线又回到书本上。

没过几分钟，广播便通知参赛选手就位了。

贺灼终于放下了书本。

“吴喏加油！”

“徐东冲啊！”

同学们高昂的加油声震耳欲聋。

几乎每个参赛的人都有应援横幅，除了贺灼。

他沉默地往最里面的跑道走着。

不远处，吴喏被同学们簇拥着，有人给他递水，有人给他加油，他仰起头，笑容自信又肆意。

贺灼垂下眼眸，掩住眼底的情绪。

突然，不远处传来一道声音：“贺灼加油！”

他猛地抬眸，视线穿过拥挤的人群，落在女孩儿身上。她的身材瘦弱纤细，正奋力地踮起脚，举起手中的横幅。

贺灼的黑眸紧缩了一下。

这时，裁判伸手示意，全场蓦地寂静下来。

她的视线与他的对上，杏眸一弯，无声地说了几个字。

“哥哥加油！”他读出了她的口型，心中一震。

发令枪响起，他冲过了起跑线。

冬季的风又冷又干，关星禾手中的横幅灼烧着他的眼睛，他心中升起一股勇气。

一圈，两圈，参加比赛的人逐渐散开了。

贺灼喘着气，一步一步地往前跑着，气温零度以下，他却出了一层薄汗。

四圈，五圈，跑道上许多人已经放弃了，慢悠悠地往前走，他们班的吴喏也早已半路退场。

贺灼咬着牙，汗水淌下来。

关星禾站在跑道边，每当贺灼经过时，她便将手中的横幅高高地举起来。

他全身哗哗地往下淌汗，心脏狂跳不止。

不知道什么时候，阳光穿过厚重的云层，洒在了身上。

随着一声哨响，贺灼冲过了终点。

所有的人一齐围了上来。

“好样的，贺灼。”

“好像破纪录了！”

“不过，他刚刚是和蒋寒一起冲过终点的，不知道谁是第一。”

喉咙像被灼烧过一样，疼得厉害。贺灼沉默地走出人群，关星禾从远处跑过来。

“给。”她给他递了手帕，抱歉地笑笑，“只有这个了，你先擦擦。”

手帕的角落绣着一颗小小的五角星。

那是很久以前，他没有接过来的那方手帕。

关星禾站在阳光里，她抬起头，那双会说话的眼睛亮晶晶的。

他的喉结滚动，犹豫了许久，还是伸手接了过来。

“去旁边坐一下吧。”关星禾伸手扶他。

贺灼下意识要避开，可这场长跑几乎耗光了他所有的力气，此刻，他再没有力气挣扎，只能慢慢地随着她往休息区走去。

休息区很安静，贺灼靠在椅子上，面色发白。

他昨晚熬夜看书，本想着跑完全程就行，可刚刚不知道怎么了，身体像是被什么操控了一样，不管不顾地往前冲。

休息区离看台不远，隐隐约约能听到讨论声。

“贺灼是第一吧？”

“我看蒋寒好像更快。”

其他参赛选手陆续进了休息区，有人上来找贺灼搭话：“你第几啊？”

关星禾小声地说：“可以让我们休息一会儿吗？”

她长得漂亮，说话细声细气，笑起来颊边还会露出两个小酒窝。

男生面色一红：“不好意思啊。”他讪讪地坐回了自己的座位。

贺灼看着男生烧红的耳根，面色冷了下来。

花的香味飘了过来，他听到她温柔地问道：“你累不累？”

关星禾眨眨眼，眼里闪动着细碎的光。

四周嘈杂喧闹，贺灼狂跳的心却渐渐平息下来。他摇了摇头。

那边似乎在公布比赛成绩，众人一窝蜂地跑了过去，偌大的休息区瞬间只剩下两个人。

关星禾眨眨眼：“你不出去听成绩吗？”

贺灼摇了摇头。他沉默了片刻，沙哑着声音问：“你呢？”

关星禾一怔，听见他继续说：“你不好奇吗？”

关星禾望着他，笑意从眼底漫上来：“不好奇啊。”

她的声音清甜又温柔：“因为哥哥在我心里一直是第一名。”

贺灼的呼吸一顿，他猛地抬眸，猝不及防地撞上了那双盈满笑意的眼睛。

她眼睛弯弯道：“其实，你不用把自己逼得这么紧的。”

阳光洒在贺灼的脚下，他觉得脑袋里一直紧绷着的那根弦松开了，心脏又迅速地跳动起来。

有个声音告诉他：你必须努力，只有获得第一名，才不会辜负死去的父亲，不会辜负关家的帮助。

这话像是无形的枷锁，把他牢牢地困在名为“努力”的牢笼里，片刻的轻松都成了罪过。这是第一次有人对他说，你不用把自己逼得这么紧。

关星禾的眉眼间满是温暖的笑意。她笑着说：“不管是学习还是跑步，你都很厉害，在我心里，你都是第一名。”

贺灼的手指微颤。

这时，有人猛地闯进休息区，大喊着：“贺灼，你第一！破了学校纪录！快点儿过来，一会儿要上台领奖了！”

“快点儿去，快点儿去。”闻言，关星禾拉了拉贺灼，催促道。

……

晚上回家时，关星禾发现贺灼竟然没有在车里看书。

她有些欣慰，正准备插上耳机听歌，手中突然被塞进了一样东西。

是她之前借给贺灼的手帕，却重了许多。

关星禾掀开手帕，里面放着一块金灿灿的奖牌。

“这……”关星禾有些惊讶。

贺灼静静地看着窗外，夕阳的余晖落进来，他苍白冷硬的面容难得柔和了几分。

他没看她，身侧的手却不自觉地攥紧：“送给你，圣诞礼物。”

关星禾收到过无数的礼物，每年的圣诞节，礼物都堆满了她的课桌。

可这是她第一次收到奖牌。

夕阳下，圆圆的奖牌泛着灿烂的金光，十分耀眼。

关星禾下意识地要拒绝，但抬眸看到他清冷坚毅的侧脸，拒绝的话被堵在了喉咙口。她勾起嘴角道：“好吧，那我收下了。”

闻言，贺灼紧攥的手微微地松开了，手心一片濡湿。

回家后，关星禾把这份特别的礼物郑重地收进了抽屉。

时光匆匆而过，转眼就到了学期末，最后一门考试也在昨天结束了，校园里一派轻松的氛围。

时岁唉声叹气地收拾着储物柜，转头看到关星禾的东西比她还多两倍。

“妈呀，你怎么这么多东西！这要拿几趟啊？”时岁指着一摞花花绿绿的贺卡，“要不，你把这些东西扔掉吧？”

那些都是不熟的男同学送的，反正关星禾也不会看，留着还占位置。

“算了吧，我多拿几趟就是了。”

到底是别人的心意，怎么可以随意扔掉？

时岁撇撇嘴：“就你心软。”

关星禾抬眸，愣了一瞬，连忙走出了教室。

贺灼穿着冬季校服站在教室门口。

“哥哥，你怎么来了？”

“路过。”

女孩望向他，一双杏眼清澈明亮，仿佛能看穿一切。

贺灼抿了抿唇，喉咙紧了紧，不自在道：“刚刚……老师让我去育英楼送东西。”教学楼和育英楼之间连着长廊，听起来合理极了。

关星禾笑了笑：“原来是这样。”

贺灼轻舒了一口气。

关星禾转头看了一眼自己的书桌，问他：“对了，你能帮我们搬点儿东西吗？”

贺灼的视线落在她的书桌上。

“好。”贺灼的声音低沉，却很干脆。

关星禾领着他走进教室，她抱起一摞书，对他努努嘴：“那边。”

贺灼也抱起一摞书，两人一起走出校门。

另一边，王叔停好车，看见两人，急忙跑过来接过关星禾手上的书，道：“大小姐，您怎么也不打个电话叫我进去帮忙？”

关星禾的声音糯糯的：“学校不让进去的。”

因为放假，学校门口停了不少车，王叔将车停得比较远。

贺灼走得快，王叔将东西放进后备厢后，转身时不小心撞到了他。

“哗”的一声，书散了一地，王叔连连道歉。

“没事。”贺灼蹲下身，小心地将地上的书捡了起来。

淡蓝色的信纸从信封中滑出，上面的字迹清隽利落。

“祝星星圣诞快乐，希望明年的圣诞能和你一起过。——向远。”

他的指尖微顿。贺灼半蹲在马路边，风灌进他的喉咙，刺得他生疼。

“哥哥，”关星禾轻轻唤他，“怎么了？”

贺灼背着身子，听到脚步声越来越近，迅速将那封信塞进了信封。

“没什么。”他的声音沙哑隐忍，“走吧。”

又搬了两趟，他们才把东西搬完。

上车后，车上静悄悄的，没人说话。

贺灼侧目看她。

夕阳将关星禾的头发染成温暖的茶色，她半合着眼，纤长的睫毛微微地颤动着，像春日里的蝴蝶。

他就这么看着她，心里涌上复杂的情绪。

王叔突然问：“大小姐下学期是准备去海音附中吧？”

关星禾点头道：“嗯，我们学校有保送名额。”

她是乐团的小提琴首席，不出意外，应该有一个保送名额是她的。

贺灼的呼吸微顿。

他知道关星禾是学校的音乐特长生，他本以为保送指是保送本校。原来是其他学校吗？

他沉默地垂下眼眸，心间空落落的。

“那先恭喜大小姐了。”王叔笑呵呵地说。

关星禾向他道谢，转身问贺灼：“哥哥，期末考考得怎么样啊？”

贺灼抿了抿唇：“还行。”

他一向谦虚，“还行”就应该是很好了。

关星禾笑了笑：“那就好。”

他要是没考好，恐怕连这个年都没法好好过了。

外面天寒地冻，家里格外温暖，关星禾拉着贺灼陪自己看电视。

电视中放着综艺节目，一群明星围坐在一起吃着火锅。

关星禾突然问：“哥哥，你喜欢吃火锅吗？”

贺灼愣了一下，道：“还行。”

“那过年吃火锅吧。”关星禾眨眨眼，“你喜欢吃什么菜？”

他眼睫轻颤：“都行。”

关星禾窝在懒人沙发里，侧脸白净，头上有几缕碎发调皮地翘起来。她转过头，眼睛里满是期待："过年爸爸妈妈不回来，就我们两个人，我们可以吃鸳鸯锅，再多买点儿肉……"

她的声音轻快，像春日里百灵鸟的叫声一样动听。

贺灼心上的一个角落塌陷了下去，软得一塌糊涂。

他其实很害怕过年。

许多年前那个孤独幽冷的过年夜，他在很长时间里都不愿想起。

可这一刻，他望着她，心中竟生出了隐秘的期待，期待和她一起过年。

高中部放假晚，今天是最后一天上课，要发期末试卷和作业。

过去的好几天，那张淡蓝色的信纸总是浮现在他的眼前，挥之不去。

贺灼可以解出考卷上最后一道数学难题，却弄不明白那种让自己的心口又闷又疼的东西是什么。

贺灼懵懵懂懂地想，或许，亲情也是自私的。

他只是不愿意失去这个妹妹，不愿意失去难得的亲情。

从学校出来时，天色早已暗了。

"织甜"是学校对面新开的一家甜品店，一到放学时间，店铺里就水泄不通。贺灼排了很久的队，才买到了关星禾请他帮忙带的草莓蛋糕，又买了一杯珍珠奶茶。

贺灼走到王叔停车的地方，看到车门边站着一个人。

关熠扫了一眼贺灼，对车里的人说："王叔，那我先走了，让她来我家过年。"

王叔连连应"好"。

关熠顿了一下，又补了一句："别说是我说的。"

不知道是不是上次被教训得太狠，这次，关熠竟然不找贺灼的碴了，只把他当空气。

贺灼沉默地上了车。

蛋糕包装得不太好，路上摇摇晃晃的，奶油很容易塌掉。贺灼干脆将蛋糕捧在手上。

车内寂静，王叔咳了一声，开口道："贺少爷，期末考考得怎么样？"

"还行。"

这次他是正常发挥，考了年级第一。

“其实吧……”王叔又咳了咳才进入正题，“以前过年，先生也经常不回家，大小姐都会去关熠家过年的，不知道今年是为什么，她说不去了。”

王叔从后视镜里看了一眼沉默的少年，试探着道：“过年就是图个热闹，一家人热热闹闹地在一起，你能不能……劝劝她？”

贺灼垂头不语。

他不是不懂王叔话中的意思。

上次那件事后，关星禾很久没有和关熠说话了……她从小被爱包围，像太阳一样温暖，纵使是关熠这样蛮横的人，也愿意为她低下头来，别扭地求和。

可贺灼孑然一身，一无所有，他的家人只有她。

车突然颠簸了一下，蛋糕上的草莓滚了下来，奶油塌了一块。贺灼眼里的光一点点地暗淡了下去。

到家时，屋子里安安静静的。

王叔察觉出气氛的怪异，低声询问阿姨：“这是怎么了？”

阿姨小声道：“大小姐下午接了个电话后，就把自己关在屋子里。我听着好像是保送的事。”

“没能保送上？”

“不然还能因为什么？都哭了一下午了。”

屋里又安静下来，所有人都沉默地做着自己的事，就连打扫卫生也不敢发出一丝声音。

贺灼的心一紧。

关星禾的房门紧闭着，他紧抿着唇，试探地敲了敲门。

“睡了。”她的声音闷闷的，带着浓重的鼻音，像是刚刚哭过。

犹豫了许久，贺灼才说：“是我。”

屋里一阵静默。

生活教会了他坚强与隐忍，给了他一身坚硬的铠甲，却从没告诉过他该怎么安慰一个哭泣的女孩儿。

贺灼静静地站了一会儿，抿了一下唇，说：“我买了蛋糕，你要吃吗？”

关星禾抽噎了几下，回答道：“你放着吧，我想睡一会儿，醒了再吃。”

贺灼攥了攥手指，声音沙哑道：“你……别哭了。”

她的语调骤然提高：“我没哭。”

静了几秒，她又吸了吸鼻子，说道：“我想睡了，哥哥，你回去休息吧。”

贺灼的手心出了汗，脑子疯狂地运转着，却怎么也想不出只言片语。

最后，他只能回了房间。

贺灼每天都给自己安排了学习任务，没完成就不去睡觉。今晚，他攥着笔在书桌前坐了许久，却连一个字也没看进去。

窗外飞雪连天，他心中苦闷，便打开了窗子。

关星禾坐在阳台的摇椅上，正出神地望着飞雪，听到声响后，她转过头。

她的眼眶通红，一双杏眼里还残存着泪水。

“哥哥，”她吸了吸鼻子，小声说，“你还没睡啊？”

“嗯。”他张了张嘴，半晌才憋出一句，“你别伤心。”

她的眼睛显得黯然无神：“哥哥，你说，我是不是特别差劲？”她赌气一般地说，“我的学习不是很好，练琴也没有别人刻苦，每天得过且过，好像从来没有努力过。”

“不是……”他顿了一下，声音喑哑，“你……很好。”

她并不知道，在这座孤寂陌生的城市里，她对他来说意味着什么。

贺灼从小生活在泥泞里，他知道生活有多艰险，也明白唯有努力拼搏，才有机会从淤泥里爬出去，去够一够从未见过的阳光。

可她从小无忧无虑地长大，哪里体验过生活的残忍？

他从未说过这样直白的话。

关星禾惊异地望着他，连伤心都忘记了。

如同触电一般，他飞速地垂下眼眸，不再看她。

关星禾有些忐忑地说：“我下午想了很久，如果不能保送的话，我就自己去考。你说，我爸会同意吗？”

贺灼点点头：“会。”

她松了一口气，红红的眼里水光潋滟，道：“那我得快点儿准备了。”

她望着他说：“我没吃晚饭，突然有点儿饿了，蛋糕放在冰箱里了吗？”

贺灼回道：“晚上吃冰的，对胃不好。”

关星禾问：“那你饿吗？我们去冰箱看看有什么吃的吧。”

他分明不饿，看着关星禾的眼睛，却不自觉地点了头。

关家的冰箱里放着各种各样的食材，关星禾却什么都不会做。

她看了许久才说：“要不，我们煮点儿泡面吧？”

贺灼皱眉道：“我来做吧，你去那里坐着。”

已经过了零点，厨房只亮着一盏小夜灯。

贺灼背着身，被暖黄的光笼罩着，看上去十分温柔。

他做了一碗简单的西红柿鸡蛋面，味道却出奇地好。

热气氤氲，关星禾蓦地想起小时候。那时，父亲每天都回家。一家人围坐在饭桌边喝着甜汤，雾气弥漫，似乎连空气都是又暖又甜的。

贺灼抬眸问道："能吃吗？"

关星禾回过神来，慌忙地点点头："好吃，超级好吃。"

过了许久，他才低哑着声音道："锅里还有。"

关星禾望着他，心中涌上暖意。

她突然觉得，或许这些年，自己得到的比失去的多得多。

贺灼的眼睛与她的对上，眼睫一颤，又默默地垂下来，半晌才问："怎么了？"

关星禾眨了眨眼睛，转移话题道："对了，你期末考考得怎么样？"

她猜测贺灼应该考得很好，毕竟考完问他的时候，他自己都说"还好"。

贺灼微抿着唇，眸中透出晦涩难懂的情绪。

要是他也考得不好，她心里会不会好受些？

所以，他说："考得……不是很好。"

关星禾没想到他会这样回答，愣了一下才讪讪地说："啊，那我们可真是难兄难妹。"她知道贺灼有多重视考试成绩。

"没事的，没事的，不就是个期末考嘛，咱们等开学就杀回去！"

她的眼神明亮，全然忘了自己今天躲在房间里哭了一下午。

贺灼的一颗心霎时软得一塌糊涂。他神色温柔道："过几天，去关熠家过年吧。"

除夕夜应该和家人一起，热热闹闹的。

他不可以那么自私。

这次没能得到保送名额，大概是关星禾十几年顺风顺水的人生里遇到过的最大的挫折。

好在她的情绪来得快，去得也快，似乎哭过一场便释然了。

只是从这天开始，她像是变了一个人，平时最爱看的综艺不看了，电视剧不追了，早上也不赖床了，每天一大早起床，便躲进琴房里练琴。

虽说关城宇不回家过年，但他在小年夜这天回来了一趟。

关爷爷便叫上关熠和他的妈妈，打算一家人在小年夜提前吃团年饭。

一家人围在圆桌边，偏偏关熠和贺灼的位子正对着，两人都沉默地低着头，连视线都不愿意碰上。

见饭桌上的气氛有些奇怪，关城宇笑呵呵地打圆场：“都是一家人嘛，哪有什么隔夜仇？你说对不对，小熠？”

关熠垂着眼，暗暗地咬紧了后槽牙：“嗯。”

吃到一半，关城月放下筷子道：“我听说星星没能获得保送名额，那接下来可要准备中考，不能天天偷懒了。”

“多在学习上花点儿心思。你看看你哥哥，上次人家虽然退步了，但马上追上来了，这次的期末考又是年级第一。”关城宇附和道。

关星禾猛地抬眸。

年级第一……他早几天明明说他考得不好的。

贺灼坐在她的身侧，微垂着头，眼睫微微地颤了一下。

关城宇还在唠叨着：“既然不能保送，就先把小提琴放一放，知道吗？”

关星禾来不及多想，争辩道：“爸，我想先参加艺考。”

餐厅瞬间安静下来，关城宇思索了片刻，问：“你去了解过吗？一共有几个名额？自己参加艺考的话，考上的概率是多少？”

关星禾抿了抿唇，道：“了解过，一个。”

海音附中对生源要求严格，学生大多是保送的，今年只有一个考试名额，考上之后，也需要中考的文化分达到要求才行，但关星禾还是想试试。

关爷爷突然道：“星星啊，还是应该把心思放在正道上。”

他的声音浑厚，尽显威严，关星禾却觉得委屈极了。

关城宇说：“你平时懒懒散散的，没有拼劲儿，把音乐当成爱好是可以，但当成职业的话，走这条路是很辛苦的。”

关星禾争辩道：“我现在已经在努力，我会考上的。”

关城宇叹了一口气。他知道女儿虽然表面温和，遇到事情时却十分倔强。

他的语气重了一些：“你知道每年有多少人争这一个名额吗？你确信自己一定能行？把心思花在学习上，正经考你们本校的高中，在学校里也有哥哥们照顾，这样不好吗？”

他的话像把锤子狠狠地砸在关星禾的心上，让她连呼吸都沉重了起来。

关爷爷又道：“听你爸爸的。女孩子不用那么累，考上大学，毕业后嫁个好人家，一辈子就舒舒服服了。”

关星禾猛地放下筷子，她的眸中噙着泪，嘴唇紧紧地抿着，一把推开椅子，扔下一句：“我吃完了，你们慢慢吃。”

餐厅一片静默，旁边的用人连呼吸都轻了一些。

“好了。”关爷爷放下筷子，脸色阴沉，“我先回去了。”

一餐饭吃得不欢而散。

关城宇接了个工作电话，出门前，他望了一眼二楼紧闭的房门，对贺灼说：“好好劝一劝她。”

门外，火红的灯笼在寒风中摇曳，屋里冷冷清清的。

贺灼轻轻地敲了敲门：“是我。”

关星禾打开门，双眼闪着泪光：“我爸让你来的吧？”

他沉默着，没说是，也没说不是。

关星禾抿了抿唇，声音低下来：“别劝我了。”

她好不容易鼓起勇气想要努力一次，为什么人人都急着否定她呢？她是不够有韧性，做事也总是三心二意，可小提琴是她从小到大唯一一直坚持的爱好了，为什么他们就是不认可呢？

贺灼说：“我没有要劝你。”

他从未觉得她比别人差。

她的眼里透出希冀的光：“那你支持我考吗？”

他垂眸，轻轻地说：“嗯。”

关星禾赌气地问：“你不觉得，女孩子就应该乖乖长大，等着以后嫁个好人家吗？”

贺灼蓦地想起了自己的父亲。

清水镇闭塞贫穷，许多人家重男轻女，觉得女孩子不必读书，只要以后嫁个好一些的人家就好。

父亲贺知总是用自己的工资资助那些女孩，反复地告诉她们：“婚姻并不是你们改变命运的方式，读书才是。”

他小时候不懂，如今却明白了。

原来，纵使是关家这样的富贵人家，也会有这样的想法。

夜很静，他的声音十分清冷：“我常常听人说，每个人都是独立的个体，自己的价值不该依附于其他人。你应该去做你自己想做的。”

关星禾的眼神一点点地亮了起来。

她望着他，语气执拗：“可只有一个名额，希望那么渺茫，我把心思放在这上面，你不觉得是在浪费时间吗？”

她像急于得到认可的孩子，把刚刚别人劝她的话说了一遍。

贺灼垂眼看着她，周身褪去了平时的冷硬，像是一个包容又温和的兄长。

他低声说：“学习上，我可以帮你。”

“而且，就算只有一个名额，那为什么不能是你？”

关星禾愣愣地望着他，他的眼神深邃坚毅，十分明亮。

那是她从未见过的模样。

她感觉自己的心不受控制一般，一下下地剧烈地跳动起来。

第四章
春日烟花

二月中旬，关星禾悄悄地在网上报了名，没有让关城宇知道。像是在茫茫大海中看到了灯塔，对于未来懵懵懂懂的关星禾决定坚持自己的想法。

寒假匆匆而过，没过几天便开学了。

贺灼出教室时遇到了关熠。准确地说，他是被关熠拦住了。

贺灼眉目清冷，没看他，只是冷声道：“让一让。”

那件事后，关熠始终没有向贺灼道歉，但也不再找他的麻烦，只是把他当作陌生人。

关熠望着他，一脸阴沉道：“你支持她去考附中？”

贺灼垂下眼眸，没说话。

关熠靠近了一步，警告道：“摆正你在这个家的位置，别以为什么事都顺着她，讨好她，你就可以融入这个家了。”

早上，他从周雾嘴里听说关星禾报考了海音附中的事，快被气疯了。

这都快三月了，再不好好准备中考，关星禾恐怕连本校都考不上。

这个贺灼根本没有为她考虑，只一味地顺着她。关熠恶狠狠地想，自己果然没看错，贺灼和自己那恶心的父亲一模一样，为了达到自己的目的，阿谀奉承，根本不考虑实际情况。

贺灼抬眸，声音低沉：“你们知道她想要什么吗？”

他们只是一味地打着为她好的旗号，让她跟个牵线木偶一般按他们的意愿生活。

关熠没想到贺灼会反驳。

印象里，贺灼总是一副低眉顺眼，寡言冷淡的样子。

现在终于露出真面目了？

他冷笑道："你知道？我和她从小一起长大，难道还比不过你这个半路冒出来的哥哥？"

他阴阳怪气地加重了"哥哥"两个字，语气中满是奚落与嘲讽。

走廊尽头，有人在喊关熠的名字。

他应了一声，急着离开，加重语气道："要是你还有一点儿良知，就劝她放弃不切实际的想法，好好准备中考，等考上了高中，再去玩她的小提琴。"说完，他便离开了。

贺灼望着关熠的背影，身侧的手不自觉地攥紧了。

关星禾从考场出来时，天色已经阴沉下来。

海音附中的考试分为三轮，今天是第一轮，入选的话，便有机会参加第二轮的复试和第三轮的面试。

今天，关星禾没让王叔来接她，准备自己去学校后门坐车。

"星禾。"她听到有人喊她。

关星禾转头，愣了一下，没想到会在这儿遇到向远，但转念一想，又觉得合理。

向远惊讶于她没被保送，但他向来情商高，不会戳别人的痛处。

他笑了笑，声音清朗："你要去后门坐车吗？那我们一起走吧。"

关星禾没法拒绝。

向远算是她的师兄，小时候两人在同一个老师那儿学琴，长大之后关系也不错。

两人并肩走在雪地里，关星禾说："谢谢你，上次的专辑，我很喜欢。"

少年有些不自在地摸了摸鼻子，笑道："你喜欢就好。"

他想到了那张附带的贺卡，脸颊不由得有些发热。

向远悄悄地看了关星禾一眼，女孩儿巴掌大的脸被围巾包裹住了一大半，只露出一双水盈盈的眼眸，特别好看。

他结结巴巴地说："你……你要是在考学上有什么问题，可以随时打我的电话。"

"好。"关星禾朝他笑了笑，正准备和他告别，下一秒却看见了站在街对面的人。

天色已有些暗了，街道边的路灯亮了起来。

少年站在雪地里，身后落下一道消瘦的影子。

关星禾连忙对向远说："我先走啦，拜拜。"

向远还来不及说什么，就看见女孩儿走过了街道。

她扬起头，声音里满是笑意："你怎么来了？"

隔着一条街，向远撞上了少年的眼神，冷冽得像海市的雪。

而后，少年垂下眼眸，不再看他，淡淡地对关星禾说："路过，走吧。"

女孩儿点点头，转头对向远挥了挥手。

雪地里，两人的影子渐渐远去，宛若一对璧人。

海音附中离他们学校不远，却也不算近，出了校门，不知怎么，他便着了魔一般走了过来。雪地难行，他一步一步地往前走着，似乎在丈量两所学校之间的距离。

关星禾的声音清甜温润："哥哥，我想去旁边的琴行买点儿东西。"

他点头道："嗯。"

正是化雪的时候，空气清新，他的心中却像是堵了一块石头。他踟蹰了一会儿，还是道："以后早点儿回家，不要随便和陌生人搭话。"

他总是沉默寡言，从不会这样多话。

关星禾抬眸，杏眼微微地瞪圆了。

贺灼别过脸说："叔叔让我照看好你。"

关星禾的眼睛弯了起来，笑道："哦，好吧。可刚刚那个不是陌生人。"她顿了一下，对上他漆黑的眼，一本正经地说道，"那是我的师兄，小时候一起学琴的。他现在在海音附中上学，刚刚遇到了，我们就说了几句话。"

贺灼的心中越发烦躁了，脸色也阴沉下来。

就像关熠说的，他不过是半路冒出来的哥哥，有什么资格说她呢？

就连那个不知名的少年，都出现得比他早得多。

路边湿滑，关星禾一不小心踩进了水坑，贺灼飞快地伸手，她的脑袋骤然撞上了他的胸口。

她个子小，像温软的糯米团子，撞得他的心都跟着瑟缩了一下。

关星禾倚在他的胸口闷哼了一声。

他哑声问："你没事吧？"

"脚扭了，好疼。"

他的呼吸一顿，半晌才反应过来，急得声音都变了："我打电话叫人。"

"不用。"她抬起头道，"没那么严重，我休息一下，一会儿就好。"

“哥哥，可不可以……让我靠着休息一下？”

看着她的眼睛，贺灼仿佛被夺去了呼吸，如同木头一般呆立在原地。

关星禾眨了眨眼睛，只当他是默认了，她默默地靠近一步，轻轻地倚在他的身上。

夕阳的余晖刺破云层，洒在雪地上，反射出灿烂的红光。

世界仿佛都安静了下来。

顷刻间，他忘了刚刚的烦闷，只感受到了胸腔里剧烈的心跳。

她会不会也听到了？

贺灼的心底莫名地涌起恐慌，他甚至无法深究原因，只是下意识地不想让她听到自己的心跳声。

他的手指触上她的肩，将她的身体轻轻地移开。

关星禾抬眸看他，不知道为什么，她的心里像是藏了一只小鹿，心跳得好快。贺灼身上清冽又干净的气味让她着迷。

她的小脸微红，小声说：“我的脚还疼。”

贺灼的心跳还未平息下来。雪地里，她可怜兮兮地看着他，让人心软，无法拒绝。他自暴自弃地蹲下身，咬牙说：“我背你。”

起码这样，她就不会听到自己那恼人的心跳声了。

可他很快便知道了，这个决定错得离谱。

关星禾趴在他的背上，头搁在他的肩上，呼吸间，香气飘进他的鼻腔。

“哥哥。”她的双手环着他的脖颈，轻轻地叫他，声音清甜。

贺灼木着脸加快了脚步。关星禾不安地动了动身子。

下一秒，贺灼感觉自己的耳畔好像擦过了什么东西，软乎乎的。他像是意识到了什么，耳根瞬间红了，连呼吸都停滞了。

关星禾无措地抿了抿唇，她不是故意的。

关星禾看了看他。

他的侧脸坚毅冷硬，和平常并无两样，就连脚步都没顿一下，甚至走得更快了一些，大概是没意识到刚刚发生了什么。

关星禾觉得心里怪怪的，像松了一口气，却又觉得空落落的。

她试探着小声问：“哥哥，我重不重啊？”

贺灼的呼吸有些重，他并不答话，只是一个劲儿地往前走。他的心脏剧烈地跳着，大脑空白了一瞬。

他恍惚听到关星禾在耳边问了句什么。可他没听清，只能掩饰住自己的无措，慌张地张口应付：“嗯。”

关星禾像被浇了盆冷水，绯红的脸颊瞬间退去了热度。

“那我自己走吧。”

街道安宁静谧，远处，琴行的招牌亮了起来。

贺灼的心跳逐渐平稳了，他轻轻地颠了颠背上的人，道：“马上就到了。”

他望着远处的灯火，脚步渐渐地慢了下来。

此时的街道上只有他们两个人。他的心中竟生出了一个荒唐的念头。

他希望这条路永远走不到尽头，这样，他就可以背着她一直往前走，将她送到一个安全又温暖的地方。

昏黄的路灯光洒落下来，地上的积雪染上了温暖的颜色。

琴行终于到了，门口挂着风铃，人一走进去，便发出了清脆的声响。

老板迎了上来，见是关星禾，他愣了片刻，给她搬了一把椅子。

“好久没来了。”他望了一眼贺灼，“这是……你表哥？”

只听见关星禾说：“不是，这是我的哥哥。”

老板尴尬地笑了几声，道：“我就说呢，是不太像。以前你和你表哥总来，那时候，你就这么点儿高。”他伸手比了比，又道，“我还记得，那时候，你在海音附中的老师那儿学琴，每次下课都会过来逛一逛，你表哥每次都催你，然后，你们两个就在琴行里面拌嘴，吵吵闹闹的。”

关星禾有些尴尬，她悄悄地望了一眼贺灼。她知道，他和关熠的关系一直没有好转。

贺灼的脸正好背光，看不清表情。

关星禾赶紧转移了话题：“老板，你们这儿有新到的松香吗？”

老板连忙应声，转身去拿东西。

店里冷清，关星禾斜坐在椅子上，将受伤的脚轻轻地抬起来。

贺灼压下心中的燥意，给王叔打了个电话。

回到家，天色已经完全暗下来了。

王叔接了贺灼的电话后，提前叫了家庭医生。

一番忙活，家里终于安静下来。

这时，关星禾接到了关熠的电话，他呵斥道：“关星禾，我劝你赶快把那个考试停了，把心思放在正经事上。”

她的脚虽然喷了药，但仍然隐隐作痛，听到关熠严厉的训斥，她生气地回道：“不要。”

关熠的声音逐渐变得暴躁："你现在完全是受了那个贺灼的蛊惑，你要弄清楚谁才是你真正的哥哥，谁才是真正为你好！"

关星禾冷声道："你为我好在哪儿？"

他愤怒地质问道："你现在一门心思只想考海音附中，要是考不上怎么办？你都不给自己留条后路吗？"

为什么所有人都觉得她考不上？

电话那头，关熠还在不依不饶。他总是这样，总觉得所有人都应该听他的话，从小到大都是这样。

关星禾越想越气，干脆把电话挂了。

门被敲了几下，关星禾以为是张姨，闷闷地说："进来吧。"

门应声而开，贺灼静静地站在门口，怀里抱着一摞书本。

关星禾这才想起自己和他约好了今晚补课。

她强撑着笑容，喊了一声："哥哥。"

贺灼将东西放在桌上，关星禾才发现那是一沓本子。

他说："给你的。"

关星禾打开了第一个本子。

第一页，贺灼清隽整洁的字迹映入眼帘：初三数学重点考点。

往下翻，满满的一本，大考点和小考点都被他罗列得清清楚楚。

关星禾打开第二个本子——初三物理重点考点。

她又打开第三个本子——初三化学重点考点。

一大沓本子，不知道要熬多少个晚上才能写完。

屋里很安静，他的声音也沉静极了："我看了你以前的练习和作业，这些都是重点考点和你经常错的地方，你认真看。"他不擅长安慰人，顿了一下又说，"都理解了的话，中考没问题的。"

关星禾的眼眶都不自觉地红了。

这段时间，她努力练琴准备艺考，每天过得十分充实，但到了晚上，她还是不由得有些恐慌。

要是她真的考不上呢？

她看着这一个个笔记本，心中又感动又感慨。

原来，就算全世界的人都不愿意认可她，不愿意鼓励她，也始终有一个人站在她的背后，默默支持，陪她前行。

她垂下眼眸，闷声道："谢谢哥哥。"

他望着她的发顶，眼神温柔：“别怕。”

他无法不去在意关熠那番刺耳的话，但只有他自己知道，他并不是一味地讨好、顺从她。他要陪她走这条漫长孤独的路，还要为她留好退路。

窗外的雪仿佛一夜之间融化了，枝头冒出新绿，春天悄无声息地到来。

关星禾已经通过了前两轮的考试，最后的面试也即将来临。

在贺灼的帮助下，她的文化课成绩不但没有落下，反而越来越好。

一模时，她的成绩已经超过了本校的高中录取分数线。

周雾后来和关星禾打电话道了歉，她说，她当时以为只是寻常的聊天，没想到关熠会反应那么激烈，还几次说要打电话告诉关城宇。

周雾好说歹说，磨了许久，关熠才打消了告诉关城宇的念头。

可关星禾的心里始终觉得不舒服，和他们的关系也疏远了许多。

春日的风轻轻地吹着，关星禾终于结束了最后的面试，回家时，天色早已暗下来。夜晚的别墅格外安静，只有客厅亮着一盏灯。

不知道为什么，今晚贺灼没有待在自己的房间里，而是坐在客厅的灯光下。听到她的声音，他放下了书本。

关星禾朝他笑了笑：“哥哥。”

他望过来，轻轻地“嗯”了一声，而后沉默地攥着书，过了许久才问：“怎么样？”

关星禾故作轻松地耸耸肩：“还可以，听天由命吧。”

她不像贺灼那样沉稳，说话总是留几分余地。

能进面试的人能力都不会差，关星禾口中的“还可以”是真的一般。

贺灼看着她孤零零地站在门廊处，不觉有些心疼。

这段时间，她早起晚归，瘦了许多。

关星禾说：“哥哥，你等我一下，我上去放一下东西就去学习。”

每晚七点半是贺灼帮她补课的固定时间，她没忘。

贺灼的视线落在她苍白的脸上。由于最近熬夜刷题，她眼下一片青黑。

他感觉心脏微痛，沉声说：“今天不补课了。”

关星禾脚步一顿，低头看了看表，解释道：“今天考场出了点儿小状况，迟了二十分钟，等会儿补上。”

她以为贺灼是因为自己不守时而不悦。

毕竟他每天有那么多事，自己迟到的话，确实是耽误了他的时间。

但他的脸上没有表露出丝毫不悦。他声音低沉道：“休息一天。”

没有人比他更明白她最近多努力。

就算前方没有退路，她也做好了心理准备，勇往直前，绝不退缩。

关星禾松了一口气。这段时间，她确实把自己逼得太紧了，如今面试结束了，不论是什么结果，她都问心无愧。

连一向刻苦认真的贺灼都让她放松一个晚上，那也没什么不可以吧？

她扬起笑脸，建议道："那我们出去玩儿吧。"

他的视线扫过她青黑的眼底，道："好好睡一觉。"

关星禾眨了眨眼睛："现在才晚上八点，玩到晚上十点半回来，也能好好睡觉。"

这段时间，她不是练琴就是读书，天天闷在屋子里，很久没有出去玩了。

贺灼拗不过她，只能无奈起身。

夜晚的城市灯火璀璨。

关星禾和贺灼并肩走在街道上，看见正对面挂着的广告牌——金球电影院开业八折优惠。

关星禾提议道："哥哥，不如我们去看电影吧？"

贺灼自然没有异议。

这是一家新开的电影院，设备都是新的，但也许是宣传不到位，有些冷清，排片量也不多。

"我们看这个吧。"关星禾看了看剧情介绍和观影时长，指着《灯影》说。

贺灼点头。

关星禾想去买票，但贺灼坚持自己付款。关星禾拗不过他，便由着他了。

他买完票回来，关星禾正捧着两大桶爆米花，黄油的甜香味扑面而来，她将其中一桶爆米花递给他，他愣愣地接过。

她嚼着爆米花，脸颊鼓鼓的，嘴里发出咯吱咯吱的声音，一双杏眼格外明亮，像极了偷吃米粒的小仓鼠。

她好像特别爱吃甜食。

从前，贺灼对甜食都是避而远之，可不知道为什么，被她带着吃了好几次甜食后，便不自觉地接受了。

也许，生在黑暗里的人注定拒绝不了甜蜜的东西。

影厅的灯暗下来，贺灼侧过头看关星禾。

四周十分安静，他第一次这样大胆地看她。

他的视线扫过她纤长又浓密的睫毛，掠过她挺直的鼻梁，不经意地落在她小巧的樱唇上。他莫名地想到那一夜，他背着她走在雪地里，耳朵上传来的柔软温热的触感。

他的手心渗出了密密的汗，耳朵也泛红了。

黑暗里，关星禾蓦地侧过头，视线和他的对上。

贺灼的心中一惊，猛地别过头。

荧幕里，一对男女正吻得难舍难分，缠绵悱恻，影厅里满是旖旎氛围，座位前方的男女正慢慢地靠近。

一时间，贺灼转头也不是，不转头也不是。

他的心脏狂跳起来，猛地低下头，用一只手捂住关星禾的眼睛："别看。"

影院里开着暖气，当他的双手触碰到她的脸颊时，竟被那温度烫到了。

"哥哥。"她低低地叫他，声音很小。

他强装冷硬道："干吗？"

"我……我们走吧。"关星禾心里像是装了一只小兔子，疯狂地跳着，她的脸颊热得像烧起来了一样。

再待下去，她整个人就会着火了！

她的鼻息温热，拂在贺灼的手上，让他感到十分窘迫。

贺灼很快点头："嗯。"

两人飞快地走出了影厅。

暴露在室外冰冷的空气中，关星禾脸颊的热意终于退去了一些。

路灯昏暗，在这样寂静的夜里，一切显得朦胧又美好。

她抬眸看着他清冷的侧脸，胸腔的震动非但没有减弱，反而越发强烈起来，那种感觉像是小时候和家长一起看电视，看见里面突然出现亲密的镜头一样。

可又好像不一样。

夜风轻轻地吹拂，贺灼垂着眼往前走。

他不敢转头看她，生怕一不小心，就暴露自己的紧张。

两人一前一后地走着，街对面，突然有人叫关星禾。

关星禾停下脚步，这才发现对面的人是周雾。

她和关熠在一起，满脸笑容地向他们挥手。

关星禾笑了两下，打算随便打个招呼就离开，周雾却拉着关熠走了过来。

"好巧啊，我们刚刚说到你，就遇见了。"周雾笑眯眯地说，"听说你今天去参加海音附中的面试了，是考完出来放松一下吗？"

关星禾点点头，手中突然被塞入了一个纸袋子。

“喏，他送你的。”周雾说着，用手指了指身边的人。

关熠一脸冷漠，轻哼了一声，没说话。

周雾连忙打圆场道：“你不是快要过生日了嘛，他非喊我出来一起给你挑礼物。”

“好了，说这么多干吗？”关熠语气僵硬道，“走了。”

说完，他便自顾自往前走去，脚步却刻意地放慢了许多。

周雾瞥了关熠两眼，小声对关星禾说：“上次跟你说了那番话后，他自己也觉得有点儿过分，但你知道，他这个人就是死要面子，拉不下脸来跟你道歉。”

她顿了一下，继续说：“其实，知道你进了面试，他别提有多高兴了，礼物你收好啊。”说完，她便去追关熠了。

关星禾愣愣地站在原地，望着手里的礼物袋，心里顿时有些不是滋味。

她抬眸，撞上贺灼的视线，他的一双眼显得格外漆黑。

关星禾知道他们两个的关系一向不好，可贺灼仿佛刚刚没见到关熠，也像是忘记了影院里发生的一切，语气平淡道：“走吧，回家早点儿休息。”

贺灼的心跳还有些不正常，他根本没有心思在意关熠，只是一个劲儿地往前走。

他的步子又急又快，关星禾需要小跑着才能跟上他。

两人回到家才晚上九点。张姨听到响动，从餐厅探出头来，见是他们俩，笑着道：“回来得这么快啊？”

想到影片里的那一幕，关星禾还有些不好意思，她笑了笑，回道：“有点儿困，就提前回来了。”

张姨说：“对了，刚刚有人来送东西呢，说本来是要今早送来的，但是花店漏了，所以现在才送过来。”

关星禾这才注意到桌子上放着一束盛开的百合花，花瓣上还沾着水珠。

淡淡的花香弥漫在空气中，她注意到了旁边的贺卡，拿起打开，上面有一行整洁的手写字：“望你考试顺利。——向远。”

口袋里的手机振动了几下，她拿出来，是向远打来的电话。

贺灼无声无息地站在不远处，他听见关星禾清甜的声音。

“收到了，谢谢师兄，考得还可以。”

“好的，好的，有事情会打电话的，师兄拜拜。”

贺灼狂跳了一晚上的心霎时按下了暂停键。

窗外，春天已经悄悄地来临，贺灼却觉得自己留在了寒冷的冬季。

第二天，那束百合花出现在餐桌上。

春日里的阳光正好，雪白的花瓣与水晶花瓶相映衬，特别好看。

贺灼下楼时就看到了这样的一幕。

他不由得攥紧了手，怒气涌上心头。

关星禾转过头，温柔的眼眸里映着百合花，声音甜糯糯的："哥哥，早上好。"

百合花浅淡的香气缠绕上来，贺灼觉得心口堵得慌，沉默地坐下来。

见贺灼脸色不好，关星关心道："你昨晚没睡好吗？"

"不是。"他的声音低沉，显得有些冰冷。

关星禾眨眨眼："那你怎么了？"

这时，张姨捧着一屉小笼包过来，笑着说道："我看那花放着也是浪费，就找了个花瓶插上了。"

关星禾用手碰了碰花瓣，疑惑地问道："这个花瓶是从哪儿来的？之前没见过啊。"

张姨将屉笼放下，伸手理了理花枝，道："之前一直放在太太的屋里，都落灰了。我想着反正也用不着，就拿出来收拾了一下。你们看，这花瓶和花儿配不配？"

关星禾咽了一口包子，含糊地答道："挺配的。"

"刺啦"一声，贺灼手上的叉子猛地划在盘子上，发出刺耳的声音。

关星禾觉得有些奇怪，抬头看他："你怎么了？"

他坚毅清冷的脸上没什么表情，一双手却攥得有些发白。

她真觉得那花儿好看？

春日的早晨，阳光格外明媚，百合花被精心打理过，喷上了水雾，此刻阳光照射在水珠上，仿佛缀上了细碎的钻石。

他的胸口一阵闷疼，抬眸对上关星禾关切、温柔的眼神。那双杏眼清澈明亮，里面映着自己的影子。

可这双眼睛刚刚望着那束百合花时，分明也是这样温柔。

他抿了抿唇，说："我……我对百合花过敏。"

关星禾猛地睁大眼睛："你怎么不早说啊？"她飞速起身，拿起花瓶就往外走，"完了完了，放在你旁边那么久，不会出事吧？"

他望着她焦急的背影，手心里渐渐地出了汗。

他这是在干什么？

关星禾将花瓶放在阳台的角落，又将门锁上才回来。她紧紧地盯着贺灼，眸中满含关切：“你没事吧？要不要打电话让医生过来看看？”

“没事。”贺灼抿着唇，心中有些厌弃自己。

他觉得自己自私极了。

那是别人送她的花儿，纵使他不喜欢，也不应该撒这样的谎。

他看向阳台，百合花被放在角落里，孤零零的，随着风可怜地摇摆着。

他转过头，对上关星禾的眼睛。

她关心自己。

想到这里，欢愉感便源源不断地涌上心头。

张姨也自责极了，迭声说：“怪我怪我。我觉得那花挺好看的，扔了可惜，就想着先摆上。等会儿我就把屋子打扫一遍。”

关星禾看着他，问道：“要不，还是叫医生来看看吧？”

贺灼喉结微滚：“真的不用。”

他垂下眼眸，不敢再去看那双眼：“真的没事。”

关星禾拗不过他，无奈地叹了一口气：“那张姨，你今天一定要把房子好好打扫一遍啊。”

贺灼微不可察地松了一口气。

关星禾说：“对了，我衣帽间里的那堆信，帮我整理好，放到仓库吧。”

贺灼指尖一颤。

不久前，他无意中看到了一封信，烦闷了许多个日日夜夜。

方才，她轻飘飘的一句话，他心里的阴云便散去，他心里突然轻松了许多。

关星禾性子温和，平时也不爱张扬，每年生日，她都是叫上几个朋友一起吃顿饭，庆祝一下。今年，她有些犹豫要不要叫上关熠。

虽然他说话过分，但终归是自己的表哥。

那天，他别别扭扭地递上来的礼物是一盒是她常用的牌子的松香。

生日那天恰巧是海音附中放榜的日子，关星禾觉得自己大概不会有什么庆祝的心情。思虑再三，最后她谁也没有叫，只打算安静地在家里吃个饭。

贺灼走进厨房，张姨对他点点头：“都准备好了。”

她问：“要不要我给你打下手？”

贺灼摇了摇头。

今天是关星禾的生日，这算是他的一份心意，他想自己做。

张姨不再说什么，自觉地退了出去。

厨房里安静极了，贺灼的动作干脆利落，他垂着头，眼神十分专注。

时光仿佛变得静谧悠长。

贺灼正低头过滤山楂水，厨房的门“嘭”的一声打开了。

他被吓了一跳。

关星禾穿着鹅黄色的连衣裙，犹如炮弹般冲到他的面前。

她扬起脸：“哥哥。”

他的声音不自觉地低下来：“怎么了？”

“我考上了！”关星禾猛地跳起来，双手环住他的脖子，跳进他的怀里。

他的心跳停滞了两秒，双手不知该放在哪里。

她很快离开了他的怀抱，抬眸望着他，眉眼都弯了起来，尾音微微上扬：“看这次谁还说我考不上！”

贺灼被她的快乐感染了，嘴角微微翘起来，低声应道：“嗯，很厉害。”

她的双颊因为兴奋而微微发红，比三月的桃花更加美好，就连声音都是柔柔的：“还是多亏了哥哥你。”

要是没有他的鼓励，她恐怕连孤注一掷的勇气都没有。当所有人都不相信她，劝她放弃的时候，只有他站在她的身后，默默地支持她。

他声音干涩道：“是你自己努力。”

他知道，她并非长辈所说的那样不思进取。

她充满韧劲儿，这几个月以来，不论熬到多晚，她从不叫苦、叫累。

这些都是她应得的，和自己又有什么关系呢？

关星禾却执拗道：“谁说跟你没关系的？是因为你帮我补课，我才没有后顾之忧的。”她眨了眨眼睛，“你知道吗？我刚刚告诉爸爸这个消息时，他都被吓到了。”

关城宇并不是不想让关星禾考海音附中，只是觉得她考上的可能性微小，他希望女儿走一条稳妥的道路。所以，当他知道关星禾瞒着他偷偷报了名，还考上了海音附中时，他反而觉得无比骄傲。

关星禾兴致勃勃地说：“他刚刚给了我一笔零花钱，说是奖励我，等会儿我们一定要出去庆祝一下！”她兴奋地跳起来，“我们去城北的那家餐厅，今天我请客。”

贺灼温柔地笑道："好。"

关星禾低下头，这才注意到贺灼的手上沾了些红色的东西。

她踮脚往他身后看了看，震惊地睁大了眼睛："你在做山楂糕吗？"

他抿唇："嗯。"

"专门给我做的？"她开心地问道。

贺灼仿佛被这直白热烈的眼神烫到了，有些狼狈地垂下眼眸："嗯。"

"那我们一起做吧。"说着，她便要撩起袖子。

彼时，阳光落在他们身上，关星禾穿着鹅黄色的连衣裙，仿佛与阳光融为一体。

他看了看操作台，虽然不至于凌乱，但也不算整洁。

他下意识地想要拒绝，可她已经蹦蹦跳跳地跑到水池前，边哼歌边洗手，声音轻快得像百灵鸟。

贺灼的视线掠过她修长干净的手指，有些无奈地弯下身子。

"给。"他递给她一副手套，"别把手弄脏了。"

"哦。"她乖乖地戴上了手套，而后扬起脸问他，"要我做什么呢？"

贺灼想了一下，道："你去把桂花切碎一些吧。"

"行。"关星禾爽快地答应下来。

窗外的桃花开得正灿烂，厨房里静谧和谐。

山楂糕并不难做，两人分工合作，不一会儿便做好了。

贺灼将冻好的山楂糕切成平整的菱形，关星禾迫不及待地拿起了一块。

她将山楂糕塞进嘴里，两颊变得鼓鼓的，像只偷食的小仓鼠，眯起眼睛，一脸满足："好吃。"

她又拿了一块山楂糕，递到贺灼的嘴边，殷切地说道："你尝尝。"

贺灼低头，对上关星禾那比桃花更娇艳几分的脸庞，心跳瞬间慢了一拍。

他的一颗心像被泡进了加了冰糖的山楂水里，又酸又甜。

他的喉结急促地滚动了两下，终究是拒绝不了这样的诱惑，微微低头咬了一口。

其实以前在清水镇时，他并不怎么喜欢吃山楂糕。

可这块山楂糕和过去他吃过的都不一样。

它有些糯，在嘴中化开，甜味盖过酸味，一丝丝地往他的心里涌。

贺灼想伸手将剩下的半块接过来。

可关星禾固执地举着手，一双眼睛亮晶晶的："吃完吧。"

贺灼的手缩了回来，妥协地低下头，眼里春意融融。

关星禾把手往前伸了伸，而后如触电般猛地收回手。

她后知后觉地发现，刚刚这样的动作似乎太亲密了。

时间仿佛静止了，贺灼僵在原地，漆黑的瞳孔微微一缩。

关星禾不知道自己的心为什么跳得这么快，像是那夜在幽暗的影厅里，她被他遮住眼睛时一样，面红耳赤，心跳如雷。

她深吸了一口气，迅速地转身："那个，我先去换衣服，你也快点儿准备一下吧。"

她快速跑走，留贺灼一个人站在原地，听着自己胸腔里疯狂的心跳声。

那家餐厅的味道确实很好。

回到家后，关星禾躺在床上翻来覆去，脑子里一片混乱。

对她来说，贺灼是哥哥，是亲人，是这个家里她信任、依赖的人。

他沉默无言，却为她挡去所有的风雪。

一想到他，她的心湖便止不住地泛起涟漪。

她翻了个身，强迫自己入睡，桌上的手机却振动了一下。

是时岁发来的消息："宝贝，生日快乐！礼物收到了吗？"

没有请他们吃饭，关星禾觉得有些抱歉，于是回复："收到啦，改天请你吃饭。"

"那是必须的，不但要庆祝你过生日，还要庆祝你考上海音附中！"

关星禾："好的，地方你来定。"

她又问："你在干吗呢？"

时岁："我在微雨广场准备看烟花呢，你要不要过来？"

关星禾看了一眼时间，已经很晚了，但她睡不着，出去走走也好。

她打开灯，穿好衣服走出房间时，猝不及防地撞上了正好上楼的贺灼。

关星禾觉得窘迫，低声道："哥哥，你还没睡啊？"

贺灼的视线落在她的身上，声音低沉："嗯。"

见她穿戴整齐，他想了想，又问了一句："你要去哪儿？"

她说："微雨广场，看烟花。"

他很想问她和谁一起，想了想，终究没问出口。

沉默了片刻，他说："太晚了。"

关星禾笑道："岁岁在那儿，没事的。"

他松了一口气，问："你怎么去？"

这么晚了，王叔估计早睡了。

关星禾也想到了这点，她抿抿唇，说道："我坐出租车去。"

"你等一下我，我换件衣服，送你去。"

"不用。"关星禾赶紧拒绝。

她本想散散心，可那个让她心绪混乱的人说要一起去，怎么办？

贺灼说："没事的，我送你。"

他垂下眼眸，攥了攥手："你要是……想和朋友一起看，我就在附近等你，不过去。"

这是什么话？关星禾微微睁大了眼睛。

她轻轻抿唇，一想到他也是关心自己，心就不自觉地软了下来。

"那我们一起去吧，听说今晚的烟花很美。"

"好。"

贺灼动作很快，两分钟后，就走出了房间。

他低头打开手机软件打车，可过了许久都没有人接单。

"是因为太晚了吗？"关星禾问道。她平时出门都有司机接送，没怎么用过打车软件。

这时，她的手机振动了一下。是时岁发来消息了。

时岁："星星，你快到了吗？还有二十分钟就开始了，我占了个好位置，你快点儿啊！"

虽然从这里过去不算远，但如果一直没人接单，他们就没法及时赶到。

贺灼侧过头看见关星禾耷拉着肩膀，纤长的睫毛垂下来，看上去失望极了。他问："你知道从这里过去的路吗？"

关星禾仰头："知道的，但估计也来不及。"

贺灼皱眉思索了几秒，说道："几天前，我在仓库里看到了一辆自行车。"

关星禾有些惊讶："骑过去？"

"你想去吗？赶一赶的话，应该来得及。"

关星禾愣了一秒，随后笑道："好啊，但那辆车不知道还能不能用。"

初一那年，她看到班上有些同学是骑自行车上学的，就嚷嚷着也要一辆自行车。关城宇那时对她百依百顺，当天就送了她一辆适合女孩子骑的自行车。可她还没来得及学会就生了病，等病好了，热情也消退了。

仓库里，一辆落满灰的自行车静静地停在角落里。

贺灼检查了一下，对关星禾说："你站在这里别动，我去清洗一下。"

贺灼做事向来果决利落，没过几分钟，车便焕然一新。

“上来吧。”他轻轻地说。

关星禾坐上车子后座，犹豫了一下，还是抓住了贺灼的衣服。

察觉到自己的衣角被轻轻地抓住了，贺灼的心中泛起涟漪，他声音暗哑道：“坐稳了吗？”

关星禾悄悄地靠近了一些，他身上的味道干净清冽，直往她的鼻子里钻，她那颗心又不争气地狂跳起来。

“好了。”她深吸了一口气，努力平复自己的心跳。

自行车驶进夜色中，风拂在贺灼的脸上，他的一颗心被填得满满当当。

“哥哥，骑快一点儿，要来不及了。”

关星禾的声音被春风送到他的耳边。

贺灼闻言加快了速度。

今天是海市的烟花节，离微雨广场还有一段距离就能看到涌动的人潮。

时岁给他们发了定位，停好车，两人便挤进人潮里。空气有些混浊，人们摩肩接踵地往里面挤。

贺灼伸手隔开拥挤的人群。关星禾被他用手臂护住，踉跄着往前走。

他白皙的手指修长匀称。

那双手并没有碰到她，停在离她肩膀一寸的地方，绅士而克制。

她的一颗心突然变得柔软无比。

“快看！”有人指着天空大喊了一声。

他们抬头，只见暖黄色的光焰缓缓地升上天空，犹如闪亮的星。

有人猛地挤过来，关星禾被推得踉跄了一下，跌进了他的怀里，下一秒便被他扶住。

天空的烟花在这一刻炸开，璀璨的光点亮了整个夜空。

贺灼的心跳停了一瞬。

他突然觉得世界变得很小，小到只剩自己双臂间的方寸之地，小到他忽略了周遭汹涌的人潮，只感受到自己脖颈边的女孩儿的发丝。

烟花一簇簇地升上半空，绚烂地绽放。贺灼觉得自己的脑子也炸开了烟花，心跳声像激进的鼓点，在胸腔中擂响。

关星禾骤然抬眸，眼眸漾出波光，比满天的烟火更明亮。

仿佛被她眼中的光亮烫到，他扣在她肩上的手猛地一颤。

“对不起。”他声音微哑，轻轻地松开她的肩。

不远处，有个小孩坐在父亲的肩上指着天空大喊：“好漂亮，像星星。”

关星禾觉得自己的耳朵有些烫，她掩饰地笑了笑，问道：“烟花好看吗？”

贺灼垂眸，他的声音很低：“好看。”像星星。

很久以来，贺灼的梦境里都一是片阴沉沉的暗色调。可这一夜，他的梦境里第一次出现了鲜亮的色彩，他甚至闻到了清浅的香味。

那是关星禾身上的花香，比以往要浓烈得多。

因为，她从没有离他那么近过。

心躁动起来，贺灼从梦中醒来。

他起床坐到桌前，随意地打开一张数学卷子，强迫自己静下心，可以前很快便可以算出来的题目，今天怎么也算不出来。

贺灼攥着笔，猛地回过神来，这才发现平摊着的草稿本上，密密麻麻地写满了一个人的名字——关星禾。

他弯了弯手指，想将那页纸撕去，门口突然传来敲门声。

“哥哥，你睡了吗？”

他猛地将草稿本合上，沉声道：“睡了。”

关星禾顿了一下，又道：“可是，我看你房间还亮着灯啊。”

他攥着草稿本，狼狈地说：“我刚刚忘记关灯了，有什么事吗？”

“我是不是把你吵醒了？”她的声音有些甜，“对不起啊，昨天补完课，我好像把笔落在你的房间了。”

他垂眸，那支她经常用的圆珠笔不知什么时候滚落到了地上。

他打开门，避开她的目光，把笔递给她：“给你，快点儿去睡吧。”

关星禾接过笔却没有马上离开，她望着他，试探着问：“哥哥，那个……明天，我能不能跟着去啊？”

明天是清明节，贺灼要回清水镇给父亲扫墓。

“不行。”他拒绝得干脆。

清水镇偏远，光是坐车就要好几个小时，她怎么受得了？

关星禾撇撇嘴，声音都低了许多：“可是，你要去好几天，我一个人在家里好无聊。再说，你爸爸也算是我的亲人啊。”

贺灼的心瞬间塌了一块，他不由得想到之前的那个梦。

他闭了闭眼，不敢看她：“那里不是什么好玩的地方，快去睡吧。”

她微垂着肩，看起来格外可怜。

贺灼咬了咬牙，不再看她，强迫自己关上了门。

几秒后，关星禾的脚步声渐渐远去。

贺灼脱力般靠着门，心跳声在夜里格外清晰。

草稿本还摆在桌子上。贺灼想要把那页纸撕下来，可当他的指尖碰到她的名字时又顿住了，最终合上了本子。

他打开抽屉，将本子和那张没送出去的专辑放在最深处。

清明节这天，细雨纷纷。

怕路上堵车，司机和贺灼约好早上六点便出发。

贺灼几乎一夜没睡，起床时，天空还是昏暗的。

走廊里没亮灯，他怕吵醒关星禾，刻意放轻了脚步。

下了楼梯后，他的脚步却顿住了。

客厅里亮着暖黄色的灯光。

关星禾背对着他，听到脚步声，她猛地回过头："哥哥，你醒啦？"

他望着她眼下的青黑，皱了皱眉："这么早起来做什么？"

她的眼睛亮亮的："我在等你啊，听说你们六点就要出门了。"

她的长发披在肩上，静静地坐在温暖柔和的灯光下，像掉入人间的仙女。

"让我去嘛，我不会吵你的。"

"小仙女"就那样眼巴巴地望着他，声音甜得让人无法拒绝。

贺灼花了一晚上时间才造好的盔甲顷刻间碎了，他攥紧手，强迫自己说出拒绝的话。

这时，司机从外面探头进来，催促道："快一点儿，贺少爷，把行李给我吧。"

外面的天逐渐亮了。

关星禾仰起头，伸手拽了拽他的衣角："可不可以嘛？"

他的心像被扯了一下，喉咙干哑，再也说不出拒绝的话。

见他沉默不语，关星禾便知道他同意了。

"快走快走。"她弯弯的眼眸中透出几分愉悦，上车后，她立即催着司机出发，生怕下一秒贺灼便会反悔。

去清水镇的路途遥远，开了一个多小时后，贺灼才后知后觉地问："你的行李呢？"

他们是打算在清水镇过夜的。

关星禾转过头，眼里闪过一丝狡黠："昨晚就放在后备厢了啊。"

贺灼无奈地摇了摇头。

她的笑颜仿佛带着魔力，总能让他一次又一次妥协。

路途颠簸，摇摇晃晃的，让人昏昏欲睡。

贺灼侧过头，看见关星禾已经闭上了眼睛。

只有在这样的时候，他才敢光明正大地看她。

贺灼不敢睡，怕自己一睡着，又做那样的梦。

四周静谧，他垂眼看她，眼神温柔。

车猛地摇晃了一下，关星禾的头微微倾斜，渐渐靠上了他的肩。

浅浅的栀子花香飘过来，他不由自主地想起昨晚的那个梦。

关星禾温软的呼吸喷在他的耳畔，痒痒的。

空气似乎都变得闷热起来。

贺灼告诉自己不能再想，轻轻地将她的头移开，又拿了枕头让她靠上去。

贺灼努力忽略自己心头的怅然若失，轻轻地松了一口气。

她是妹妹，是这座寂寞又冰冷的城市里唯一给他温暖的人。

他想逃避，想离开冷静几天，或许自己便会忘记昨晚的事。可她偏偏要跟过来，像团糯米糍一样黏在他的心上，甩不掉，却又甜蜜得让他忍不住想占为己有。

车摇摇晃晃地上了山，空气中似乎还残存着她身上好闻的香味。

贺灼的脑子里一片混乱，他打开手机，强迫自己冷静下来，去背英语单词。

手机振动了一下，屏幕顶端跳出一行推送“科普青春期的几大现象”。

从不看这些的他，不由自主地点开了这条推送。里面恰好提到了他不寻常的反应。他紧紧地盯着推送文章里所说的“近期接触的人”几个字，心不由得放松下来。

他几乎没有朋友，班上少有的几个会和他说话的人，也大多是问题目或是借笔记。关星禾是他生活中关系最密切的异性，所以他才会做那样的梦。

像是找到了解释，贺灼紧绷的神经骤然放松下来。

窗外的细雨不知什么时候变大了，司机将车里的空调温度调高一些，又递给贺灼两条毯子：“你给她盖一下，别着凉了。”

关星禾昨晚好像没睡好，此刻闭着眼靠在座椅上，睡颜恬静美好。

他将毯子轻轻地盖在她的身上。

突然，车猛地晃动了一下，关星禾呢喃了一声，倚着的枕头掉了下来。

她迷迷糊糊地扯了扯身上的毛毯，不安地在座椅上扭来扭去。

半晌，她轻轻地靠在贺灼的肩上，又安静地睡了过去。

贺灼指尖一颤，手中的手机差点儿掉下去。那颗好不容易平静下来的心又肆无忌惮地在胸腔中狂跳起来。

司机从后视镜里看了一眼，笑道："可能是昨晚没睡好，你让她好好睡一下。"

贺灼闭了闭眼，手心又开始出汗。

关星禾细软的发丝摩挲着他的脖颈，他不敢动，任凭她在自己的肩上沉沉地睡去。

不知过了多久，车帘被拉开，光线骤然一亮，关星禾不自觉地眯了眯眼。

"到了。"贺灼低沉的声音悠悠地往她的耳朵里钻。

可是，那声音怎么这么近？

关星禾像是意识到什么，猛地睁大了眼睛，瞧见他凸起的喉结近在咫尺。

她的脸"噌"的一下红了。

"到……到了啊？"她的心慌乱地跳着，手忙脚乱地开门下车，没注意到落脚处有一个小水坑。

下一秒，她猛地被人拉住。

"小心点儿。"贺灼低声提醒。

关星禾的手腕很细，贺灼来不及感受，下一秒便猛地松开，转头开了另一边的车门。

"从我这边下。"

她望着他挺拔的背影，手腕间还残留着他指尖的热度。

可为什么还有些湿湿的感觉？

还在下雨，贺灼攥着手心，企图掩饰自己的汗水。

车上只有两把伞，司机拿着小的那把，把大的那把递给他们。

贺灼沉默地接过来，将淡黄色的伞撑开，给这细雨飘飘的阴沉天地，平添了几分明丽。雨落到他的肩上，他却浑然不觉，径直将伞撑到车门前。

"走吧。"

他微微低着身子，以便更好地为她遮雨。

关星禾连忙下车，将伞往贺灼那边推了推："你撑着点儿，别淋到了。"

她巴掌大的脸上被压出了一道睡痕，小脸红扑扑的，极其可爱。

他的心头一软，轻声道："嗯。"

因为要住上一晚，他们要先把行李放到贺灼从前的家里。

清水镇交通不便，许多年轻人都离开了家乡，镇子灰蒙蒙的，没有什么生气。

贺灼想到自己的家，脚步微顿。

那房子本就不大，况且，他已经大半年没回来了，不知道破成了什么样子。

他忍不住垂眸看关星禾。

她穿着简简单单的白色连衣裙，睁着一双大眼睛，一脸新奇地左看右看。

“那朵花好漂亮啊！是什么花？”

贺灼顺着她手指的方向看去，只见石子路边杂草丛生，路的尽头，一朵拇指大的淡黄色小花正随风轻曳。

贺灼的心里泛起暖意。

她好像从来都是这样，那双动人的眼眸能忽略世间一切的晦涩与黑暗，只看到温暖和美好，就连他这样不讨人喜欢的人，她都是愿意接近的。

他将她带到屋檐下，又找了把小竹椅，擦干净后说：“你在这儿等我一下，我进去收拾一下。”

“好。”关星禾应了一声。

贺灼点点头，转身开门。

木门“吱呀”一声响，一阵清冽的气息扑来，屋里的座椅干干净净，床单也没有一丝褶皱，像新的一样。

“好干净啊。”不知什么时候进来的关星禾忍不住赞道。

司机也在一旁说：“不知道是谁收拾的。”

贺灼愣愣地站在原地，过了半晌才迈步进去。

木桌上摆着一个相框，是他与父亲的合照。

关星禾凑过去看了看，小声说：“你和你爸爸好像啊。”

贺灼声音暗哑道：“嗯。”

所有人都说他们相像。

这间住了十几年的房子几乎承载了他所有的回忆，晦涩的，灰暗的，痛苦的，他甚至想过一辈子都不再回到这里。

如今站在这里，看着空落落的房间，他的心里却像空了一块。

那个人早已不在了。

不知道是谁收拾了这间屋子，又是谁把这个相框放在这里。

关星禾默默地把行李放在墙边，试探地小声喊道：“哥哥，你没事吧？”

他猛地从回忆里脱离，迎上她那双关切的目光。

他喉咙干涩，轻声道："没事，你等我一下，我收拾收拾。"

关星禾乖乖地点点头。

她不知道该怎么安慰他，毕竟，她从未经历过这些。

贺灼收拾得很快，没过几分钟便过来了。

上山的路很难走，周围寂静极了。

贺灼撑着伞，关星禾抬眼看他。

贺灼神情淡漠，黑眸又冷又沉，和刚刚望着照片出神的时候判若两人。

关星禾知道，他习惯压抑自己的情绪。

关星禾看着山间一簇簇的野花，提议道："我们摘点儿花给叔叔送去吧。"

闻言，贺灼脚步一顿，淡漠的脸上多了些别的情绪。

关星禾眉眼弯弯："你看，路边的花开得多好啊，叔叔看到也会高兴的。"

贺灼放眼望去，山间的野花开得正盛。

他想起很久很久以前，自己在柜子的深处无意中翻到的相册，一张照片里，年轻的父亲正埋头书写，桌上的花瓶里插满了淡紫色的花。

他沉默了，半晌才说："好。"

虽然山路不好走，但关星禾一直咬牙坚持着，她走到一丛野花前，伸手摘下其中开得最盛的几朵小花，将它们拢作一束。

她侧过头望向贺灼，将手里的花递给他。

贺灼伸手接过。

他的神情还是那么淡漠，一只手撑着伞，另一只手拿着一束淡粉色的花。

关星禾的嘴角微微勾起。

两人走到贺知的墓前时，发现那里堆满了东西，有祭拜用的糕点，还有各式各样的冥币。

贺灼一愣，他看见最边上摆着一小束淡紫色的花，和从前在相册里看到过的很像。去年他回来祭拜时，虽然墓前也有不少东西，却没有这么壮观。

这时，身后传来脚步声。

"你是贺老师的儿子吗？"有人问他。

贺灼转过头。

问话的是一个戴眼镜的中年男人，他身后跟着一大群人，有男有女，有的提着大包小包，有的捧着花束，有的带着纸钱。

中年男人推了推眼镜，道："你叫贺灼对吧？我是张原，是你父亲以前的同事，几年前，我调到了县里的中学。"

另一个人也自我介绍道："我是贺老师的学生。之前，贺老师的忌日，我没有请到假，所以现在才来。"

后面的人七嘴八舌——

"我也是。"

"我也是。"

"哎呀，李超，我都说了不要带纸钱。"

"现在都提倡环保，不让烧了。"

"那贺老师没钱花怎么办？"

贺灼看着他们，一时间不知道如何反应。

祭拜完，他们虔诚地将带来的祭品摆在墓碑前。

下山时，那个叫张原的中年人凑过来问他："那张照片，你看到了吗？"他比画了一下，"就是那张合照。"

贺灼点了点头。

张原的声音低下来："那是上个月，我在贺老师以前的教案里找到的。他工作忙，时常回不了家，有时我们躺在躺椅上休息，他会说到你。"

贺灼的心像被撞了一下，闷闷地疼。

"他说他的儿子学习很好，年年都是第一，不用他操心。"张原顿了一下，看向远处的崇山峻岭，接着道，"他将你的照片放在教案里，想你时就拿出来看看。"

"有一次，一个家长来学校，闹着要给孩子退学，说是给那个女生定了亲，要拉着她回去嫁人。那时，你们学校的老师正好打来电话，说是你出了事，让贺老师过去一趟。他安抚好女生的家长，急急忙忙地赶过去，没想到回来时，那个女生已经被家里人拉走了。"

雨渐渐地停了。

贺灼想起来了那一次，有个同学说他是没妈的孩子，他气不过，和对方扭打在一起。那是他生平第一次打架。

那天，贺知来学校接他回家，他想辩解，却被狠狠地扇了一巴掌。

张原看着贺灼。少年长相俊朗，身姿挺拔。

他的眼中露出些许欣慰的神情，感叹道："听说你现在在海市的重点高中就读，成绩也一直很好，你爸爸要是知道，一定会很开心的。"

贺灼收起伞，静默地看着扫墓的人往山下走，他突然明白了一切。

原来，那些晦涩孤独的岁月里，并不是没有人爱过他，只是那爱太深沉，而他太小，无法理解。

那些年的怨恨在这一刻骤然消解。

可他还是觉得怅惘。

晚上，半空中挂上了一轮圆圆的月亮。

关星禾发现，从山上回来后，贺灼的情绪就不对劲。司机开车到县城买了晚饭，关星禾没什么胃口，随意吃了几口就放下了筷子。

贺灼问："吃不下吗？"

关星禾摇摇头："不是，是因为不太饿。"

屋里静悄悄的，她实在忍受不了这样的安静，便在屋里东瞧瞧，西看看。

"哥哥，我能打开看看吗？"关星禾指着柜子里的一本相册问道。

因为这个家承载的回忆都是苦涩的，所以贺灼走的时候，没有带走它。

他点点头。

关星禾好奇地打开相册，里面有许多贺灼小时候的照片。婴儿时期的他白白胖胖的，黑黢黢的眼珠像黑葡萄，却一脸严肃地望着镜头。

"你小时候就这么严肃啊？"关星禾的嘴角忍不住勾起来，"好可爱啊。"

可爱？贺灼的喉结滚了两下，神情有些不自在。

他走过去，沉声道："别看了。"

"不行，我要看。"关星禾不听，她转过身，又翻了一页。

这一页放着的原本是一张全家福，只是照片并不完整，被撕去了一部分，上面只余贺灼和他的父亲。

"这张照片为什么被撕了一部分？"关星禾抬头问道。

贺灼说："不知道。"

他从未见过自己的母亲，小时候，他也曾指着相册问过同样的问题。

父亲却没有回答，眼里一片晦暗。

从此，他便不敢再问。

门突然被人敲响，关星禾打开门，只见一个男孩抱着一床被子站在门口。

她问："怎么了？"

男孩将被子塞进她的怀里，双手比画着什么。

这孩子似乎不会讲话。

关星禾眨眨眼，没明白他是什么意思。

贺灼说："他说，他妈妈怕你夜里冷，给你拿了一床被子。"

他弯下腰，对着男孩比画了两下。

男孩点点头，转身打算离去，关星禾掏出两颗糖来递给他：“给你。”

男孩微微红了脸，他接过糖，对她鞠了一躬，然后一溜烟跑了。

月光透过窗户落进来，与昏暗的灯光融在一起。

贺灼心中有些不是滋味。她对谁都这么好吗？

不论是对朋友、亲人，还是对陌生人，她好像从来都是这样，温和又友善。

然而，他明白，要不是她这样好的性格，他这种不讨喜的人，恐怕连接近她的机会都没有。

关星禾的眼里映着月光，见他突然静默下来，温柔地问道：“怎么了？”

他静静地望着她，心中有些苦涩。

那段孤寂的岁月里，他一直以为自己不配得到爱，今天他才后知后觉自己也曾被悄悄地爱过，被惦念过。

只是自己在那人的心里，也许只能排在最后一位。

他爱他的学生，爱他的家乡，胜过爱他。

月色朦胧，贺灼垂下眼眸。

他知道，就连她也是一样的。她有父母，有朋友，就连那个讨人厌的关熠，都可以在她的心里占据一席之地。

那些温暖，于自己而言，是无边深渊里的救赎，可于她，只是出自本能的馈赠。

贺灼知道自己不该这样想，可他压抑不住荒唐的念想。

……

第二天，关星禾醒来时已经很晚了。

桌上摆着饭菜，还压着一张字条：“我出去一下，大概傍晚回来。——贺灼。”

饭菜的味道不错。吃完饭，关星禾正收拾着碗筷，一抬眸，便看到门口站了个人——是昨天的男孩。

他皮肤黝黑，身材瘦弱，躲躲闪闪地站在门边，并不显眼。

关星禾不知道怎么和他沟通，便找了一张纸写字：有什么事吗？

她将纸笔递给他，他犹豫了片刻才接过去，在下面写道：谢谢你的糖，我的字不好看。

他的字确实不怎么好看，歪歪扭扭的。

关星禾摇摇头，提笔写道：没事，挺好看的，你叫什么名字？

他写道：周燎远。

顿了一下，又写：我的姐姐是贺老师的学生，她想邀请你和贺灼哥哥明天晚上去我们家吃饭。

原来是这样，关星禾笑了。

关星禾的皮肤白皙细嫩，笑起来时脸颊上会露出两个酒窝，周燎远从未见过这么好看的姐姐。他的脸不禁又红了起来。

可看到关星禾的回复，他的手指僵了僵。

字条上写着：谢谢你，可是明天我们就要走了。

思索了半晌，他才写道：你等等我。

男孩一阵风似的跑开了。不一会儿，他又跑了回来，手上还提了个塑料袋子。他在纸上写道：送给你。

打开袋子一看，浓重的血腥味扑面而来，那是一袋切好的鸡肉，还带着血。

他写道：这是我们家刚刚杀的鸡，等会儿我再去山上采一点儿蘑菇，贺灼哥哥最爱吃山鸡炖蘑菇了。

关星禾有些难过。

她从不知道贺灼爱吃什么，原来他爱吃这个。

如果他今晚回来吃到最喜欢吃的菜，心情会不会好一些？

两人正一来一往地用笔沟通，门外传来一阵响动。

一个女生探进头来，对着关星禾客气地笑了笑，又冲着男孩比画了几下。

男孩眉眼耷拉下来，对着关星禾抱歉地笑了笑，低头写道：对不起，我还要去送东西。你们明天什么时候走？我明天早上上山采蘑菇给你送过来。

关星禾想到贺灼昨夜落寞的样子，心疼极了。她想了想，写道：不用不用，你告诉我在哪儿，我可以自己去。

男孩面露犹豫，但被她直勾勾的眼神看着，他的耳廓烧了起来，最终写道：就在西面的山上，你小心一点儿。

贺灼独自去了父亲的坟前。这一天，来祭拜的人少了许多。

他坐在父亲的坟前，想了很多。

下山时，又下起了雨，他的视线落在山间的野花上。

四月，野花开得格外绚烂，经过雨水的洗礼后，更加好看。

他不禁想起那个让自己失眠了一夜又一夜的人。

昨夜，他又梦到她了。

梦里，空气似乎都是香的，关星禾对着他笑，脸上露出两个小酒窝，让人不自觉地沉溺其中。她说："哥哥，以后，我只对你一个人好。"

他明知道自己是不配的，可他的心还是激动得战栗起来。

从梦中醒来时，他浑身的血液仿佛都在沸腾，让他几乎失去了理智。

这天晚上，他坐了整整一夜。

清晨，贺灼给关星禾做好了饭菜，之后便一个人默默地上了山。

他需要冷静一下。

下山时，绵绵细雨骤然变大了。回到家，看到屋子里空荡荡的，贺灼好不容易平静下来的心再次焦躁起来。

他赶紧低头拨打关星禾的电话。

电话那头传来冰冷的机械女音："对不起，您拨打的电话暂时无法接通，请稍后再拨……"

他慌乱地敲开了隔壁的门。

司机刚从睡梦中醒来，一脸迷茫道："我今天早上就去镇上了，刚刚才回来。"

贺灼穿上雨衣，一家家去敲门。

镇上来了个漂亮的女孩儿，谁会不记得？可大家都摇头，表示没见过。

冷风吹来，他不由得颤抖了一下。

终于，有个人说："她好像往西面的山上走了。"

关星禾出门时，天阴沉沉的。她没带伞，只拿了个装蘑菇的袋子。好在蘑菇并不难找，她很快采了一袋子。这时，雨飘飘洒洒地落了下来。

山上杂草丛生，天光昏暗，关星禾打开手机自带的手电筒，跌跌撞撞地往山下走。

雨越下越大，透过茂盛的枝叶往关星禾的身上砸，她的头发很快被打湿，雨水滑过脸庞掉落下来。

关星禾的视线逐渐模糊起来，突然，她脚下一滑，身子往后仰倒。

"咝——"倒下时，她的脚踝被什么东西夹到了，钻心地疼。

她费力地坐起，狼狈地抹了抹脸上的雨水，用手电筒往脚踝处照。

巴掌大的捕兽夹正紧紧地夹着她细白的脚踝，鲜红的血水混杂着雨水与泥土蜿蜒而下。

关星禾疼得整个身子都在颤抖，只好靠着树干坐下来。

粗粝的树干硌得她背疼，她一只手举着手机，想解开脚踝上的东西，可她以前从没见过捕兽夹，不知道该怎么办。

她想打电话，却发现手机没有信号。

茫茫山野里，大雨倾盆，浇得她浑身冰凉，脚踝更是疼得她止不住地颤抖。

风雨飘摇中，她恍惚听到有人在叫“星星”。声音焦急，透着慌张。

是哥哥吗？可哥哥从不叫她“星星”。

她疼得意识模糊，眼皮越来越沉。

那声音越来越急切，渐渐带上了几分哽咽。

关星禾呢喃一声，费力睁开眼睛。

山间罩着一层雨雾，灰蒙蒙的。贺灼垂着头，正半跪在她的身前，他的全身都在抖，那双触碰着她脚踝的手更是抖得厉害。

“哥哥。”她张了张嘴，无力地叫了一声。

他猛地抬眼，如墨般漆黑的眼睛亮起来。

“你先别睡。”他冷静了一些，终于解开了捕兽夹，而后，他将身上的雨衣脱下，给她穿上。

暴雨瞬间将他的衬衣浸湿。

“哥哥，你穿着吧。”反正她已经湿透了。

“别说话，也别睡。”

关星禾低低地应了一声。

冰冷的雨水终于不再往她的身上砸，可她依旧冷得打战。

贺灼弯下身，背起了她。

他炽热的体温传过来，关星禾冰冷的身子逐渐恢复了一点儿温度，可头脑依旧昏昏沉沉。

“我好困。”

“别睡，跟我说说话。”贺灼咬着牙说。

下雨路滑，他怕自己一不留神摔倒，只好放慢下山的脚步。

她低声问：“说什么呀？”

“随便。”

关星禾眯着眼，蓦地想起昨夜他落寞的神情，她的心像被针扎了一下，钝钝地疼。她想了想，将脸贴在他的背上，轻轻地说：“哥哥，你别伤心。”

贺灼脚下踩空，差点儿没站稳。

他的喉结剧烈地滚动了两下，声音喑哑干涩：“嗯，不伤心。”

关星禾虽穿着雨衣，雨水依然滴在她受伤的脚踝上。

她强忍着疼痛低声说："哥哥，你还有我。"

就算失去了父亲，你还有我，我愿意代替他，做你的亲人。

雨珠落在他的头上，顺着眼角蜿蜒而下。

他双眼发红，想起昨夜自己的心思，内心懊悔不已。

他怎么可以这么自私呢？她是太阳般的女孩儿，注定是要散发出万丈光芒的。他是生长在黑暗里的人，只要得到一点点光，就满足了。

贺灼的嘴唇抿得发白，沙哑着嗓子说："好。"

她虚弱地勾起嘴角："哥哥，我想听你唱歌。"

贺灼沉默下来。过去的十六年，他几乎从未唱过歌，但此刻，他点了点头。

雨声几乎盖住了他的声音，她听不清他唱了什么，却打起精神认真听着。

到了山脚，手机终于有了信号。

司机接到电话，匆匆忙忙地拉来了镇上唯一的医生。淋了几个小时的雨，关星禾发起了高烧，医生给她包扎了伤口，又开了退烧药。

"保险起见，明天还是要去打一针破伤风。"

原本昏昏欲睡的关星禾顿时瞪大了眼睛："打针？"她救助般地望向贺灼，那双盈盈杏眼含着些许水光，贺灼的心脏都软了。

但他明白自己不能心软。

他咬咬牙，狠下心道："没事的，打针很快，不会疼的。"

关星禾从小最怕打针，就算长大了，对打针的恐惧也没有减弱。

她不自觉地去攥贺灼的手，他浑身僵了几秒，随后坐到床边。

他垂眸，温柔地安慰道："别怕，明天我陪着你一起。"

昏黄的灯光下，贺灼漆黑的眼眸深邃极了。不知道为什么，关星禾的心顿时平静下来。

关星禾还紧紧地攥着他的手，贺灼只觉得手背滚烫，他的喉结滚动了两下，道："我去给你收拾一下东西，明天我们就离开。"

她点点头："嗯。"

第二天，久违的阳光穿破了云层，地上的水洼反射出的光芒，晃得人眼花。

他们正准备离开，车窗却被敲了两下。

是周燎远。

车窗降下，男孩红着一双眼睛，往关星禾的手里塞了一个袋子，里面满满当当都是蘑菇。

她这才想起来，昨天她捡的一大袋蘑菇都落在了山上。

没有带纸笔，关星禾不知道怎么和他交流，只能求救般看向贺灼。

男孩比画着，贺灼静静地望着他，脸色却越来越沉。

他沉声道：“他说对不起，昨天都是他害了你。”

关星禾说：“你和他说，不怪他，都是我自己不小心。”

贺灼冷着脸翻译，又说：“他说这袋蘑菇是他早晨起来去山上采的，送给你。”

“那你和他说谢谢。”

关星禾笑着和他挥了挥手，又回头问贺灼：“‘再见’的手语怎么做？”

贺灼示范了一下，她照着他的动作对男孩比了个手势。

男孩像是看懂了，抿着唇笑了笑，红着耳根急促地比了几个手势。

贺灼的脸色很不好看：“他问你，什么时候还会来。”他看着男孩的动作，语气越来越冷，“他还说……”

他的视线缓缓地下移，扫了鼓鼓囊囊的袋子一眼，没有给关星禾翻译下去，而是面无表情地对着男孩比画了几下，动作干脆利落。

男孩没再打手语，悻悻地离开了。

车缓缓地开出清水镇，关星禾悄悄地看了贺灼一眼。

四月的阳光明亮温暖，他周身却透着冷气。

关星禾将那袋蘑菇递给他：“帮我放一下，好吗？”

她的脚还很疼，没法自如行动。

贺灼脸色阴沉，却默默地接过了。

车里一片静默，他突然说：“不好吃。”

“啊？”关星禾眨了眨眼睛，疑惑地说道，“你不是最爱吃蘑菇吗？”

她有些失落地垂下肩：“亏我还特意去山上采蘑菇。”

贺灼的心跳停了一下，手攥紧又松开，又再次攥紧。他声音沙哑，试探地问：“你昨天上山，是采蘑菇去了？”

“对啊。”她撇撇嘴，“不过，都怪我笨手笨脚的，蘑菇忘记带回来，还把脚弄伤了。”

贺灼浑身的血液瞬间冲向头部。

关星禾受伤的脚踝被包得严严实实，雪白的绷带刺疼了他的眼。绵密的愧疚涌上来，压得他心口生疼。

“对不起。”贺灼哑着声音说。

关星禾抬头：“跟你有什么关系？”

暖风悠悠地吹进来，贺灼身上的冷意似乎消散了一些。

关星禾轻松地问：“周燎远最后说了什么啊？”

贺灼垂下眼眸，掩去眼底的情绪。

关星禾笑了笑，问道：“怎么了？到底说了什么？”

贺灼的喉结猛地滚了两下：“他说……”

此刻，他才看清自己潜藏了许久，不愿面对的情感。

“他说很喜欢你。”

车里安静极了，贺灼转过头，不敢看她，手心里一片濡湿。

关星禾望着他的后脑勺，轻轻地咬了咬唇：“那你……说了什么？”

他刻意不去回想自己打手势的急促样子，嘴硬道：“我说，你不会再来。”

——也不会喜欢他。

关星禾强压住嘴边的笑意，说：“你在生气吗？”

不知为什么，她竟然十分期待他的回答。

可贺灼硬声道：“没有。”

“真的？”关星禾的眼中闪过一丝狡黠的光，“我怎么觉得你在生气呢？”

贺灼转过头，眼神复杂：“我……”

关星禾的心跳不由得加快。

他的手指颤了一下，低声说：“你还小。”

“哦。”她转过头，声音闷闷的。

关星禾不知道自己到底期待怎样的答案，但这样的回复，让她有些失望。

她小声嘀咕道：“你很大吗？比我大一岁而已。”

他张了张嘴想说话，却被她打断了：“好了，我想睡会儿，到医院再叫我。”

见她闭上眼睛，贺灼一路上再没有说话。

第五章 她的宝藏

春日短暂，海市的初夏无声无息地到来。

前些日子，贺灼获得了市奥数金奖，拿到了三千块钱的奖金。虽然关星禾的生日已经过去了许久，但他依然想用这些钱给她买一份礼物。

关家别墅对面就有一家高端商场，贺灼刚走进去，浓郁的香气便扑面而来。这里的导购都是人精，看少年穿着一身校服，便不怎么搭理他，转身做自己的事。

贺灼把手伸进口袋，握了握那沓三千块钱的纸币，然后上了扶梯。

二楼主营珠宝首饰。

他翻开早已保存在手机里的图片，悄悄对比着，终于走进了一家店。

这是家小众珠宝店，主营少女风格的珠宝，最经典的便是星月系列的少女配饰。贺灼在网上看了好久才选定了一款缀着星星的白金手链。

柜姐上下打量了他一眼，冷淡地招呼道："您好，请问有什么需要吗？"

贺灼把手机上的图片给她看："请问，这一款有货吗？"

柜姐斜斜地瞥了一眼，撇了撇嘴："有。"

贺灼的眼里透出欣喜，沉声道："可以给我看看吗？"

"你确定要买吗？要确定买才可以看货。"柜姐不耐烦地说道。

贺灼无声地攥紧了拳。他自然听出了柜姐语气中的轻蔑。

可生活的苦早就让他磨炼出了一颗坚强的心，他早已学会了沉默与隐忍。

柜姐见他半晌没出声，翻了个白眼，正准备离开，却不经意地瞥到了少年手腕上戴的手表。

柜姐脚步停滞，态度顿时来了个大转弯，她轻轻地鞠了个躬，道："我现在就去给您拿。”

贺灼视线下移，看了看手腕上的表。

“您看看是不是您想要的那款。”柜姐戴着白手套，取出贺灼手机图片上的那条手链。细细的白金手链上缀着几颗水钻，宛若天空中的星。

贺灼点头。

柜姐笑容满面，殷切地弯下身子，从展示柜中取出了另一条手链：“如果您是要送给女孩子，我会更推荐这一款。”

她轻轻地捧着一条手链，碎钻缀满了整条链子，更加璀璨夺目。

“这条是星月系列的主打款，这上面缀着的都是真钻，限量发售，咱们店只到了两条，昨天刚被买走了一条，这是最后一条了。”

贺灼轻轻地垂下眼眸。

商场灯光华丽，那条精致的手链在灯光的照射下更是熠熠生辉。

这才是配得上她的手链。

柜姐说：“您原本选定的那条手链的价格是两千八百九十九元，这条是三万八千九百九十九元。”

贺灼下意识地将手伸进口袋，只觉得喉中发苦。

柜姐观察着他的脸色，视线又落在他手腕上的表上。

这该不会是假的吧？她的脸色有些不太好，但到手的生意怎么能黄掉？

“那要不，我先把您原来选定的那条手链包起来？”

贺灼紧抿着唇，微微地点了点头。

手链的盒子很小，一掌有余。

贺灼徒步走回了家。

贺灼到家时，客厅的灯亮着，林映正数落女儿，听到声音看过来，语气不咸不淡的：“小贺回来了啊。”她扫了一眼关星禾受伤的脚踝，语气生硬地说，“以后你们别到处乱跑，看看星星的脚都伤成什么样子了。”

“妈，我都跟你说了多少次，这跟哥哥没关系，是我自己要去的。”

关星禾撇了撇嘴，心中有些烦闷。她受伤了这么久林映才回家，回来后非但没有安慰她，反而劈头盖脸地教训了她一顿。

林映也知道自己的语气不大好，她顿了一下，说：“好了好了，不说了，你们上去换件衣服，等会儿有客人要来。”

关星禾神色黯然——原来，妈妈是因为有客人来才回家的。

她转身，一瘸一拐地上了楼。

贺灼轻轻地扶住她的手臂："小心点儿。"

关星禾回眸看着他。

昏黄的灯光下，他锐利的眉目仿佛温和了几分。

从清水镇回来后，她总觉得有什么东西在悄悄改变。

贺灼对她依旧很好，却好像又有什么不一样了。可到底哪里不一样呢？关星禾也想不清楚。

走廊里静悄悄的，贺灼的手心炽热，和他周身散发出的冰冷气息形成巨大的反差。

关星禾觉得脸颊发热，这样的接触让她的心口怦怦直跳。

她垂下眼眸没说话，身子却靠过去了一点儿："脚疼。"

他的喉结滚动了两下，关心道："要不要叫医生？"

"不用。"关星禾眨眨眼，"你扶我上去就好。"

贺灼点了点头，手腕微微用力，将她的手臂托起来。

短短的一段路，关星禾身上清浅的香味钻进贺灼的鼻腔，将他本就不平静的心搅得更加纷乱，直到她的房门轻轻关上时，他摸到口袋里的丝绒盒，才发现他忘了将手链送出去。

关星禾没有想到，今天来家里做客的竟然是周宁源一家。

关星禾小的时候，两家便有生意上的来往，两家人的关系也挺密切的，后来不知道为什么慢慢疏远了。

周妈妈保养得很好，四十多岁的人，看上去只有二十岁出头的样子。

她亲热地拉着关星禾的手，笑着说道："星星，好久不见，变得越来越漂亮了啊。"

关星禾抿嘴笑笑："阿姨好，周叔叔好。"

她的视线落到他们身后的少年身上。

周宁源算是她小时候的玩伴，但两人很久不见，现在只感觉陌生。

她对他点了点头。

周宁源在市一中读书，比关星禾大一岁。他穿着一身正式的西装，翩翩少年，笑起来清俊温柔："星星，好久不见。"随后，他的视线落在贺灼的身上，"你好。"

他听父母说过，关家来了一个和他差不多大的少年。

周妈妈道："你们都多久没见了！记得那时候，我们两家还说好要定娃娃亲呢。”

贺灼下颌紧绷，紧紧地盯着两人。

少年清朗，少女秀丽，两人站在一起，相配极了。

他的心中不由得泛苦。

一旁的关城宇笑了笑，道：“都是玩笑话。如今，孩子们都长大了，咱们就不要开这种让他们尴尬的玩笑了。”

周妈妈轻轻地抚着关星禾的手。

关星禾的眼睛清澈明亮，笑起来时脸上会露出两个小酒窝，笑容能甜到人心底。周妈妈越看越喜欢，从包里取出一个小盒子道：“来，见面礼。”

关星禾有些不知所措，不知道是该收还是不该收，遂看向母亲。

林映对她点了点头。

“谢谢阿姨。”她轻轻地接过来。

周妈妈笑道：“打开看看喜不喜欢。”

关星禾依言打开盒子。

绒布盒里放着一条手链，星星点点的钻石宛若闪烁的星星。

“看到这条手链时，我就觉得跟你很配，听店员说，这是限量版。”

贺灼静静地站在角落里。

水晶灯折射出的光洒满了整个客厅，唯有贺灼眼中暗淡一片。

在场的人都拿到了见面礼，细心的周妈妈给贺灼也准备了一份。

贺灼的礼物是一支钢笔，和他的手表是同一个牌子的。

直到今天，他才弄清楚这块手表的价格。

会客宴结束后，他回了房间，打开抽屉，那张没有送出去的专辑和写了整页关星禾名字的草稿本静静地躺在角落，仿佛在嘲笑着他。

他明白自己和关星禾的差别，但他忍不住妄想，更情不自禁地想靠近她。

现实却像是一把利剑，划出了两人的界线。直到今天，他才彻底看清了他们之间的鸿沟——拼尽全力仍够不上她唾手可得的东西。

因为关叔叔的善心，他才得到了现在的一切，怎么还能妄想其他呢？

他发泄似的将项链扔进抽屉里。

看着窗外郁郁葱葱的香樟树，他心里一片冰凉。

门被敲了两下，门外传来关星禾温和的声音：“哥哥，你现在有空吗？”

他指尖一颤，骤然攥紧了拳头。

“怎么了？”他的声音有些沙哑。

“我有一道题不会做，想来问问你。”她顿了一下，声音低下来，“不会打扰你吧？”

他佯装镇定地打开门：“哪一题？”

“这道题有点儿长。”她轻轻地眨了眨眼睛，眼睛中仿佛有星星在闪烁，“不能进去说吗？”

贺灼喉咙微紧，但学习是正经事，他拒绝不了。

他这样说服自己，侧身为她让了路。

关星禾在座位上坐下才发现贺灼立在门口没动。

她问：“怎么了？”

贺灼走过去，悄悄地将自己的椅子移远了些：“没事。”

他视线下移，问：“哪一题？”

关星禾将椅子移近了一些，指着卷子上的最后一道题：“这个。”

她微微地侧过头，一缕发丝调皮地落在白皙的颊边轻轻飘动，一下又一下，撩得他刚刚筑起的心墙骤然倒塌。

他强迫自己稳下心神，认真地给她讲起题目。

屋里十分安静，他的讲解却不像以前那样清晰简略，关星禾听得走了神。

她的视线掠过他深邃的眉眼，渐渐地移到他的耳朵。

她碰过这里，冰冰凉凉的。

她再也无法集中注意力了。

讲完一题，贺灼的手心早已一片濡湿，他侧过头，见她直勾勾地盯着自己的耳朵，他的耳朵开始发热：“怎么了？”

她猛地转回头，盯着写满解题步骤的卷子：“没……没事。”

他说：“听懂了吗？”

“嗯……嗯。”关星禾只觉得自己的心跳有些不正常，就连空气也闷热起来，“那我先回去了，哥哥早点儿休息。”

她的动作很快，风一样卷出门，下一秒，门“嘭”的一声关上了。

贺灼抚了抚发烫的耳朵，垂下头打开没写完的卷子，可空气中残存着的她身上的香味，让他无法静下心来。

直到花园里的灯骤然亮起，他才意识到，自己已经发了半天的呆。

贺灼知道，他不可以再这样放任自己。

他开始与关星禾保持距离。补习时，他刻意坐得离她远一些，她邀请他一起出去玩时，他总能找出理由拒绝。

人可以压抑自己的念想，却无法控制自己的梦境。

他开始频繁地梦见她，醒来后，那种自我厌恶的情绪便成倍地增加。

他有时会下意识地在本子上写她的名字，一页，两页，半本。每晚，他都将本子锁进抽屉，第二天却又忍不住拿出来。

夏夜蝉鸣阵阵，今晚是关星禾补习的时间。自从她考上了海音附中后，补习频率便降低了很多。

对贺灼而言，几天一次的补课也是一种煎熬。即使他刻意保持距离，她有时也会将椅子移过来，而后天真又无辜地看着他。

讲完一张卷子后，终于结束了今天的补习，贺灼长长地舒了一口气。

关星禾今天似乎心不在焉，她正收拾着东西，一旁的记号笔滚到了桌下。

贺灼正想弯腰去捡，一阵悠悠的香气飘过来，关星禾抢先了一步。

海市的夏夜格外炎热，屋里开了空调，她穿着吊带睡裙，因为怕冷，又在外面罩了一件薄薄的外套。

她弯下腰，外套顺着肩膀滑落。

灯光下，她的肩像是蒙上了一层薄纱，天鹅颈下，锁骨平直优雅。

贺灼猛地坐直了身子。

他漆黑的双眸里闪烁着几分无措。

夏夜寂静，他听到自己的心跳声一点点放大，让他无所适从。

“哥哥。”关星禾已经整理好东西，起身道，“那我先走了啊。”

贺灼几乎不敢去看她的眼睛。

关星禾还站在门口，她扶着门把手道：“明天我要去医院体检。”

她直勾勾地望着贺灼，眼里隐隐透着期待。

她从小到大最怕打针、抽血，每到体检时，就希望有人陪着她。

可贺灼垂着眼眸，胸腔里的震颤让他发慌，他听不清她说了些什么。

他敷衍地点点头：“嗯。”

“那你有没有空？”

月光从窗口落进来，他狂乱的心跳逐渐平稳下来。

他问：“你说什么？”

“我说，”关星禾深吸了一口气，“明天你有没有空？”

他误以为她是在邀请自己出去玩，摇了摇头：“明天我有事。”

她眸中的光蓦地暗下来，低声道：“哦，那好吧，我走了。”

门被关上了，贺灼仰头望着窗外的月亮，不知望了多久。

第二天，天空飘起了小雨。

贺灼去书店买了几本书，到家时张姨诧异地问道：“您怎么没有和大小姐一起回来？”

贺灼抿了抿唇：“今天我有事。”

张姨问：“那她今天一个人去体检的？她最怕打针了。我记得她小时候一听说要打针，就哭得上气不接下气。”

贺灼愣了一下：“体检？”

“对啊。”张姨说，“她前几天还跟我说你会陪她去，她就不害怕了。”

贺灼蓦地想起昨夜她失落的神情，他心尖一窒。

直到现在，贺灼还记得那天他送她去医院打破伤风针，她站在诊室前浑身颤抖，眼眶通红的样子。她说：“哥哥，你能不能陪我？”

医生说：“小姑娘，破伤风针可是打在屁股上，你确定要你哥哥陪？”

她抿着唇，害怕又羞涩，终于，她像下定了决心一样，望向他小声地说：“那下次我体检，你陪我，行不行？”

想到这儿，贺灼的心颤了两下。

张姨似乎也担心起来：“哎哟，真是的，早知道我就陪她去了。她小时候还晕针，有一次迫不得已要打针，先生都遮住了她的眼睛，打完她还在先生的怀里发抖，我看着都心疼。哎，你去哪儿？”

贺灼沉声说：“去医院。”

医院里飘着浓郁的消毒水味。

周六体检的人挺多，关星禾拿着体检单挤在人群里。

因为抽血前不能吃早餐，她本就白皙的脸颊越发苍白了。

测完身高和体重，医生抬眼看了看她：“一个人来的？”

“嗯。”

“那一会儿先去抽血。”

关星禾本想将她害怕的抽血项目放到最后，闻言，她双手一抖。

人太多，医生的态度也有些不耐烦，她将体检单塞到关星禾的手里，摆摆手：“快去吧，出门左拐，快一点儿，今天人多。”

排在等待抽血的队伍末尾，关星禾感觉双脚发软。

以前，学校组织体检，抽血的时候，关星禾都是把头埋在时岁的怀里，连眼睛都不敢睁开。她一看到针头，便头晕目眩。

抽血的护士动作很快，眨眼间，她前面就只剩几个人了。

关星禾紧紧地攥着自己的指尖，垂头望着地面。

后面的人推了她两下："小妹妹，到你了。"

关星禾浑身一颤，僵硬地往前走。

"右手。"护士头也没抬。

关星禾挽起袖子。

医院里开了冷气，关星禾瓷白的手腕微微地发抖。

护士抬眼："这么大了，还怕打针啊？"

关星禾的嘴唇抿得发白，她转过头去，不敢再看。

未知往往更可怕，手腕上传来冰凉的触感，她的心跳骤然加快。

"放松一点儿，这样没法抽。"护士的声音凉凉的。

关星禾看着身后的长队，知道再这样下去只会耽误更多的时间。她深呼吸了两下，努力让紧绷的肌肉放松下来。

这时，外面的雨停了，阳光洒进来，空气中飘来一股格外清冽的气息，熟悉又令人安心。

关星禾猛地抬眸。斜后方，灿烂的阳光给少年漆黑的头发染上了一层暖色，他身材颀长，默默地走到她的身边。

"别怕。"他说。

关星禾的呼吸和心跳慢了下来。

她侧过头，像是寻求依靠一样，将头轻轻地埋进他的怀里。

他的手颤得厉害，放在她单薄的肩膀上，呈保护状。

时间仿佛停滞了。

贺灼体温高，在这充满凉意的空调房里，像唯一的暖源，让关星禾的身心都觉得暖暖的。

不知过了多久，她听到他声音沙哑道："好了。"

她从他怀里退出来，回忆起刚刚自己的反应，顿时觉得有些不好意思。

"你怎么来了？"她脸色苍白，用棉签压着针眼。

"事情办完，就过来了。"

他的心跳还没平复，只能掩饰般帮她拿过体检表："下一项是什么？"

刚刚太紧张了，关星禾也没听见护士说什么。

她问："你刚刚听到护士说下一项是什么了吗？"

他的视线扫过她的肩膀："没有。"

两人谁也不知道下一项要做什么，只得去看电梯边的地图，找了个距离最近的项目——B超检查。

做B超项目时，要将身上所有带金属的东西都摘下来。

关星禾将手绳摘了下来，递给贺灼："帮我拿一下。"

贺灼愣愣地接过，看着手心里轻飘飘的绳子。

那是一条看上去有些年头了的红绳，绳子的边缘已经起了毛边，绳子中间只穿着一颗小银珠——她并没有戴上次那条昂贵的手链。

有些人从不刻意修饰自己，他们内心富足，从不在意这些。

关星禾从B超检查室出来时，贺灼正站在不远处等她。

他身材颀长，即使站在熙熙攘攘的人群里也很显眼。

"哥哥。"她朝他招招手。

贺灼走过来，将手绳递给她，又给了她一个小塑料袋。

她垂眸一看，塑料袋里装着一杯温豆浆和一个鸡蛋汉堡。

贺灼道："楼下买的。你应该还没吃饭吧？"

"谢谢哥哥。"她弯了弯眼睛，低头咬了一口鸡蛋汉堡。这是她第二次吃鸡蛋汉堡，上一次吃也是和他一起。

他是记得自己爱吃这个吗？

食物的温度顺着食道熨烫到心底。关星禾突然觉得，只要有哥哥在，自己就会永远被保护着，永远不需要害怕。

她的心怦怦跳起来，那种感觉很奇怪，让她总是不自觉地想要靠近他。

她抿了抿唇，将鸡蛋汉堡举起来，小声说："你要不要吃？"

闻到鸡蛋的香气，贺灼浑身一僵。

刚刚那个拥抱，他尚且能视为是在保护她，可这又算什么呢？

对上她晶亮的眼睛，贺灼蓦地想起她生日那天，她也是这样举着手，喂他吃了一块山楂糕。

他不能再放任自己这样下去。

贺灼的脸沉下来，他说："不要。"

关星禾缓缓地将手放了下来，她低头咬了一口汉堡，声音闷闷的："哦。"

他狠了狠心，道："以后不要这样了。"

她有些疑惑："哪样？"

贺灼喉咙干涩，一字一句，像挤出来的一样："要保持距离。"

他们之间不该有这样亲密的动作。

关星禾的心里有些闷，但她不知道为什么这样，她下意识地辩解道："我没有对别人这样。”

贺灼的身体僵硬了一瞬。

关星禾睫毛轻颤，低声问道：“就算是对哥哥，也不可以吗？”

她是真的把自己当作哥哥了吧？

贺灼压下心中的情绪，隐忍着说：“不可以。”

她咬了咬唇：“哦。”

直到体检完，出了医院，关星禾心里的郁气才消散了一些。

灿烂的阳光洒满了街道，医院对面有一排新开的网红店，其中一家奶茶店的门口排了长长的队伍。

关星禾想，心情不好就该喝点儿甜的。

她转身对贺灼说：“我想喝奶茶。”

贺灼点头：“好。”

两人排在了队伍的后面。

闻到空气中飘来的甜甜的奶茶香气，关星禾的心情终于好起来。

她知道，贺灼就是一个面冷心热的人，估计他刚刚那样说，只是觉得就算是兄妹，也该注意保持距离。他是为她好吧？

女孩儿的心思来得快，去得也快，这么一会儿时间，她就决定原谅他了。

她眨了眨眼睛，转头问贺灼：“你想喝什么？”

贺灼冷峻的脸上依旧没什么表情，他摇了摇头：“我不喝。”

关星禾瞪圆了眼睛：“我们排这么久的队，不喝多亏啊！”说完，关星禾快步走到队伍最前端，将价目表拍了张照，转身走回到贺灼的身边。

贺灼有些无奈。他的视线落在关星禾递到面前的手机上，半晌才说：“冷萃乌龙吧。”

手机突然振动了两下，关星禾垂眸一看，是向远发来的微信消息：“你是不是在‘知雨’？”

关星禾有些惊讶，连忙回复道：“是啊，你怎么知道的？”

向远：“我在你前面，你现在抬头。”

她抬头一看，果然，长长的队伍前面，清朗的少年正朝她挥着手，满脸笑意。

贺灼的目光一冷。

关星禾笑着对他说：“这是我师兄，之前在海音附中门口见过的。”

那个让自己烦闷了好几天的少年，贺灼怎么可能忘记？至今，他的鼻尖都仿佛萦绕着那股讨人厌的百合花香。

贺灼紧盯着远处的少年。

他并没有看过来，只是低头看着手机。

贺灼看着同样在看手机的女孩儿，牙根酸得发疼。

过了一会儿，关星禾抬起头，满脸都是轻松的笑意："我师兄说可以帮我们买，马上就到他了。"

贺灼咬了咬后槽牙，冷峻的脸上没有表情。

街边的蝉鸣吵得人耳膜生疼，关星禾扯了扯贺灼的袖子："他说点好了，我们去柜台拿吧。"

贺灼跟在关星禾的身后，店里的人很多，她动作轻巧，看到缝隙便钻了进去，留他站在熙熙攘攘的店门口。

人声嘈杂，他却清楚地听到了店员充满羡慕的声音："男朋友对你可真好，这么热的天还帮你排了这么久的队。"

贺灼的手指攥得发白，心中的郁气愈加重了起来。

他挤进店里，店员正将奶茶递给关星禾。

店员一怔，看着骤然出现的少年，见他神情冰冷，恨不得把舌头咬掉。

店员讪笑了两声："呵呵，呵呵。"

她看着少年阴云密布的脸，声音低下来："对不起啊，我不了解情况。"

向远被闹了个脸红，他悄悄地望了一眼关星禾。关星禾连忙摆手："不是的，不是的，他不是我的男朋友。"

贺灼紧攥的手松了松。

店员说："我知道，是这个小哥哥吧？对不起，刚刚认错了。"

贺灼的心狠狠地一跳，上一秒松开的手又攥紧了。

关星禾浑身一僵，她的手摆得飞快，语气却没有刚刚那样果决，结结巴巴道："不……是，他也不是。"

正午的阳光格外炽烈，她抬眼望着贺灼。

少年站在熙熙攘攘的人群里，显得格外清俊挺拔。他的额上渗了一层薄薄的汗，表情十分冷淡。

他都没什么反应吗？那为什么她的心会跳得这么快？

关星禾皱了皱眉，心里莫名地有些烦闷。

她不知道，此刻，贺灼比她更紧张。

关星禾和向远打了个招呼，便拎着两杯奶茶出了奶茶店。贺灼默默地跟在她的身后，与她保持着一段距离。关星禾却突然停了下来。

“给。”她把那杯冷萃乌龙递给他。

贺灼沉默地接过来，打开喝了一口。乌龙茶很凉，不带一丝甜味，他心中烧着的火终于熄了一些，忍不住望向她。

关星禾的背影纤细曼妙，乌黑的长发随着风微微飘动，和周围的街景融为一体，美得如同一幅画。

可从奶茶店出来后，她除了递给他奶茶，便再也没有和他说过一句话了。

是因为店员的话生气了吗？

那句话像是一颗糖，到现在想起来，贺灼的心里都忍不住泛起甜。

可她或许觉得是一种冒犯。

贺灼的脚步逐渐慢了下来。

关星禾走出一段距离才发现贺灼没有跟上来，她停下脚步，转身说：“你怎么走得这么慢？”

贺灼默默地跟了上去。

又走了一段路后，关星禾突然开了口，声音闷闷的：“再过几个月，我就要去海音附中了。”

“嗯。”

有好几个夜晚，他从梦中惊醒，忍不住打开手机里的地图，计算两个学校之间的距离。

他沉默地看着她，她穿着湖绿色的连衣裙，亭亭立在葱茏的树影下。

时光从不留情，他们都会慢慢长大，或许，这只是最普通的离别。

等她长大，见过更辽阔的天空，更动人的景色，变得更独立，更坚强，或许，她对自己的依恋，都不会再有了吧？

过了五月，海市天气更加炎热。

毕业班的学习气氛格外紧张，所有人都在为中考做着最后的冲刺。

除了时岁。

她蔫了吧唧地趴在书桌上：“看不懂，看不懂，我真的要疯了。”

关星禾提醒道：“第二题的公式用错了，快点儿改一下。”

时岁叹了一口气，叫道：“啊，疯了疯了。”她把书一扔，破罐子破摔道，“我不想做了，我觉得来不及了。”

关星禾正色道：“快点儿改掉，还有一个月，来得及的。”

时岁趴了一会儿，逐渐冷静下来：“对，还有时间，还有一个月，想当初，林师兄也是用一个月逆袭，考上我们学校的高中的。”

林师兄是前几天受邀来学校做讲座的一个师兄，据说，他当初就是在最后一个月发奋学习，然后逆袭考上重点高中。

时岁不停地给自己打气：“我一定要戒掉小说和手机。”

她掏出口袋里的手机，把电话卡取出来，将手机递给关星禾：“你帮我保管一下，明天，我要换成老人机。还有，等会儿你去我家一趟，把我那些小说都收走。”

放学后，时岁拖着关星禾去了她家。

她把柜子里的小说全部拿出来，说：“有些是我看了的，有些是我没看的，你全部拿走吧，如果留在家里，我怕我会忍不住翻出来看。”

关星禾看着一桌子的书，花里胡哨的封面，都是言情小说。

“那我给家里打个电话，让司机过来搬回去吧。”

很快，王叔便到了，关星禾惊讶地发现贺灼也在车上。

王叔解释道：“贺少爷的奥数课刚好结束，我便先去接了他。”

书太多，贺灼也下车帮忙搬。

关星禾拿了一小沓跟在贺灼身后，默默地望着他挺拔的背影。

随后，她的视线落在那沓书上，不经意地看到书封上的一行小字：“迷倒万千少女，超高人气小说……”

时岁，你看的都是些什么书？！

关星禾的脸瞬间通红，她做贼一般抽出这本书，想要放到最下面，却猛地撞上贺灼坚实的背。

他转过头，皱眉问道：“是不是太重了？我帮你。”

关星禾猛地后退一步：“不，不要。”她护着书，“我可以自己拿。”

贺灼的眼神暗了下来。

现在，她连自己的帮助都不愿意接受了吗？

他想起自己在医院的那番言论，心中涩涩地疼。

走到车边，关星禾飞快地把那沓书放进了后备厢的最角落。

车里的空调温度开得很低，可她的耳朵还是一阵阵发热，脑海里不停地想起刚刚那个奇怪的书名。

车内，两人之间隔着远远的距离。

贺灼垂着眼，心中生出一丝烦闷。

他知道自己为什么心烦，可这不正是他想要的吗？

盛夏时节，窗外的蝉鸣格外扰人。

贺灼垂头看着练习册，注意力却怎么也没法集中。

课堂上，老师的声音都变得悠远起来，他努力想要集中精神，重重地将草稿本往后翻了一页，却见本应该干净的纸页上写了两个字——星星。

贺灼不知道这是自己什么时候写上去的，心中懊恼不已。

反正这节课的内容他早就自学过，干脆自暴自弃地发起呆来。

突然，桌子晃动了两下。

他以为是前桌不小心碰到了，不悦地皱了皱眉，可动静越来越大。

老师惊恐地大叫了一声："地震了！大家快往下跑！"

整座楼都在晃动，所有人都挤到了走廊上，惊慌地往下跑。

屋顶上的灰一层层地往下落，贺灼随着人流往下跑。

高中部只有五层楼，疏散得及时，不一会儿，所有人都集中到了空旷的地方。贺灼却突然想起，关星禾的脚伤还没好全，不知道有没有跑下来。

他拨开人群，不要命地往初中部那边跑，汇聚的人群中却没有看到关星禾。好不容易看到一个眼熟的人，他抓住她，急切地问道："有没有看见关星禾？"

徐心圆好不容易才跑出来，刚喘了一口气，又被吓了一跳。

她定睛一看，发现是关星禾的哥哥。

少年的额头上布满汗水，神情慌张无措。

她连忙环视了一圈，答道："好像没有啊，刚刚看到她和时岁走在最后。"

贺灼转身就往初中部的楼里冲。

楼房还在摇晃着，他跌跌撞撞地往上冲，摔倒了又爬起来。

隔着一道长长的走廊，他在尽头处看到了自己心心念念的人。

关星禾咬着牙，每一步都像是走在刀尖上。

又来一波强震，她一个踉跄，差点儿摔倒在地上。

强震一波又一波，灰尘夹杂着水泥块噼里啪啦地往下砸。

靠近教学楼的一棵大树轰然倒下，护栏被砸断，树枝划伤了两人的胳膊。

时岁还好，关星禾的手臂却被划出了一道大口子。

她在时岁的搀扶下一步一步往前挪动着。

关星禾绝望极了。

她知道，也许房子下一秒就会倒塌，她和时岁会被埋在这里。

她咬着牙将时岁推开："我求你了，岁岁，你快点儿走吧。"她害怕得几乎要落下泪来，"算我求你了，别管我了。"

你能留下来陪我，让我知道这个世界还有人这样在意我，我就很开心了。

但在意她的，并不是只有时岁一个人。

关星禾恍恍惚惚地想起另一个人。

他外表冷漠，内心却那么炽热。

他会偷偷地为她做她最爱吃的山楂糕，默默地为她写各科笔记，他会在深夜背着她，走过冰冷的雪地。

他总在她最无助孤独的时候出现，沉默无言，却胜过千言万语。

关星禾的心软得一塌糊涂。

震感强烈，时岁咬咬牙，第一次凶了她："闭嘴。"她使劲把关星禾往前拖，"再说一句就绝交。"

关星禾吃力地往前挪动着，眼里布满泪水。

走廊的尽头，贺灼声嘶力竭地喊道："星星——"

她身体僵住，猛地抬眸。

走廊里一片狼藉，他逆着光站着，阳光在他的身后形成一层光圈，勾勒出他挺拔的身影。

贺灼单薄的校服上全是汗渍，头发早已湿透，眼睛赤红。

他跌跌撞撞地跑过来，一把背起她。

"快走。"

贺灼的背宽厚结实，仿佛是世界上最安全的地方。关星禾紧绷着的神经终于放松了下来。

操场上一片喧闹，边上已经停了好几辆救护车，贺灼径直跑到救护车前。

医护人员正在给受伤的同学包扎伤口，看到他们，连忙说道："有人受伤了吗？放到这边。"

贺灼照着指示，轻轻地将关星禾放在躺椅上，又对医生说："她的脚之前受过伤，麻烦您帮忙看看。"

旁边的时岁补充道："刚刚还摔了一跤。"

医生上下扫了贺灼一眼。

他的身上全是灰，特别是手腕和膝盖处，校服都被磨破了。

"你呢？有没有事？是摔了吗？"

汗水流进眼睛，贺灼随意地用手抹了抹，清俊的脸因为刚刚奔跑过，此刻透着潮红。他微微地喘着气："我没事，您快给她看看。"

"好。"医生点点头，蹲下身子给关星禾检查了一下，发现只是一些皮外伤，并无大碍。

这时，另一个伤员被抬了过来，这个人看上去伤得十分严重。医护人员紧张，一个医生同时要照管两三个人。医生站起身来，递给贺灼一块纱布："你先用清水给她清洗干净伤口，我看看这个人。"

贺灼蹲下身。

想到不久前在医院说的那番话，他的手又不由得停了下来。

他抬眸，静静地看着她。

她坐在喧嚣的人群中，眼睛低垂着，透出几分温柔。

贺灼很讨厌现在这样不受控制的自己，一遍遍地妥协，违背自己早已定下的原则。

可他没有办法。

所有尖锐的棱角都被她软化了，好不容易筑起的心墙也被她推倒，一遇上她，他所有的理智便荡然无存。

他突然想就这样妥协。

就这样，永远以哥哥的身份待在她的身边，保护她，关心她。

或许，这样就能在她的心里占据一个小小的位置。

贺灼轻轻捏着纱布，沾了一点儿水，将纱布贴到她的伤口边缘。

关星禾疼得瑟缩了一下。

贺灼的动作很快，他问："痛不痛？"

"还好。"

他半跪着，动作小心翼翼，像是面对着易碎的珍宝。

伤口很快就处理好了，地震也慢慢地平息了，好在教学楼没有倒塌，但今天所有人都受到了惊吓，校长嘱咐大家回家好好休息。

王叔打了好几个电话，听说关星禾受了伤，特地把家庭医生请到了家里。

"您先给他看看。"关星禾说道。回来时，她总觉得贺灼的脚步有些奇怪。

贺灼眉头微皱："不用了，就是跑上去的时候摔了一下。"

"不行。"关星禾一脸严肃，"必须看看。"

贺灼将校服裤腿卷起，在场的人都忍不住倒吸了一口气。

他膝盖处一片红肿，被小石头划了好多伤痕。

“你怎么不早说？”医生给他喷了药，皱眉道，“这种伤要当场处理比较好。”

药物刺激着伤口，膝盖像被刀割针刺着一样疼，贺灼皱了一下眉头又立即松开了。

关星禾站在一旁看着，鼻子有些发酸，她蹲下来问道：“疼不疼？”

贺灼摇了摇头。

这样的伤，他不知道受过多少回，不是不觉得疼，只是他早就习惯了。

关星禾吸了吸鼻子：“你还骗我。”

“真的不疼。”他咬着牙，对上她的眼睛。

她清亮的眼眸像一汪湖水，十分动人。

贺灼看到了她眼里的心疼。

他从小孤独一人，没有朋友，也未曾体会到亲情，所以受伤时他都选择默默地忍受，只有疼得实在受不了时，才会咬着牙上山采一些草药，敷衍地抹上去，再忍几天就好了。毕竟，有什么事是忍一忍还过不去的呢？

她是第一个问他疼不疼的人，他的一颗心瞬间柔软了许多。

他的眉眼沉下来。

想得到关心也是可以的吧？

他嘴唇轻抿，过了半晌才说：“有点儿疼。”

她的眼里瞬间漫上水光，贺灼立即就后悔了。可她轻轻地说：“那我帮你吹吹？”

贺灼觉得自己有些得寸进尺，可他抑制不住心里的渴盼。

他低声道：“嗯。”

关星禾慢慢地贴过来，对着他的伤口吹了吹气。微暖的气息拂在伤口上，疼痛瞬间散去，贺灼闭上眼睛，觉得自己真是无耻得可怕。

“好点儿了吗？”她抬起头，看着他的眼睛问道。

今天得到的已经够多了，他哑着嗓子说：“嗯，可以了。”再吹下去，他怕自己的一颗心都要被吹乱了。

屋里的温度有点儿低，关星禾担心地问道：“会不会冷？我把空调温度调高一点儿吧。”

他不觉得冷，却还是说：“好。”

她拿来遥控器调高了空调温度，却还是磨磨蹭蹭不肯离开。

空气里都是她身上醉人的花香味，贺灼的额上出了一层薄汗，觉得屋里比外头都热。

她看着他，眼里亮晶晶的。

“怎么了？”他忍了许久，终于问道。

“哥哥，”她抿了一下唇，说，“今天下午，你是不是叫我星星？”

关星禾那双明亮的眼似乎要看到他的心底，贺灼的心脏停跳了一瞬。

想到下午脱口而出的那个名字，他喉咙微涩，点了点头：“嗯。”

他顿了一下，声音低下来：“如果你不喜欢，我下次不叫了。”

他只听过几个人喊她星星，除了她极其亲密的朋友就是家人。

他不知道自己有没有资格。

关星禾说：“你说什么傻话？”她忍住心中的羞涩，笑吟吟地说，“你老是叫我关星禾，多别扭啊。以后，你就只能叫我星星。”

他的心脏轻轻一跳，眉眼也柔和了下来：“好。”

“那我先回去了，晚安，你好好休息。”关星禾笑着说道。

贺灼也回应道：“晚安。”

可关星禾站在门边，并没急着离开。灯光下，她的眼里仿佛落进了星光。

贺灼闭了闭眼，无奈地补充道：“晚安，星星。”

虽然教学楼没有倒塌，但校内的许多设施还是遭到了一定程度的破坏，学校决定放假两天，以便修整设施。

直到放假的第二天，关星禾才接到林映的电话：“星星，你怎么样了？”

关星禾的声音闷闷的：“挺好的。”

电话那头声音嘈杂，她抿了抿唇，问：“妈妈，你在哪儿呢？”

“哦，我在夏威夷度假呢。我昨天从新闻里看到家里地震了。怎么样？你没受伤吧？”

关星禾垂眸看了看自己包着纱布的脚踝，淡声道：“没有。”

“那妈妈就放心了。好了，不说了，回来给你带礼物。”

关星禾躺在床上，心渐渐沉了下来。

不知道从什么时候开始，林映宁愿住在酒店里，也不愿意回家一趟，她对关星禾的关心也越来越少，从几天一个电话，到一周一个电话，渐渐地，一个月也难得打一个电话。

脚踝处还隐隐作痛，关星禾不是那种委屈自己的人，可如今，她的心里产生了隐隐的恐惧感。

如果告诉母亲自己受伤了，得到的只是几句敷衍的话，她宁愿不告诉她。

夏日的阳光透过窗户洒进来，她躺在床上，想到一墙之隔的少年，心情逐渐舒畅起来。

或许上天从来都是公平的，当她失去一些东西时，会得到另一些东西。

学校的效率极高，不过两天时间，狼藉的校园便焕然一新。

不久之后就是中考了。

同学们都严肃起来。这场考试虽然不能决定大家的未来，但影响重大，关星禾被这样的气氛影响，也不由得紧张起来。

考试的前一天，学校放了假。

关星禾坐在躺椅上，透过巨大的落地窗往外看，小花园里郁郁葱葱。

刚刚，她和关城宇通了一个五十秒时间的电话，而自震后那个电话起，林映便再也没有给她打过一个电话。

关星禾说不清自己心里是什么感觉，明明知道林映不会打电话过来，她仍然呆呆地在这儿坐了一下午。

手机振动了一下，她猛地坐起来，下一秒又靠了回去。

是关熠发来的信息："好好考试，考得好，我请你吃饭。"

她神情怏怏地回道："谢谢。"

傍晚时分，天空被染成了明艳的绯红色，门口突然传来敲门声。

"谁啊？"她问。

过了片刻，贺灼低沉的声音响起："是我。"

关星禾烦闷的心情瞬间消散了。不打就不打呗，她还有哥哥。

她打开门，夕阳的余晖从少年的身后倾泻而下，给他镀上了一层朦胧的金边。她的眉眼弯起来，愉悦地喊道："哥哥。"她侧开身子，"你快进来。"

贺灼顿了两秒才走了进来。

关星禾的房间整洁明净，一阵微风拂来，贝壳风铃发出叮叮当当的声音。

她看着他问道："有什么事吗？"

"伸手。"

她眨眨眼，虽然疑惑，却还是乖乖地并拢了五指，掌心朝下。

贺灼有些无奈道："掌心朝上。"

"哦。"她轻轻地笑了一下，将手掌翻过来。

手心里被放进了一个东西，是一个五角形的小布包，上面绣着红色的丝线，和她一直戴的红绳挺像的。

"这是……"关星禾有些不确定，"护身符吗？"

“嗯，希望你考试顺利。”

关星禾手腕上的红绳给了他勇气，他觉得，她并不会嫌弃这样的礼物。

海市有一座全国闻名的寺庙，向来香火鼎盛，虽然知道应该信仰科学，但他仍去为她求了一枚护身符，希望她考试顺利，未来平安幸福。

关星禾细细地摩挲着手里的护身符。

这是她在考试前收到的第一件礼物。

她将护身符小心地收进包里，弯了弯眼睛，说道：“我会随身带着的，谢谢哥哥。”

她没有嫌弃。他松了一口气。

关星禾又笑道：“这个护身符和我的红绳好像情侣款。”

贺灼忍不住问道：“这条红绳……是怎么来的？”也是另一个人，像自己这样诚心诚意地求来的吗？

她的指尖落在手腕的红绳上，低声道：“是小时候，妈妈给的。”

蝉鸣不绝于耳，贺灼温和地说道：“那阿姨一定很爱你。”

他鲜少说出这样直白的话，语气中似乎还带着别样的意味。

或许是有了护身符的加持，关星禾在中考中发挥得格外好，考了全班第三名，年级第三十五名，这样的成绩，上本市最好的几所学校也绰绰有余。

七月初，她收到了海音附中的录取通知书。

薄薄的一张纸，却是她付出了巨大的努力才换来的。

暑假过得很快，转眼间，关星禾就要去海音附中报到了。

入学后，大部分学生都会选择住校，但关星禾选择了每天回家。

附中放学的时间早，王叔会先来附中接关星禾，再绕路去接贺灼。

九月底，阳光依旧炽烈，附中旁边有一家新开的冰激凌店，每到放学店里便挤得水泄不通。

关星禾和贺灼提了好几次，并且承诺在周五放学时给他带一个。

周五的最后一节是自习课，关星禾悄悄地从琴房溜出来，排了十几分钟的队，终于在下课之前买到了。她买了三个冰激凌，自己吃了一个，将另外两个放进了车里的冷柜。

经过最后一个月的努力，时岁勉强考上了外国语中学的高中部，两人也经常见面。虽然已经离开了这所学校，但关星禾依旧怀念以前的日子。

远远地看见了刚下课的时岁，关星禾将剩下的两个冰激凌拿出来，将其中一个递给她：“喏，你喜欢的草莓味。”

“谢谢宝贝。”时岁舀了一勺冰激凌放入口中，幸福地眯起眼睛，“还有一个是给谁的？你哥？”

“对啊。”关星禾眨眨眼，“他怎么还没出来？”

“高二放学晚一些吧。那不是吗？”时岁看着远处的人，扯了扯关星禾，“那里，旁边还有一个女生。”

关星禾顺着时岁的视线望了过去，本来挂在嘴边的笑意僵住了。

贺灼身材挺拔，即使走在熙熙攘攘的人群里也很显眼。他的身边跟着一个女孩儿，由于隔得远，她看不清楚模样，只能看到女孩儿不停地在说些什么。

“给你。”关星禾将剩下的那个冰激凌也塞进了时岁的手里。

“不是要留给你哥哥吗？”

关星禾心想，哼，才不给他。

贺灼上车时，只看到关星禾的后脑勺，她背着身子，肩膀紧绷。

她是不是在学校里遇到什么事了？

贺灼踌躇了很久才问道：“你怎么了？”

他的声音还是那样低沉冷淡，却莫名地让她心痒。

关星禾突然觉得自己这样有些自私。

贺灼性子冷淡，在学校没什么朋友。在外人看来，他孤僻，难相处，只有关星禾知道，冷漠和坚硬只是他的保护色。

其实，他也可以很温柔的。

十六岁的女孩儿挖到了一个宝藏，只想把它藏在自己的百宝匣里，却没想到，有一天，也会有其他人发现这件宝物。

贺灼见她不回答，沉声问：“在学校遇到什么不开心的事了？”

关星禾转过头。

彼时，金色的阳光落进来，贺灼的头发被染成了浅淡的金色。

就像蒙尘的宝物，总有一天，他会拂去尘埃，绽放自己的光彩。总有一天，所有人都会发现他有多好。那时，他就不再是自己一个人的哥哥了。

关星禾很勉强地笑了一下：“没有。”

贺灼皱了皱眉，他总觉得不对劲儿。

可关星禾摇摇头：“就是今天试唱课的表现不好，被老师说了几句。”

贺灼似乎相信了关星禾的话。

他沉默了半晌，转过身从书包里掏出一袋糖递给她：“别伤心了。”

那是一袋草莓味的牛奶糖，是关星禾最喜欢的口味。

今天，贺灼路过学校的小卖部时刚好看见了，便买了一包。

关星禾接过袋子打开，拿出一颗，剥开糖纸放进嘴里。

街边的香樟树郁郁葱葱，晚霞满天，夏日的傍晚静谧而美好。

关星禾望着窗外的景色，轻轻地勾了勾嘴角。

转眼就到了国庆假期。假期过后，附中要举办一场大型音乐会。放假前三天，关星禾在家没日没夜地练琴。

手指痛得实在受不了了，她才决定休息一天。

这天天气正好，关星禾把埋在书海里的贺灼也拽了出来。

两人走在大街上，不知道该去哪儿，也不知道要干些什么。

街对面的大树后藏着一家书店，铺面虽然小，却很精致。关星禾眼尖，发现了它："我们去看看吧。"

贺灼点点头。

书店的木门看上去有些年头了，打开时还吱呀作响。店里只有一个穿着制服的女孩儿，她的背影瘦瘦小小，衣服穿在她身上，显得松松垮垮。

听到脚步声，她转过头来："欢迎光临不再书屋。"

下一秒，她的尾音微扬："贺灼？"

上次隔得太远，看得并不真切，但女生天生敏锐的感知力告诉关星禾，这就是上次跟在贺灼身边叽叽喳喳的女孩儿。

她忍不住看向贺灼。

他没什么表情，淡淡地"嗯"了一声。

余年年的一双眼睛闪着光，在看到关星禾的一刹那又暗了下来。

余年年试探地问道："这是……"

贺灼思索了一瞬才说："我妹妹。"

她悄悄地舒了一口气，扬起笑脸跟关星禾打招呼："妹妹好。"

谁是你妹妹？！关星禾在心里翻了个白眼，勉强扯了扯嘴角："你好。"

余年年的语气瞬间热络起来，她转头对贺灼说："你妹妹真漂亮。"

贺灼冷漠的侧脸似乎柔和了一些。

余年年不禁有些心动，开心地说："你们是来买书的吗？我可以给你们介绍。"

"我们就是随便看看。"关星禾连忙说，"你有事的话，就先忙吧。"

"没事没事，这书店是我叔叔开的，现在我们放假了，我正好帮他看看店。”余年年热情地问，“你们要喝什么饮料吗？”

关星禾正想开口拒绝，贺灼回道：“一杯珍珠奶茶。”

余年年又问：“那妹妹呢？”

贺灼的声音淡淡的：“刚刚就是给她点的，我不喝。”

“哦……好吧。”余年年转身走进料理台。

余年年是上个月刚转学过来的，作为寄读生，她的成绩一般，老师特地把她的座位安排在了全年级第一的贺灼身边。

第一次见到他，余年年的心就跳得有些快。

少年眉眼凌厉，透着清冷感，却莫名吸引她。

余年年经常找他讲话，但他几乎不回应她，就算是她请教学习问题，也只是几句话带过。

这更激发了余年年的挑战欲。

她将珍珠奶茶递给关星禾，又将刚刚做好的芝士清茶轻轻地放在了贺灼的面前。

关星禾眉毛一挑，道：“我们没有点这个。”

余年年笑吟吟道：“贺灼在学校经常帮我的，今天算是我请的吧。”

经常帮她？关星禾觉得牙根有些酸。

她知道，哥哥在学校交朋友也是正常的，但她心里就是有些吃味。

她低头喝了一口奶茶，寡淡无味，珍珠更是硬得像石头。

贺灼看她垂着头一副不喜欢的样子，问：“要不要喝我的？”他还没喝。

“不要。”关星禾的声音闷闷的。

那是别人专门给他做的，自己凭什么喝？

关星禾将奶茶往前一推，赌气道：“喝完了，我先走了。”

余年年还来不及说话，就看到贺灼迅速地起身离开，只留下消瘦的背影。

那杯芝士清茶还一口都没喝。

她有些丧气地上前收拾，玻璃杯下压着一张纸币，是两杯饮品的钱。

关星禾从书店出来，身后便传来了脚步声，不近不远的，似乎克制地和她保持着距离。

关星禾心里的小人儿都快气疯了。原本，她以为他只是在学校有了新朋友，但那个瘦得和竹竿儿一样的女孩分明对他有所图谋！

燥热的风将她心里的火焰越吹越旺。关星禾狠狠地踢了一下地上的石子。

贺灼终于沉默地走到了她的身边。

他的声音低低的，带着哄她的语气："怎么了？"

她意识到自己可能是吃醋了，却不愿承认，只是抬眸瞪他一眼。

贺灼有些不知所措，只放低声音问："奶茶不好喝？"

关星禾抿了抿唇，语气中带着几分愤懑："难喝。"

他被她的小孩子气逗笑："那等会儿再买一杯。"

关星禾没理他，她心里气恼，恨不得拉着他狠狠地质问。

可是，她有什么资格质问呢？

她只是他的小妹妹，在他的心里，自己不过是一个爱喝珍珠奶茶的小孩。

关星禾撇撇嘴，觉得心里更加烦恼了。

她晃了晃头，想将乱七八糟的思绪甩开，不知不觉就走进了旁边的商场。

商场的二楼是电玩城，灯光闪烁，十分晃眼。

门口站着几个招揽客人的女孩，关星禾一个没注意，就被她们拉了进去。

劲爆的音乐声让她恍惚了一下，她微微转过头，发现贺灼还沉默地跟在她的身后。他站在五彩的灯光里，深邃的眉眼都染上了亮丽的色彩。

关星禾想放纵一下，说不定玩过一圈，自己心里的郁气就消了。

她换了一筐游戏币，游荡了一圈，却发现自己唯一会玩的就是抓娃娃机。

好像这里的抓娃娃机也在和关星禾较劲，她用去了三分之一的游戏币，还是没有夹到娃娃，她气得想把剩下的币扔了。

四周嘈杂喧闹，清冽的气息飘过来，贺灼将手里的游戏币轻轻地投进了旁边的机器。

他一只手撑在控制台边，另一只手轻轻地捏着操纵杆。

关星禾微微垂眸，只见他手指骨节分明，手背上的青筋微微起伏，十分有力。

"啪"的一声，一个娃娃掉入了娃娃机底部，他拿了出来，是她一直想要的那个。

"送给你。"贺灼目光温柔，"别生气了，嗯？"

她心中的郁气瞬间消散，接过娃娃道："那剩下的游戏币，你帮我抓。"

从游戏厅出来时，两人手中的袋子装得满满当当的。

夕阳将两人的身影拉得长长的，在这样的夏日里，一切都是那样美好。

关星禾的心情终于好了一些，她侧过头望着他，藏在心中的疑惑又悄无声息地浮了上来。

她灵光一闪，眨眨眼，喊道：“哥哥。”

贺灼转过身，他袋子里面的凯蒂猫冒出一个小脑袋，萌萌的。

关星禾状似随意地问道：“你觉得，我和她，谁更好看？”

阳光从枝叶间漏下来，在地上投下斑驳的光点。

关星禾听着胸腔里急促的心跳声，放慢了呼吸。

贺灼沉默了两秒后，突然疑惑地问道：“谁？”

关星禾只觉得自己一拳打在了棉花上。

他连自己说的是谁都不知道，足以证明他并没有把那个人放在心上。

她顿时觉得自己的世界又清朗了几分。

可该问的问题还是得问，她眼里的羞怯散去，理直气壮道：“就是我和刚刚书店的那个女孩儿，你觉得谁比较漂亮？”

贺灼皱眉道：“你为什么要和她比？”

“我就是觉得她还挺好看。”关星禾试探地问道，“而且，你们的关系好像还挺好的？”

“没有，不熟。”他的视线缓缓地落在关星禾的身上，又说，“你好看。”

关星禾渐渐地勾起嘴角，却故作冷淡道：“哦。”

贺灼性子沉稳内敛，难得说出这样直白的话，关星禾还想再听。

她眨眨眼：“那我哪里比较好看？”

贺灼一脸冷肃道：“我现在已经想不起她长什么样了。”

关星禾惊呼：“怎么可能？”她可记得全班同学的样子！

可贺灼一双眼睛乌沉沉的，表情认真，关星禾突然就信了。

难道是那个女孩儿在骗人吗？她的心情突然就变得愉快起来，她轻轻地勾了勾唇：“那你可不能想不起我长什么样子。”

贺灼轻叹了一口气：“不会的。”

他垂眼看她，眼神里带着连自己都没有察觉的温柔。

有一个人早已刻进了他的血液，躲不开，忘不掉，每当想起来，总是痛苦夹杂着欢愉，却又让他甘之如饴。

关星禾像是被这简单的回答取悦了，脸上绽开笑容：“说定了？”

他无奈道：“嗯。”这辈子都忘不了。

“那就好。”

她悄悄地靠近他，听着自己胸腔里剧烈的心跳声。

身后，两人相依的影子被拉得长长的。

夏天在蝉鸣声中悄悄地逝去，秋天来得无声无息。

这一天，关星禾在教学楼的楼梯口被人拦住了。如果可以重新选择，她一定不会走这条路。

她深吸了一口气，耐着性子问："有什么事吗？"

沈潮靠在墙边，一副吊儿郎当的模样："下周我们班有演奏会，你要不要来看？"

"谢谢，下周我有事，不来了。"

关星禾从他的身边绕开，却又被拦住了："那下下个周末，要不要一起去听音乐会？"

"不用。"她正色道，"真的谢谢你。"

从小到大，关星禾收到过许多男生的示好，却鲜少有像沈潮这样难缠的。

她微微弯腰，从他的手臂下钻过，大步地往前走。

沈潮却还在身后跟着，他喊道："我们好像顺路，要不，一起回家吧。"

出了校门后，关星禾一眼就看到了站在路边等她的时岁。

明天放假，她们约好了晚上去看电影。

时岁走过来，上下打量了沈潮两眼。

沈潮神采飞扬，笑容满面："是星星的朋友吧？我是他的同学。"

"哦——"时岁拉长尾音，"懂了懂了。"

"你们约好了去哪儿？"沈潮尾音微扬，"我可以一起吗？"

关星禾直截了当地问："你觉得呢？"

他的眉眼耷拉下来："哦，你好无情。"

时岁觉得他挺有趣的，而且看着还算比较顺眼，她刚想逗他几句，就被关星禾一把拉走。

"别回头。"关星禾压低声音，"现在回头，他马上就会跟上来。"

时岁眨眨眼："我觉得这人不错，不但长得挺帅，还活泼有趣。"

她侧头看向这个自己一起长大的朋友。

夕阳西下，红霞满天，关星禾白皙的脸颊被染成绯红，双瞳剪水，漂亮得让人心惊。

这样的小仙女，不知道是多少男孩子的青春梦想，可她好像对谁都不感兴趣，异性朋友只有从小一起长大的那几个。

关星禾一脸正经地说道："我觉得他好吵，每次他在我耳边说话，就好像有人在吹唢呐。”

扑哧。时岁忍不住笑出声：“我觉得话多挺好的，天天不说话的那种人很无趣啊。”

“不会啊。”关星禾眸光微闪，“反正我也挺爱说话的，他沉闷一点儿没什么。”

时岁脚步一顿，准确地抓住了重点，她的声音扬起来：“他是谁？是谁是谁？！”

这下，关星禾的耳边又多了一个“唢呐”，她还来不及回答，“唢呐”就吹个没完。

“让我猜猜。”

“话少的？徐梧就是个话痨。你那个师兄向远？他的话不算很多。”

“是不是他？”

时岁叽叽喳喳地说，一脸得意地笑着。

“不是他。”关星禾却直截了当地否定了。

时岁的笑容凝滞了：“啊？那是谁？”

关星禾捏了捏衣角，凑到她耳边，悄悄地说出了那个名字。

时岁瞪大了眼睛，半晌才结结巴巴地说：“你没骗我吧？”

关星禾摇摇头。

时岁问：“那他怎么想？”

关星禾的心情瞬间低落下来：“我不知道。他……对我很好，但是我总觉得，大概是对妹妹的那种感情。”

时岁却不这么觉得。她想起那天地震时，贺灼奋不顾身地冲进教学楼，拼了命也要把关星禾背出去的模样。

她鼓励道：“应该只是你以为吧，我觉得不是。”

“怎么可能？”关星禾回想了一遍两人相处的场景，和谐又温馨，他就是像对待妹妹那样对待自己的。

“怎么不可能？！”时岁说，“你自信点儿好吗？就算，我是说就算啊，他只是把你当妹妹，那咱们也是近水楼台！”

听她这么一说，关星禾觉得有道理，又问：“那我要怎么做呢？”

“要不……旁敲侧击地问问？”

话都懂，但就是不知道该怎么做。关星禾蒙蒙地点点头。

“等我回去后给你想想办法。”时岁煞有介事道，“还记得我那一小车的言情小说吗？很多男主角都和他是一个性格，所以，你懂的。”

关星禾笑了：“那你借几本给我看看。”

时岁把那些书当宝贝，中考过后便马上把书搬回去了。

但此刻，她回答得十分干脆：“行，一会儿看完电影就去我家拿。”

……

刚回到家，关星禾就收到了时岁的短信：“我想了想，要不，你假装去找他问题？”

海音附中对于文化课的要求并不高，所以，自从升入高中后，关星禾就很少找贺灼补课了。

其实这也是个好办法。

关星禾马上挑了两道比较难的题，轻轻地敲了敲贺灼的门：“哥哥，我有事情找你。”

门内传来几声响动，贺灼的声音隔着一道门越发低沉：“等一下。”

不一会儿，他开了门。他似乎刚洗完澡，发丝还未吹干，额头上的头发耷拉着，将棱角都软化了几分。

“怎么了？”

“我有几道题想问你。”

贺灼侧身：“好，你先进来吧。”

自从升入高中后，她就很少来补课了，他免不了怅然若失，觉得自己再也帮不了她了。如今她说要问题，他那颗沉寂的心便抑制不住地雀跃起来。

他垂眸看了看题，有些惊讶：“这是学校的题？”

关星禾拿的是一个笔记本，里面有两道数学题。

关星禾一愣。

学校的题目都太简单，问出来会显得她很白痴，她便随便去网上找了几道看都看不懂的题，然后抄在了本子上。

只是没想到一眼就被贺灼看穿了。但她怎么可能承认？

关星禾微微抬眸，认真地说道：“是啊，老师说最近的题会有些难。”

“让我想想。”他皱着眉低头看题，可越看越觉得，要么是她把题目的条件抄漏了，要么就是他把高一的知识淡忘了。

“我找一下高一的书，你如果有思路就写下来。”他说。

关星禾乖巧地应道：“好的。”

她悄悄地转过头。

贺灼背对着她，微微地弯着腰，在教科书中一本一本地找，认真又专注。

关星禾转了转笔，低头看起了题。

“哥哥，草稿本在哪儿？”

“在抽屉里，你找一下。”

她轻轻地拉开抽屉，看见里头摆着一张专辑，上面写着字。

“To 星禾：圣诞节快乐！希望以后的每一个圣诞，都能和你一起度过。——程楚。”

她想起来了，她有一张一模一样的专辑。

关星禾手指一僵，愣愣地看着上面的字，觉得自己的胸腔里住进了一只小鹿，正怦怦乱撞。

此刻，贺灼猛然想到自己藏在抽屉里的草稿本。

身体比头脑快了一步，他飞速地跑过来，啪的一下关上了抽屉。

贺灼的手心出了一层薄汗，他垂头挡住桌边。

“我看到了哦。”

被发现了。贺灼的身子一僵，后背出了一层薄汗。

他张了张嘴，想要解释：“我……”

可此时，任何言语都变得苍白无力，他不知如何解释。

他只是僵直地站着，似乎在等待着她的处决。

屋里很安静，关星禾突然轻轻地笑了一下，问道：“这是圣诞礼物吗？”

他愣道：“什么？”

“专辑啊。”她眉眼含笑，杏眸里闪烁着光彩。

他松了一口气：“你……”她没看到其他的东西吗？

“不过，离圣诞节还有两个月，你这么早就准备礼物了？我记得这张专辑是程楚去年发行的，你在哪儿拿到的签名啊？”

还有上面的那些话……难道，这不是送给她的吗？

可上面写着她的名字。

她雀跃的心慢慢地沉了下来：“不是给我的吗？”他还认识其他叫星禾的人吗？

“不。”他声音沙哑，如同石砾磨过砂纸，“是给你的。”

他打开抽屉，悄悄地将草稿本往里推了推，拿出那张专辑：“本来是准备在圣诞节送给你的……”

“真的吗？！”她的眼睛顷刻间亮起来。

“嗯。”她大概是真的没有看到本子，贺灼松了一口气。

关星禾捧着那张专辑，满脸愉悦，根本没有提起她有一张一模一样的。

她抬眸，眼中漾出微微的光：“这上面的话，是楚楚写的吗？”

——还是你让她写的？

“嗯。”贺灼没听懂她的潜台词。

既然决定藏起自己的痴心妄想，他便努力告诫自己不要再贪心，只要静静地陪伴在她的身旁，他便心满意足了。

秋夜的风有些凉，关星禾的睫毛微颤，眼里的光暗淡了一些。

看来是她想多了。

可她天性乐观，不一会儿又想通了。

她的声音低下来，软糯又温柔：“我很喜欢，谢谢哥哥。”

贺灼的心头一酸，轻声说：“不用谢。”

关星禾抱着那张专辑回到房间，将它仔细地收进了自己的储物柜，摆在最显眼的地方。而后，她打开手账本，里面夹着贺灼去年送她的贺卡，上面的字体干净隽秀：“祝圣诞快乐，学业进步。——贺灼。”

她摸了摸贺卡，自我鼓励：看，去年还连一个称呼都没有，但今年，他都已经亲切地唤她星星了，所以说，还是有进步的。

她又看了一会儿才小心地把贺卡合上，仔细地夹到手账本里。

第六章

我们的约定

人生在世，好像总有些不如意的事。

这天，关星禾发现贺灼的笔袋里放了一张小字条，上面写着：谢谢你。

字迹清秀小巧，像是女孩子写的。很简单的三个字，却让人浮想联翩。

关星禾憋着一股气，将小字条塞回了笔袋。

回房间后，她向时岁报告了情况，时岁回复她：“说真的，我也觉得是女孩子写的。”毕竟，哪有男生写小字条感谢人的。

关星禾的心口像是堵了一块石头，一股气上不来，也下不去。

时岁见她一直没回消息，连忙给她打气：“不过，我觉得这三个字也代表不了什么！”

关星禾干脆不再去想，将手机一扔，猛地扑到床上，用被子把自己包裹住，企图抛开这些恼人的念头。

可只要一闭上眼，脑海里就盘旋着那张字条。

他为什么把字条放在笔袋里？

关星禾满脑子都是这个问题，迷迷瞪瞪地走进学校时，丝毫没有注意四周的喧闹声。

“关星禾——”

声音远远地传来，她心中一惊，猛地抬眼。

天空中盘旋着两架无人机，接着“啪”的一声，五颜六色的丝带飘下来。

“哦——”周围发出一阵起哄声和尖叫声。

一阵风吹过，落叶随着丝带飘飞。青春也许就是这样，肆意又美好。

关星禾的脸一下就红了，不知是羞的还是气的。

沈潮站在远处的教学楼顶上，冲着她喊：“星星——”

长廊里挤满了人，一瞬间，她成了全校的焦点。

这让她羞耻得想要遁入地下。

“叫什么叫？！”教导主任从办公室走出来，指着沈潮气急败坏地喊道，“你给我下来！马上跟我来办公室！”

他又转过头，对关星禾说：“还有你，也跟我过来。”

贺灼放学上车时，发现关星禾不在。

“她和朋友出去玩了？”他疑惑地看向王叔。

王叔道：“今天先生去学校把小姐带回家了，听说，好像和他们学校的男生有关。”

车窗外夜色弥漫，灯光璀璨。

贺灼的眼眸像是深不见底的深潭，没有一丝光彩。

他的一双手攥得发白，麻木地盯着车窗外，心脏泛起密密麻麻的疼痛。

回到家，他推开门，恰巧撞上从书房出来的关星禾。

她耷拉着脑袋，神情颓唐。

贺灼的心像是被人捏住了，连呼吸都疼。

他想问又不敢问，最重要的是，他有什么资格问呢？

屋里传来关城宇的声音：“小贺回来了吗？”

他声音干涩地回道：“嗯。”

“进来一下，我有些事情和你说。”

他沉默地与她擦肩而过。

关城宇示意他关上房门，又敲了敲桌边，示意他坐下来。

“小贺啊，你看，你也高二了，对于将来，你有什么打算吗？”他顿了一下，道，“今天校长给我打电话，学校希望把你的学籍转正，你怎么看？”

贺灼是寄读生，高考成绩会算在原学籍下，可他的成绩拔尖，极有可能是将来的高考状元，学校想要抓住他，校长打来电话时，话里带着几分祈求。

可贺灼不在意。

他抿了抿唇：“都可以。”

“那叔叔就答应下来了，明天学校的老师会找你办手续的。”

贺灼点头。

“好，那你先回去吧。”关城宇摆摆手，又说，“对了，有一件关于妹妹的事，我要跟你说一说。”

贺灼顿住脚步。

“小女孩儿难免心思躁动，但是她还小，现在谈这些事不合适，你平时有空就看着她一点儿。”

贺灼屏住呼吸，逐字逐句地斟酌着关城宇的话。

所以，这是被阻止了？

他的心蓦地放轻松。

可想起关星禾失落的神情，他又陡然生出几分自厌的情绪。

今天的夜色很美，一轮弯月悬在空中。

贺灼走出书房时，关星禾正静静地站在走廊尽头。她沉默地望过来，贺灼的心尖一颤。

即使知道事情已经过去了，可一想到关叔叔口中那个少年，贺灼的一颗心就泛苦。

她是他晦暗的人生里出现的第一抹鲜亮色彩。

只一眼，他便再也无法忘怀。

他突然好羡慕那个少年。

“哥哥。”

她站在月光里，晚风轻轻地吹起她的裙摆，这情景美得像一幅画。

贺灼突然很想见见那个让自己心脏生疼的少年。

是怎样的人才能配得上她？贺灼想象不出来。

她一步步地走过来，每一步都像是踏在他的心上。

她在他面前站定，轻声问道：“我爸爸跟你说了什么？”

他想说些什么，或是问些什么，但她眼里透出的失落让他难言。

他淡淡地说道：“没什么。”

关星禾松了一口气。

她一直担心关城宇和贺灼说了些什么，让他有不好的设想。

她想到了时岁的短信：“星星，你看看这段。”

下面附着某部言情小说的截图。

季离撑着头，一脸天真地望着沈南书，一字一句，轻轻地说：“沈律师，你说，‘我喜欢你’这四个字，用德语怎么说？”

她的眼角微扬，一双大眼睛清澈又明亮。

沈南书的脸“噌”的一下红了。

被喜欢的女孩儿这样撩拨，他胸腔里的一颗心近乎炸裂。

季离歪着头打量他，眼中透着狡黠，不依不饶道：“到底怎么说？”

沈南书深吸了一口气，提起笔在书页上写到：Ich mag dich。

“就这样。”

他的字迹没了平时的利落清隽，歪七扭八的，滑稽极了。

时岁的短信轰炸过来：“你觉得这个方法怎么样？”

关星禾想了想，回道：“还不错，但我不知道要怎么说。”

贺灼应该不会德语，她也不可能去问英语。

时岁说：“你怎么这么笨？没说非要一样啊！”

关星禾回复：“我今天被那个沈潮搞得头脑发昏，让我好好想想。”

时岁忍不住幸灾乐祸。

这件事连他们学校都传遍了。用无人机示好的方法，亏那个没脑子的沈潮想得出来，最后双方都被叫了家长，估计还会被勒令以后保持距离。

结束聊天后，关星禾便开始思考下一步该怎么做。

但她实在是担心关城宇和贺灼说了些什么。

要是他真的误会了自己，怎么办？

可此时贺灼的表情并无异样。

关星禾放下心来，决定实施她想了一个下午的计划。

她眨眨眼，小声说：“哥哥，我问你一件事。”

贺灼声音沙哑道：“什么？”

关星禾轻轻地拉了一下他的衣角，说：“你跟我过来一下。”

她的声音轻轻的，像四月的春风，拂过贺灼的耳畔，痒痒的。

他像是被施了魔法一样，愣愣地跟着她走。

关星禾将贺灼拉到了二楼最隐蔽的琴房门口。

窗外树影婆娑，月光像轻纱一样，悠悠地落进来。

那双水盈盈的眼里也像落进了星星，贺灼的一颗心忘了跳动。

她有些羞涩，又有些期待的样子，轻声叫他：“哥哥。”

“嗯？”

“你知道手语的‘喜欢’怎么打手势吗？”

他猛地攥紧手指。

她想做给谁看？是那个男生吗？

寒凉的秋夜，恼恨却像一把火，点燃了他的理智。

他手指攥得发白，望着一脸期待的女孩儿，咬牙切齿地从喉咙里挤出来三个字：“不知道。”

他眼底的冷漠让关星禾心中一凛。

可他分明是知道的，要不然，他是怎么翻译出那个男孩打的手势的呢？

他只是不想做罢了。

“哦。”她垂下肩，声音闷闷的，失落极了。

贺灼心脏紧缩。

他知道自己这样卑劣极了，可一想到她会一脸羞涩地对另一个人打出代表喜欢的手势，他的一颗心就疼得无以言表。

他宁愿卑劣，也不愿意看见她对其他人展露笑颜。

“那我回去睡了。”关星禾低声说罢，转身走了，没看他，甚至连“晚安”也没说。

贺灼无力地闭了闭眼，回到自己的房间后，他轻轻地松了手，这才发现指甲已掐进手心，他却感受不到一点儿疼痛。

周五的最后一节课是自由排练时间。

排练厅是几个班轮流用，轮到关星禾他们班级时，天色已经很晚了。

关星禾给王叔打了个电话，告诉他不必来学校接她。

上次沈潮用无人机告白一事轰动了整个学校，关星禾寻了个偏僻的座位坐下静静地等着排练，但还是避免不了被别人指指点点。

她憋了一口气，在心里把沈潮骂了千万遍。

好在排完曲子，排练厅的人也几乎走光了。

班上的几个女生邀她一起回家，关星禾突然想到还有东西落在了教室里，便笑着婉拒了。从教室里出来时，她才发现天空飘起了小雨。

她没想到会遇上向远。少年背着琴从排练厅出来，见到她后眼睛一亮：“我正找你呢。”

关星禾勉强地笑了笑，打了个招呼：“师兄好，有什么事吗？”

“这是我刚刚在排练厅捡到的，上面写了你的名字。”他递过来一个手账本，封面精致，是关星禾经常携带的那个。

关星禾接过手账本慌张地翻开，看到贺卡的那一瞬间，她如释重负地松了一口气。

“谢谢师兄。”她抱着手账本，感激地道谢。

向远连忙摆摆手：“不用不用，要是别人捡到也会还给你的。”他抬眸看了看飘着细雨的天空，说道，“要不，你和我一起走吧。我带了伞。”

“算了吧。”关星禾将手账本收进书包的最深处，拒绝道，“我自己走就好。”她实在是怕再生什么事端。

少年抿了抿唇，又道：“我刚刚看到沈潮在后门那里，要不，你和我一起从前门走吧。”

傍晚的校园冷冷清清的，已经没什么人了，和师兄一起走应该不会被人看到吧？

“好……好吧。”关星禾犹豫了一会儿，还是答应了。

向远撑开伞，淡蓝色的伞面犹如晴朗的天空，他轻轻地将她拉到伞下。

四周安静极了，就连雨点儿落在伞面上的声音也清晰可闻。

向远也存着自己的小心思。

他和关星禾一起长大，不知从什么时候开始，不一样的情感在心中悄悄滋长。

向远十分自信，青梅竹马的情谊已是难得，何况他们还有相同的爱好，都喜欢克莱斯勒和祖克曼，都喜欢去听音乐会，都喜欢吃甜食。

他一直想等她长大。

即使沈潮大张旗鼓地表白，他也没有放在眼里，因为他明白，对关星禾来说，那样的做法带给她的尴尬大于感动。

他却无法不在意另一个叫贺灼的少年。

他不知道贺灼是谁，脑海里浮出一个身影。

那个雪夜里在附中门口等她，和她一起出现在奶茶店的少年是贺灼吗？

无意中看到的那张贺卡让向远的心里生出恐慌。

他突然很想问清楚一切。

看着窗外的雨点，贺灼越来越焦躁。

那晚那句语焉不详的“喜欢”，他光是想起，心里就像被针扎一样疼，让他最近都没睡好。

见窗外雨越下越大，他拿了把伞，奔出门去。

“贺少爷，您现在去哪儿？”身后传来张姨的询问。

他咬咬牙，道：“送伞。”

这么大的雨，她身子那么弱，会感冒的。

到附中门口时，他收了伞，躲进旁边便利店的屋檐下，打算先拿手机给她打个电话。

雨点从屋檐落在地上，激起的水花打湿了贺灼的裤脚。

他刚拿出手机，眼睛就看直了。

街对面，雨幕横斜，少男少女共撑一把伞，并肩走出校门。

瞬时，贺灼的心脏像是被重物击中，疼得无法呼吸。

他甚至忘记了打伞，只麻木地跟着他们。

他认出来了，那个男生是向远。

雨越下越大，像是尖锐的刀子，落在他千疮百孔的心上。

贺灼只觉得连呼吸都变得艰难了。

雨声盖过了四周的喧嚣，向远清亮的声音又盖过了雨声，钻进贺灼的耳朵里："那个贺灼，是你什么人？"

关星禾垂下眼眸，没作声。

她突然发现，她并不想说他是她的哥哥。

过了半晌，她才含糊地说："算是……哥哥吧。"

雨水早已将贺灼的全身浸透，他浑身冰冷。

什么叫算是哥哥？她连最后的一点儿念想也不愿意给自己吗？

贺灼理智尽失，不管不顾地上前钳住关星禾的手，咬着牙一字一句道："跟我回家，不许早恋。"

手臂上传来冰凉的触感，关星禾有一瞬间的恍惚。

她回过头。

迷蒙的雨幕下，贺灼浑身湿透，漆黑的眼里透出的寒意冷得令人心颤。

关星禾没看到他眼底的潮红。她愣了一下，小声问："你怎么在这儿？"

这句话却刺疼了贺灼。

她是嫌自己碍眼吗？

他扣着她的手腕，咬紧了后槽牙，冷声道："跟我回家。"

这时，旁边的向远出声道："你就是贺灼？"

贺灼冰寒的眸光落在他的身上。

这就是那个男生？

他的视线扫过他的俊朗面庞。

即使在这样的雨天，向远的衣服上也干干净净，他撑着伞，仿佛走在四月的春风里。

自己却浑身湿透，狼狈不堪。

水珠顺着额发落进贺灼的眼里，冰冷刺痛。他极力克制熊熊燃烧的怒火，垂眸冷冷地说道：“与你无关。”

向远皱了皱眉：“那你是她的谁？凭什么这么管她？”

贺灼猛地抬眸，咬牙切齿道：“我是……她的哥哥。”

即使她不愿意承认，他也这样说了。

因为这是他唯一能宣之于口的理由。

关星禾的眸光闪了闪，转过头说：“师兄，谢谢你送我，你先走吧。”

“真的不用我送你吗？”他犹豫地看了贺灼一眼，“他……真是你哥哥？”

他们从小一起长大，除了她的表哥关熠，他从未听说她还有一个哥哥。

耳边只剩嘈杂的雨声，隐隐盖住了她低低的应答声。

向远注意到关星禾看着少年的眼神是那样温柔。

即使那个少年一身狼狈。

他黯然道：“那伞给你……别淋到了。”

这时，一只有力的手臂横过来，贺灼的声音果决、冰冷：“不用。”

贺灼撑开伞，将她拉到伞下，声音沙哑道：“走吧。”

灰黑色的伞面隔绝了雨水，嘈杂的雨声淡去，成了远远的背景音。

关星禾的沉默让贺灼的心中不安。

她生气了吗？是因为自己说是她的哥哥，还是因为自己不解风情地打扰了他们？

无论是哪一种可能，都无疑是在往贺灼的心上扎刀子。

他只觉得自己的心都被关星禾牵制住了。

雨声不歇，贺灼浑身湿透，凉意一路从脚底传到心底。

突然，浅浅的温热贴上他的脸颊。

他纷乱的思绪在这一刻停滞，只呆呆地垂眸。

她一双明净的眼睛仿佛浸润了雨水，温润动人。

“刚刚，你为什么不打伞？”

他的睫毛微颤，雨水滑落，被她用手帕轻轻地拭去。

那抹温热一路从脸颊滑到高挺的鼻梁，再到薄薄的唇。

他猛地回过神，轻轻地阻挡住她的手。

这样的温柔，总有一天会属于别人。他能拦一次，难道能拦一辈子吗？

“忘记了……”

一遇上关于她的事，他就乱了心神，什么也不在乎，什么也不记得了。

他手指微颤，意识到自己还握着她的手腕，他猛地松开了。

关星禾抿了抿唇，不知过了多久，她突然问：“为什么说那些话？”

他凭什么那样气愤地阻止她和向远走在一起，自己却心安理得地将别人写的小字条收在笔袋里？

这不公平！

关星禾的一双眼睛犹如秋日的湖面，映出了他狼狈不堪的模样。

他低声道：“……你还小。”

这样的回答让关星禾恼火极了。

她问道：“那你呢？你就比我大很多吗？你就可以吗？”

他哑声道：“我……没有。”

“那张小字条，你笔袋里的那张字条，是怎么回事？”

他垂下眼眸思索了许久，这才想到自己曾经在笔盒里发现了一张写了“谢谢你”的小字条。

“不是你想的那样。”贺灼的声音隐忍低沉，“我不知道那张字条是谁写的，后来也不知道把它丢在哪儿了。”

关星禾愣了一瞬，满腔的怒火被猛地浇熄。她从没想过，烦扰了自己好几天，让自己患得患失的小字条，他竟然想都想不起来。

一股酸酸甜甜的滋味漫上心尖，关星禾的嘴角微不可察地翘了一下，认真道：“我和向远也不是你想的那样。他只是看我没带伞，送我回家而已。”

雨不知什么时候停了，贺灼像是瞬间活了过来。

关星禾问：“那你说，什么时候才可以？”

贺灼手指微蜷，声音沙哑：“上大学后。”

关星禾说：“那你也是吗？”

她急切地想用一个约定绑住他，好让自己不再患得患失。

所以，等她长大，在他眼里不再是个需要兄长管束的孩子后，她是不是就有了接近他的理由？

晦涩的情感在心中悄悄地涌动，贺灼垂眸看向她：“嗯。”

关星禾的眼睛微弯：“好，那说好了，就不许食言。”

他有些无奈，更多的却是庆幸。

庆幸起码在上大学前，他还可以静静地守在她的身边。

这青涩懵懂的约定，明明那么可笑，可两人都当了真。

时光匆匆，转眼迈入新的学期。进入高三后，学习变得紧张起来。

这一天，老师给每个人发了一张志愿表，借此了解同学们心目中的理想大学。

“下周一交上来，填上你们想报考的学校和专业。不用以自己的实际成绩为标准，还有一年的时间，不管你的理想是什么，一切都还来得及。”

窗外阳光灿烂，海市的初秋炙热而绚烂。

贺灼走出学校大门时，远远地看见关星禾倚在车门边。

阳光将她的头发染成了温暖的淡金色，见到他出来，她兴奋地招了招手，道：“哥哥——”

她的眸中盛满了光，贺灼的世界亮了起来。

他走过去，嘴角不经意地勾起来：“你怎么在这儿？”

今天是周六，只有高三的学生要补课。

关星禾压低声音道：“刚好没事，就顺便来接你。”

她踮起脚，凑到贺灼的耳畔轻声道：“我有东西要送给你。”

她的呼吸拂过他的耳畔，他的心仿佛也痒痒的。

“这个给你。”

是一条朴素的手绳，和关星禾常年戴在手腕上的那条很像，只是少了那颗银珠子。

她有些不好意思地说：“前几天我去问了妈妈手绳是在哪儿买的，但是去的时候，只剩下这一条了。”

没有了那颗银珠子，这条手绳普通得像是从路边捡来的。

关星禾觉得实在有些拿不出手。

“你……如果不喜欢的话，不戴也行，但这是转运绳，可以保佑高考考出好成绩的。”

关星禾有着自己的小心思——这条手绳和自己的那条很像。

她怦怦的心跳在他的沉默中逐渐平稳下来。他是不喜欢吗？

贺灼僵直地举起手绳，视线落在她纤细白皙的手腕上，心底止不住地涌出绵密的愉悦感，伴着急速的心跳，让他有些头昏脑涨。

“你喜欢吗？”关星禾忐忑地问道。

他漆黑的眼里有光：“嗯。”

——很喜欢。

他把手绳轻轻地套上手腕，小心得像是对待易碎的珍宝。

关星禾抿了抿唇，极力地压抑住嘴角的笑意。

“对了，哥哥，你想考哪所学校啊？是京市大学吗？”

他顿了一下才道：“我还没想好。”

“哦。”她的眼里透着崇拜，“其实，我送的手绳好像有些多余，你的成绩那么好，到时候，大概所有的学校都会抢着要你吧。”

……

夜晚，贺灼从梦中醒来，彼时，月光温柔地洒进来。

他望着高悬于空中的那轮月亮，突然悲哀地发现，他很害怕上大学，害怕她会从自己的身边离去。

他起了身，轻轻地抚了抚手腕上的手绳，坚定地在志愿表上填上了自己的第一志愿：海市大学。

高三的学生仿佛都拼着一股劲，奋力地往前冲。

贺灼瘦了一大圈，他俊朗的面庞越发棱角分明，隐隐透出成年人的坚毅。

很快，第一次统考成绩出来了，贺灼依旧是全市第一。

关星禾知道这个消息时，他正在房间里背单词。

英语一直是贺灼的弱项，他的英语基础薄弱，只有比其他人更加努力才能保持好成绩。

门口传来敲门声，贺灼放下书本，打开门。

门外站着关星禾，她清丽的面庞上挂着娇俏的笑容。

贺灼的心跳停了一瞬：“怎么了？”

她的一双眼睛微微地弯着：“我听说你统考考了全市第一？”

看着她明亮的眼睛，他的喉咙微微发紧：“嗯。”

“你怎么都不说呢？”她一脸兴奋道，“我觉得我们要好好庆祝一下，你现在有没有空？”

贺灼想到自己原本的复习计划，顿了一下，却还是违心地答道：“有。”

“那你跟我来。”

贺灼没有想到，关星禾会带他来游乐场。

夜晚的游乐场格外炫丽，彩灯交相辉映，他们像是走入了童话世界。

贺灼的脚步都慢了下来。

童年时，他也曾经对这样的地方有过憧憬，可随着他一天天长大，幻想被无情的现实一点点地击败。他开始明白，自己不配拥有这些。

那样鲜亮的色彩与他的世界格格不入。

于是，他不再抱有期待。

关星禾抬眸，明亮的眼中笑意满满："是不是觉得很开心，很放松？"

贺灼的心软了下来："嗯。"

只要有她在身边，他的一颗心就不受自己的掌控。

"你想坐过山车吗？"

贺灼垂眼道："都行。"

关星禾抿了抿唇，其实，她有些害怕玩过山车这种刺激的游乐项目。

小时候，她曾被关熠拉着坐过一次，当时吓得她大喊大叫，从此以后便再也不敢坐了。

可这样刺激的项目是最好的解压方式。

高三学习压力大，贺灼房间的灯总是亮至天明，而他向来沉默隐忍，从不说苦，也不喊累，就算得了全市第一，也丝毫不放松。

所以今晚，关星禾才会借着庆祝的名义把他拉出来，希望能帮他缓解压力。她望着他消瘦又坚毅的侧颜，很是心疼。

"那我们就玩最刺激的。"

关星禾在心里默默地给自己打气。

有什么好怕的？就当是锻炼胆量好了。

两人坐上座椅，绑好安全带后，启动铃声响起。

接着，"唰"的一声，天地颠倒，整个座椅被翻了过来。

关星禾顿时后悔了，一颗心冲到了嗓子眼，连声音也颤抖起来："哥哥，我怕，我想下去。"

"别怕。"贺灼只能低声安慰。

他以为关星禾经常坐过山车，没想到她这么害怕。

对他来说，这是全新的世界。他不知道坐过山车的感觉，也不知道等下要面对什么，可听着她颤抖的声音，他的心也不由得跟着一紧。

"哥哥，我能不能拉着你的手？"关星禾怯怯地问道。

贺灼耳朵一红，还来不及反应，耳边就传来了轰隆巨响。

"啊——"伴着此起彼伏的惊叫声，他的一只手被猛地攥住。

强烈的失重感让贺灼的大脑一片空白，浑身的血液瞬间集中到了脑部。

他不知道自己此刻想了什么，又或许什么都没想。

出于保护她的本能，他反手将她的手扣在掌心。

狂风呼啸着从耳边吹过，他却睁开眼，悄悄地侧头。

就在这时，天空中划过一道亮光。“嘭”的一声，绚烂的烟火在天空中绽开，瞬间把整个夜空点亮，也将贺灼的心点亮。

那一刻，他忘了自己的身份，忘了自己贫寒的家境，也忘了那个可笑又幼稚的约定。

贺灼沉默地望着关星禾，眼中满是温柔。

他恍惚地想，要是时间停在这一刻，该有多好。

结束铃声响起，过山车的速度渐渐慢了下来。

他清醒了过来，轻轻地松开她的手，安慰道：“别怕，已经结束了。”

强烈的失重感让关星禾头脑发晕，说不出一句话。

贺灼扶她下去站好，又去买了一瓶水给她。

休息了一会儿，她重重地喘了一口气，抬眸问：“你觉得怎么样？”

“还行。”他站在一片昏暗的灯光下，想要藏住刚刚的情绪。

关星禾喝了一口水，又平复了一会儿心跳，才道：“刚刚……”

贺灼的心跳停了一瞬。

刚刚的动作被她发现了吗？

“刚刚，你都不害怕吗？我都没听到你出声。”

他轻轻地松了一口气，道：“还行。”

她一脸期待道：“那你觉得玩这个解压吗？”

贺灼愣了。

关星禾笑了笑，接着说：“我看你最近压力挺大的，听别人说，坐过山车特别解压，所以才带你来的。”

远处的彩灯亮起来，将周围的一切都笼上了一层绚烂的颜色。贺灼的一颗心软了下来，她为什么可以这么好？

他望着她，低声道：“嗯，很解压。”

她笑开了，道：“那接下来，我们玩点儿不刺激的项目，好不好？”

他的眼底带着不易察觉的纵容：“好。”

关星禾所说的不刺激的项目，不是指旋转木马，而是去游乐场里的购物区购物。她转了一圈，买了好几个玩偶，还有几个小动物的头套。

“这个送给你。”她很爽快地递给贺灼一个头套。

他沉默地接过来："谢谢。"

"你不戴？"

贺灼的表情微变："戴这个？"

那是一个卡通的小狼头套，灰色的毛绒面显得可爱又软萌。

"你看看旁边的人，他们都戴。"她眨眨眼，"你看，我也戴了，入乡随俗嘛。"

贺灼看了看周围，所有人都戴上了各式各样的动物头套，活脱脱像是走进了动物世界，倒是没戴头套的他显得有些格格不入。

关星禾的头上戴着雪白的小羊头套，她的眼尾微微垂下，带着几分可怜兮兮的味道，果真像极了无害的绵羊。

贺灼喉结微滚，在她期盼的目光下笨拙地戴上了头套。

她轻扬嘴角，指着一家店铺道："我听说那家的冰激凌很好吃。"

他顺着她手指的方向看了一眼，说："我去给你买。"

贺灼排到队伍的末尾，关星禾悄悄地跟在他的身后。

贺灼皱眉道："你去那边坐着等吧。"

"我不。"她执拗地说，"我要和你一起等。"

柔和的灯光映进贺灼的眼底，他低低地说道："好。"

两人站在一起，身后的影子紧紧相依。

"对了，"关星禾突然惊呼了一声，"我忘了给时岁买东西了！她之前跟我说，她很想要那个星黛露的玩偶，我得回去给她买。哥哥，你在这儿等我一下，我马上回来。"

关星禾穿着小裙子，头上戴着可爱的小羊头套，背影轻快得像夜间舞蹈的小精灵。

贺灼的一颗心也跟着跳了跳。

女孩儿的背影很快便消失在他的视线里，他无可奈何地勾了勾嘴角。

队伍缓慢地向前挪动，贺灼的肩膀突然被拍了拍，他回过头。

眼前是一个陌生的女孩儿，她身后的不远处，有几个女孩儿正对着她比"加油"的手势。

"那个……我的手机没电了，可以借你的手机打个电话吗？"

贺灼垂眸，嘴角的笑意渐渐地淡了下来。

空气中飘来花香，关星禾去而复返，眼底有细碎的光影："可以啊。"她的嘴角微微地勾着，笑意却未达眼底，"我可以把我的充电宝借给你。"

女孩儿十分尴尬，干笑了两声，道：“不用了，不用了。”

原本躲在后面的几个女孩儿不知什么时候也过来了，她们轻轻地推搡着她，小声地说：“刚刚我听到她叫他哥哥的。”

那个女孩儿回头，狠狠地瞪了她们一眼。

几个女孩儿没管她，看着贺灼直接问道：“这是你的妹妹吗？”

贺灼的眼神冷得像海市十二月的雪。他正想说话，关星禾抢先说道：“不是。”她的心里生出一股怒火，伸手拽住了贺灼的手。

时间仿佛就此定格。

那群女孩儿看了他俩一眼，灰溜溜地走了。

贺灼呆立在原地，全身上下的血液都沸腾不止。

“走吧。”

关星禾松开他的手，快速走了几步，发现人没有跟上来，她回过头，看见贺灼还呆立在原地。

他像是沉浸在了自己的世界里，眼神空洞。

“哥哥。”

听见她的声音，他猛地一惊，含糊地应道：“嗯？”

他不会是生气了吧？

今晚的风格外凉，关星禾的心瑟缩了一下。

她撇撇嘴，直白地问道：“你在生气吗？”

“你刚刚……为什么要那样？”他支支吾吾地问道。

关星禾愣怔了片刻。为什么那样？他心里没数吗？那几个女孩儿明显就是来搭讪的啊，如果她不这么说，她们不就得逞了？

她的心里一阵委屈：“之前的约定都不算数了吗？”

贺灼眼里的光暗淡了下来。

只是因为这个吗？

月色下，关星禾眼神闪烁，透着几分执拗。

那一刻，他突然意识到，她将那个幼稚的约定当了真。

他疯狂跳动的心瞬间平静了下来，眼中闪过一丝自嘲，低声说：“以后不要对别人这样。”

会让人误会的。

“没有别人。”她的声音轻轻的，带着不易察觉的试探，“只是对你。”

即使努力控制着，贺灼的一颗心还是不争气地猛跳了几下。

关星禾小心翼翼地问："你会生气吗？"

他认命般地闭了闭眼，自暴自弃般地说："不会。"他高兴还来不及，怎么可能生气？

她的眼眸亮起来："那下次遇到搭讪的，我还可以这样做吗？"

贺灼浑身僵硬。还要这样？他的一颗心怕是要受尽折磨了。

他想告诉她不要这样，喉咙却像是被掐住了，说不出一句拒绝的话，最后只低声道："嗯。"

就这样吧，起码，他还能在她上大学之前麻痹自己，获得片刻虚假的欢愉。

关星禾的眼尾逐渐漫上笑意。

快晚上十点了，人群慢慢散去，关星禾说："我们回家吧。"

两人回到家时，夜已经很深了。

客厅里亮着灯，关城宇正坐在沙发上，看到他俩，招呼道："回来了？"

"爸？你什么时候回来的？"

关城宇轻轻弹了弹指间的香烟："有些事情，回来处理一下。你以后早点儿回来。"

关星禾笑了笑，说道："我是和哥哥一起出去的，没事。"

关城宇顿了一下才道："嗯，早点儿去睡吧。过几天，你妈妈从美国回来，我们一家人一起吃个饭。"

"妈妈要回来了？"关星禾的眼睛瞬间亮了，"什么时候？"

关城宇的声音淡淡的："再过三四天吧。"

可事实是，关星禾等了几个月，也没有等到林映回来的消息。

过完年，贺灼便进入了高三最后的冲刺阶段。

学校给所有的高三学生都准备了宿舍，强制性地让所有人住了校，据说，这样可以更好、更有效率地提高成绩。

作为学校的重点保护对象，贺灼自然也住了校。

关星禾能见到他的时间越来越少，因为怕影响他学习，她只敢偶尔给他打个电话。

家里冷冷清清的，关星禾迫切地希望高考快点儿结束。

这一天，关星禾回家时，发现二楼亮着灯。

是哥哥回来了？

她的一颗心怦怦乱跳，蹑手蹑脚地上了楼。

贺灼的房间里一片黑暗，冷清的走廊里，却隐隐地传来林映的声音："关城宇，你到底是什么意思啊？”

“我什么意思？星星也快高三了，你能不能关心一下她？之前说好了要回来，你知不知道她有多期待？”

“那你呢？平时十天半个月也不回来一次吧？你好意思说我？”

关城宇冷笑了一声，说道：“那也好过你半年才回来一次吧。这次要不是想卖城东的那片地，你也不会回来吧？”

像是被戳中了痛处，林映的声音陡然拔高：“这个家我是一点儿都不想回的。嫁到你们家这么多年，我得到了什么？就因为老爷子的一句‘相夫教子’，我连小提琴都放弃了。”

“你是在怪我吗？当年你们家遇上那些事，不是我们家帮忙，你们怎么扛得过去？林映，你别这么自私，什么都想要。”

关星禾愣愣地站在原地，原本的期待早已烟消云散。

不知道从什么时候开始，关城宇和林映就很少同时回家了。关星禾猜到他们的感情可能出了问题，但她从没见过林映这样歇斯底里的样子。

她是所有人眼中的名门淑女，温柔贤惠，对人不过分热情，也不会让人觉得冷淡。

静默了片刻，林映颓然无力的声音传出来：“我以后应该不会再回来了，你自己好好照顾星星吧。”

关星禾的眼中泛起水光，身侧的手无意识地紧攥成拳。她突然感到一阵恐慌，觉得自己成了包袱，横在父母之间，成了谁也不想要的存在。

明明以前不是这样的啊，他们曾经也是相亲相爱的一家人。

小时候，妈妈会在她每天放学回家时亲亲她的脸蛋，亲昵地问：“宝贝，今天在学校过得怎么样啊？”

爸爸哪怕再累，也会每天回家，一家人都围坐在桌前谈天说地。

是从什么时候起，家里再也没有欢声笑语了呢？

脚步声一点点地靠近，她心里骤然生出几分胆怯，闪身躲进了墙角。

她突然不敢面对妈妈了，不敢面对她冷漠的眼神，也不愿看到她强装的温柔。

楼下传出张姨的声音：“太太，您不留下吃饭吗？”

“不了，我还有些事情没处理，先走了。”

急促的脚步声再次传来，没过多久，关城宇也走了。

夜晚的风带着凉意，无声无息地吹进来。

她突然好想好想哥哥啊。

冬天还未彻底过去，地上还有未化的积雪。

关星禾一个人呆呆地往前走，等她反应过来时，才发现自己竟不知不觉地走到了贺灼他们学校门口。

夜晚的学校十分静谧，只剩高三那栋楼灯火通明。

即便今天是周五，寄宿的高三生也回不了家，家长们会将自家的饭菜打包好，送到学校来。

教室里飘散着饭菜的香味，只有贺灼坐在角落，垂眸看着书。

他的背挺得笔直，仿佛对周围的一切都充耳不闻。

桌子突然被敲了两下，有人对他说："有人找你。"

他指尖一顿。

谁会找他？他能想到的只有一个人。

贺灼猛地抬眸。

走廊上，关星禾穿着白色的毛衣，身后拖着一道长长的影子。

她好像瘦了一些。

他走出教室，才发现她眼尾泛红。他的心像是被针扎了一下，焦急地问道："你怎么了？是在学校受了委屈吗？"

关星禾摇了摇头。

昏黄的灯光洒下来，她垂下眼眸，眼角微微湿润。

刚刚，她在走廊上站了许久，喧闹的教室里，只有贺灼孤单地坐在角落学习，他那样专注，仿佛周围的一切都与他无关。

关星禾突然觉得自己不该来。

他的压力一定很大，她不应该把负能量带给他。

贺灼将她拉到角落里，声音低下来，急切地问道："到底怎么了？"

他话音未落，突然，"啪"的一声，周围陷入一片黑暗。

教室里传来一片惊叫声："啊！停电了！"

贺灼顾不上那些，他垂下眼眸，低低地哄慰道："在学校受了委屈吗？"

黑暗将一切感官放大，他的鼻尖袭来一阵熟悉的花香，腰间骤然一暖。

贺灼僵住了。

关星禾的呼吸拂在他的耳畔，却像是拂在他的心上，又烫又痒。

她就那样靠在他的怀里。

"没什么。"她声音哽咽，"我就是……有点儿难过。"

贺灼的怀抱温暖舒适，像冬天里唯一的暖源。

暖意一点点地渗进关星禾的心底，她吸了吸鼻子，依赖般将他抱得更紧。

贺灼的身子僵得像块石头。

教学楼喧闹不已，他却清晰地听到了自己胸腔里恼人的心跳声，震得耳朵发麻。

他想要说些什么安慰她，可她长大了，也有了不愿吐露的心事。

他只能沉默地陪伴着她。

不知过了多久，灯“啪”的一下亮了，走廊里灯火通明。

“那两个人在干什么？”远处传来一声大喝。

关星禾指尖一颤，松开了手。

下一秒，贺灼却一把按住她的肩膀：“别回头。”

走廊尽头的老师拿着一摞考卷，大声喊道：“你们两个人，给我过来！”

贺灼轻轻地握住她的手腕，把她往楼下带：“快跑。”

冬夜的风冷极了，贺灼灼热的气息仿佛还拂在耳畔。

两人跑出教学楼，身后传来老师气急败坏的声音：“给我停下！”

她的手被他拉着，两人不管不顾地往前跑。

穿过空旷的操场，常青树在风中摇曳。

贺灼的手心炽热，她的大脑一片空白，瞬间忘记了所有的烦恼。

喧嚣的声音慢慢远去，他停了下来。

关星禾喘着气道：“哥哥，我们这样跑出来，没事吗？”

贺灼说：“没事。”就算有事，也与她无关。

关星禾轻轻地拍了拍胸口：“那我们现在去哪儿？”肯定是不能回去的。

“刚刚那个老师……会不会找你的麻烦啊？”

贺灼摇头：“不会的，他没看清我的样子。”

他们站在走廊的角落里，他估计只能看到个人影。

关星禾松了一口气：“那就好。”

夜晚的操场格外安静，连风声都清晰可闻。

“我们出去吧。”

关星禾疑惑道：“出去？怎么出去？”

晚自习时间，保安肯定是不让他出去的。

贺灼指了指角落：“从那儿出去。”

“翻墙？”

关星禾从没想到，贺灼这样的好学生还会做这样的事。

不过，好刺激啊。

关星禾脸颊上好不容易褪去的红晕因为兴奋又晕染了上来。

贺灼想，放肆一次也没什么。他沉声说："你踩着我的肩，先翻过去。"

"好。"关星禾点点头。

贺灼蹲下身子，他肩膀宽阔，让人很有安全感。

关星禾突然有些不忍心踩上去："要不……我脱鞋？"

他沉声道："不用，上来。"

"小心一点儿。"

她不敢用力，轻轻地踩了上去，墙不高，她很快就翻了过去。

她在墙外压低声音喊："哥哥，我好了。"

贺灼纵身一跳，用手攀住墙头，微微用力，"唰"的一下，他干脆利落地翻了过去。

关星禾眨眨眼："这么熟练，哥哥不会是经常翻墙吧？"

学校的墙边种着几株蜡梅，微风一吹，清浅的香气悠悠地传来。

贺灼嘴角微勾，锐利的眉眼透出几分少年气："有没有开心一点儿？"

关星禾愣了一下，原来，他翻墙是为了逗自己开心吗？

贺灼沉稳早熟，这是关星禾第一次看到他有些幼稚的一面。

关星禾的心怦怦乱跳，她垂下眼眸，掩饰般地说："我们去哪儿？"

"吃饭了吗？"

他一问，关星禾才发现自己连晚饭都没吃就跑了出来。

她摇头道："没有。"

贺灼微微皱眉："走吧，带你去吃饭。"

学校对面是一条小吃街，他带她走到了最里面的一家店。

店面小小的，却干净整洁，是学校周围她见过的最干净的店。

贺灼说："你先点菜，我去一下洗手间。"

这是一家小炒店，在这样的街上，价钱也不算便宜。关星禾点完菜，贺灼刚好回来。店家上菜很快，最后上的是小鸡炖蘑菇。

"上次从清水镇带回来的蘑菇，不知道为什么，放了两天都坏了。"关星禾撑着头，嘀咕道，"也不知道这家店的好不好吃。"

贺灼闻言，一颗心被熨烫得暖暖的。

这个世界上，大概只有她记得他爱吃什么。

店里没有几个人，关星禾的眼睛里像盛满了星星。

他本以为心中的悸动会被时光消磨，可这一刻，他无奈地发现，随着时间的迁移，有些情感非但不会消减，反而会越发隐晦、深沉。

这时，远处传来铃声，是第一节自习课结束了。

两人吃完饭，默默地走在林荫道上。

关星禾突然说："对不起，害你逃课了。"

"没事，本来就很累，我也想放松一下。"

关星禾才不信。

放假的时候，他恨不得每天二十四小时都用来读书，如果不是她拉着他出去玩，他怕是会天天闷在屋里。

她垂着头，犹豫地说："那你快点儿回去吧。"

虽然她想和他多待一会儿，但她不忍心再耽误他的时间。

他垂眸望着她，声音温柔道："都出来了，晚自习结束了再回去吧。"

他很久没见到她了，想和她多待一会儿。

她微微弯眼："真的没事吗？"

"没事。"

"那我们散会儿步吧。"

两人肩并肩走着，冬日的空气仿佛泛着甜润的味道。

他就这么沉默地走在她的身边，让她感觉安心又温暖。

那些郁结在心中的烦恼，好像都消失不见了。

风吹得关星禾脸颊冰凉，她揉了揉脸："我们去步行街里面走走吧。"

街头有一家宠物店，许多小猫坐在橱窗里，好奇地睁着大眼睛，望着来来往往的路人。

"好可爱。"关星禾用手指逗着小猫。

她回过头喊道："哥哥，你快过来看这只。"

贺灼蹲下身："很可爱。你很喜欢？"

"对啊。"她的眼睛亮闪闪的，"软乎乎的，谁不喜欢？"

贺灼静静地望着她，她的眼里满是愉悦。她好像从来都是这样，心里装满了善意，眼睛永远明亮干净。

他锐利的眉目在这一刻柔和下来。

店主走了出来："要不要进来看看？"店主是个二十出头的小姑娘，面容和善，对他们说，"这是新来的布偶猫，才两个月大。"

“可以抱抱吗？”

“小猫的体质比较弱。”店主有些为难，“如果……实在想抱的话，我给你一只手套。”

小猫软绵绵的，一只手就能捧起来，关星禾觉得心都要化了。

“好可爱啊。”

一会儿工夫，她都不知道说了多少次“好可爱”了。贺灼无可奈何地勾了勾嘴角。

“布偶猫很抢手的，今天来的好几个客人都喜欢它。”店主循循善诱，“它好像也很喜欢你。其实，宠物和人都是讲究缘分的。”

关星禾将布偶猫放进橱窗，道：“我再考虑考虑吧。”

店主点点头：“好。要不我们加个微信好友吧，想买可以找我。”

关星禾很喜欢那只猫，她依依不舍地看了看橱窗，摸出手机：“好吧。”

街上喧闹极了，从宠物店出来，关星禾就一直很安静。

贺灼温声道：“怎么了？不是很喜欢吗？”

“我只是怕……”她的眼里映着明明灭灭的灯光，声音落寞，“以前，爷爷家也有一只猫，我总爱往他家跑，那只猫不太黏人，每次都是我主动去抱它。突然有一天，它主动蹭了蹭我的脚，躺在我的怀里，我很开心，以为它终于要跟我玩儿了，可第二天早上，它就离开了。”

所以，她情愿从来没有拥有过，也好过猝不及防地失去。

人好像就是这样，懂的道理越多，就越孤独。

贺灼静静地听着她说话，眼神温柔。

他问：“它长什么样子？”

“毛是白色的，头顶有一点儿花纹，眼睛是淡蓝色的。”

哪怕过了许多年，关星禾依旧记得那只猫的模样。

“它在另一个世界会过得很好的。”贺灼声音深沉。

关星禾叹了一口气：“嗯。”

昏黄的灯光将街道笼上了一层薄纱，时间已经很晚了。

关星禾说：“我要回家了。”

“你等一下。”

贺灼转身去了旁边的小店，回来时，他的手上拿着一条围巾和一杯奶茶。

“拿着喝。”他说。

是关星禾最喜欢的口味。

暖意一路从指尖传到心底，她轻轻地吸了一口奶茶。

贺灼哑着嗓子说：“我看你有点儿冷，这条围巾虽然不怎么好，但可以先用来保暖。”

路边小店的围巾很便宜，贺灼有些难为难，可关星禾捧着奶茶，眼里像盛满星光：“那你……可以帮我戴一下吗？”冷风吹动着她的头发，她轻轻地低下头。

贺灼的心像是被羽毛轻轻地拂过，有些发痒。

他走近，将围巾轻轻地绕过她的脖颈，手眷恋般地停顿了两秒才放下来，轻轻说：“好了。”

关星禾扬起脸：“谢谢哥哥。”

“嗯，回家吧。”

贺灼陪着关星禾在路边等车。她突然说：“对了，今天我在你们班门口看到很多人在吃饭，现在大家都是自己带饭吗？”

“家长有时候会来送。”

她眨眨眼：“每天都来吗？”

“一般是周五来。”

她杏眼弯弯道：“那下周五，我也给你送饭。”

“不用。”

“为什么？”她仰头看他，一脸认真。

他的声音很低，略带沙哑：“很麻烦。”

“不麻烦啊。”她眨眨眼，“而且，你都不会想我吗？”

他愣住了。有一瞬间，他甚至庆幸灯光暗淡，才不至于暴露他通红的耳根。

关星禾悄悄地看他一眼，又轻垂下眼睫：“所以，到底让不让我送呀？”

寂静的夜里，贺灼清晰地听到了自己错拍的心跳声。

他知道他应该拒绝，让她这样一遍遍地跑来，很麻烦，也很累，可所有的顾虑都压不住心头叫嚣着的渴望。他明明无数遍地告诉过自己不应该贪心，但他似乎永远也无法拒绝她。

路灯下，两人的影子悄悄地靠在一起。

他轻轻地说：“嗯。”

关星禾眉眼弯弯道：“那我下周来，你想吃什么？”

他说：“都可以。”

——只要你来就好。

"那我就自己决定咯。"

"嗯。"

"下次再有这种事，你要和我说哦。"

——不要再孤零零地坐在角落里了。

"会的。"

关星禾声音轻快道："这才对嘛。别人有的，哥哥也必须有。"

他一直觉得自己不配拥有那些，她却说，别人有的，他也应该有。

她不知道，在这世间，他最渴望的，偏偏是他求而不得的。

他有资格拥有吗？

车子不知道什么时候来了，静静地停在路边。

关星禾转过头："哥哥，拜拜，下周记得等我哦。"

车子远去，直到冷风刮得脸疼，贺灼才猛地回过神。

他摸了摸心脏的位置，很烫，像烧起来了。

冬天悄悄地过去了。

每周五，关星禾都会给贺灼送饭，两人就坐在学校湖边的长椅上吃完，微风轻轻地吹，气氛和谐安宁。

转眼，夏天也无声无息地来了。

高考前夜，贺灼心情平静，他望着手腕上的手绳，心里充满自信。

十八岁的少年褪去了青涩，有了成年人的坚毅果敢。

可唯独在面对关星禾时，他总感到怯懦。

他打开抽屉，里面放着满满的一摞本子，他数了数，一共十本。

这也许是他需要一辈子保守的秘密。

考试很顺利，贺灼发挥正常。

这样燥热的天气里，考场外挤满了家长，让人觉得焦躁，贺灼却面色平静。

他知道，她会来的。

熙熙攘攘的人群里，贺灼一眼望到了她。

她穿着一身长裙，稚嫩白皙的脸颊上露出两个小酒窝。

"哥哥——"看到他，她的脸上挂上灵动欢快的笑容。

贺灼走过去。

她递了一张纸巾给他，问："考得怎么样？"

"挺好的。"贺灼接过纸巾，擦了擦额上的汗。

她轻轻地笑了："那就是很好了。"

林荫道上，蝉鸣声不绝于耳，关星禾伸手拦了一辆出租车。

贺灼问："我们去哪儿？"

她笑着说："去庆祝啊，提前庆祝我们家出了个状元。"

我们家？听到这几个字，贺灼的心猛烈地跳动了两下。

出租车空间狭窄，关星禾身上的香气飘过来，他的手心渐渐地出了汗。

关星禾扭过头望着窗外。

一想到等会儿的计划，她的脸颊就烫得像是要烧起来，她又想起时岁昨晚说的话："你还不问啊？他都要去上大学了，大学里没有高中那么多的规矩，什么都是自由的，要是他被别人抢走了怎么办？而且，他都那么管着你了，你肯定要问清楚他心里到底是怎么想的。"

车里很安静，贺灼侧过头，发觉关星禾的面颊通红。

"你怎么了？"他说。

关星禾攥了攥手心，暗暗地给自己打气，没事的，反正一会儿吃完饭也有机会问。

"没事。"她摇摇头，"我们去吃饭吧。"

关星禾选的这家餐厅很有格调，两人坐在靠窗的位置，透过玻璃窗，能看到外面的小花园，静谧又美好。

贺灼将关星禾最爱吃的小餐包移到她的面前，问："要抹黄油吗？"

关星禾点点头。

刚烤好的小餐包外皮金黄酥脆，麦香味十足，贺灼细细地给她抹上黄油，然后递给她："给。"

他从来都是这样细心，和他相处得越久，关星禾就越依赖他。

她正思索着到底要怎么开口，呼吸却猛地一顿。

周围的一切仿佛都虚化了，她只看见街对面的一对男女，女人身姿窈窕，一只手亲昵地挽着男人的臂弯。关星禾只觉得自己的心在猛地往下坠，手不自觉地抖了抖。

"怎么了？"贺灼发现了她的不对劲。

这时，一辆黑色的商务车停在路边，挡住了关星禾的视线。

她猛地低下头，掩饰般地喝光了杯子里的水，回答道："没事。"

一定是看错了。

贺灼向侍应生又要了一杯温水递给她。

暖意一路从指尖传进心底，关星禾的心情缓缓地平静下来。

她朝贺灼笑了笑："我没事，就是突然感觉有点儿冷。"

"真的？"他总觉得不太像。

"嗯。"她垂下眼眸，眼睫微颤，"这个餐包挺好吃的，你也试试。"

一顿饭吃得十分平静，贺灼却一直觉得她有些不太对劲。

关星禾思绪烦乱，那对相依的身影都在她的脑海里挥之不去。

她不愿意相信，曾经对她温声细语的妈妈，现在连一句关心的话都不愿对她说。

她害怕失去所剩无几的亲人。

贺灼温柔的目光让关星禾想问的问题再也问不出口。

她害怕听到他的答案，因为那可能意味着失去。

如果他的答案不是自己心中所想的那样，该怎么办呢？

他是她仅剩的几个亲人，她真的不能再失去他了。

那份孤独的心事被关星禾藏在心底，再也不敢提及，那天晚上那对相依的身影却深深地印在关星禾的脑海里，只要一想到，她就止不住地发慌。

夏日炎热，关星禾下楼时没有发现贺灼的身影。

他已经连续三天出门了。

关星禾睡午觉时做了噩梦，此刻还觉得头疼，她问张姨："我哥哥呢？"

"不知道啊，一大早就出去了。"

关星禾给他打了个电话，电话响了很久，却没有人接。

她练了一会儿琴，直到夕阳都落山了，贺灼还没有回来。

她心中焦躁，在客厅里走来走去。

不知道过了多久，门发出"咔嗒"的一声响。

关星禾猛地起身，只见贺灼站在门廊处，风尘仆仆的。

"你去哪儿了？"

"有些事情，去处理一下。"

"什么事情？忙得连手机都不接？"

他愣了一下，讷讷道："手机没电了。"

关星禾肩膀放松，声音疲惫道："明天出去前记得给手机充好电，我很担心。"

"对不起。我给你带了奶茶和蛋糕，是你最喜欢的那家。"他声音低沉，带着哄慰的意味。

关星禾心里的气消了一大半，转过头佯装生气道："什么口味？"

"草莓蛋糕和珍珠奶茶。"

她的嘴角不由得勾起来："算你有良心。还不快拿过来？"

贺灼将手中的袋子轻轻地放在茶几上，并没有走近。

关星禾有些诧异地问道："怎么了？"

她走过去，贺灼略微后退了点儿。

关星禾觉得更加奇怪了，趁着他不注意，她猛地靠近了他。

一股汗味钻进鼻孔，关星禾下意识地皱了皱眉。

贺灼蜷了蜷手指："我先去洗澡。"

"哥哥，"关星禾叫住他，"你这几天到底去干吗了呀？"

贺灼的脚步顿住了，不敢看她："就是……学校里的事。"

她点点头："那你明天早点儿回来，不要给我带东西了，这两家店离学校都很远。"

贺灼抬眼："不远，没事的。"

关星禾拗不过他。

之后几天，贺灼仍然很晚才回来，眉宇间透着疲惫，仍带回关星禾最爱吃的零食。

关星禾觉得很奇怪，到底什么事情要忙这么久？

这天下午，她坐在花园的小凉亭乘凉，突然收到了时岁发来的一张照片。

照片上，贺灼微低着头，头发被汗水浸透，膝盖上放着一个巨大的玩偶头，浑身透着疲惫感。

关星禾有些愣怔，问："这是从哪儿来的？"

时岁发过来一个链接，是一条微博："谁能想到玩偶里竟是帅哥？"

下面的评论炸了。

"在哪个游乐场？"

"组团去，有人报名吗？"

"加我一个。"

……

关星禾转身出门。

阳光毒辣，仿佛能将人烤化。

关星禾是打车过去的，买了门票后，她才从门口走进园区，背上的衣服就湿透了。

那他穿着那么厚重的玩偶服，会多热啊！

她不明白贺灼为什么要这么做。

从小到大，她对金钱都没什么概念，当其他同学偷偷攒钱，渴望着买人生中第一件化妆品时，她早已有了一箱子昂贵的珠宝，所以，她不明白贺灼为什么要来打工。

是想攒钱吗？可是爸爸不是每个月都会往他的卡上打钱吗？

路边种着一排不知名的树，叶子都被晒得卷起来了。

关星禾看见了照片上那个穿着笨重的小熊玩偶服的人，他正被一群小朋友簇拥着。

“这只熊看起来好笨。”

“对啊，都不说话。”

有个小朋友重重地推了小熊一下：“你说话啊？”

小熊迟钝地低下头，脸上却被小朋友猛地拍了一掌：“说话啊，你叫什么名字？”

关星禾抿紧了唇，上前一把拽住小孩儿：“你干什么？”

小熊身形一顿，迅速将脑袋扭过去。

小朋友委屈地说道：“小熊不说话。”

“那你也不可以打他，这里的玩偶都是不会说话的。”

她轻轻地去拉小熊的手，小熊毛茸茸的手被晒得很烫。

“跟我过来。”

挤出人群，一人一熊到了阴凉处，小熊猛地转身，想要离开。

“哥哥，我知道是你。”她闷声说，“你把头套摘下来，快点儿。”

见他站着不动，她踮起脚去够小熊的头套。

小熊退后几步，顿了几秒，才缓缓地摘去了头套。

湿热的气息扑面而来，贺灼的额头上全是汗水，清俊冷硬的眉目像被水洗过一样。

他垂着头，不想让她看到自己狼狈的模样。

“星星，”他声音嘶哑，“我……”

一阵清新的花香飘过来，他额上的汗水被一点点地拭去。

“热不热？”

他的心跳一点点加速：“不热。”

她抿了抿唇道：“你还有多久下班？”

“晚上九点就能走了。”

关星禾说：“好，那我等你。”

他喉中所有的话都卡住了，只低声道：“不用。”

“我不管。”她低头看了看表，“离你下班还有四个小时，我就坐在这儿等你。”

贺灼的心像是被重重地砸了一下，疼得厉害。

这样热的天，她坐在这里等他，皮肤都会被晒坏的。

他低声说：“你实在……要等的话，就去那边的餐厅，里面有空调。”

看着他祈求的眼神，关星禾只得妥协了。

不到晚上七点，贺灼就过来了：“走吧。”

关星禾问：“不是要到晚上九点吗？”

“园区今天在整改。”

其实是他担心她等太久会累，找同事换了班。

“哥哥，”她望着他，杏眸中带着笑意，“你们园区还缺人吗？我也想来工作。”

贺灼愣了片刻，他没想到她会这么说。

她安静地等着他的回答。

贺灼的睫毛颤了颤：“不缺。”

这样炎热的天气，就连他都有些吃不消，她更不可能受得了，而且，她也没必要这么做。

他什么都给不了她，凭什么让她和自己一起吃苦？

听到他的回答，关星禾闷闷地说道：“哦，好吧。”

那天无意中看到的一幕，她一想起来便心慌意乱。

她明白，岌岌可危的亲情就像抓在手中的沙子，一旦用力，就会更加迅速地从手指间流逝，所以，她不敢去问，更不想知道答案。

她抬眸看向贺灼，突然就不想再询问原因了。

他不想让她知道，那她就不问。

关星禾看着他的眼睛，认真地说：“以后，你不许再买奶茶和蛋糕了。”

“没事的。”贺灼哑声道，“那个不贵。”

“反正就是不许。”关星禾的声音微微扬起，“再买我就不吃了。”

她现在才知道，买奶茶和蛋糕的钱都是他用汗水一点点地换来的。

一想到这些，哪怕那些东西再好吃，她也一口都咽不下了。

贺灼垂眸对上她的双眼。

她生了一双动人的杏核眼，此时眼尾微微地垂着，带着几分可怜兮兮的意味。他拒绝不了这样的眼神，一颗心迅速地软了下来。

“好。”你说不买就不买了。

关星禾满意地笑了。

“对了，哥哥，你准备报哪所大学？”她的眼里带着几分期许，直直地望着他。

贺灼的声音沉沉的：“海大。”

她的眼中漾起明媚的笑意。

“真的吗？”她声音轻快道，“那我们以后不是还可以一直待在一起？”

一直待在一起……她的话让贺灼愣了一下。

他能陪她多久呢？时光匆匆，总有一天，她会长大的，去更广阔精彩的世界，遇到更多优秀的人，到时，她就不会再需要他了。

贺灼的心有些刺痛，他垂眸静静地看向她，勉强扬了扬嘴角：“嗯。”

陪伴你，直到你再不需要我。

贺灼遵守了诺言，之后没再买蛋糕和奶茶。

他将赚来的钱和过去所有的奖学金放在一起。

十八岁，意味着已经长大成人。他知道，这些年自己受了关家许多恩惠，所以，他决定从大学开始自力更生，不再拿关家的一分钱。

贺灼没想到会在园区再次看到关星禾。

她穿着雪白的连衣裙，背着小提琴，站在郁郁葱葱的梧桐树下。看到他，她笑着说：“哥哥，我找到工作了，在园区的餐厅里面拉小提琴，以后我们就可以一起回家了。”

她以为这是好玩的地方吗？

听着她天真的话语，贺灼有些生气，但看着那双单纯明亮的杏眼，他又说不出责备的话。

最后，他深吸了一口气，道：“这很累的。”

“我不怕啊。”关星禾笑着说道。

他劝道：“这不是你应该来的地方。”

她的眼神里透出几分执拗：“那为什么你可以来？”

贺灼沉默下来。

关星禾见他一脸严肃，撒娇道：“在家里好无聊啊，我想和你待在一起。”

贺灼呼吸一顿，心上像被插了一把沾着蜜糖的利刃，甜蜜交织着疼痛，让他难受极了。

贺灼叹了一口气：“你快高三了，应该把心思放在学习上。”

就算是在家里玩也好，反正不该来这里吃苦。

可关星禾仰头看他，眼神执着：“我学习挺好的啊，而且，在哪里拉琴不是一样的吗？在餐厅拉琴还能赚钱呢。”

她这样伶牙俐齿，让贺灼无话可说。他的心中充满无奈，却又觉得甜蜜。

他的声音低下来：“我就在这里打一个月的工，你也只打一个月的工，好吗？”

“好。”关星禾点了点头。

就这样，关星禾开始了人生中的第一次打工，虽然辛苦，却充实、甜蜜。

每天最快乐的时光，就是下班后，去路边的水果摊上买一块西瓜边吃边等末班公交车。

车子颠簸摇晃间，关星禾常常困得睡过去，醒来时，她的头紧紧地靠着贺灼的肩。

关星禾悄悄地红了脸。

第七章
表白胆小鬼

游乐园餐厅客人不多，关星禾拉了一首《梁祝》。

一曲拉完，差不多到了下班时间，一个服务生过来，递给关星禾一小沓百元钞票："星星，这是刚刚那个客人给你的小费。"

关星禾接过钱掂量了一下，估计有几十张，她不解道："这……也太多了吧？"

餐厅是允许收小费的，打工的这些天，她常常收到几十上百的小费，但这么多钱，她还是第一次收到。

"就是昨天送你包的那个。"服务生给她使了个眼色，"那边。"

关星禾看到台下的人，眸中的笑意一滞："那我不要了，你还给他吧。"

昨天下班后，她刚想去找贺灼，就在门口遇上了这人。他打扮得人模人样的，往她的怀里塞了个购物纸袋。

"给你。"他只差把"趾高气昂"四个字写在脸上，"明天下班后有没有空？一起出去吃个饭。"

关星禾环顾了一下四周，发现贺灼还没来，松了一口气。

"没空。"她把纸袋往他的怀里一扔，"这个我也不要。"

他眉毛一挑："你不先看看吗？"

"不看。"不就是个名牌包吗？当谁没见过似的。

关星禾在心里翻了个白眼，看都没看他一眼，转身离开了。

没想到今天这人又来了，穿一身黑衣服坐在角落里。

餐厅马上就要关门了，客人几乎都走光了，灯光暗淡下来。

祝谦走过来，视线停留在关星禾白皙的脸颊上，语气轻佻："今天的钱够不够？”

前些天，小女友缠着祝谦非要来这个游乐场玩，他便耐着性子陪她逛了一圈，正打算吃完饭就离开，就在那时，关星禾穿着一袭长裙走上台，她微低着头，天鹅颈白皙纤长，像误入凡间的小仙女。

祝谦一秒沦陷，当天就甩了小女友。

昨天他特意买了个名牌包送她，哪知她压根不理睬他。碰壁后，他便找自己的那群狐朋狗友出来喝酒。

朋友听说了他送包被拒一事后，笑着说：“小姑娘会在餐厅拉琴还不是因为缺钱？人家说不定压根不认识名牌包，你不如直接给钱。”

祝谦觉得朋友这话挺有道理，今天便这样做了。

关星禾被他的话气笑了。

女孩儿微微一笑，眉眼顷刻生动鲜活起来。

祝谦被这她一笑迷得七荤八素，他微微靠近了一步，压低声音道：“今天有空了吗？”

关星禾退后一步，冰冷的琴硌得她背部生疼。

祝谦从兜里抽出钱包，慢悠悠地放在她的手心里：“想要多少，自己拿。”

她猛地抽开手：“滚。”

他再次逼近，伸手去摸她的脸。

一阵冷风席卷而来，祝谦的手腕被狠狠地攥住，力道大得惊人。

关星禾看到贺灼举起拳头，及时拉住了他。

贺灼动作一顿，神色狠厉，像雪夜孤独前行的饿狼。

祝谦趁机从他的手中挣脱，有些后怕地跑了出去：“你给我等着。”

……

回去的路上，贺灼脚步极快，甚至直直地走过了两人天天光顾的水果摊。

“哥哥，”关星禾拉住他，“我想吃西瓜。”

贺灼猛地停住脚步，他闭了闭眼，认命地转身回去买西瓜。

关星禾吃完后，贺灼接过西瓜皮扔进垃圾桶。

随后，他僵住不动，消瘦的背影十分颓然。

关星禾走近一步，安慰道：“我没事的，哥哥。”

他依旧没有动。

“真的没事。”

他猛地转过身，眼底一片通红。

他压抑着情绪靠近关星禾，她甚至能感受到他炽热的气息。

他小心翼翼地碰了碰她的脸颊，声音沙哑道：“他碰了你的脸吗？”

贺灼指腹滚烫，关星禾一时愣在原地。

半晌，她才回答道：“没……没有碰到。”

一想到刚刚那人轻佻的言行，他就恨不得将他的手扭断。

“我没事，真的没事。”她试探着伸出手，轻轻地拉了拉他的衣角，“有你在，我怎么会有事呢？”

贺灼垂眸，不敢再看她的眼睛。

要不是因为他，她根本就不会来这里，也不会遇上那个无赖。要是今天他没有及时赶到，或是那个无赖在其他地方堵她，后果不堪设想。

心脏猛地一疼，贺灼不敢再细想下去，攥紧的拳头都不由得轻轻地颤抖起来。

“明天别来了，好吗？”

贺灼的声音低沉沙哑，带着几分祈求的意味。

关星禾抿了抿唇，妥协道：“好吧。”

她垂着肩，满脸的失落。

贺灼沉声道：“一个月的时间就快到了，等这周过去，我就在家里陪你，你不是说无聊吗？”

“真的吗？”关星禾的情绪来得快，去得也快，她瞬间开心起来。

“真的。”

到那时候，钱应该也存够了。

第二天早上，关星禾就打电话和餐厅经理说了她不再去打工的事。经理虽然觉得遗憾，但也表示理解。

当天，关星禾在家里美美地睡了个午觉，起床时，天色已经暗下来。

她给贺灼打了个电话，那边传来一阵忙音。

她心中莫名不安，又给游乐场的同事打了个电话。

电话很快被接通了。

“喂，我是贺灼的妹妹，请问，他现在在吗？”

“我刚想给你打电话呢，刚刚来了一群警察，把你哥带走了。”

“什么？”关星禾从沙发上跳起来，“怎么回事？”

“好像是因为什么打人的事。”

关星禾一下就明白了过来，一定是昨天的那个人来报复了。她急忙给关城宇打电话。

夏日空气炎热，不透气的空间就像一个蒸笼，汗水瞬间浸湿了衬衫。

昨天那人来报复了。

如果早知道今天会被带进来，他昨天就不该收手。

贺灼浑浑噩噩地想着，不知不觉地睡着了，不知过去了多久，他被轻轻地推醒了。

警察看着他说："你的家人来接你了。"

贺灼爬起来，他热得有些脱力，跌跌撞撞地往外走。

远远地，他听到了外面传来的声音。

"关先生，您看，就是一点儿小误会，犬子不懂事，这才冒犯了关小姐和贺公子，您大人不计小人过，给我这不争气的儿子一个赔罪的机会。"

门被打开了，明亮的灯光照进来，空气清冽凉爽。关城宇穿着一身笔挺的衬衫、西裤，指间夹着一支未点着的烟，英挺的眉目十分淡漠。

听见开门声后，他的眼神扫了过来："小贺，过来。"

屋里没有警察，关城宇的面前站着两个男人。

关星禾没来，贺灼下意识地松了一口气。

中年男人对着贺灼点头哈腰："对不起，对不起，都是小误会，小误会。"他猛地拍了拍旁边的祝谦，"还不快跟贺公子赔罪？"

祝谦不情不愿地对贺灼说："对不起。"

关城宇抬眼，见贺灼没说什么，冷声警告祝谦："别再有下次。"

从拘留所出来时，天空已经挂上一轮明月。

关城宇没上车，转头缓缓地说："小贺，陪叔叔走走，叔叔有些话要和你说。"

路边的梧桐树在灯光的照射下投下一地碎影，贺灼跟着关城宇慢慢地往前走。

"小贺啊，成绩也快出来了吧？想去哪里啊？"

"海市大学。"

关城宇沉默了片刻，说道："叔叔知道，这些年，叔叔对你们的关心都不够，错过了你们的成长，叔叔的心中也很愧疚。"

"在你们这个年纪，总是容易产生一些不合适的念头，但星星马上就要进入高三了，我不希望她被其他事情干扰。"

虽然关城宇说得委婉，但贺灼听懂了。

他全身的力气像是被瞬间抽干了，呆立在原地。

关城宇有些不忍心，叹了一口气，又道："昨天的事，叔叔要和你说声谢谢，但星星从小被宠着长大，习惯了依赖别人，也许，等她长大了，懂事了，才会明白什么是真正适合她的。"

贺灼攥紧了拳，肩膀上的伤隐隐作痛，可此刻，心上的疼似乎盖过了其他。

四周的一切都渐渐淡去，他只看到关城宇略带深意的眼神。

是啊，月亮只适合高悬在苍穹之上，怎么会有人妄想摘下它呢？

那个人，真是可笑。

关城宇点燃了指间的烟，袅袅的烟雾遮挡住了那双冷漠的眼睛。

他知道，贺灼是个好孩子，勤奋刻苦，有韧劲，有拼劲。但感情最重要的是势均力敌，只有旗鼓相当，门当户对的感情，才是最合适的。

关家已经出了一个关城月，他不允许自己的女儿再受一次这样的苦。

所以，即使是自己看着长大的少年，他也要狠下心来，把话说得冷漠决绝。

关城宇的话就像一把刀，刺进贺灼的胸膛，将他一颗滚烫赤诚的心挖了出来，狠狠地踩在脚底下。

关城宇声音低沉道："叔叔记得，很久以前，你跟我说过，想要考京市大学，那边的综合实力确实比海大好很多。"

贺灼紧紧地咬着牙，感觉到口腔中泛起淡淡的血腥味。他低声道："我知道了，叔叔。"

两人上了车，车子从梧桐树边呼啸而过，关城宇将他送到家门口。

贺灼下车后，车窗缓缓地降下来，关城宇看着他道："小贺，人总得把自己排在第一位。"

贺灼看不清他的神色，低声道："嗯。"

虽然在他心里，她永远排第一位。但他能带给她什么呢？

只有一系列的麻烦事。

夜风凉爽，关城宇不知道什么时候走了。贺灼麻木地走进屋子。

一股清浅的花香飘来，接着关星禾软糯的声音传了过来："哥哥，你没事吧？"

他垂眸，颓然地说道："没事。"说着，他退后了两步，不想让自己身上的汗臭味熏到她。

关星禾看了看他被汗水浸湿的头发，说道："那你快上去洗一洗吧。"

“嗯。”

回到房间关上门，贺灼无意识地望向半空，眼神空洞茫然。

他像是走在黑暗中的旅人，不知道要往哪里走，突然前方出现了一束光，他从此有了方向，拼命地朝着光走去。

如今，光熄灭了，他的世界重新陷入黑暗。

洗完澡，门口传来关星禾的敲门声：“哥哥，你好了吗？”

贺灼缓缓地拉开门。

灯光的照射下，关星禾的眼睛里含着温润的光，映着他的身影。

“我让张姨给你做了面，快下来吃。”

他轻声道：“嗯。”

也许不久之后，那双眼里就再也没有自己了。

贺灼不敢再想，仓皇地往楼下走。

张姨做了榨菜肉丝面，贺灼拿起筷子安静地吃面。

吃到一半时，他的手机响了起来，他按下接听键：“喂，是贺同学吗？我们是京市大学招生办的，希望你可以再考虑一下我们学校……”

贺灼起身走到阳台上，远处的灯火映入眼帘。

他淡声道：“好的，我考虑一下。”

那边愣了一下。

之前每次打电话，贺灼都是直接拒绝，他虽然不再抱希望，但不得不听从领导的吩咐，试着再打个电话。

听他现在这话的意思，是有转机了？

京市大学招生办的工作人员忙不迭地应道：“好好好，那请问这几天有空吗？可以出来跟我们的招生办老师聊一聊吗？”

想到了关城宇的话，贺灼无意识地收紧了手：“好。”

分明是炎热的夏季，贺灼却觉得浑身冰冷。

没过几天，高考成绩正式出来了。

海市外国语中学包揽了全市的文理科状元，整个学校都沸腾了。

喜庆的横幅挂满了学校，各大电视台争相采访。

贺灼机械般地接受了几个采访，回到家时，已经是傍晚了。

王叔递给他一张卡：“先生给您的。”

那是一张黑金色的银行卡，贺灼不知道里面有多少钱，但他拒绝道：“麻烦您帮我还给关叔叔。”

“先生说，这是给您大学四年的学费和生活费，没有其他的意思。”

贺灼轻轻地推过去：“学校给了奖学金，不用这些。”

他心中一片苍凉，却没有怨怼。

如果不是关城宇，他仍被困在清水镇，像株野蛮生长的草，一辈子生长在石缝里，只看得见一片狭窄的天。

三年前是他第一次见到阳光。那一刻他才明白，原来这个世界不只有冰冷和黑暗。

他庆幸在自己的青春中出现了这样的一个人，让他感受到了这个世界的美好。所以，哪怕早就知道自己不配拥有这样的美好，他还是一步步地陷了进去。

夏天的傍晚，绯红的晚霞铺满天际，贺灼的眼里却暗沉沉的，一点儿光亮也没有。

王叔叹了一口气道：“好吧。”

海市的夏天过了大半，贺灼这个高考状元几乎每天都被各种各样的采访包围着，他像台任人摆布的机器人，每天完成着各种工作。

同住在一个屋檐下，关星禾却一连好几天都没有见到他。

但她知道来日方长，反正以后他们会待在一座城市，就算他要住校，见一面也不会很难。

她收集了所有采访贺灼的报纸，将报道他的内容都剪了下来，装订成册，准备等他空闲下来了再展示给他看。

这一天，时岁约她出门逛街。

天气太热，两人在街上走了一会儿，就找了个路边的冷饮摊坐下休息。

“岁岁，等会儿你陪我去四平路吧。”

“去那儿干什么？”

“我哥以后就在那儿上大学啊，刚好我没事，就去看看，提前熟悉熟悉，反正以后也要经常去找他。”

时岁翻了个白眼道：“行吧，不过他真的要去海大吗？虽然海大很好，但京市大学不才是最好的吗？而且，我之前看到新闻采访他时，他都说还不确定。”

关星禾嘴角轻勾：“他之前答应我了，说要去海大的。”

时岁叹了一口气道：“看看人家，想去哪儿去哪儿，而我能不能考上大学都是个问题。星星，你能不能让你哥把他的笔记借我看看？”

关星禾扬眉：“行啊，我回去跟他说。”

两人虽是海市人，但都还是第一次来海大。校园处在闹市中，虽然占地面积不大，却绿树成荫，一阵微风吹过，树叶沙沙作响，令人心旷神怡。现在正值暑假，学校里仍然有拿着书本匆匆而过的莘莘学子。

回到家已经是傍晚，屋里静悄悄的。

关星禾揉了揉酸痛的腿，随后，她的视线猛地滞住。

桌上摆着一个信封，封面上飘逸的大字格外显眼：京市大学欢迎你。

关星禾颤抖着手拿起信封，心像是坠进了谷底。

京市大学……不是说好要去海大的吗？

这时，贺灼从门外走了进来，看到关星禾手里的信封，他猛地攥紧了双手：“我……”

关星禾又急又气道：“你报了京市大学？”

贺灼喉咙干涩，一句话也说不出。

他对上关星禾的眼睛，那双杏眼浸着水光，一副难以置信的模样。

贺灼仿佛听到“噗”的一声，有什么尖锐的东西猛地刺入胸膛，然后带着血肉，硬生生地拽了出来。

他无法用言语来形容此时心中的疼痛，那种疼痛远胜过那一日，他在雨中看着她和向远同撑一把伞。

不知道过了多久，他才找到自己的声音，无力地应一句：“嗯。”

“你之前不是答应我报海大的吗？”关星禾哽咽着说道，“你骗我？”

她知道自己不应该生气，那是他的人生，报哪所学校都是他的自由。

可他不能答应了自己去海大，却偷偷地选择了其他学校。

她傻兮兮地开心了一个多月，等到的却是一封京市大学的录取通知书。

如果今天她没有看到这封录取通知书，是不是要到开学那天，他才会告诉自己？

关星禾的泪像是滚烫的熔岩，一滴滴地落在贺灼的心上，他疼得心脏都在颤抖。

他缓缓地靠近了她一步，想伸手拭去她脸颊的泪，可那双手克制地停在半空中，隐隐地颤了颤，又放下了。

他不知道该怎么说。

屋里一片寂静，关星禾的抽泣声像是锋利的刀片，一下下地割着贺灼的心。他无力地闭了闭眼，沉默不语。

她抽噎了几声，吼道："我觉得自己就像个白痴！"说完，转身跑了出去，只留贺灼一个人僵在原地。

贺灼强忍着不去追她，他告诉自己，他不可以一错再错了。

转眼就快开学了，离开这天，贺灼一个人去了火车站。

从海市到京市，坐火车比坐飞机便宜三百块，十二个小时的旅程，贺灼选了硬座。

海市有两个火车站，这班火车从旧火车站发出。

火车站的设施陈旧不堪，天气炎热，人潮拥挤，浓重的汗臭味扑面而来。贺灼站在检票口，回头望了一眼。

他不知道自己在期待什么。

半个多月了，关星禾没有和自己说一句话。他知道，她在等自己的解释，可他甚至不知道从何说起。她脾气那么好，即使他瞎说几个理由，说不定她都会立刻原谅他。

可原谅之后呢？他能做什么？

这样离开或许是最好的选择。

等时间一天天过去，她的气消了，会不会再想起他？

贺灼一边想一边往前走，身影渐渐淹没在汹涌的人潮里。

关星禾知道贺灼今天出发去京市。

她憋了大半个月，强忍着不和贺灼说话，只想等他来哄哄自己。

他一向什么都依着她的，可只有这次，他一句话也没说。

关星禾不懂，明明是他先答应了自己，为什么到头来，他连句解释都不愿意给她呢？

即便再生气，面对贺灼，她强装的冷漠也撑不了多久。

想到以后也许半年才能见他一面，关星禾的眼睛酸酸的，心里委屈极了。

早晨起来后，她发现屋里冷冷清清的。

关星禾的心里顿时感到了不安，她找到张姨问道："哥哥呢？"

"贺少爷一早就出发了。"

关星禾急了："现在才七点啊，他几点出发的？"

"半个小时以前吧，他说不用送，自己走了，哎——您去哪儿？"

关星禾头也没回："去送他。"

“让人送您去吧。不过，您知道在哪个站吗？”

关星禾猛地停下脚步。

是啊，她不知道在哪个站，她甚至不知道他坐的是火车还是飞机。

他什么也没说，就这么悄无声息地走了。

但关星禾不想放弃，让王叔载着她到了火车站。

正是开学季，关星禾茫然地站在拥挤的人群里，来往的行人撞得她肩膀生疼，她望着人流，眸中逐渐漫上水光。

为什么要这样呢？为什么珍惜的人都一个个离开了？她以为，哪怕不是自己所期望的那样，至少，他会永远留在她的身边。可是，他就这样猝不及防地离开了，就像小时候自己最爱的那只猫。

那为什么要对她那么好呢？

天空不知什么时候飘起了小雨，王叔走过来劝道：“小姐，回家吧。”

关星禾吸了吸鼻子，眼眶通红。

回到家已经是中午了。

张姨拎着一个四周钻了小孔的箱子走过来，说：“这是刚刚送过来的，不知道是什么。”

见关星禾的眼眶红红的，张姨安慰道：“可能是贺少爷送的什么呢，您打开看看。”

打开箱子，里面装着一只正在睡觉的小猫。

乍一见到光，小猫迷迷糊糊地睁开眼。

它的眼睛是清澈的淡蓝色，皮毛雪白，头顶上有一些花纹。

关星禾呆住了。

时光像是瞬间倒流了，回到了她小时候。

那时候，爷爷家也养了一只猫，和这只几乎一模一样。

“看，这下面压了一张卡片。”张姨提醒道。

关星禾轻轻地抱起小猫，拿起那张卡片。

上面格外熟悉的字体，让她好不容易压下去的泪瞬间涌了上来。

“对不起，星星，也许，成长就意味着离别。它叫风信子，希望接下来的时光，它可以代替我好好陪伴你。——贺灼。”

风信子十分黏人，时时刻刻都要和关星禾待在一起。关星禾常常抱着它睡觉，软乎乎的生物最能抚慰人心，她空落落的心瞬间被填满。

每天放学回家后，关星禾总觉得家里空荡荡的，无聊时，她便会给贺灼发短信：“哥哥，风信子又长胖了一点儿。它今天吃了两个罐头，三根猫条。”

关星禾：“哥哥，你是不是很忙啊？”

关星禾：“入秋了，京市冷吗？”

关星禾知道，贺灼去了京市，海市的号码一定不会再用了，尽管那边从没有回复过，她却执着地给他发消息。

高三的生活紧张而又忙碌，可每当闲下来，关星禾还是忍不住想起他。

她努力让自己更加忙碌，忙到没时间想起他。

秋天悄无声息地过去，海市又飘起了雪。

关星禾回到家，一向蹲在门口等她回家的风信子却不见了。

她问张姨：“风信子呢？”

张姨的脸色有些不好看，压低声音道：“您今天怎么这么早就回来了？刚刚太太回来了，衣服上粘到了风信子的毛，有点儿不开心，让我把风信子先关到笼子里。”

关星禾连忙跑进隔间，看见风信子蜷缩成一团毛球，孤零零地窝在笼子的角落里。

她连忙把小猫抱出来。它被吓得不轻，一直瑟瑟发抖，吃了一个罐头后才好了一些。

关星禾安抚完受惊的小猫便急忙往楼上走。

外面飘着雪，几缕寒风吹进来，关星禾的脚步猛地顿住了——走廊里摆着好几个大号的行李箱和纸箱。

关城宇的声音从屋里传来：“你就不能等星星高考完了再搬走吗？”

“我会让那些人动作快点儿，在星星回家前搬完的。”

一阵沉默过后，林映叹了一口气，无力地说：“什么时候去民政局把手续办了吧，你带着星星。至于那个孩子，他是你领回来的，自然是你负责。”

“好好好。”关城宇像是彻底被点燃了怒火，他冷笑了几声，道，“这两个孩子，要不是我发现得及时，你知道后果是什么吗？”

林映没说话。

关城宇硬声说：“还好那孩子去了京市，不然再这样下去，星星都被他耽误了。”

林映像是明白了什么，冷声道：“人是你带回来的，现在冲我发什么脾气？我看你们关家的人最会使这样的手段。”

外面，风雪逐渐大了起来，凉意从心底蔓延开来。仿佛拨云见日般，关星禾明白了一切。

雪落在脸颊上，她才恍然发觉，她走到了街上。

傍晚的街道空旷极了，路上已经铺了薄薄的一层雪。

关星禾蓦地想起小时候，每到冬天，路面上全是厚厚的积雪，林映会给她戴上厚实的棉手套，和她一起在家里的小花园里堆雪人。

她还记得那天，雪人大大小小地排了一列，刚下班的关城宇看到这壮观的景象，拍了拍手后，也加入了堆雪的人行列。

雪花飘飘扬扬地落下来，所有的情绪瞬间爆发，她崩溃地蹲坐在地上，号啕大哭。

关星禾也不知道自己到底哭了多久，直到感觉脚都蹲麻了，她才抹了抹眼泪，打开手机，颤抖着手指发出一条短信："哥哥，我好想你。"

昏黄的路灯渐次亮了起来，这条短信依旧石沉大海，没有回复。

关星禾缓缓地站起来，看着空旷的街道，她想到贺灼在卡片上写的那句话：成长就意味着离别。

如果是那样，她宁愿永远不要长大。

手机振动起来，是时岁的电话。

"星星，你在哪儿？你爸妈给你打电话你怎么不接？他们都快疯了。"

"岁岁，"关星禾突然说，"我知道他为什么要走了。"

时岁愣了一秒，道："啊？"

"你和我爸妈说一声，就说我在你们家，可以吗？"

"你要去哪儿？"

关星禾暗淡的眼底逐渐有了光，她的声音缓慢而坚定："去京市。"

她会学着长大，接受那些注定要离开的人消失在自己的世界里，但应该留下来的人，她要找回来。

她要告诉他——我才不要离别，我要你永远地留在我的身边。

下飞机后，关星禾拦了辆出租车直奔京大。

到了后，她发现京大比她想象的还要大。她茫然无措地站在这个陌生的学校里，不知道该往哪里走。见有人从身边路过，她连忙拉住他："您好，请问，您知道宿舍楼怎么走吗？"

被拉住的男生有点儿蒙，他搓了搓手，看着眼前水灵灵的小姑娘，耐着性子问："你是说哪个专业的宿舍楼？男生还是女生？"

关星禾想了想，说：“男生宿舍，应该是计算机系。”

“巧了，计算机系刚好和我们一层楼，你要找谁？跟我说说。”

“贺灼，你认识吗？”

男生笑道：“我还真认识，不过我俩不熟，要不你跟我上去，去他的宿舍等他？”

关星禾笑着说了声谢谢。

京大的男生宿舍是允许女生进去的。男生带着关星禾在宿管处登记了信息后，便领着她进去了。

几分钟后，男生在一间宿舍门口停住了：“就是这儿了，我给你敲敲门。”

“别。”关星禾深吸了一口气，“我来敲。”

她屏住呼吸，伸出早已冻僵的手，轻轻地敲了敲门。

“谁啊？马上来。”

虽然关星禾听出那不是贺灼的声音，但她更紧张了，心脏怦怦乱跳。

“吱呀”一声，门打开了，一个微胖的男生看着关星禾，愣怔住：“你找谁？”

关星禾松了一口气：“请问，贺灼在吗？”

“他……他还没回来，你要不要进来等？”开门的男生紧张得有点儿结巴，“你等等啊，我们收拾一下。”

门“嘭”的一声被关上，里面传来一阵兵荒马乱的声音。

“你们快收拾一下，老贺，把臭袜子收起来。”

没过几分钟，门又被打开了，微胖的男生笑着说：“进来吧。”

关星禾局促地笑了笑，进去了。

屋里开着暖气，空气中还残留着消毒水味，三个男生正襟危坐着。

“你们好。”关星禾朝他们点了点头，“我是贺灼的妹妹。”

“妹妹？”他们眼睛一亮，“怎么没听他说过？”

关星禾抿了抿唇。

哥哥都没有提过自己吗？

有人猛地踹了说话的人一脚，指着一个床位殷勤地笑道：“那是贺灼的床，你可以坐到那儿等一下。”

贺灼的床干净整洁，和其他人的床截然不同，被子叠成方块状，床单平直到没有一丝褶子，关星禾坐上去后，还闻到了干净清冽的气味。

三个男生你一言我一语地和她搭话。

“你别担心，我们已经给贺灼发短信了，他在图书馆自习，过来估计要十五分钟，你要不要吃点儿东西？”

话音未落，门“嘭”的一声打开了，寒气一瞬间卷了进来。

那男生惊讶地叫道：“我的妈呀！这才过了五分钟！你是从图书馆飞回来的吗？”

贺灼站在门口，大口地喘着粗气，他扶着门框的手用力得指节泛白。

“你倒是进来啊，冷死我了。”

有人走过去轻轻地推了他一把，将门关上。

贺灼恍恍惚惚地走上前。

他不知道自己这几个月是怎么过来的，似乎只有拼命地打工、读书，才能让自己不去想其他事情。

他保留着海市的电话号码，看着她发过来的短信，心中五味杂陈，却不敢回应。

“哥哥。”她的一声呼唤令她清醒过来，他再次看到了那双总是出现在他梦里的眼睛。

她明灿的杏眸闪着光，他的星星再次照亮他的夜空。

贺灼的喉结急剧地滚动了两下，他终于恢复了理智：“你怎么来了？”

说完，他才意识到这话有多不解风情。这样寒冷的雪天，不远千里赶来，却只得到了这样的一句话，任何人都不会开心。

他睫毛颤了颤，定定地看着她。

可关星禾浑然不在意，她弯了弯眼睛，眼里波光流转，看着他嫣然一笑。

他知道自己完了。

关星禾靠近了一步，轻轻地拉了拉他的衣角：“你跟我出来说。”

这么多人，怪不好意思的。

他被她牵着出了门，走到了僻静的地方。

冷风呼啸，关星禾不自觉地颤了颤。

看着她身上单薄的校服，贺灼连忙将自己的棉夹克脱下来，递给她道：“穿上这个。”

关星禾下意识想拒绝：“那你……”

“我的毛衣够厚，不冷。”

闻到衣服上熟悉的气息，关星禾眼睛发酸，她听话地接过来穿上了。

“我想你了。”

听到这句话，贺灼的心仿佛被重重地撕扯了一下，连呼吸都觉得疼。

他也想她，每日每夜都想。可他当时招呼都没有打一声就走了，以致现在连说出这句话的资格都没有。

关星禾看着他的眼睛，问道："那你想我吗？"

她的声音很轻，却揪得他心疼不已。

"想。"

关星禾的眼睛瞬间亮了起来。

他低声道："对不起。"

关星禾的心瞬间软了。

其实在知道真相之前，她就不怪他了，可她又忍不住想，他到底是怎么想的呢？

……

带着关星禾在外面吃了点儿东西后，贺灼在学校旁边的酒店给她开了一间房。他将房卡递给她，嘱咐道："好好睡一觉，明天我再来找你。"

"哥哥，你能不能留下来陪我？"她却牵住了他的衣角，可怜兮兮地问道。

贺灼强迫自己硬下心道："不可以。"

"那你……再陪我说会儿话。"

她的声音软软的，让贺灼的心塌陷了一块，他犹豫了一会儿，看着她祈求的眼神，缓缓地坐到她的旁边。

屋内开了暖气，十分温暖，关星禾絮絮叨叨着，从风信子说到考试成绩，又说到关城宇和林映，像是要将所有的话在这一夜讲完。

贺灼要离开时，才发现早已过了门禁时间。

他无奈，只得又开了一间房，简单地洗漱了一下后便上床睡了。

迷迷糊糊间，门外传来一阵响动，接着，关星禾的声音传了进来："哥哥，你睡了吗？"

贺灼闭了闭眼，感觉自己的理智快要崩溃了，他猛地起身，打开门。

她披着他的黑色棉夹克站在门外，脸色极差。

贺灼心一沉，道："怎么了？"

关星禾讷讷道："我……我肚子疼。"

贺灼扶着门框的手骤然一紧，他焦急地问道："哪里疼？我现在送你去医院。"

"不……不用。"关星禾尴尬地说道，"就是……那个来了。"

贺灼猛地僵住了，他有些无措地说道："我去帮你买。"

走了几步，他又停了下来，转过头问："要买什么样的？"

贺灼的耳朵都是红的。

关星禾低声答道："夜用的。"

贺灼一阵风似的出了门，没过几分钟便回来了，手上提了个大袋子。

关星禾接过袋子去了洗手间，出来时，见贺灼背对着门站着。

听到声音，他转过身，将手上的玻璃杯递给她："把这个喝了。杯子是楼下新买的，用开水烫过了。"

那是一杯泡好的红糖姜茶，关星禾接过去后，他又转过身鼓捣着热水袋。

不大的房间里热气氤氲，贺灼消瘦的背影隐在一片雾气里，有些不真切。

关星禾靠在门边，不知道是不是被热气迷了眼，眼眶竟有些酸涩。

"热水袋可以用了，你等会儿敷一下肚子。明早起来应该就会好了。"贺灼交代道，乌沉沉的眼眸在灯光下显得十分温柔。

她抿了一口姜茶，甜味混杂着暖意，淌进心底。

"哥哥，"她吸了吸鼻子，"给我你的新号码。"

贺灼蜷了蜷手指，不敢告诉她自己没换号码。他撒谎道："我……不记得自己的号码。"

"那你现在把手机给我。"她伸出手，理直气壮道。

贺灼垂眸道："手机没电了，明早……给你。"

对上关星禾执拗的眼神，他的声音低了下来："你先去休息。明早……我会给你的，我保证。"

第二天一大早，贺灼便去营业厅办了一个京市号码。

等他回来时，关星禾才刚起床。

贺灼看着女孩儿睡眼惺忪的样子，心中软软的，他说："我给你带了早餐，好点儿了吗？"

关星禾扬起笑脸，道："已经好多了。"

"对了，"她看着他，伸出手，"电话号码。"

贺灼轻轻地将手机递给她。

鼓捣了一会儿后，关星禾将手机还给他："好了，还给你。"她垂下眼眸，又小声地说，"我等会儿就要走了。"

贺灼的身体僵了僵，嗓音低哑道："嗯，我送你。"

大雪初霁，机场人潮涌动，贺灼将关星禾送到了安检处。

关星禾抬眸看他，一双杏眼十分温柔：“不许不回我的短信。”

哪怕心里一遍遍地告诫自己应该远离她，但只要看她一眼，贺灼便什么都忘了。

他无奈地妥协道：“嗯。”

“那我走了。”

“嗯。”

关星禾往前走了几步，又转身扑进贺灼的怀里，泪水瞬间模糊了眼睛。

他克制地伸出手，轻轻地碰了碰她的肩：“好了，别哭。”他不知道两人下次什么时候才能见面，却低声哄慰道，“很快就会见面了。”

登机广播已经播了一遍，关星禾又抽泣了两声，吸了吸鼻子道：“哥哥再见。”

“嗯，到家了记得报平安。”

熙熙攘攘的机场里，每天都有无数的人在这里匆匆道别，贺灼压抑着心里的悲伤，目送关星禾的身影渐渐远去。

贺灼回到宿舍时，已经是下午了。

小胖走过来拍了拍他：“今天怎么没去自习？”

贺灼垂眸不知道在思索什么，半晌才道：“没去。”

小胖挑眉问道：“昨天那个真是你妹？”

他手指一紧：“嗯。”

“啧，你俩长得完全不像啊。”

虽然都挺好看的，但女孩儿温柔灵动，一看就是娇养着长大的，反观贺灼，眼神锐利坚毅，行事成熟果决，像是被生活磨炼出来的。

贺灼没说话。

沉默了一阵后，小胖道：“你的作业借我抄抄。”

贺灼很干脆地打开电脑，两分钟后说道：“发了。”

这是他开学时买的二手电脑，性能还凑合，就是表面被剐蹭出了许多划痕，看上去像是捡来的。

“谢啦，兄弟。”小胖拍了拍他的肩，又道，“不是我说啊，你这电脑也太旧了，你写一个月代码的钱都够买好几台新电脑了吧？”

贺灼合上电脑，没回他的话，只道：“你知道徐营在哪儿吗？”

“刚刚好像在教室里看到他了。怎么了？你找他有事？”

贺灼没回答，起身出了门。

徐营正坐在教室里玩游戏，一抬头便看到贺灼向他走了过来。

虽然住一个宿舍，但他俩的关系一般。贺灼一向性子冷，不爱说话，而徐营开朗大方，朋友多。

徐营挑了挑眉："怎么了？"

"跟你商量一件事。"

徐营有些诧异，却还是倾了倾身子道："你说。"

贺灼看着他，认真地说道："我想做一款游戏。"

徐营淡声道："想拉我一起做？"

徐营成绩烂，却是个富二代，贺灼不找别人，找上他，那就只有一个理由——钱多。

"我凭什么和你一起做？"

贺灼的声音沉了下来："你不想证明给你家里看吗？"

徐营和家里的关系一直不好，高考后，家里想让他念商科，他却偷偷地改了志愿，报了自己更感兴趣的计算机系，但作为京市大学的王牌专业，计算机系卧虎藏龙，就连他这个昔日的学霸也只能吊车尾。

家人知道他改了志愿后，原本岌岌可危的亲情更是彻底碎裂了。

贺灼这句话直直地戳进了他的心里。

徐营思索片刻，道："但我凭什么相信你？"

"做这款游戏，你七我三，赔本了，我还你本金，赚了，该给你多少就给你多少。"这些年，他的奖学金和暑假打工挣来的钱攒在一起，也是一笔不小的数目。

徐营诧异地抬眸，贺灼那双狭长的黑眸中透着坚定与自信。

莫名地，徐营觉得他能成功。

这样的一个人，即使一时被贫穷牵制住脚步，也不会永远停滞不前。

他想了一下，说："好，但我想问你一个比较私人的问题。"

"你说。"贺灼松了一口气。

徐营说："昨天那个，应该不是你的亲妹妹吧？"

贺灼的呼吸一顿："嗯。"

徐营看了一眼贺灼手腕上的手表，问："这手表，是她送的？"

贺灼哑声道："是。"

"看来，你是为了她吧？"

他连电脑都买的二手的，却戴着这么昂贵的手表，徐营早就觉得不对劲了。但看到昨天那个女孩，他就全想通了。

贺灼沉声道："是。"

离开她的这几个月，贺灼浑浑噩噩，找不到生活的方向。

他本以为自己会一直这样颓废下去，可她又一次闯进他的世界里。

尝过这世间的苦后，就越发无法抵抗甜蜜的滋味。他突然觉得自己不该这样浑浑噩噩地生活下去。

她美好纯粹得像是天空中挂着的皎皎明月。

即使知道她高不可攀，他也想再靠近她一点儿，所以他不能永远生活在泥沼里。他必须去拼搏，去争取，去借一把梯子攀高，尽可能靠近她。

等到那时，就算她对自己只有兄妹之情，等她找到那个合适的人，他也还能守护在她的身边。

春天来了，窗外的桃树长出了一朵朵花苞。

林映和关城宇正式办理了离婚手续，她早将所有的东西都搬出了关家，她只偶尔给关星禾打一个电话，且从来都不超过三分钟。

一次次希望落空后，关星禾便渐渐习惯了。

最起码，她还有哥哥。

转眼间，夏天无声无息地来了。

艺考一切顺利，关星禾的专业分数远远超过了海音大学的录取线。接着，她又毫无压力地结束了六月份的文化课考试。

这年暑假，贺灼没有回海市，他好像每天都很忙，但不再像以前那样不理她，他经常给她发短信，也会给她打电话。

转眼，海音大学开学了，大学生活与高中生活截然不同，自由又忙碌。

这天，时岁来海音大学找关星禾。

"给，这是你哥的笔记，暑假玩疯了，差点儿忘记还给你。"

看了高考状元的笔记后，时岁觉得自己的智商都提高了不少。她笑着说："替我谢谢贺灼，多亏了他，我才能勉强考上大学。"

关星禾将笔记小心地收到书包里，笑道："好。"她顿了一下，才说，"对了，过几天我有场音乐会，你来吗？"

时岁笑道："可以啊，到时候，我会带花去的。"

"那是必须的，那我就能收到两束花了。"

时岁睁大了眼睛："他也要来？"

关星禾的眼睛弯了起来："是啊，他答应了我会来。"

"你俩到底是怎么回事啊？他对你到底是个什么想法？"时岁都有些坐不住了，这都磨磨蹭蹭多久了，怎么双方都没有再进一步？

关星禾垂下眼眸："我不知道。"

"那你去问啊。"时岁恨铁不成钢道，"你以前也不是这么胆小的人啊。"

"如果我表白了，他不喜欢我……"关星禾的声音低了下去，"那该怎么办呢？"到那时候，她就彻底失去他了。

时岁郑重地说道："可你不说，以后就不会失去了吗？京市那么远，要是他遇到了其他的女生呢？那时候你后悔也来不及了啊！"

时岁握住关星禾的手："以前的星星是不会这样的，勇敢一点儿。"

时岁知道，关星禾虽然表面不在意父母离婚一事，但心里一定很受伤。

她始终不敢向前一步，不过是害怕失去仅有的亲情。

但说不定，那从来都不是亲情呢？

时岁看着她的眼睛，鼓励道："说不定他也喜欢你，只是不敢说出口。"

关星禾的心怦怦地跳起来，喃喃道："我再考虑考虑。"

回到家时，关星禾猛烈的心跳还未完全平息下来。她打开书包，取出了时岁给她的笔记本，看到了隔层里静静地躺着的护身符。

那是贺灼送的。

关星禾拿起笔记本，轻轻地打开了贺灼房间的门。

房间很干净，哥哥走后，张姨也一直定时打扫。他干净的书桌上只摆着一个笔筒和一摞书。

关星禾打开抽屉，发现里面整整齐齐地摆着许多东西。

看到一个首饰盒，她的指尖突然僵住了。

那是个很熟悉的牌子，她记得曾经有人送过自己一条这个牌子的星星手链。可是他怎么会有这样的东西？

会不会是他买来准备送人的，却没有送出去？

关星禾不敢再看，匆匆忙忙地将时岁交给她的笔记本塞进抽屉，转身就要离开。可她的动作太过慌张，本子又实在厚实，抽屉怎么也合不上。

她用力地推了推，只听"啪"的一声，笔记本反而被挤得掉了出来，顺带着掉出了一个不太显眼的草稿本。

关星禾蹲下身捡起那个简陋的草稿本，随意地翻开，却看到有好多页满满地写着自己的名字。

关星禾的大脑一片空白。

贺灼的字迹清隽，就连草稿都整洁工整，唯独写到“关星禾”这三个字时，笔走龙蛇，格外狂乱。

这意味着什么？

一瞬间，时岁的那句话闪过脑海：说不定他也是喜欢你的。

犹如雾气逐渐散去，一切都明朗起来。

奋不顾身的保护，沉默的离开，瞬间都有了答案。

但他为什么从来都不说呢？是因为爸爸和他说了什么吗？

这时手机振动了一下，是贺灼发来的短信：“星星，我大约后天中午一点到。”

她紧张得缩了缩手指。

过了半晌，她才回复道：“嗯，音乐会下午两点才开始，应该来得及。”

关星禾想，有些话，看来还是得亲口说出来。

音乐会这天，阳光格外耀眼，关星禾看了看手表，已经快下午两点了，可是贺灼还没到，她发了好几条短信，他也没回。

时岁凑过来问：“怎么了？他还没来？”

“可能有些事情耽搁了。”关星禾叹了一口气，“看来只有你了。”

其他人都被家人簇拥着，关星禾身边只有时岁一个人。

时岁拍了拍她的肩，道：“没事没事，你好好表演。”

直到表演结束，贺灼也没有出现。

礼堂里的观众大多已经散去，关星禾走到观众席，时岁将一大束花递给她：“送你。”

“玫瑰？”关星禾有些诧异。

时岁说：“你不是想通了，要表白吗？拿着用。”

捧着这么一大束娇艳的花，惹得旁边的人都好奇地往这儿看。

关星禾有些尴尬，拉着时岁出了礼堂。

两人边走边聊，突然有人挡住了她们的去路。

是向远。

他看了一眼关星禾怀里的玫瑰花，局促地说道：“星禾，你有空吗？我有些话想对你说。”

时岁很有眼色地离开了。

旁边便是小树林，微风轻拂，树下落了一片碎影。

向远笑了一下，说道："我刚刚看了你的演出，很成功。"

关星禾礼貌地笑了笑："谢谢师兄。"

向远摇摇头，苦笑了一下："我说的是真心话。"

四周很安静，向远沉声道："我就要去M国了，来跟你道个别。"

他知道他们之间没有可能，但他还是想在临走前来看看她。

这份感情不是说放下就能放下的。

向远看着那束玫瑰花，问道："你……和他在一起了吗？"

——和那个写贺卡的少年。

虽然他没有说出名字，但关星禾瞬间明白了过来。

"还没……"她的眼里透出几分羞涩，"不过，应该快了吧。"

向远眼底一片黯然，他低声说："那先提前祝福你了，以后来M国，记得找我。"

她点点头："师兄，祝你一路顺风，你以后会遇到更好的人的。"

向远觉得十分无力。原来，她什么都知道，只是不愿说出来。

他低声叫她："星星。"

再放纵一次吧，给自己这么多年的感情画上一个圆满的句号。

他看着她，眼里带着祈求的意味："可不可以抱一下？"

"星星。"这时，不远处传来一道低沉却急促的声音。

关星禾猛地抬眸，对上了一双漆黑阴沉的眼睛，她的心脏骤然一缩。

贺灼穿着白衬衫，胸膛剧烈地起伏着，额头上布满细密的汗水。他风尘仆仆，满脸疲惫，锐利的目光却如箭一般穿过炙热的空气射向了她。

"过来。"

被别人的准男友撞见这一幕，向远也有些尴尬，他抿了抿唇，不甘地走了。

关星禾心跳如雷，缓缓地走过去。

贺灼低声说："对不起，来晚了。"

飞机延误了两个小时，海音门口又堵车，他只能跑过来，却没想到撞见这样一幕。他垂眸望着那束娇艳的玫瑰花，有些吃味。

"他……"贺灼张了张嘴，又猛地顿住。

这一切不是显而易见吗？还问什么呢？

他的心脏像是被生生地剜去了一块，连呼吸都痛起来。

他说："那个人……不好。"

就这样走了，没有一点儿担当。

关星禾弯了弯眼睛："是吗？"她故意道，"我觉得他挺好的啊。"

她掰着手指数道："人长得斯斯文文，性格也很温柔，还会拉小提琴，哎——你走那么快干吗？"

贺灼走路带风，步子又大又快。关星禾抱着花跑了几步才拽住他的手："你等等我啊。"

贺灼的身体僵住不动了，几秒后，他才沉默着挣开手。

"别说了。"他闭了闭眼，声音沙哑、压抑。

她每说一个字，就像刀在身上又扎深了一寸。

是啊，总有一天她会喜欢上别人，可这一天真的到来时，贺灼才发现，自己无法隐忍和克制。

就像她说的那样，那人什么都好，长得斯文，性格温柔，会拉小提琴。

而自己呢？且不说家世背景，他不但性格孤僻、不讨喜，还……不会拉小提琴。

和她喜欢的类型一点儿都沾不上边。

一阵淡淡的花香飘过，贺灼抬眸，撞上了那双温柔的眼睛。

夕阳西下，她白皙的脸在晚霞的映衬下，显得娇艳极了。

她的眼底带着柔和的笑意："我还没说完呢。"

贺灼绷着脸，不想再听，可胳膊被关星禾抱住了。

她知不知道这样的举动有多不恰当，即使是兄妹也不可以。

可他说不出任何责怪的话，只能低声道："你先放开我的手。"

"我不。"关星禾弯了弯眼睛，"你听我说完。"

关星禾认真地说："虽然他挺好的，但我不喜欢他。"她的心脏怦怦地跳着，望着贺灼鼓起勇气说道，"我已经……有喜欢的人了。"

贺灼垂眼，黑眸中映着她羞涩欣喜的脸。

"你不用和我说这些。"

他说不出任何祝福的话。

关星禾轻轻地松开他的手，将盛开的玫瑰塞到他的怀里，嘟囔道："但那人是一个胆小鬼，一直不肯先说出口。"

贺灼捧着那束玫瑰花，愣在了原地。

他的脑海里蓦地闪出一个荒唐至极的想法，但顷刻间就被压了下去。

怎么可能呢？他贫瘠无望的人生里鲜少得到关爱，他尝过无数次希望落空的滋味，所以不敢再有一点儿奢望。

关星禾靠近他，眼中透着隐隐的期待：“你说，他会不会喜欢我？”

压抑的情感就要喷涌而出，玫瑰花束的彩色包装纸被贺灼攥得沙沙作响。

“会的。”他说。

关星禾的眼眸顷刻亮起来：“那你觉得，我该和他表白吗？”

贺灼将玫瑰花塞回她的怀里，沉声道：“不应该。”

他急于离开，无比害怕她看到自己眼中无法掩盖的嫉妒，关星禾却一把将那束花扔开，伸手挡住了他的去路。

她声音颤抖道：“我也觉得不应该表白。”

“应该……直接上手。”她说。

最后一缕余晖消失在天际，树林外的路灯渐次亮起。

温软的触感贴上他的脸颊，稍纵即逝，像烟火在他的脑中轰然炸开。

昏黄的灯光投射出了少男少女相依的影子。

贺灼呆立在原地。

他的心脏正剧烈地跳动着，响声如雷，似乎要震破他的耳膜。

不知过了多久，微凉的夜风拂过，贺灼才骤然惊醒过来。

“星星……”他低喃着。

这么多年，他们的心第一次靠得这么近。关星禾清晰地看见了贺灼眼里浓烈的情感。她弯了弯眼，心里雀跃又欣喜：“你也是喜欢我的吧？”

即使早已知道了对方的心意，她也还是想让他亲口说出来。

这一刻，贺灼胸腔里猛烈的心跳声盖过了潜藏的所有担忧和顾虑。

那是他喜欢的女孩儿啊。

她是自己的情窦初开，兵荒马乱，是自己对于爱最初和最沉的渴望。

朦胧的灯光落下来，贺灼的眼里燃起了从未有过的光芒。

他低下眼，再也控制不住般地靠近了一步，沙哑着声说：“喜欢……”

“很喜欢。”

喜欢到一颗心被她牢牢地攥在手里，只为她一个人跳动。

笑意在关星禾的眼角微微漾开，她的心尖又酸又甜，嗔怪道：“那你还不承认？”

贺灼有些无奈。

关星禾懵懵懂懂，她甚至不知道他曾经下了多大的决心离开她。

喜欢不仅仅是两个人的事，爱情也远远没有她想象的那样简单纯粹。

他孑然一身，一无所有，可她就这样出现在了他昏暗的世界里，带着他渴望的光与热，猝不及防地闯进了他的心间。

他没有力气再拒绝。

她像颗甜蜜的糯米糍，甩不开，戒不掉，牢牢地黏在他的心底。

贺灼眼神温柔，低声说："对不起。"

对不起，我现在什么都给不了你，但我会努力给你一切。

关星禾轻轻地挽住他的手，毫不在意道："好啦，谁让我喜欢你呢？"

因为喜欢，所以不在意主动走出第一步。

这样亲密的动作让贺灼又惊又喜，还有些不知所措，只能木木地任凭她挽着。

"哦，对了。"她拍了拍脑袋往回走，"玫瑰花。"

贺灼站在原地等她。

回来时，她怀里的玫瑰花依旧娇艳欲滴。

贺灼轻声道："我帮你拿着。"

"好。"她将玫瑰递给他，一路上眼睛盯着他看个不停。

走到学校门口，关星禾接到王叔的电话。今天校门口停不了车，王叔只能把车停在比较远的街边。

关星禾从贺灼怀里拿过玫瑰，说："你在这里等我一下。"

"嗯。"

几分钟后，她便跑了回来，怀里没有了那束玫瑰花。她笑着道："我让王叔把花捎回去了，走吧。"

他抿了抿唇，问："去哪儿？"

"约会啊。"

贺灼好不容易平息下来的心又猛烈地跳动起来。

关星禾说："我们先去吃饭吧，吃完再约会。"

一听到那两个字，贺灼的心都像被挠了一下，痒痒的。他忍不住轻轻地勾了一下嘴角："嗯。"

两人找了一家粤菜餐厅。

趁着吃饭的间隙，贺灼悄悄地打开手机搜索：约会一般都做什么？

他点开排在第一位的搜索结果：第一次约会一般就是吃饭，看电影，轧马路，男生主动一点儿，可以试探着牵手或者做类似的亲密动作，但是要注意分寸，第一次不可以太冒进，会显得轻浮。

牵……牵手？这还不够冒进吗？

“你试试这个乳鸽。”关星禾给他夹了一筷子菜，“别看手机了，快吃饭。”

他不自在地放下手机，为了掩饰内心的无措，他低头很快咽了一口米饭。

直到吃完饭，他的脑海里还萦绕着那几句话，心跳根本无法控制。

两人并肩走在林荫道上。

第一次约会，关星禾也不知道要做什么，她悄悄地抬眼看了看贺灼，小声问：“你觉得，我们等会儿要干什么啊？”

贺灼的心脏猛烈地紧缩了一下：“要不……看电影吧？”

“看电影？”关星禾眨了眨眼。

她蓦地想起两人第一次一起看的那部电影，昏暗的环境里压抑的粗喘声，让人听了脸红心跳。

看那个吗？她的心忍不住怦怦地乱跳起来，有些害怕，又有些期待。

贺灼一怔，似乎也想到了上一次看电影的场景，立即回答道：“不是……”

他着急地解释，脸上都泛起了红：“我听说最近有一部喜剧片，还挺好看的。”

“哦。”她的心跳平稳了一点儿，不知是庆幸还是失落，“那我们走吧。”

两人去得晚，只能坐在最后面的角落。

放映厅里笑声不断，两人却心猿意马。

贺灼根本无法集中精神，关星禾身上的花香夹杂着爆米花的甜香，时不时拂过他的鼻尖。

他脑海里不断地闪过搜索到的那句话：可以试探着牵手。

贺灼知道这样的举动轻浮又冒进，所以拼命地想要压住这个想法，可喜欢的人就这样静静地坐在身侧，一个小时之前，她轻软的樱唇还轻轻地吻过自己的脸颊。

她还对他说……喜欢他。

昏暗的环境，光影交错，像极了贺灼的梦境，他骤然产生了许多不真实感。他侧过头，静静地看她，明明灭灭的屏幕光勾勒出女孩儿流畅优美的侧脸。

这时，她转过了头。

视线相触的刹那，关星禾的睫毛微微地颤了一下。

怎么办？被他发现她没有认真看电影了。

这样暧昧的环境，周围都是一对对情侣，她怎么看得进去？

怕他发现自己的小心思，关星禾迅速地拿起一颗爆米花塞进嘴里：“呵呵，好好吃啊。”

明灭的光影下，她略带傻气的笑让贺灼的心跳忍不住加速。

他轻轻地拭去手心的汗，面上却云淡风轻：“嗯。”

“可你都没吃啊？”

贺灼被问得愣住了，关星禾却忍不住勾起嘴角。

看来，不是她一个人看不下去。

她突然有了勇气。

关星禾眨了眨眼睛，声音压得低低的：“你想吃吗？”她眼里的光令贺灼心中一颤。

“嗯。”他说，“给我一颗吧。”

他伸手去拿，关星禾却迅速地将爆米花拿开了。

贺灼有些疑惑，鼻尖突然嗅到一股甜香味，接着有什么东西抵在了唇上。他垂眸，是一颗包裹了糖衣的爆米花。

“吃吧。”

他愣了愣，微微张嘴，吃下了那颗爆米花。下一秒，她温热的手指轻轻地擦过他的唇瓣。

两人皆是一怔，空气仿佛凝滞了。

关星禾双颊微红，猛地收回手指。

昏暗的影院里，所有人都在欢笑着，只有坐在角落的两人面红耳赤。

电影结束，两人走出放映厅。

他们都还未从刚刚的心跳中缓过来，彼此沉默着。

今晚看电影的人格外多，所有人都在等电梯。电梯来了，大家一窝蜂地挤进去，贺灼连忙护在关星禾身边，为她撑出一小片空间。

人越进越多，电梯猛地晃了一下，关星禾怕贺灼被挤到，连忙伸出手：“小心。”

贺灼的手上传来软乎乎的温热触感，他的脑袋空白了一瞬，下一秒，他猛地想起那条建议：可以试探着牵手。

关星禾的指尖有练琴留下的茧，轻轻地搭在他的手背上，让他的心中泛起痒意。

他轻轻地反过手，将关星禾温软的手紧紧地扣住。

狭小的空间内，热气慢慢升腾着。贺灼感觉到那双小手悄悄地动了动，然后乖乖地任他牵着。他的心脏跳得飞快，几乎要蹦出胸腔，喉咙又干又痒。

"叮"的一声，电梯到一楼了。贺灼知道此刻自己应该松手，可是他的手指僵硬着，连动都舍不得动一下。

电梯里的人陆续出去了，关星禾轻轻地说："走吧。"

贺灼到底还是没有松开那只手，他拉着她，静静地走进夜里。

风带着凉意，关星禾问："你要不要去看看风信子？"

他摇头："不了，过一会儿我就要走了。"

他明早有一门考试，得尽快赶回去。

关星禾咬了咬唇，轻轻地"哦"了一声。

他沙哑着声音说："等学校放了假……我就回来。"

贺灼本以为自己再也不会回到这座城市，可如今，他的一颗心落在这里，让他再也不舍得离开。

关星禾弯了弯眼睛："好。"

已经很晚了，影院旁有几对情侣正在公交站等车，其中一个女孩儿捧着一束玫瑰花，踮起脚开心地亲了亲旁边的少年。

贺灼眼神微暗，蓦地想起那束娇艳的玫瑰。

关星禾抬眼说："那我先回家了啊。"

她的手还被贺灼紧紧地牵着，从电梯里出来后，他就没有松开过。

"你等我一下。"

贺灼松开她的手，背影迅速消失在人群里。

关星禾迷茫地眨了眨眼睛，这才后知后觉羞涩起来。

她的手背上仿佛还残留着他的温度，连带着一颗心都像被熨烫过。

原来恋爱是这样的感觉，心像是通了电，又烫又痒的。

公交车缓缓地驶过，贺灼回来了，怀里抱着一大捧粉玫瑰。

"送你。"

关星禾愣了一秒才接过来。

她知道，这样一大束粉玫瑰要不少钱，而他离开海市的这一年多来，再也没有拿关家的一分钱。

关星禾也曾去打过工，知道赚钱不易。

可女孩子大多无法拒绝这样的浪漫，她的眼睛弯起来，里面像盛满了星光："好漂亮啊！谢谢你！"

他嘴角微抿，黑眸闪着光："不用谢。"

关星禾像捧着珍宝一样，一会儿低头闻一闻，一会儿用手指轻轻地触一触玫瑰花。

“你觉得……”贺灼欲言又止。

关星禾眨眨眼：“什么？”

他攥了攥手指：“算了……没什么。”

到了小区，关星禾感到不舍。

她的视线落在贺灼那双骨节分明的手上，突然很想再牵一牵。

心脏紧张得怦怦乱跳，关星禾靠近了一些，手状似无意地轻轻蹭了蹭贺灼的手背，他的手背上凸出几条青筋，显得格外有力量。

关星禾的指尖悄悄地顺着青筋往下滑，却猛地被攥住了。

夜色里，贺灼的声音格外低哑：“别闹，快回去吧。”

“哦。”她撇了撇嘴，想抽出手，那双手却用力地攥着她。

到底是谁不让她回去的？

贺灼似乎也察觉到了这一点，赶紧松了手，低声道：“回去吧。”

关星禾嘟着嘴道：“好，我等下就回去。不过，你刚刚到底想说什么？话说一半，吊人胃口。”

贺灼抿了抿唇：“就是……”

他的喉结滚了两下：“你觉得，红玫瑰好看还是粉玫瑰好看？”

关星禾愣了半晌才反应过来，原来他是吃醋了。

她憋着笑道：“啊……这个啊，我觉得都差不多。”

看着他迅速暗淡下去的眼睛，她终于忍不住“扑哧”一声笑了出来，道：“骗你的，当然是粉玫瑰啦。”

贺灼漆黑的眼底仿佛落进了月光，笑意从冷淡的眉梢悄悄地蔓延开来。

“嗯。”她比较适合粉玫瑰。

关星禾收起笑容，一脸认真道：“不过如果你送的是红玫瑰，我会比较喜欢红玫瑰。”

弄明白她的意思后，贺灼的瞳孔缩了缩，甜蜜的感觉涌上心头。

她笑了笑：“你吃醋的样子好可爱。”

他不自在地摸了摸鼻子，轻咳了一声：“别乱说，快回去。”

“知道啦。”她挥了挥手，“你快去机场吧，要不然就来不及登机了。”

等关星禾的身影消失在视线里，贺灼才转身离开。

坐上出租车，手机振了一下，贺灼打开一看，是她发过来的一张照片——淡粉色的玫瑰花被整齐地插在水晶瓶里，摆放在书桌上。

他的嘴角不自觉地微微勾起。

大二上学期很快结束，系里最近举办了好几次活动。

徐营撇开人群，拍了拍贺灼的背，道："走，活动结束了，晚上一起庆祝一下。"

两人自从开始合作后，关系亲近了许多。徐营发现，贺灼这人虽然冷淡，但为人干脆大方，业务能力也相当不错，是个值得结交的朋友。

贺灼说："不了。"

他答应了关星禾放假就回去，他不想食言。

徐营悄悄地瞄了一眼他的手机，发现他在订票。

"别啊，就这么急吗？晚一天回去也不会怎么样啊。"

贺灼淡淡地说道："你们好好玩儿。"

他正计算着时间，徐营突然撞了撞他："你看看，那是谁？"

贺灼抬眼，身体猛地僵住。

关星禾站在香樟树下，脚边放着小小的行李箱，阳光穿过叶子落下来，她洁白的连衣裙像是被笼上了一层淡金色的轻纱。

时间仿佛静止了，只有贺灼胸腔里心跳如雷。

他走过去，有些难以置信："你怎么来了？"

"来玩儿啊。上次来京市都没时间好好去逛逛。"她的眼里满是笑意，"这回，你得带我好好玩。"

"行啊行啊。"徐营从背后探出脑袋，"晚上我们有个聚餐，你跟我们一块儿去吧。"

"好啊。"关星禾笑眯眯地应下来。

贺灼将关星禾送到酒店，两人放下行李，收拾好了东西，正要出门，关星禾的手机铃声响了起来。

她有些不安地望了一眼贺灼，抿了抿唇，转身进了洗手间。

即使她已经刻意压低了声音，但只隔着一道门，贺灼还是听得真切。

"张姨，我和岁岁出来玩儿了，这几天不回去。"

"放心吧，还有其他朋友的。"

"好，那我挂了。"

贺灼的心里有些不是滋味。

这些日子刻意回避的问题还是浮上了心头。

工作室还在筹备阶段，一款游戏也并不是几天就能做好的。成功并非一蹴而就，如今他赤手空拳，孑然一身，还拿不出任何东西证明自己。

偏偏他拒绝不了那样的甜蜜，一次次地违背了对关叔叔的承诺。

他觉得自己卑劣极了。

门“咔嗒”一声打开，关星禾已经挂断电话。撞上贺灼的目光，她掩饰地笑了笑：“刚刚岁岁给我打了个电话，我们走吧。”

吃饭的地方离酒店不远，走过去就可以。京市的夜晚灯火璀璨，走在这样繁华的城市里，总让人觉得自己格外渺小。

贺灼侧目看她，沉声说：“星星，你来京市，叔叔知道吗？”

关星禾脚步一顿，她没回答他的话，反而问道：“之前，我爸爸对你说了什么？”

他没想到她会这么问，愣了片刻才低声说：“没有，你别多想。”

他无耻地靠近她，已经违背了承诺。关叔叔是她最亲的人，他不希望他们因为自己生出嫌隙。

路灯下，关星禾的眼睛宛如一汪清澈的泉水，轻轻地望过来，瞬间看透他内心所有的不安。

她悄悄地靠近了些，倚在他的胳膊上。

贺灼的身体瞬间僵硬得像石头。

她柔声道：“其实我都明白的。你上次不是说在做一款游戏吗？等有了起色，我们再告诉他，好不好？”

其实这些日子，关星禾也想通了很多。自从关家出了关城月的事后，几乎家里所有人的婚姻都由爷爷一手安排。

关城宇会对贺灼说些什么，她稍微想想也能猜出个大概。

他明明那么好，坚毅，刻苦，有韧劲，在关星禾眼中，他是光一般的存在。

贺灼的一颗心像是泡在温水里，软了又软，他垂眸看着她，眼底满是温柔：“星星，对不起。”

她主动去牵他的手：“我相信你。”

他将那只温热的小手握紧，希望永生永世都不再松开。

第八章
许下心愿

聚餐的地方是一个小酒馆。

关星禾本以为有男有女，到了后才发现来的几乎全是男生。

唯一的女生坐在人群里，她面容清秀，穿一身湖绿色的长裙，在一众男生中格外显眼。

“来来来。”徐营挥手招呼着，“过来坐。”

关星禾挨着贺灼坐下，另一边是那个女生。

女生试探着道：“你可不可以和我换个位子？”

关星禾拿起筷子夹了根脆萝卜，放进嘴里嚼得咯吱响。

她无辜地眨了眨眼睛：“我都不认识他们，我只想坐在这里。”

关星禾眼睛清澈，带着几分天真，回绝得干脆利落。

林梦竹压下胸口的郁气，勉强地笑了笑：“好……好吧。”

关星禾静静地吃着贺灼夹给自己的菜，不再和她搭话。

傻子都能看出这个女生的意图，她才不会给她可乘之机呢。

吃完饭，大家又提议去旁边的 KTV 唱歌。贺灼本来想带关星禾离开，可看她兴致勃勃的样子，他只得无奈地跟着一起去了。

一行人浩浩荡荡地去了包房，变幻的灯光下，贺灼坐在角落，侧颜冷峻，莫名地吸引人。

林梦竹去点了一首歌，心跳得很快。

京大的计算机系没有几个女生，林梦竹一入校便被封为系花。作为班上唯一的女生，她享受着周围男生的追捧和照顾，偏偏这个全系第一的“高岭之花”总都不看她，她的几次暗示，他也像听不懂一样，所以这次，林梦竹决定来个狠的。

悠扬的伴奏音响起，有人喊：“谁的歌啊？”

林梦竹连忙接过麦克风。

那是一首挺老的歌，关星禾甚至没有听过，只看到屏幕上浮现几个大字——心有独钟。

“这种感觉从来不曾有，左右每天思绪，每一次呼吸。心被占据，却苦无医，是你让我着了迷……”林梦竹坐在人群中，将眼神投向角落的少年。

全场的人都愣了愣，下意识地把目光投向贺灼，就连关星禾都察觉到了。她抿了抿唇，正要去看身旁的人，缠绵的伴奏音乐却戛然而止。

屏幕一暗，画面蓦地变成了两个穿着怪衣服的中年男子。

贺灼抬眸，淡淡地说道：“徐营，你的歌。”

徐营连忙打哈哈：“哪个兄弟要和我合唱啊？哈哈哈。”

他不理会林梦竹青白的脸色，很自然地伸手拿过话筒。

欢快的歌一下子消除了尴尬气氛。

结束时，已经深夜了。其他人先回了宿舍，贺灼则送关星禾回酒店。

路上，贺灼悄悄地看了她一眼：“明天想去哪里玩？”

“不知道。”

“想去听音乐会吗？”

“随便。”

贺灼低低地问道：“生气了？”

关星禾蓦地转过身：“你说，刚刚那个女生是不是喜欢你？”

贺灼淡淡地说道：“我不知道。”

“哼。”关星禾抱着手，“还装？她都给你唱歌了！”

“我没听。”他的声音带着连自己都没察觉的温柔，“而且……”

他靠近了一步：“我只给一个人唱过歌。”

“你还敢给别人唱歌？”关星禾气得快要爆炸了，“谁？你说的是谁？”

风轻轻地吹过，他的声音在夜色中缓缓地荡开：“你。”

关星禾愣了一下。

“在清水镇，我背着你下山的时候，你不记得了吗？”

关星禾眨了眨眼睛，蓦地想起那个雨夜。那天自己在山上弄伤了脚，无助地趴在他的肩头，无理地要求他给自己唱歌。

偏偏他很顺从，真的一字一句，笨拙又认真地唱了起来。

她的嘴角勾起一丝笑，心中醋意散去，又被灌进了蜜糖，甜蜜极了。

“好吧，那我原谅你了。”她伸出手，“牵手。”

贺灼轻轻地握住她的手。

关星禾靠近他，仰着头撒娇道：“不够，再亲一下。”

空气仿佛有一瞬间的凝滞。

亲……亲一下？会不会太快了？他们才在一起没有多久。

四周很安静，关星禾身上清浅的香气钻进鼻腔，让贺灼的一颗心脏又酥又痒，手指都不由得轻轻地战栗。

贺灼知道自己不该这样轻浮。他一无所有，连她父母的认可都还未得到，轻轻地牵一下手，他便应该满足了。

可喉结滚了两下，他低下头，轻轻地吻上了她光洁的额头。

那吻又轻又柔，虔诚得像是在面对神明。

贺灼伸出手指轻轻地抚过刚刚自己吻过的地方。

关星禾一把攥住他的手，撇了撇嘴：“老古董。”

贺灼没有反驳，只垂下眼眸静静地看着，而后又触电般地移开视线。

“别瞎说。”

关星禾弯了弯眼睛，笑道：“耳朵都红了。”

他碰了碰自己的耳朵，很烫。

他背过身，掩饰道：“走吧，再玩就要到门禁时间了。”

“知道了。”她笑眯眯地挽住他的手臂。

这天，关星禾回来时，室友们正在吃火锅。

“吓死我了。”林沉月夹起掉在桌子上的肥牛卷，道，“我还以为宿管来了。”

关星禾没答话，沉默地将包放下了。

林茜插了一嘴：“你不是回家了吗？怎么又回来了？”

“家里来人了，不想回去。”

宿舍一共三个人，只有关星禾一个本地人，她觉得每天回家面对空荡荡的大房子寂寞又无聊，所以平时都住在宿舍里。

这周，关城宇给她打电话，让她周末一定要回家一趟。

关星禾欣喜地应了下来，不料回到家，却看到了另一个女人的身影。

关城宇笑着给她介绍：“这是吴若，以后，你叫她吴阿姨就好。”

关星禾明白这是什么意思。

关城宇和林映已经离婚了，开始新的感情是迟早的事，可当一个陌生的女人站在她的面前时，关星禾的心里还是忍不住觉得难过。

心不在焉地吃完饭，关星禾借口说学校有事，匆匆地离开了家。

林沉月塞给她一双筷子："还没吃饭吧？一起吃啊。"

其实关星禾已经吃过了，但她还是坐下来，沉默地吃了起来。

"你怎么了？"林沉月试探地问，"和男朋友吵架了？"

虽然音乐学院的男女比例悬殊，可关星禾一进校就惊艳了众人。

刚开学的那几个月，林沉月每天都能代她收到一大堆礼物，可没多久便传出了她名花有主的消息，蠢蠢欲动的男生们只能作罢。

林沉月一直在暗暗地想，到底怎样的男生才配得上这样的小仙女？可关星禾把男朋友藏得严严实实的，只说他在京市读书，平时两人很少见面。

都说异地恋不靠谱，不会是真的出问题了吧？

关星禾垂头吃着，半晌才摇了摇头："没有。"

林沉月松了一口气，给她夹了一筷子肥牛卷："那你多吃点儿，多吃点儿心情就好了。"

"嗯，谢谢。"关星禾闷头吃了一口，口袋里的手机突然振动起来。

是贺灼打电话过来了。

关星禾连忙走到阳台接通了电话。

"星星。"贺灼低沉微哑的声音传过来，仿佛驱散了周围的寒气，让关星禾的心中一暖。

她想起了关城宇在饭桌上说的话："吴阿姨还有个儿子，比你大一点儿，你得叫他哥哥，改天再一起吃个饭，以后都是一家人。"

她的眼眶有些热，他们都会有各自的新家，可自己呢？连唯一在乎的人都去了京市。

她低低地叫了贺灼一声。

贺灼似乎察觉到了她的情绪有些不对，问："怎么了？"

关星禾的眼眶更热了。

"没什么，就是很想你。"她抹了抹眼泪，努力平复着自己的呼吸，"过几天放寒假了，我去京市和你一起过年，好不好？"

他本来想回海市陪她的，可她说什么，就是什么。

贺灼低声道："好。"

两人又说了一会儿话，室友敲了敲阳台的玻璃门。

“再打下去，连白菜都不给你剩了。”

关星禾的心情好了些，说道：“那我先挂了，过年的时候，我想吃涮羊肉。”

“好。”他低低地笑了一声，“快去吃饭吧。”

进去后，关星禾发现火锅里真的只剩了几片白菜叶子。

林沉月想起关星禾以前说过她很少和父母一起过年的事，说：“星星，今年我家里有点儿事，我只能留在海市过年了，你要不要和我一起过年？”

关星禾笑道：“不了，我要去京市，和我男朋友一起。”

“好吧好吧，你看看你，一说到男朋友，就笑得跟朵花儿似的。心情好点儿了吧？”

“好了一点儿。”关星禾夹了一片白菜叶子，“对了，你留在海市过年的话，要住宿舍吗？”

“对啊，不然还能住哪儿？”

“你要是不介意，可以去我的公寓住，在山鸣花园。”

这是爷爷送她的成年礼，就在学校旁边，只是她一直没去住过。

“真的吗？”林沉月一把抱住她，“看来我是傍上富婆了！快快快，茜茜，快把你珍藏的虾滑拿出来，给星星尝一尝！”

春节前几天，关星禾便收拾好了行李。只是，她没想到关城宇会在这一天回来，还带着她只见过一面的吴阿姨和一个高挑的少年。

“来，这是吴阿姨的儿子林隽，叫哥哥。”

关星禾嘲讽地勾了勾嘴角，声音淡淡的：“你好。”

关城宇看着摆在角落里的旅行箱，问道：“这是要去哪儿？”

“出去玩。”

明明是可以容纳几十人的客厅，今天只站了四个人，关星禾就觉得空气格外沉闷。

她想出去透透气。

关城宇沉下脸：“过几天就是大年夜，过年别到处乱跑。”

他还知道大年夜啊？那以往的大年夜，他怎么就不知道回来呢？

关星禾觉得委屈，眼泪在眼眶里打转，拉着行李箱就要往外走。

“你这孩子，到底有没有听我说话？！”在吴若和林隽面前，关城宇觉得有些挂不住面子，可他看见女儿眼中的泪，声音又不自觉地低了下来，

“先回房间去。”

他扬声说：“张嫂，过来帮星星把行李拿上去。”

张姨提着行李箱，低声劝慰道：“乖，别闹脾气。”

她听见吴若低低的声音：“城宇，孩子爱怎么样就怎么样，随他们去吧。”

“不行，女孩子家的，天天乱跑什么？张嫂，你好好看着她，过年之前，不许她再乱跑。”

关星禾就被这样强硬地拉回了房间。

窗外白雪纷飞，关星禾眼中的泪终于落下来。

他从来都没有考虑过她的感受，凭什么这么说？他们不声不响地离婚，让一个陌生的女人进了家门，自己还得赔着笑脸和他们一起过年？

关星禾趴在床上，泪水无声无息地渗进浅色的被单里。

手机振了两下。

贺灼：“星星，快登机了吗？”

她忍不住拨通了贺灼的电话。

那边有些吵，贺灼的声音断断续续的，听不真切。

“你等等。”

大约过了半分钟，那边安静了下来。

贺灼缩在楼道里，脚边是一地的烟头，空气混浊。

“星星，怎么了？”

“对不起。”她吸了吸鼻子，“我可能不能过去陪你过年了。”

他指尖一顿：“没事的。”听出她情绪低落，他转了个身，问，“发生什么事了？”

“就是，我爷爷回来了。”

关星禾知道他每天有多忙，多累，她不希望自己成为他的负担。

贺灼松了一口气，道：“那过年的时候你好好玩，多吃点儿好吃的，别不开心了，知道吗？”

关星禾强压下泪意：“知道了。”

那边突然传来一个喊声：“灼哥，出现了一个漏洞……”

关星禾抿抿唇道：“你先去忙吧，刚好，张姨喊我吃东西了。”

“好，我们还有好多个新年，等明年，我再带你去吃涮羊肉，好吗？”

“嗯。”关星禾抹了抹眼泪，“拜拜。”

挂断电话，贺灼打开楼道的门，门口的人不自觉地捂住了鼻子：“灼哥，这楼道简直熏死人了，你竟然能在里面待这么久。”

贺灼恢复了冰冷的神色：“什么漏洞？”

“是这样的……”

雪没日没夜地下着，这个冬天似乎格外寒冷。

接下来的几天，除了下去吃饭，关星禾都待在房间里，每天闷闷不乐的，只有和贺灼打电话的十几分钟才开心一点儿。

这个年过得没滋没味，和陌生人凑在一起，关星禾痛苦不堪。

除夕夜，她草草地吃了两口饭就回了房间。

她给贺灼打了个电话，那边却提示关机。

是还在工作吗？

关星禾的心里空落落的，隔着门，她清晰地听见楼下传来的欢笑声，好像他们才是其乐融融的一家人。

从什么时候开始，她连家也没有了呢？

望着窗外的雪，她给林映打了个电话。电话响了几声后就被挂断了。

关星禾愣了一下，垂下眼眸，一滴泪落在手机上。

她不敢再细想，猛地盖上被子，闭上眼睛，强迫自己睡过去。

不知过了多久，天空中突然绽开了灿烂的烟花，团团簇簇，几乎将整个夜空点亮。她被吵醒了，透过窗帘的缝隙，看着透进来的光。

是零点了吗？

手机突然振了两下，是贺灼发来的短信：“星星，下楼。”

她心中一颤，猛地爬起来冲到窗前，一把拉开窗帘。

璀璨夺目的烟花照亮了夜空，贺灼静静地站在雪地里，等待着他心爱的姑娘。

关星禾蹑手蹑脚地出了门。

贺灼一副风尘仆仆的样子，肩上落了一层薄薄的雪。

她奔过去，扑进他的怀里：“你怎么来了？”

他身体一僵，轻轻地握住她的腰：“想你了。”

关星禾开心地笑起来。

她说来不了的那天，他立马去买飞机票，只是机票早就售罄了，好在他抢到了最后一张火车票。坐了一天一夜的卧铺，他终于见到了她。

现在，她就窝在他的怀里。

贺灼再也控制不住自己，收紧了手，将她紧紧地拥在怀里。

“星星，新年快乐！”

在灯光的照射下，落雪都染上了温暖的颜色。

她静静地靠在他的怀里，听着他急促有力的心跳声。

他的心跳得好快。

关星禾蹭了蹭他的胸膛，小声撒娇道：“有点儿冷。”

——你再抱紧一点儿。

他轻轻地摸了摸她的头，温声说：“回屋里去吧。”

他本来只想看她一眼，没想到她就这样跑出来了。

贺灼有些愧疚：“快回去睡觉吧。”

关星禾仰起头，水盈盈的眼里映着灯光，分外动人。

她埋怨地瞪了贺灼一眼，瞬间让他心都化了。

她退出他的怀抱，道：“你在这里等我一下。”

关星禾再出来时，脚上换了皮靴，身上也穿了一件米白色的羽绒服。

她笑了笑，脸上露出两个可爱的小酒窝：“走吧，我们偷偷地溜出去，早上我再回来。”

贺灼愣了一下。

大年夜，她就这样撇开家人，俏生生地站在他的面前，说要跟他走。

即使知道不应该，他也说不出拒绝的话。

他们已经很久没见面了，他真的……很想她。

关星禾将手伸进他的口袋里：“帮我暖手。”

贺灼碰到她冰凉的小手，轻轻地收紧了手掌。

“嗯，走吧。”

雪不知什么时候变小了，路灯将两人的影子拉得长长的。

关星禾一边走一边看着他说道：“你胆子还挺大，不怕被我爸发现吗？”

“叔叔今年回来过年了？”

他来关家这么多年，几乎没和关叔叔一起过过年。

关星禾嘴角的笑意淡了下去：“嗯。”

握着的小手渐渐暖和起来，贺灼说：“你到这边来。”

“怎么了？”

“也给另一只手暖一下。”

“哦。”关星禾一下子高兴起来，蹦蹦跳跳地换到另一边，将另一只冰凉的手塞进他的口袋里。

贺灼握紧了她的手，道：“刚刚我在楼下等你的时候，看到你旁边房间里亮着灯。”

“嗯。”关星禾垂下头，“爸爸的新女友和她的儿子来和我们一起过年了。”

关城宇还想让林隽住贺灼原来的房间，被她制止了。

贺灼脚步一顿，侧过头。

雪夜里，路灯昏暗，关星禾垂着眼，看不出神色。

他心中一痛：“怎么没跟我说？”

她抬眸看他：“我这不是觉得你忙，怕你担心吗？”

怪不得这几天她情绪低落。

他的神色严肃起来：“他们是不是对你不好？”

“没有。”手指轻轻地划过他的手心，她强笑道，“我们都不怎么说话的。”

大家相安无事罢了。

手心里的痒意瞬间传进了心底，贺灼攥住她的手指：“别闹，说正事呢。”

“真的没有。”她的神情也认真起来，“我就是不开心。爸爸什么也没说，就把他们带回来了，害得我没办法去京市和你一起过年。”

她眼眸澄澈，不再像刚刚那样强颜欢笑。

贺灼信了几分，但一想到这些天她是怎样过来的，他还是忍不住心疼。

他嘱咐道：“以后有什么事情不许瞒着我，有什么不开心的就和我说，你不说，我会更担心的。”

关星禾垂下眼眸，终于说出了自己的不安与顾虑。

“我就是觉得，他们都各自有了新家。”她吸了吸鼻子，“而我什么都没有。”

看着她泛着水光的眼睛，贺灼的心像被揪了一下，疼得厉害。

“谁说的？”贺灼沉声道，“你还有我。”

——我愿意永远陪在你身边。

他向来清冷寡言，此刻说出的话却十分温柔。

关星禾听到自己剧烈的心跳声，一下又一下。

她眼中含着的泪终于涌出来。

是啊，她还有他。就算所有人都离开了，他也会陪在自己身边的。

她轻轻地倚着他的手臂：“嗯，还有你。”

大年夜，路上没有其他行人，安静极了。

关星禾的情绪逐渐平静下来，泪也止住了。

她深吸了一口气，问道：“你住哪儿啊？要不，去你住的地方坐一坐吧？”

贺灼脚步一顿。

他订的是一个简陋的青年旅社，一个房间住了好几个人，十分拥挤。

如今，工作室正在发展阶段，资金周转困难，一分钱要掰成两分花……

他撒谎道：“来得匆忙，还没订酒店。”那样的地方，他不想让她去。

“你不会想去睡桥洞吧？”关星禾瞪大了眼睛，“你这次是怎么过来的？”

贺灼抿了抿唇：“坐飞机。”

关星禾舒了一口气：“那走吧，去我的公寓。”

到了公寓楼下，关星禾才想起来她让林沉月住在这里了。

她低头给林沉月打了个电话，对方没接。

两层楼的公寓，独立出入，上下两层都可以住，关星禾想着林沉月应该会住在上面那层，于是，她打开了下面一层的房门。

灯光透了出来，客厅里灯火通明，沙发上的两个人正吻得难舍难分。

关星禾的脚步猛地顿住。

听到声音，林沉月猛地从沙发上跳起来。

“星禾？”她尴尬地解释，“他……那个，他今天非要跟进来，他不是要住在这里，一会儿他就会走的。”

“没事。”第一次撞见别人接吻，关星禾也有点儿不好意思，“我男朋友突然来了，晚上我和他住在楼上，你们住在楼下，行吗？”

说好把房间借给她住，却突然过来，关星禾觉得是自己食言在先。

林沉月这才看见关星禾身后的人。

男生身材颀长清瘦，眉眼深邃，他站在门廊处，轻轻地拍着肩上的雪，气质清冷，莫名地吸引人。

林沉月说：“这是你家啊，有什么不可以的？”

她又好奇地看了一眼贺灼，男朋友似乎吃醋了，把她的脸扳了过去。

她讪讪地笑道：“这是卫恕，钢琴系的。”

关星禾这才注意到，林沉月的男朋友有些眼熟，以前好像也是附中的。

卫恕对她点点头：“今晚真是不好意思了，改天我请大家吃饭。”

林沉月把他往外推：“好了，你快走吧。”

刚刚本来说好是告别吻，不知怎么就越吻越激烈，害得她这么丢脸。

卫恕捏了捏她的脸，很干脆地走了。

林沉月又开始好奇地打量贺灼。

关星禾怕她八卦，连忙将贺灼拉上楼。

她随手打开一间房的房门："你睡这一间吧，我睡你隔壁。"

刚进房间，关星禾就收到了林沉月发来的消息："你男朋友好帅啊！"

她连忙回："他不爱说话，明天你别问东问西的。"

林沉月："好啦，不问了，护成这样。"

关星禾本想上床睡觉，突然想起出来得急，她什么都没带。因为她没在这里住过几回，公寓里连护肤品也没有准备。

她给林沉月发短信："有护肤品吗？借我点儿。"

林沉月："行，我给你拿上来。"

林沉月将自己的瓶瓶罐罐装进一个小袋子里，跑上了二楼。

洗手间的门半敞着，她看见贺灼微微地弯着腰，正一遍遍地清洗着脸盆。

他动作利落，原本还带着灰的脸盆被洗得像新的一样。

林沉月本来想去搭话，但想到关星禾的话，硬生生地忍了下来。

走进房间，林沉月把袋子递了过去。

关星禾接过她的小袋子，说："谢谢了啊。"

林沉月眨了眨眼睛："东西有没有准备？"

"什么东西？"关星禾刚洗完脸，脸上有些干，连忙打开喷雾往脸上喷。

"那个啊。"林沉月挤眉弄眼，"你懂的。"

"我不懂啊。"关星禾轻轻地拍了拍脸，对上林沉月晶亮的眼睛，"到底是什么？"

"啧。"林沉月有些无语，从口袋里拿出一个小方块，"拿去，咱们女孩子要好好保护自己。"

关星禾垂眸一看，脸"噌"的一下变得通红："我和他还没有……还没有……"

他们连吻都还没有接过呢！林沉月的脑子里都装着什么？！

林沉月挑了挑眉。

关星禾只觉得脸颊像要烧起来了，手心里的小方块更是格外烫手："我们还没到那一步，而且，我们晚上都不睡一间房。"

"啊？"林沉月瞪大了眼睛，"你们这么保守的吗？"

她捏了捏关星禾的脸颊："那这个你留着吧，总有一天会用到的。"

她不等关星禾拒绝，连忙溜出了房间。

房间里恢复了安静，可关星禾脸颊上的热度还未退却，她心慌意乱，恨不得出去把脸蛋埋进雪里。

她莫名地想起刚刚进屋时看到的那一幕，林沉月坐在卫恕的腿上，两只手紧紧地搂着他的脖颈，空气中都氤氲着旖旎的气息。

贺灼好像从来没有显露过那样激烈的情绪，他总是冷冷淡淡的。就连让他亲自己一下，他都只是低下头轻轻地碰了碰她的额头。

关星禾看了看手心里的东西，将它放进了装护肤品的小袋子。

她想，明天一并还给林沉月好了。

窗外不知什么时候又飘起了雪，天地间白茫茫的一片。

门突然被敲了两下，关星禾以为是林沉月来了，问也没问就打开了门。

热气氤氲，贺灼捧着一盆热水，温柔地看着她。

关星禾猛地挺直了背："你还没睡啊？"

"嗯，你睡前泡泡脚吧，可以睡得更好。"

"好。"

关星禾伸手去接，他却避开了："有点儿重，我给你端进去。"

贺灼走进房间，半蹲下来，将那盆水放在椅子旁。

"你坐下来。"

关星禾乖乖地坐下了。

贺灼的手犹豫了一下，还是握住了她的脚踝。

"不……不用。"关星禾一下子明白了他的意图，连忙制止，"我自己洗就好了。"

他有些强硬地握住她的脚踝，道："我帮你，免得你一会儿还要洗手。"

他的力道很大，却又很温柔地将她的脚放进热水里。

"烫不烫？"他的声音低低的，像羽毛拂在关星禾的心上。

"不烫，很舒服。"

他背微微地弯着，动作透着几分小心翼翼。

看到关星禾的脚趾不再是红通通的，贺灼松了一口气。

关星禾突然有些感动，从来没有一个人对她这么好。

她轻轻叫了他一声。

"嗯？"

他将毛巾平铺在自己的膝盖上，小心地将她的脚抬起来，细细地擦拭着。

"我好喜欢你啊。"

他动作顿住，身体里的血液却在这一刻沸腾起来。

他声音沙哑道："我……我也……"

脖颈被轻轻地往前一带，接着，唇上覆上了一片温软。

他的脑子炸开，空气仿佛也燥热起来。

所有的感官都在这一刻消失了，只留下唇上轻软得不真实的触感。

他不由得屏住呼吸，身体僵成了石头。

不知过了多久，贺灼退后一些，轻轻地推开了关星禾。

严冬时节，贺灼的耳根一片通红，他垂着眼，连呼吸都是乱的。

寒风敲打着窗户，发出轻响。

关星禾这才反应过来，猛地松开了他。

心脏激烈地怦怦跳着，想到自己刚刚的举动，她恨不得把头埋进被子里。

关星禾抬眼悄悄地看他。

他微垂着头，嘴角微抿，冷峻的脸上没有表情。

贺灼的手指攥得发白，心跳狂乱无比，他看到关星禾好奇地打量着他，粉嫩的菱唇上还残留着浅浅的水光。

屋里的温度突然高了许多，他出了一层薄汗。

贺灼的喉结剧烈地滚了几下："我先出去了。"

他怕自己再待下去，就控制自己了。

贺灼脚步慌乱地走了出去，门"嘭"的一声关上，只留下关星禾愣愣地坐在床上。

她疑惑地想，为什么他从来不主动吻自己呢？他好像冷淡到了骨子里，就连那样的亲密接触都无法让他内心泛起一丝波澜。

可是，情侣间的相处不应该像林沉月和卫恕那样，热烈又痴缠吗？

关星禾脸上的红晕退了下去，她起身拿起小方块端详了一会儿，又愤愤地扔进袋子里。

哼，他这样的人，估计一辈子都用不到吧！

关星禾盖上被子，满脑子都是贺灼毫无表情的脸。用热水泡过脚后，冰凉的身子暖和了起来。不知不觉间，她昏昏沉沉地睡了过去。

第二天醒来时，天光大亮，关星禾猛地想起自己是偷跑出来的。

她急急忙忙地起床，简单地洗漱了一下，便叫了一辆车往家里赶。

到家后，她蹑手蹑脚地打开门，听到了关城宇的声音："小隽多吃点儿，别像你妹妹一样，瘦成个竹竿。"

关星禾翻了个白眼，转过身，尽量轻声地关门。

门“咔嗒”一声关上，紧接着便传来关城宇低沉的声音：“星星，过来。”

她的心中一紧。

糟糕，还是被发现了。

她深吸了一口气，一边磨蹭着走过去，一边在脑子里想着应对的办法。

关城宇抬眸望了她一眼：“以后早餐就在家里吃，外面的东西不干净。”

“啊？”关星禾满头雾水。

关城宇轻咳了一声，道：“要不是小隽跟我说你出去吃早餐了，我还以为你不见了。”

关星禾愣了一下，低声道：“哦，知道了。”

她对上林隽的眼，他的眼睛是少见的浅茶色，在灯光下呈现出淡淡的色泽，看起来温柔极了：“外面的东西比较有滋味，我在学校的时候也不爱吃食堂，经常去外面吃。”

关城宇轻哼了一声，声音终于温和下来：“出去吃也要选干净一点儿的店子，知道吗？”

“嗯。”关星禾点点头，“那我先上去了。”

她不明白林隽为什么要帮自己，也来不及想那么多，只想扑到床上再睡一觉。

关了门，贺灼的电话便打过来了：“星星，你回家了？”

“嗯，刚刚走得急，没来得及和你说一声。”

关星禾想起昨天的那个吻，心里五味杂陈。

“你什么时候回去啊？要不然，你多待几天，好不好？”

明明已经订好了回程的票，工作室也还有一些事情等着处理，可听着她明显带着撒娇意味的声音，贺灼的心跳都漏了一拍。

他握着电话的手紧了紧，声音低哑道：“好。”

任何事情都没有她重要。

外面突然传来敲门声，关星禾连忙压低声音：“那我这几天有空再去找你，先这样，不说了。”

挂断电话后，关星禾打开房门，外面站着林隽：“关叔叔出去了。你应该还没吃早饭吧？我给你拿了面包和炒蛋。”

吴若母子住进来的这些天，他们关系平平淡淡，更像是陌生人。关星禾不知道他刚刚为什么要帮自己，她接过盘子，客气地说道：“谢谢你。”

“不用。”林隽站在门边，犹豫了片刻，还是问出了口，“昨天那个，是你男朋友吗？”

昨晚他觉得房间有些闷，打开窗户透气时，见到花园外站着一个少年。

少年穿得单薄，肩上都落满了雪，背却挺得笔直，像极了屹立在风雪中的小白杨。

下一秒，他就看到女孩儿猛地扑进少年的怀里。

关星禾将餐盘放到桌上，应了一声：“嗯。”她轻抿了一下唇，“能不能……别告诉我爸？”

林隽无意管别人的家务事，道：“好，但你下次别那么晚出去了。”

面包烤得松软香甜，关星禾咬了一口，忍不住问他：“你为什么帮我？”

林隽的视线望向窗外。

花园里梅花初绽，在白雪的映衬下，分外好看。

“不为什么。”他叹了一口气，“你对我妈态度好点儿就行。”他母亲性子温和，一直希望能和关星禾这个未来的继女好好相处，可关星禾总是一副冷冷的态度。

关星禾的眼睫毛颤了颤：“好。”

过了年，关城宇便回了公司，没了管束，关星禾几乎每天都和贺灼黏在一起。

之前卫恕说有空要请他们吃饭，没想到还真请了。

这天，他拿了四张音乐会门票，说是要邀请他们一起去听。

音乐会那天恰巧是元宵，京大过几天就要开学了，贺灼决定陪关星禾听完音乐会再回去。

进场前，四人选了家火锅店吃晚饭。火锅鲜红的汤底咕嘟咕嘟地翻滚着，蒸汽氤氲，香气四溢，贺灼微低着头给关星禾剥虾。

刚捞出来的虾很烫，他却仿佛感觉不到，骨节分明的手指动了动，完整饱满的虾肉就剥了出来，放进了关星禾的碗里。

林沉月看着旁边只知道埋头苦吃的男朋友，伸手狠狠地捏了他一把。

“嘶，你干吗？”卫恕差点儿被烫到。

林沉月狠狠地瞪了卫恕一眼，他却毫无反应，低头喝了口酸梅汤。

林沉月在心里翻了个白眼，说道：“哎，我听说这个乐团的小提琴首席前些日子换了个人，新首席好像是我们学校毕业的林豫南学长。”

“是吗？”关星禾回了一句，“我之前听过他的独奏，总觉得他不太适合待在乐团。”

卫昶点点头：“我也觉得，他有点儿克莱斯勒的感觉，比较适合独奏。其实我最喜欢的是纽约爱乐乐团，他们去年来了海市，可惜我没抢到票。”

关星禾说：“我记得他们上上次来海市是在我初中的时候，那时候票都抢疯了。”

林沉月搭话道：“我还是就听听专辑吧。”

三人聊得火热，贺灼沉默地坐在一旁。

卫昶发觉他被冷落，连忙问：“对了，灼哥，你最喜欢哪个乐团？”

贺灼愣了一瞬，低声道：“我不懂这些。”他们聊的话题，他一句话也插不上。

卫昶有些缺心眼，傻愣愣地问：“啊？那你平时和星禾聊什么呢？”

贺灼手指一顿。

是啊，他孤僻寡言，也不懂音乐，平时都是关星禾乐此不疲地说上一大串，自己也不知道如何应对。她会不会觉得自己很无趣？

卫昶这话没什么恶意，只是单纯觉得好奇，却让大家都不太舒服。

林沉月狠狠地踩了他一脚，压低声音道：“闭嘴。”

她尴尬地笑了两声：“走吧走吧，吃完了，结账，要不然我们就赶不上音乐会了。”

出了门，关星禾悄悄地去握贺灼的手，他指尖冰凉。

他淡声道：“没事，快走吧。”

这个乐团的资质平平，一场音乐会无滋无味的，大家都兴致不高。

工作室出了点儿问题，贺灼昨夜忙活了一晚，天蒙蒙亮才躺下。

此时，悠扬的音乐声飘过来，宛如一首催眠曲，让贺灼的眼睫忍不住垂下来。

旁边传来几声笑，关星禾转过头，才发现贺灼的眼睛已经轻轻地合上了。

中场休息时，关星禾轻轻地推了推他。

贺灼猛地睁开眼。

刺眼的灯光让他瞬间反应过来——自己在听音乐会时睡着了。

他眉宇间的疲惫看得关星禾心中一软：“要不，我们回去吧？”

边上有人低声对自己的小孩说：“宝宝，你知道吗，在这种场合睡觉是很不礼貌的，是很没有教养的表现，我们不可以这样哦。”

贺灼紧绷着下颌，低声道：“对不起，星星。”

他是不是害她丢脸了？

关星禾学着那人的语气道：“宝宝，你知道吗，议论别人是很没有教养的表现，你长大可千万不要这样，会被大家讨厌的呢。”

“你……你说什么？”那人气得一下子站了起来。

贺灼冷冷地扫过去一眼，眼神狠厉。

那人吓得一僵。

林沉月连忙帮腔：“现在连话都听不懂了吗？更让人讨厌了呢。”

卫恕说：“算了算了，我们走吧。”

他们本来就不太想听了，没想到还碰上这种人。

走出音乐厅时，华灯初上，霓虹与白雪交相辉映，分外美丽。

从音乐厅出来后，贺灼一路上都没有说话。

林沉月这几天已经回学校住了，卫恕送她回去。

几人告别后，贺灼与关星禾静静地走在雪地里。

贺灼突然沉声说：“对不起。”

他垂着眼，手指攥得发白。

这已经是他今天第二次道歉了。

关星禾压根没把这件事放在心上，她只是心疼他眼下泛起了青黑。

他那么累，明明可以直截了当地说不想来，为什么总要勉强自己呢？

在这段感情里，他永远是被动的那一方，被动地接受她的表白，被动地牵手，被动地接吻，始终克制淡然。

关星禾闷闷地想，他真的有那么喜欢自己吗？

雪花慢慢地落下来，关星禾穿的毛衣裙有些单薄，贺灼脱下自己的大衣，轻轻地披在她的身上：“别生气了，是我不好。”

关星禾轻声道：“知道自己错在哪儿吗？”

“我……我不该睡着的。”他的声音低哑极了，“害你丢脸了。”

“不是。”关星禾道。

她的目光柔和又炽热：“你不该什么都不跟我说。你明明很在意卫恕的话，明明很累，想要回去休息，却什么都不说。”她的声音渐渐低了下来，带上了几分委屈，“你为什么总是这样呢？喜欢我也不主动说，什么都是我主动，我是……女孩子啊，这样下去，我也会累的。”

贺灼的一颗心像是被摁进了冰水，凉得全身颤抖。

“我……我不是。”他靠近一步，双手扶着她的肩，“我……对不起。”

他贫瘠的人生里从未拥有过什么财富，如今得到一件不属于自己的宝物，便小心翼翼，格外珍惜，连碰一下都觉得是亵渎。

“星星……”他见她不说话，慌张到语无伦次，“我不该这样，对不起，我以后会改的。”

他会努力学着主动，努力去跟上她的脚步。

他双手紧紧地攥着她的肩膀，仿佛只要松开手，她就会离他而去。

关星禾的一颗心软得一塌糊涂。

她想，他本来就是这样沉默寡言的性子，况且，他选择不告诉自己，也是怕自己担心吧？

关星禾抬手轻轻地环住他的腰：“好了，我知道了，我刚刚太急躁了，我也有错的。”

“没有。”他抱紧她，“是我不好。”

远处缓缓地升起一盏盏孔明灯，宛若寥落又闪亮的星星。

关星禾靠在他的怀中，能清晰地听到他有力的心跳声。

她伸手，悄悄地摸了摸他凸起的喉结。

贺灼低头撞入她的眼中。

她的眼里映着灯火，也映出他的模样。

他蓦地想起刚刚的诺言，喉结剧烈地滚了两下。

她一眼看透了他，眼睛弯了弯：“你要主动了吗？”

心底压抑的情愫喷涌出来，贺灼生疏地捧住关星禾的脸，低头覆上了肖想已久的唇。

世界瞬间安静下来。

这时街边走过一对母女。小女孩指着他俩嚷嚷道：“妈妈，你看，哥哥姐姐在干吗？”

她母亲连忙扯着她快步离开：“小孩子别瞎看。”

贺灼猛地松开怀里的人。

关星禾的脸颊上布满红晕，眼中波光盈盈，羞涩极了，连忙拉起他的手道：“快点儿走吧。”

元宵节的晚上，小孩子们手牵着手，成群结队地走在街上。

看着他们手里拿着的灯，关星禾说：“我们去放孔明灯吧。”

“好。”

贺灼去路边的小摊上买了两盏孔明灯，摊主送了他们两张字条。

"把愿望写在这上面，系在孔明灯下，孔明灯飞上天后，愿望便会实现。"

四周没有什么可以写字的地方，贺灼微微弯下腰，道："把纸放在我的背上写。"

关星禾眉眼弯弯，笑眯眯道："你真好。"

贺灼的视线落在她水润的红唇上，耳朵蓦地红了。他轻咳了一声，小声催促道："快点儿。"

"哦。"关星禾将纸放在贺灼坚实宽阔的背上，一笔一画地写道：希望能和贺灼永远在一起。

往后余生，这大概是她最大的心愿了。

她看着字条，眼神温柔极了："好了。"

贺灼直起身子，通红的耳部暴露无遗。

关星禾坏笑道："你的耳朵怎么这么红啊？"

她总想着逗逗他，看他一副板正严肃却又拿自己无可奈何的样子。

"没有。"他伸手碰了碰自己滚烫的耳朵，"太冷了。"

"啊？是吗？"关星禾连忙将身上的大衣外套脱下来，"那你快把衣服穿上吧。"

他伸手抓住她纤细的手腕："别，你穿着。"

"我……"他抿了抿唇，"我就是太热了。"

关星禾的眼底漾开笑意："到底是冷还是热？"

他咬了咬牙："热。"

"哦。"她眼中满是狡黠的神情，"那就相信你一回吧。"

贺灼点点头，随后将自己的字条平铺在地上，匆忙往上写了几个字。

关星禾好奇地探头道："给我看看，你写了什么愿望？"

他连忙遮住自己的那张纸："别看。"他的声音低下来，"看了就不准了。"

"你怎么还相信这个？"关星禾扯了扯他的衣角，撒娇道，"让我看看嘛，好不好？"

"不行，不能看。"贺灼硬着心肠拒绝道。

"好吧好吧。"关星禾撇撇嘴，小声嘀咕，"不看就不看。"

他没说话，将自己的那张字条系在了孔明灯上。

两盏孔明灯相依着飘上天空，宛若两颗闪亮的星，渐渐远去。

贺灼抬眸静静地看着夜空，希望来年自己的心愿真的可以实现。

一只手突然被拽了一下，关星禾道："你低头。"

他依言低下头，冰凉的脸颊触到一抹温软。

“奖励你第一次主动。”

远处人群喧嚣，他却清晰地听到了自己逐渐加快的心跳声。

他轻轻地碰了一下被她吻过的地方，很烫，像是要将他的一颗心融化。

第九章

被偏爱着

时光匆匆而过，夏天无声无息地来临了。京大的盛夏格外炎热，路边的香樟树枝繁叶茂，遮蔽着酷日，阳光在地上洒下细碎的光影。

徐营从教学楼里出来，热得一身汗：“京大穷成这样吗？教学楼里连个空调都不装。”他拍了拍贺灼的肩，“走，哥几个去你家吹吹空调。”

前几个月，工作室新出的一款游戏大受好评，两人总算拿到了第一笔不菲的回报。为了上班方便，贺灼在学校旁边租了一个小单间。

今天的阳光格外毒辣，贺灼的额头上全是汗。

“我把那个房子退了。”

“啊？为什么？”

“她暑假要来，我换了个好一点儿的，还没搬。”

“你够狠啊！多大的房子啊？”

徐营的爸妈自从听说徐营办了工作室，就彻底断了他的经济来源，他所有的家底都投在了工作室上，最近也过了一段苦日子。

“三室一厅。”

徐营的声音抬高了：“你疯了啊？你们就两个人，住那么大的房子干吗？要不然多的一间留给我，房租算便宜点儿。”

“不行。”贺灼拒绝得干脆利落，“剩下一个房间要给她练琴。”

徐营叹了一口气：“我连空调都吹不上，她还有一个专门的琴房。”真是像宝贝一样供着啊。

贺灼没说话。虽然是三室一厅，他仍觉得委屈了她，但他目前只能租得起这么大的房子。

贺灼问："你等会儿有空吗？"

"你要干吗？"

"我想挑个礼物。"他漆黑的眸底多了几分温柔，"但不知道女孩子喜欢什么。"

徐营咋了咋舌，拍胸脯道："这不是我最擅长的吗？包在我身上。"

关星禾这次来京市并不是单纯地来玩。海音大学和京市音乐学院联合举办了一个小型交流会，交流会一共三天，第一天结束活动时，已经很晚了。

关星禾一出来，就看到了站在树下的贺灼，他一半的身影隐在黑暗中。

关星禾跑过去，小声说："对不起，让你等久了。"

他似乎瘦了很多，声音却格外轻："没事，吃饭了吗？"

"还没。"

"那我带你去吃饭，涮羊肉怎么样？你之前说想吃。"

"好。"

京市的夜晚格外繁华，街边停着一排共享单车。关星禾蓦地想起很多年前的夜里，贺灼骑车载自己去广场上看烟火。

她还记得，那天坐在后座上，微凉的风拂过来，她的心一下子跳得好快好快。

时光一点点地流逝，他们都慢慢长大了，可那些温暖的画面似乎依旧鲜明地留存在记忆里。

"吃饭的地方远不远啊？要不，我们骑车过去吧。"

贺灼怕她累着，可见她眼里隐隐透出的期待，他妥协了："好。"

两人正打开手机扫码，背后传来了呼唤声："星禾。"

关星禾回头才发现，叫她的是这次一起来京市的同学。

于沁的视线在两人身上转了一圈，问："这是……你男朋友？要不要和我们一起去吃饭？华茂大饭店，徐钦阳请客。"

于沁的眼神让关星禾很不舒服，她的声音淡淡的："不用了，你们玩得开心点儿。"

于沁也不勉强她，只是又看了一眼他们旁边的共享单车："行吧，那我走了。"

关星禾看了一眼她的背影，回头说："我们走吧。"

灯光有些暗淡，但贺灼还是清晰地看到了于沁眼底藏不住的鄙夷。

他知道华茂大饭店，那是全京市最高级的酒店，或许一顿饭就要他一个月的房租。他收紧握着车把的手，重重地踩了一下踏板。

他骑在前面，给关星禾带路。

“哥哥，”她的声音飘过来，“我想吃清淡点儿的，这里离你的学校远不远啊？”

“不远。”

她骑得快了些，和他并肩而行。

“那我们去你学校食堂吃吧，我想试试。”

喉咙仿佛被什么东西堵住了，贺灼声音沙哑道：“去吃点儿好的。”

他没办法带她去华茂饭店吃，但也不能委屈她吃食堂。

“我不。”她的声音回荡在风里，“我现在就想吃食堂的白粥嘛，你要带我吃好吃的，可以过几天再吃嘛。”

贺灼的心霎时软得一塌糊涂。他何尝不知道关星禾的小心思呢？她一定是看穿了他的窘迫，才体贴地提出这样的要求的。

最终，贺灼还是拗不过关星禾，带她来了食堂。

京大的食堂很大，食物种类繁多，现在也不是吃饭的高峰期，人不算多。

“我想喝奶茶。”

“好。你站在这里等我，我去买。”

关星禾乖乖地站在原地。

前面有个卖包子的窗口，香气飘过来，她有些馋了。

她走过去问：“阿姨，一个包子多少钱啊？”

“素的一块，肉的两块，馒头五毛。”

“可以付现金吗？”

“姑娘，我们这里只能刷卡。”

关星禾有些郁闷，正准备走开，旁边的女生见她好看又面善，主动凑了过来：“你忘带饭卡了吗？我可以借给你。”

关星禾开心地笑起来，给了女生五块钱：“谢谢，那我要两个肉的。”

食堂阿姨利落地装了两个肉包，道：“一共四块，要不要再来两个馒头？凑五块钱。你男朋友每天都来我这里买两个馒头。”

关星禾愣了一瞬，半晌才讷讷道：“……好，那您再给我两个馒头吧。”

女生帮她刷了卡就离开了。

包子摊没什么新顾客，食堂阿姨便和关星禾聊了起来。

“刚刚那个是你男朋友，没错吧？”

“嗯。”

阿姨叹了一口气，道：“小伙子真不容易，他每天晚上就来我这儿买两个馒头，连素包都不舍得买，就着食堂的免费汤，一吃就是一个学期。”

手上的包子还温热着，关星禾的眼眶却蓦地一酸。

这些年，他在京市过的都是什么日子啊。

“星星，”贺灼不知道什么时候回来了，“我买了常温的奶茶，你的生理期好像快到了，最好不要喝冰的。”他似乎褪去了冷硬，眉目也柔和下来。

“我看那边有你爱吃的小火锅，我们去吃怎么样？”说着，他察觉到了关星禾的情绪不对，声音低了下来，“……怎么了？”

关星禾吸了吸鼻子。

他不想让她知道，她便装作不知道。

她努力扯了扯嘴角：“我们去吃小火锅吧。”

“好。”

小火锅很丰盛，有菜有肉，关星禾却食不下咽。

吃完饭后，贺灼带着关星禾回了新租的公寓。这是一套精装修的高级公寓，装修风格冷淡小众。进门后，贺灼道：“我给你把空调打开。”

他微垂着头，摆弄着手上的空调遥控器，却总是不得其法，生疏得像从来没用过一样。

关星禾说：“给我看看。”

她接过遥控器，试了几次，空调却始终没有反应。

关星禾的额头热出了一层薄汗：“你平时都没用过吗？”

贺灼的手指顿了一下：“用的……可能今天突然坏了，明天我让人来修一下。”

屋里静默下来，关星禾垂下了眼眸。她知道，贺灼一定又骗了她。

他对这房子里的设施都不太熟悉，明显是刚搬进来不久。

“你搬进来多久了？”

他沉默了一会儿才低声说：“挺久了。”

明知他骗了自己，关星禾却说不出任何一句责怪的话。

她轻声问：“能不能帮我倒杯水？”

“好。”他走进厨房，不一会儿便响起了烧水声。

关星禾站起来，想看看房间，却不经意地碰到了旁边的柜子。

“嘭”的一声，一摞书应声掉落下来。

关星禾连忙蹲下身去捡。

大部分都是计算机专业方面的书，但还有几本其他的。

关星禾看着眼前的《小提琴演奏的艺术》《西方文明中的音乐》《音乐的极境》，愣怔住了。

她随手翻了翻，每本书都有勾勾画画的痕迹，记满了笔记。

原来，他那么在意卫恕的那番话，在她看不见的地方，一直默默地努力着。

关星禾蓦地湿了眼眶，她突然意识到自己对他的猜疑有多么可笑。

原来，有些人的爱深沉无言，却胜过这世间所有的情话。

交流会很快结束了，大家跟着带队老师回了海市，只有关星禾一个人留了下来。两人好不容易见一次面，恨不得时时刻刻黏在一起。

炎炎夏日，窗台上晾着刚洗过的衣服，清晨的风吹起窗帘的一角，满屋都是肥皂香。

贺灼起床后便去了工作室，关星禾醒来后才看到手机里的消息："星星，今天有点儿忙，抱歉，中午不能陪你吃饭了。"

关星禾迷迷糊糊地回了一句"好的"，她刚想放下手机再睡一会儿，只听"叮"的一声，一条推送消息发了过来：炎炎夏日，教你做好吃的便当，成功收服老公的胃。

关星禾不由自主地点了进去。是精致的日式便当，连胡萝卜都被雕成精致的爱心状，玉子烧像一朵朵春日的花，斜斜地点缀在角落。

关星禾莫名地想到那两个馒头，还有清水一般的免费汤。

只要一想到贺灼过的是什么日子，她就忍不住难过。

要不，做份便当给他送过去吧？

关星禾的执行力一向很强，打开外卖软件，轻轻一点，就把材料连同着便当盒都买了。等东西送到后，她便做了起来。

这个便当比较简单，即使是第一次做，关星禾也像模像样地包出来了几个饭团。最难的是玉子烧。她一层一层地倒蛋液，把鸡蛋层层叠叠地卷起来，不知道是什么缘故，试了好多次，她都做不成型。

转眼就到中午了，关星禾只得收拾收拾，把做得稀稀散散的玉子烧放在便当盒角落，让它尽量减少存在感。

她不知道工作室的位置，又想给贺灼一个惊喜，只能发微信消息问徐营。

徐营的微信号是上次大家在 KTV 唱歌时交换的，为此，贺灼还闷闷不乐了好久。

徐营很快发来一串地址。关星禾还向他强调几次，让他不要告诉贺灼。

关星禾提着便当盒，顶着烈日出了门，打车过去，大约二十分钟就到了。

那是一栋有些破旧的老式写字楼，在京市这样繁华的地段，与周围的建筑明显格格不入。关星禾刚走进大门，就见到电梯间门口摆着一块黄色牌子：电梯正在维修中。

贺灼的工作室在十楼，只能爬楼梯上去了。

关星禾找了半天才在角落里找到消防通道，这里好像压根没人清扫，地上一堆堆烟头，空气中泛着一股难闻的霉味。

关星禾屏住呼吸，快步地往上走，一层又一层，到七楼时，她已经累得不行，偏偏四周特别脏，让她连倚靠的地方都没有。

她站在原地休息了一分钟，又往楼上走。

七月酷热难耐，楼道里没开窗，仿佛热锅上的蒸笼，热得关星禾满头大汗。

终于到了，她正要打开消防门，门把手却突然转了一下。

她骤然撞上了一双漆黑的眼睛。

狭窄的楼梯间内，两人就这样对视着。

贺灼的目光落在关星禾布满汗水的额头上，他问："你怎么来了？"

关星禾晃了晃手里的便当盒，说："来给你送饭呀。"

贺灼想到坏掉的电梯，心疼地抽了几张纸巾，给她细细地擦脸上的汗："太辛苦了，下次别来了。"

"没事儿。"关星禾笑眯眯的，弯起来的眼睛似月牙般动人心弦。

"我天天待在家里，没怎么走动过，多锻炼锻炼也挺好的。"

贺灼沉默了下来。

他的视线落在她热得通红的小脸上，心里软得一塌糊涂。

犹豫了片刻，他走过去，抬手轻轻地碰了碰她的脸颊。

他承诺过要主动的。

贺灼指腹温热，上面有一层薄薄的茧，触在关星禾的脸上，让她感觉痒痒的。他少有的主动让她的心怦怦地跳起来，连呼吸都轻了些。她知道自己在期待着什么。

周围的温度都仿佛悄悄地上升了。贺灼低下头，呼吸拂在关星禾的脸上。

他一点点地朝她靠近。

"等等。"她猛地捂住他的嘴，另一只手抵住他的肩，轻轻地推了推，"那个，我的脸上都是汗。"

贺灼没有退开，只是沉默地垂下眼眸。

他离得很近，近到关星禾能清晰地看清他眼中浓稠得化不开的感情。

她推他的手就那么僵住了，她感觉到唇上覆上了一片温软。

他的手扣住她的腰，轻轻地将她往自己身边带了带。

关星禾第一次感受到这样热烈的吻，缠绵又炽热。她的大脑一片空白，本能地回应着他。

不知过了多久，两人才分开。

“都说了，”关星禾有点儿害羞，声音软软的，“脸上都是汗。”

“没有。”贺灼的声音低哑，他顿了一下，轻轻地碰了碰她的唇，“这里没有。”

关星禾没想到贺灼会说出这样的话，这一点儿都不像他。她心底的羞涩退去了大半，眼睛一眨不眨地望着他。

想到刚刚自己的情不自禁，贺灼只觉得耳朵发热，他轻咳了一声，道：“吃饭吧。”

差点儿忘了正事。

关星禾揉了揉自己滚烫的脸颊，转身取出了便当盒。

“快打开看看。”

那是一个很漂亮的淡蓝色便当盒，一共三层，上面还贴着小花。

贺灼惊讶地问：“你自己做的？”

“对啊。”关星禾点点头，一脸得意，“快打开看看。”

贺灼垂下眼眸，轻轻地抚了一下便当盒，屏着呼吸，小心地打开。一层放着三个包好的海苔饭团，二层是煎饺和玉子烧，三层摆着切好的水果。

贺灼的视线落在二层，那儿有一块用来装饰的爱心形状的胡萝卜。

“哎呀，忽略那个，那就是装饰用的。”见贺灼盯着那个毫不规则的爱心，关星禾有些不好意思，将筷子递给他，“吃吧。”

他第一筷夹的是失败的玉子烧。

关星禾忐忑地问道：“好吃吗？”

“嗯。”只要是她做的，都好吃。

“那我也试试。”关星禾眨了眨眼睛。

这里只有一双筷子，她的意思是……

贺灼的脸上没什么表情，可攥着筷子的手不知是紧张还是怎么的，一连几次都夹不起一块玉子烧。

看着他这副模样，关星禾扬起嘴角，“扑哧”一声笑了出来。

贺灼有些窘迫地摸了摸鼻子：“筷子有点儿滑。”

“哦。”她憋着笑，“那就别吃了，给我一块水果吧。”

水果旁放着叉子，不会叉不起来。

贺灼很轻松地叉起一块哈密瓜。

“啊——”关星禾微微张嘴，“好甜。”

甜蜜的滋味似乎瞬间渗进了贺灼心里，他的嘴角不自觉地勾起来：“还要吃什么？”

“再吃个草莓吧。”

“好。”

贺灼觉得每一个菜都很好吃，但他知道关星禾是不会做饭的。

“你什么时候学的？”他问。

关星禾说：“今天啊，看视频学的。”

贺灼的眼神十分温柔：“以后，我做给你吃。”

像她这样的女孩儿就该娇养着，一点儿活都不应该干。

“哎呀，又不难。”关星禾打开手机翻翻找找，“你看这个视频，我就是照着这个学的。”

贺灼垂眸，呼吸一顿：炎炎夏日，教你做好吃的便当，成功收服老公的胃。

老……老公？他侧过头看她。

关星禾撑着头，眸中含着光，眼睛清澈得像一汪湖水。

贺灼抿了一下唇。

关星禾问：“怎么了？你看，是不是很简单？”

“嗯，晚上我早点儿回家给你做饭。”

“好啊。”

贺灼的厨艺很好，关星禾最喜欢吃他做的菜。

“那我先回去睡一觉。”

贺灼差不多吃完了，他拿着饭盒起身去洗手间：“我把饭盒洗一洗，你带回去吧。”

回去的路上，关星禾听到肚子咕咕叫，才想起自己还没吃午饭，于是随便进了一家店吃了点儿东西。回到家没多久，她就觉得困了，便去睡了个午觉。

醒来时，外面传来细微的响动，应该是贺灼回来了。

她玩心顿起，想出去吓一吓他，便蹑手蹑脚地打开门。

淅淅沥沥的水声传过来，贺灼的身后有一片绯红色的晚霞，他清瘦的背影隐在阳台挂着的衣服间。

关星禾没穿拖鞋，轻手轻脚地走过去，猛地从背后抱住他。

他身子僵了一下，微微侧过头看她：“醒了？”

“嗯。”她用脸颊轻轻地蹭他的背，“你什么时候回来的？”

“回来一会儿了，饭做好了，在锅里，你饿了就去吃。”

“我等你一起吃吧。”她松开手，微微地侧过身，看到洗衣池里放着她中午刚换下来的裙子。

他一边搓洗着一边说道：“这条裙子是真丝的，不能用洗衣机洗，以后你就放在这里，我给你洗。”

关星禾一直不知道这些，在家都有用人帮她洗。

他不必这样的——为她洗衣服，为她专门租新房子，还逼自己去看那些不感兴趣的书。

关星禾吸了吸鼻子，小声道：“我可以自己洗的。”

他听出了她声音中的哽咽，手指顿了一下：“不用，你中午给我做了饭，我给你洗条裙子，有什么关系呢？”

他想摸摸她的脸，可手上沾了泡沫。

“你去里面坐着吧，乖，等我一会儿，马上就好了。”

贺灼很快将裙子清洗干净了。他走进屋里，关星禾已经乖巧地装好了饭，摆好筷子，坐在饭桌边，像个等着丈夫归来的小妻子。他不由自主地想到中午的那个视频，心里又软又酸。

“快点儿吃吧。”关星禾夹了一筷炒牛柳，“你做的菜比我做的好吃多了。”

“瞎说。”

屋里安静下来，气氛却格外温馨、和谐。

一顿饭吃完，关星禾起身收拾碗筷。

“去坐着吧，看看书，玩玩手机。”他拉住关星禾的手，“今晚不是有你最爱看的电视剧吗？等我洗完碗就陪你看。”

厨房里传来淅淅沥沥的水声，关星禾坐在沙发上，突然听到哪里传来隐隐的响声。她循着声音走过去，发现声音似乎是从贺灼的公文包中传出来的。

“你的手机响了。”她打开公文包，拿出手机送过去。

回来时，公文包还敞开着。

贺灼包里的东西很少，只装了笔记本电脑和钱包。关星禾刚想将公文包合上，却意外地发现角落里塞着一个纸团。

她以为是贺灼用过的，想着帮他拿出来扔掉，却发现硬邦邦的。

她将纸团打开，发现雪白的纸团里包裹着一块干净的胡萝卜，心形的。

关星禾看着坑坑洼洼的胡萝卜，心中像是打翻了调味瓶，酸甜苦辣混作一团。她又感动，又好笑，悄悄地走进厨房，从背后抱住了他的腰。

贺灼已经慢慢地适应了这样的亲密，他的身体只稍稍地僵了一下便放松了下来。

“电视不好看吗？”淅淅沥沥的水声里，他的声音显得模糊又温柔。

“还好。”她声音轻轻的，“没有你好看。”

他手指一顿。

徐营说，女孩儿都喜欢甜甜蜜蜜的恋爱，喜欢得到回应，喜欢动听的情话。可他木讷又无趣，丝毫不如同龄人潇洒，也不知道怎么说出那样的好听话。

关星禾的手还环在他的腰上，似乎在安静地等待他的回应。

贺灼喉结微滚，想了又想，才讷讷道：“你……你最好看。”

他的声音干巴巴的，语调又沉又慢，仿佛是绞尽了脑汁才想出这一句话。

扑哧。关星禾愣了一下才猛地笑出声：“谁教你说的？”

他洗完最后一个碗，猛地回过身望向她。

关星禾眼尾弯弯，贺灼抿抿唇，道：“是不是说得不好？”

“没有没有。”关星禾抽了两张纸巾给他擦手。他的手很好看，骨节有点儿大，却很有力量。她第一次帮人擦手，有一种很奇妙的感觉。

温馨的氛围在屋子里蔓延开，她的声音低下来：“说得很好。”

她能清晰地感知到他语气的僵硬，知道他在努力地尝试着回应自己，关星禾望着他抿紧的唇，心中软成一片。

“我很喜欢。”

他轻轻地呼出一口气，紧绷的下颌似乎都放松了下来。

他怎么这么可爱啊？她忍不住想逗他，拉长了声音：“不过——”

“不过什么？”

“我觉得吧，”关星禾拿出那块胡萝卜，“偷藏东西可不太好。”

他的瞳孔缩了缩，像是偷吃糖果被抓住的小孩，耳根骤然烧起来。

“我就是……”他顿了一下，极力为自己的行为找理由，“我就是觉得还挺好看的。”

他舍不得丢掉星星为自己刻的这颗小爱心，洗碗的时候便悄悄地找了一张纸将它包起来，一下午，他打开看了好几次。

他知道自己这样的行为有些幼稚，小心翼翼地看了看关星禾。

她正一眨不眨地望着他，清澈的眼眸中闪着细碎的光。

他心尖微动，轻轻地拉她的手，低声说："我舍不得丢。"

关星禾感觉到他粗粝的指尖摩挲了一下自己的手背，痒痒的。

她抬眸看见平时清冷的少年耳根红透了，觉得一颗心都快化了。

"好了，我又没怪你。"她感觉他越来越像小孩子了，还要自己哄。

她就是想逗逗他。

贺灼没说话，他伸手轻轻地碰了碰她的脸颊。他知道自己有很多地方做得不好，但他会努力地学着做一个合格的男朋友。

海市的冬天来得早，雪花纷纷扬扬地从空中飘落下来，整座城市白茫茫的一片。暑假时，关城宇和吴若领了证，两人很低调地举行了婚礼。

吴若是一个挺好相处的人，时常让关星禾想起林映。但融入新家庭不是一天、两天的事情，两人不常见面，保持着不远不近、不浓不淡的关系。

关星禾今天有一节大课，阶梯教室里坐满了人。

快下课时，空气里都是躁动的味道。手机振了一下，关星禾低头一看，是林沉月发来的消息："好饿，中午吃啥？"

关星禾回："炖罐？学校旁边新开的那家店，听说挺好吃的。冬天喝点儿汤，暖身子。"

林沉月："好啊。"

下课铃悠悠地响起，关星禾刚退出聊天界面，屏幕下方就出现了一个小红点。她点进去，是一条新的好友申请：我是X。

林沉月已经走了过来，她今天来得迟，没能和关星禾坐在一起。她无意中扫到关星禾的手机屏幕，眼睁睁地看着她忽视了这条好友申请。

"这是谁啊？"她问。

关星禾整理着笔记道："估计是徐钦阳，我昨天把他拉黑了，可能换了个号来加我。"

"真够死缠烂打的。"林沉月翻了个白眼说，"这人怎么分不清好赖呢？都跟他说得那么清楚了。不理他，我们去吃炖罐吧。"

徐钦杨是暑假里一起去京市交流的同学，比关星禾高一级，从京市回来之后就对她死缠烂打。

关星禾叹了一口气，挽着手林沉月的手走出教室。

天气寒冷，小小的炖罐店门口已经排起了长队。

两人排在最后面，林沉月无聊地打开手机玩游戏。

那是一个养成类手游，可以自定义领养动物，负责它的日常饮食起居。林沉月领的小兔子已经长大了一点儿，到了上学的年纪，但要支付学费才能让它去学校上课。她果断地充了钱，将兔子送进了学堂。

“嘿，你看，这游戏真会赚钱，上个学还要付钱。”林觉月把屏幕转向关星禾，“本来我发誓绝不给游戏充钱的，结果还是充了。”

她笑着看着屏幕里正在读书的小兔：“真乖啊，读书比我都努力。”

关星禾看了她的手机一眼，眨了眨眼睛：“你玩的这个游戏……好像是我男朋友的工作室做的。”

“这种大事，你怎么没跟我说？”林沉月眼睛一亮，“那以后，我是不是不用充钱也可以玩？要不，你问问他能不能送我一把钥匙？”

钥匙是这个游戏的顶级配置，只有抽奖才有机会得到。

“三十二号，到你们了。”这时，服务员喊了一声。

关星禾推了推她，道：“快进去吧，我等会儿给你问问。”

店里挤满了人，温暖的气息扑面而来。

老板递给她们一张菜单，热情地问道：“喜欢喝什么汤？我们主打的是山鸡炖萝卜汤和蘑菇炖鸡汤。”

林沉月说：“给我来一份山鸡炖萝卜汤吧。星星，你呢？”

关星禾突然想到，蘑菇炖鸡汤是贺灼最喜欢的汤。

从夏天到冬天，她已经好几个月没见到他了。

关星禾垂下眼睛道：“那我要一份蘑菇炖鸡汤。”

汤是早就炖好的，上得很快。

风雪交加的天气里，一罐热汤喝下去，整个身子都暖洋洋的。

关星禾拍了张照片给贺灼发过去：“看看我的午餐。”

那边回得很快：“看起来很好吃，你晚上有空吗？”

关星禾嘴角微勾，回复道：“有啊，要和我视频吗？”

贺灼：“我买了下午的飞机票，去海市。”

关星禾手指微顿，眸光一亮：“真的吗？怎么突然来了？”

“谈生意。”

自从这款养成类手游火了后，工作室便在圈子里打出了名气，他们现在已经不再局限于手游，而是开始拓展更高端的游戏市场。

关星禾才不管这些，只要贺灼来，她就开心。

她抬头对林沉月笑着说：“你的钥匙有希望了，他今天刚好要来海市。”

“那晚上一起吃饭啊，叫上林茜。”林沉月马上提议道。

林茜是作曲系的，平时很少和她们一起上课。

关星禾有些犹豫。她担心贺灼会介意，毕竟他们好不容易见一面。

她试探地问了他一句，没想到他倒是一口答应了下来。

晚上，一顿饭吃得十分尽兴。

贺灼听说林沉月在玩那款游戏，直接给了她三把钥匙。整整一个晚上，她勾起的嘴角就没落下去过，还开心地点了一杯果酒。

走出餐厅，冷风拂过来，林沉月走得东倒西歪的。

关星禾连忙上去扶住她：“你小心点儿。”

林茜吐槽道：“喝一杯果酒就醉成这样，你以后千万不要喝酒了。”

“我没醉。”林沉月反驳道，又对贺灼比了个大拇指，“谢谢灼哥。”

贺灼轻轻地点了点头：“不用，回去小心点儿。”

林茜叫的车已经到了，上车前，她客气地摇了摇手里的礼物袋：“谢谢灼哥，我们先走了，你和星星好好玩。”

“灼哥威武。”林沉月还沉浸在得到三把钥匙的快乐中，醉醺醺道，“你就说，其他人能比得过灼哥吗？”

“好了，你快少说两句。”林茜一把捂住她的嘴。

虽然大家都知道关星禾有男朋友，但毕竟见过的只有几个人，久而久之，有些人便觉得这不过是关星禾的说辞，学校里蠢蠢欲动的男生不在少数。

林茜生怕林沉月说出什么，让他俩之间发生不愉快。

车子疾驰而去，贺灼没说话，两人静静地走在雪地里。

关星禾轻轻地挽住他的手，岔开话题道：“她们都有礼物，怎么就我没有呢？”

他轻轻地摸了一下她的头，拿出一个绒布盒，道：“怎么可能没有？”

他眼眸温柔道：“这是给你的。”

深蓝色的绒布盒，关星禾曾经见过两次，一次是爸爸的朋友送她的礼物，一次是在贺灼的抽屉里。

而今，一模一样的盒子摆在她的眼前，她的心怦怦乱跳，竟有些紧张起来。

她接过盒子，轻轻地打开。

盒子里放着一条定制手链，链子上的钻石像一颗颗闪亮的星，耀眼的光芒交相辉映着，连成闪烁的星河。

“喜欢吗？”

关星禾眼尾弯弯道：“喜欢。”

她踮起脚，轻轻地吻了一下他的脸颊：“谢谢。”

他的耳朵瞬间通红，嘴角不自觉地勾起来。

关星禾靠着他的手臂，道：“你抽屉里是不是放着一条差不多的？我上次看到了。”

贺灼脚步一顿，声音低哑：“那时候……本来是想送给你的。”

“那后来怎么没送呢？”

“因为有人已经送了更好的。”

关星禾抬眸，眼睛亮亮的：“不管你送的是什么，我都喜欢的。”

长大后，她越来越明白贺灼的心，也逐渐懂得了他的自卑与敏感。

“嗯。”贺灼应了一声。

他在心里想，可你值得最好的一切。

雪无声无息地落下来，两人就这样慢慢地走回了学校。

快到门禁时间了，关星禾说：“那我先回去了。”

贺灼摸了摸她的头：“嗯，回去吧。”

“星星。”关星禾刚跑出去，就听到贺灼唤她。

她回过头，贺灼站在郁郁葱葱的常青树下，语气坚定道：“我会比他们做得更好的。”

——会比林沉月口中的“他们”做得更好。

第二天，雪停了，太阳出来了，白雪在太阳的照射下，发出耀眼的光芒。

下课后，林沉月内疚地说道：“星星，对不起啊，昨天我喝醉了。”

关星禾笑了笑：“没事的。”

随后，卫恕来接走了林沉月，关星禾便留在教室收拾东西。

上这节课的学生很少，等关星禾收拾好，门口已经没什么人了。

阳光正好，外面停着一辆红色跑车，在冰雪皑皑的校园中格外抢眼。

徐钦杨斜斜地倚在跑车边，他穿着湛蓝色的大衣，引得周围人纷纷侧目。

“星星，”他跑过来，露出一口大白牙，“你要去哪儿？我送你啊。”

“不了。”关星禾语气淡淡的，“和男朋友约了吃午饭。”

她说这话只是为了搪塞他，贺灼中午有事，两人并没有约。

徐钦杨也看出来了，他闲闲地转了转手上的车钥匙：“骗我的吧？你男朋友不是在京市吗？这么冷的天，我就是想送送你，没别的意思。”

关星禾心里不由得感到厌烦。徐钦杨就是个不折不扣的二世祖，听说上大学后，他交往了好几个女朋友，被自己拉黑后，还每天换不同的号加自己。

她的语气瞬间冷了几分：“我约会要来不及了，你快走开。”

徐钦杨本来也不是什么好脾气的人，他家境富裕，平时大家都捧着他，突然这么被刺了一下，他的脾气也上来了：“那你倒是叫你男朋友过来啊，我俩见见。”

这时，不远处传来一道声音：“星星。”

贺灼冷硬的眉目间透出几分成熟，光是气势就压了徐钦杨一头。

关星禾微微抬眸，撞上了贺灼漆黑的眼眸，他的眼眸沉郁又幽深，像化不开的浓墨。

贺灼没看徐钦杨，他走过来沉默地为她系上围巾。

徐钦杨没想到关星禾的男朋友说来就来，不但长得冷冰冰的，还比他高一个头，一看就不好惹。徐钦杨家并不是海市的，为了个女人惹上麻烦不值得，他灰溜溜地钻进了跑车。

跑车轰鸣着远去，关星禾翻了个白眼：“装。”

贺灼轻轻地牵住她的手，关星禾手掌小巧，微微有些凉，像糯米团子。

他低声道：“以后出门记得系围巾。”

“嗯。”她的半边脸埋进暖乎乎的围巾里，抬眸望向贺灼，小声说，“你没有吃醋吧？”

想到从前他以为自己喜欢向远时的隐忍模样，再看如今他冷峻严肃的脸，关星禾觉得有些好笑。

可贺灼只是沉默地垂了下眼眸，掩住眼底的浓黑：“没有。”

“你就嘴硬吧。”关星禾不再逼他承认，笑嘻嘻地去挽他的手臂，“不是说有事吗？怎么又来了？”

“临时取消了。”

“哦。”关星禾眨眨眼，声音扬起来，“那就恩准你陪我去吃饭。”

他漆黑的眼里总算是落进了光：“嗯，走吧。”

贺灼回到酒店已经是下午了。

打开门，徐营气急败坏的声音从阳台传了过来：“你说去见，好啊，我去见了，现在还要我怎样？”

“我的态度怎么轻慢了？我能吃完一顿饭已经给足你们面子了，咱能不能别搞旧社会这一套了！还联姻？我的牙都笑掉了。反正这是最后一次，绝对没有下一次了。”

窗户雾蒙蒙的，阳台门发出一声巨响，寒风呼呼地吹进来。

徐营骂了一声，这才看到门口的贺灼。

他眉间的戾气收敛了几分：“你什么时候回来的？”

“有一会儿了。”

那估计是都听到了。

徐营笑了笑，道：“反正林总明天晚上才有时间，等下陪我喝一杯吧。”

贺灼从未见过他如此失意的样子，说起来，徐营算是他真正意义上的第一个朋友。他的心里有些不是滋味，点头道：“好。”

两人到了酒店吧台，服务生拿来酒后，徐营一杯杯地往嘴里灌，不知道是不是因为心情不好，他很快就醉了，开始前言不搭后语。

“不是说和我断绝关系吗？现在又拿生死要挟我，让我来相亲。”

“真是服了，一听我妈哭，我就脑子疼，宁愿被我爸扇两巴掌。”

“最离谱的是，隔着大老远，他还能在海市找到和我相亲的人。”他仰头又灌了一口酒，“我真的宁愿彻底和他们断绝关系。”

他的眼底一片通红，拍了拍贺灼的肩：“说句不好听的，我真羡慕你，自由自在的。”

贺灼垂眸静静地看着杯子里的酒液荡起涟漪。他突然想起了关星禾。

出身好的孩子仿佛天生带着对自由的向往，像徐营，像关星禾，他们一边渴望亲情，一边又厌恶家庭带给他们的种种束缚。

幽暗的灯光下，徐营已经喝得烂醉，他斜斜地靠在座位上，紧紧地皱着眉。

贺灼突然想起了很久以前，关城宇曾经对他说的话。

等她长大，便会明白什么才是真正适合她的。如果到那时候，自己还不足以成为真正适合她的人，关城宇会不会也像徐营的父母那样，强硬地将压力加在她的身上？

贺灼觉得自己的心脏好像被一只大手捏住了，就连呼吸都泛疼。

他宁愿自己尝遍世间所有的苦楚，也不想让她掉一滴眼泪。

贺灼闷头喝了一口酒，望向窗外。

寂寥的夜色里，行人匆匆而过，原本空荡荡的街道显得更加空旷。

第二天，徐营是被人推醒的。

“你干吗？”他的头一阵阵地疼，只看见贺灼利落的下颌线。

“晚上约了林总，你忘了？”

徐营的身上全是酒味，他迷糊地翻了个身：“不是明天的事吗？”

“已经是‘明天’了。”

徐营低咒了一声，连忙爬起来洗漱。

两人到达约定地点时，天色已经暗了下来。

等了半个多小时后，林总一行人才姗姗来迟。

贺灼心里清楚，虽然平时大家都说他俩年轻有为，实际上，心里总带着几分轻慢，认为他们两个毛头小子成不了什么事。

现在他们一说到公事，林总就刻意地避开话题。加上之前林总他们连续推了几次，刚刚又迟到了半个多小时，可以看出这次合作的可能性基本为零。

虽然他们工作室的第一款游戏小火了一把，但很多圈里人都认为他们不过是运气好。而他们现在的处境不上不下，有些尴尬，急需大公司的助力。

贺灼心里有些烦躁，但不得不压下情绪，顺着林总的话聊了下去。

直到饭局接近尾声，几人还没进入正题。

徐营有些坐不住了：“林总，关于我们这次的合作……”

“哎，不急不急。”林总招呼着服务员上了几瓶红酒，“边喝边说，来来来，我先敬两位一杯。”林总主动站起来，“欢迎来海市，我们作为东道主，招待不周，多多海涵。”

贺灼和他碰了碰杯。

林总看着贺灼杯里的酒，问：“怎么？贺总是不肯原谅我了？”

“哪里。”贺灼抿了抿唇，仰头灌下一整杯酒。

林总刻意为难，一杯一杯地劝，贺灼一声不吭，只咬牙往嘴里倒。

他知道林总是在刻意为难他们，但他们需要对方的支持，就得弯下脊梁。

红酒瓶空了，贺灼的脑袋还有几分清醒，他语气诚恳道：“林总，我明白我们初出茅庐，不足以让贵公司信任，但什么都是从无到有，请您相信我们的诚意，给我们一个机会。”

“这一杯，我敬您。”他将杯子里最后的红酒仰头喝尽。

林总敲了敲桌子，高呼道：“来，上点儿白的。”

“既然说到诚意，我就看看贺总能做到哪一步。”

白酒辛辣的味道在口腔中炸开，刺激着喉咙，贺灼觉得胃里灼烧起来。他喝了一杯又一杯，只要林总倒，他就喝。

桌上的酒瓶全都空了，徐营攥紧了拳。

刚才，贺灼把递给他的酒全都拦了下来，低声说："我们俩得有一个清醒的人，要不，等会儿怎么谈事情？"

空气里弥漫着浓浓的酒味，林总起了身，不冷不热地留下一句："和你们的合作，我会好好考虑的。"

一行人离开了，包厢里一片寂静。

徐营猛地起身，一脚将林总刚才坐的椅子踢翻，骂了一句。

他冷静了两分钟，回头看醉倒在椅子上的贺灼。

贺灼一贯清冷的脸此刻红透了，头歪向一边。

徐营弯下身想要扶他，却只听他低喃道："星星。"

"你清醒一点儿。"徐营拍了拍他的脸，"哪来的星星给你摘？"

"不。"他睁开眼，声音沙哑却坚定，"我能摘到。"

"你能。"徐营将他扛起来，"你能个屁！我看你连站都站不起来了。"

贺灼推开他："我能站起来，我要去摘星星。"说着便跌跌撞撞地往外走。

风雪扑面而来，徐营怕他冲到马路上，连忙去扶他："行行行，我去给你摘，你站在这里等着。"

"不。"他黑眸暗淡下来，"我要自己摘。"

徐营打开手机叫车，最近的一辆车过来需要十几分钟。他用尽全身的力气把贺灼拖到屋檐下，他的口袋里传来振动声。

"你的手机响了。"

贺灼哪里听得到？他斜斜地靠在墙边，痴痴地望着夜空。

徐营只得把手伸进他的口袋帮他掏出手机。他看到来电显示：星星。

他嘴里说的不会是这个星星吧？

徐营接起电话，那边传来了女孩儿软软的声音："喂？"

"那个……我是徐营。"他有些尴尬地摸了摸鼻子，"他喝醉了。"

"啊？他醉得严重吗？你们在哪儿呢？"

"挺严重的，我已经叫车了，你别过来了。"

关星禾有些担心："要不，你把他送过来吧。"

"行，那你把地址给我。"

他们到达关星禾的公寓楼下时，已经很晚了。

贺灼醉得不省人事，弄得满车都是酒气，徐营付了三倍的钱，司机才没有在中途把他们赶下车。他扶着贺灼下车，便看到关星禾走了过来。她穿着红色大衣配毛线裙，白皙细腻的脸颊美丽动人。

徐营突然有些明白贺灼刚刚的话了。

“来，你的星星来了。”

关星禾走过去，浓重的酒气扑面而来，她本能地皱了皱鼻子，刚想接过贺灼，却被一把推开了。

下一秒，贺灼猛地转过身子。

徐营僵着身子，眼睁睁地看着贺灼吐在了自己的身上，涌到嘴边的脏话在对上关星禾视线的那一刻生生地咽了下去。

“要不，上去洗一洗吧？”

“没事没事。”徐营尴尬地笑笑，“我回去再收拾，你快带他上去休息吧。”

关星禾拗不过他，只得扶着贺灼上楼。

一路上，他一直都沉默着，除了浑身酒气，一点儿都不像个喝醉的人。

“怎么喝了这么多啊？”关星禾把他扶到床边，“来，喝点儿水。”

他乖乖地喝了几口水，脸红透了，眼睛却始终紧闭着。

关星禾草草地给他脱去外衣和鞋子，帮他盖了被子：“好好睡一觉吧。”

她刚走到门边，想要关上灯，就听到窸窸窣窣的响声。

“星星。”他坐起来，直直地盯着她。

“嗯？”她的声音柔和下来，“怎么了？”

“我要洗澡。”他伸手解着扣子，“身上都是酒味，星星不喜欢酒味。”

“你……你别脱了。”衬衫敞开，关星禾看到他劲瘦的腰身，六块平直的腹肌在灯光下显出诱人的小麦色。

“你要脱就去洗手间脱。”她伸手拽他，“就在那边。”她的心怦怦跳起来，一脸通红，眼睛却黏在了他的腰腹处——身材真好。

贺灼很听话，慢慢地走进了卫生间。

门“咔嗒”一声关了。

关星禾知道自己现在应该出去，但听说醉酒的人会干出一些危险的事，便留了下来。她坐在椅子上，侧耳听着浴室里的水声，越听，心跳得越快。

交往了这么长时间，她还是第一次看到贺灼的身体。鼻尖飘来一股浓郁的沐浴乳香味，脑海里却全是一块块结实的腹肌。

浴室里突然传来“砰”的一声巨响。

关星禾回过神来，连忙敲了敲门：“你没事吧？”

贺灼没出声，淅淅沥沥的水声还未停歇。

不会是出事了吧？关星禾的手犹豫地僵在门边。

回应她的只有哗哗的流水声。她咬咬牙，按下了门把手，氤氲的水汽扑面而来，浴室里一片朦胧，什么都看不清。她的呼吸都在颤抖。

腰间骤然一紧，她的背部贴上了冰冷的石台，滚烫的吻落下来。

关星禾从没见过这样的贺灼，这个霸道到不讲理的吻，似乎要将她融化。

她被动地承受着，颤颤地扶住他的肩，却感觉到一手的湿润。

她猛地反应过来——他好像没穿衣服。

她小心翼翼地看了一眼，脸顿时烧了起来。

"看什么？"贺灼嗓音沙哑，拉着她的手往自己的脖颈上带。

空气潮热，关星禾下意识地想要往后退，却只能紧紧贴着冰凉的石台。

她轻轻地推了推他的肩膀。

再亲下去，她就要呼吸不过来了。

他像是听到了她的心声，退开了一步。

关星禾刚缓了一口气，又猛地被腾空抱起来。

她紧张得都快哭了，轻轻地推了推他的手臂，叫了他一声。

"嗯？"

关星禾的心跳漏了一拍，她的声音像小猫叫："我……我怕。"

"不怕，我不做什么。"他摸了摸她的脸颊，"那你别去相亲，好不好？"

她的心跳得很快，问道："什么相亲？"

他重重地吻了一下她的脸，声音低低的："等等我，好不好？"

她不知道他在说什么，却乖顺地应道："好。"

"那让我再亲亲，嗯？"

第一次听到贺灼说这样的话，关星禾只觉得害羞又新奇，她闭上眼睛点点头，他又倾身吻了上来。

这样霸道的贺灼和平时很不一样，却让关星禾的一颗心怦怦直跳。

不知道过去了多久，他才将关星禾紧紧地搂在怀里，小声说："别怕了。"

他轻轻地拍着她的背，眷恋地吻了吻她的耳朵："睡吧。"

清晨，日光从窗帘的缝隙中透进来，洒落在卧室的床上。

听到电话铃声，贺灼迷迷糊糊地睁开眼，摸到手机按下接听键："喂？"

"告诉你一个天大的好消息！林总约我们晚上见面，说再聊聊方案。"

宿醉过后，他的脑子还有些昏沉，他揉了揉额角："好。"

"那你好好准备一下，晚上见。"

挂了电话，贺灼才发觉自己的一只手臂酸疼不已，像被什么压住了。

他转过头，漆黑的瞳孔猛然紧缩。

关星禾枕着他的小臂，正迷糊地睁开眼睛："你醒了啊？"

他的视线扫过她的脖颈，手指猛地攥紧。

关星禾有些害羞，将脑袋埋进他的怀里："我们早上吃什么？"

"我……"贺灼的喉结剧烈地滚动了几下，回想着昨晚发生的一切。

她仰躺在雪白的床上，轻轻地推着他的小臂，小声地说"害怕"。

他到底做了什么？

关星禾抬眸看他，见他紧绷着下颌线。

怎么了？他不会是乱想什么了吧？

眼底的羞涩退去，关星禾起了逗弄的心思，她轻轻地点了点他的胸膛："你不会是不想负责吧？"

"不是。"他声音急切，紧紧地把她抱在怀里，低喃道，"不是的。"

他握住她的手，声音低下来："对不起，星星。"

见他一脸懊恼的样子，关星禾终于忍不住"扑哧"一声笑了出来。

"哎呀，"她小声地说，"逗你的，你怎么还当真了呢？"

贺灼猛地僵住。

关星禾羞涩地说道："你就是亲了亲我。"

视线落在她的脖颈上，贺灼轻轻地摸了摸上面的红痕："痛不痛？"

"不痛。"她悄悄地躲开他的手指，"不过，你下次别喝这么多酒了。"

"嗯，不喝了。"

看着贺灼低垂的眉目，关星禾轻轻地叫了他一声。

"嗯？"

"我们是情侣。"她凑过去亲了亲他的脸颊，声音软软的，"所以，有什么亲密行为也是正常的。"

棉花糖般轻软的吻让贺灼的心软一塌糊涂，他望着关星禾明亮的眼睛："星星，我还什么都给不了你。"

如果她以后遇上了真正能配得上她的人，会不会后悔过去发生的一切？

贺灼希望她永远肆意、快乐地生活着，他不想让她有任何后悔的可能。

关星禾眼眶发红。

她从未想过从他身上索取除了爱意之外的东西，她不知道他会想这么多。

关星禾凑过去，轻轻地枕在他的肩上，小声说："可是，你已经比同龄人厉害很多了。”

他的工作室已经小有名气，每个月的分红将近六位数，隔三岔五便给她买昂贵的礼物，室友们都很羡慕她。关星禾觉得足够了。

贺灼摸了摸她的发顶：“还不够。”

美丽的珍宝要配这世间最好的匣子，她尚且不明白这个世界的残酷和现实。只有势均力敌的感情，才能得到所有人的祝福。

从饭店出来，夜已经很深了，徐营拍了拍贺灼的肩道：“感觉这次有戏。”

也许是昨天贺灼的拼命让林总对他们有了几分改观，答应看看他们的方案。今天的饭局还算顺利，林总听了两人的讲解，态度终于不像昨天那样了。

临走前，他说：“回去后，我会让团队评估一下。”

贺灼对自己的方案很有信心。他今年大三，成绩依旧是全系第一，也许明年夏天，他就可以提前毕业，到时候就可以专心忙工作室的事了。

贺灼问徐营：“你对工作室的未来有什么打算吗？”

“你觉得呢？”徐营抽出烟，“要不要来一支？”

“不了。”她不喜欢烟味。

徐营笑了笑：“又是为了你的小星星吧？昨天怎么样啊？”

他脚步停了一下，道：“没怎么样。”

“不是吧？在一起这么久了，你们还住两间房？”

昨天确实不是住的两间房，贺灼回想到她脖子上的红，耳根有些热。

他摸了摸鼻子，岔开话题：“我们现在的这个游戏，受众是个问题。”

徐营掏出打火机点燃烟，吸了一口，吐出个烟圈，道：“玩家的新鲜感很快就会过去，不尽快出点儿新花样，就走不长久。”

也不怪圈里人看衰他们。

“如果这次的合作成了，我想把工作室搬来海市。”

“你是为了她吧？”徐营弹了弹烟灰。

贺灼沉默下来。

他想留在她身边，但工作室不是自己一个人的，徐营的意见也很重要。

“也行。”徐营的声音懒洋洋的，“反正我也不想在京市待着，那个家，我巴不得离得越远越好。”

贺灼松了一口气。看着街角亮着的幽光，他说：“我去买点儿东西。”

“行，你等会儿是去她那儿吧？那我先回酒店了。”说着，徐营转身走了。

贺灼望着他渐行渐远的背影道：“徐营，谢谢你。”

徐营没回头，背着身子挥了挥手："不用谢，朋友嘛。"

贺灼轻轻地推开门，客厅的角落亮着一盏小夜灯，屋里很安静，关星禾蜷缩在沙发上，听到声音后，她迷迷糊糊地睁开眼睛。

与他视线相撞后，她顷刻弯起眉眼："你回来啦。"

她从沙发上站了起来，环住他的腰，鼻尖贴着他的脖颈轻轻地嗅。

"没喝酒。"她满意地点点头，"真听话。"

他笑了笑："怎么还不去睡？"

她歪歪头："等你啊，要是你又喝了酒怎么办？"

他轻轻地摸了摸她软软的脸颊："我答应过你不喝的。"

他永远会遵守对她的承诺。

"嗯。"她牵住他的手，"我跟你说，我今天下载了你们那个游戏。"

贺灼有点儿吃惊，问："好玩吗？"

她使劲地点点头："好玩，我领养的是只小狼。你呢，你有没有玩？"

"有。"

徐营之前给他下载的，逼他体验了一阵，说是要他提供用户体验。

"给我看看。"她朝他伸手。

贺灼将手机递给她。

"天哪，你领养的竟然是小羊！哈哈哈，太可爱了吧！"关星禾笑弯了腰。

贺灼摸了摸鼻子："徐营领的。"

"你是小羊，我是小狼，你说，可以结婚吗？"

他心尖猛地一颤。

结……结婚？明明知道她不是那个意思，贺灼的心还是忍不住加速跳动。

他好像听不得这个词，因为只要一听到，就克制不住地生出许多幻想。

关星禾的眼眸弯成小月牙："可不可以啊？"

他的声音沙哑极了："应该可以。"

"那我试试。"她垂着头，用手指点了点屏幕，"还真的可以。"

她将手机递给他，笑道："结婚成功了，那以后，我就负责打猎投喂你了。"

贺灼指尖微颤，心跳一下一下地加速，他的心里升起一个念头——如果这是真的，该有多好啊。

一想到现实，他奔腾的血液冷却了，瞬间清醒过来。

但想到以后能长长久久地陪伴她，贺灼的心中只余下浅浅的失落。

他看了一眼关星禾的脖子，从口袋里拿出一管药膏："这个给你。"

“啊？”关星禾愣了一瞬才明白他的意思，她的脸有些红，“不用吧。又不是受伤了。”

他的声音微沉：“可以好得快一点儿。”

“好……好吧。”她接过药膏，看见他略微不自在的表情，“要不——”她拖长声音，“你帮我抹吧。”

他的眼神暗了一下，半晌才应：“好。”

关星禾仰起头：“来吧。”

“疼吗？”

关星禾暗笑了一声，早晨不是都问过了吗？但她还是说：“不疼。”

贺灼小心翼翼地碰了碰关星禾的脖颈，低声叫：“星星。”

她觉得脖子有点儿痒，轻轻地缩了缩：“怎么了？”

“我明年提前毕业就可以把工作室搬来海市了。”

贺灼清晰地感受到指尖下的脖颈僵了一瞬。

“怎么了？”她不开心吗？

关星禾的睫毛微微地颤抖着：“是因为我吗？”

她这样直白，让贺灼有一瞬间的愣怔。

“这只是一部分原因，主要是因为海市这边的发展空间比较大。”

他有些后悔，这样的举动是不是让她有压力了？

“而且，我也习惯了海市的气候和饮食。”

听着他断断续续的声音，关星禾攥紧了手里的手机。

她知道他在找理由。

她的眼眶酸起来，蓦地想起了今天下午收到的那条短信：“星禾，这次去M国的交换名额，我给你留了一个，明天到我办公室详谈。”

第二天一大早，关星禾准备出门时，贺灼已经坐在楼下的沙发上了。

“我给你买了早餐。”他望向关星禾，“是你最爱吃的鸡蛋汉堡和豆浆。”

餐桌上放着个保温盒，豆浆还热着，鸡蛋汉堡很脆。

关星禾又想到了那条短信，默默地垂下眼眸。

“怎么了？”

贺灼发现她的情绪从昨晚开始便不太好。

他望向她：“星星。”

年少的第一场恋爱热烈又懵懂，他小心翼翼地捧着自己的心，生怕她不接受，可也许，再亲密的关系也该保持适当的距离。

贺灼叹了一口气，声音轻轻的：“是不是我给你压力了？”

关星禾的手指一僵，掩饰性地低头咬了一口鸡蛋汉堡：“没有。”

他已经做得够好了。

“如果……你不希望我来，我可以……”

“不是。”她急忙否认，“不是因为你。”

“是我自己的问题。”她勉强地笑了一下，“我最近心情不好。”

沉默地吃完早餐，关星禾努力扬了扬嘴角：“我去上课了。”

仿佛过了许久，她才听到贺灼低沉的声音：“嗯，那我送你去吧。”

……

一下课，关星禾就收到了教授的短信：“星禾，记得来我办公室一趟。”

她走到办公室门口，却磨磨蹭蹭了好久也没敲门，突然，门自里面打开了。

“进来吧，在门口站着也不出声。”

王教授年近六十，头发白了一半，眼睛微微下垂，显得很慈祥。他推了推眼镜：“怎么，昨天给你的资料看了吗？”

“看了。”关星禾点了点头。

“那行，回去把表格填一下，下周之前交给我。还有签证什么的，要抓紧办。资产证明什么的，也要提前准备好。”

关星禾静静地听着。

王教授发觉了她的心不在焉，抬眼道：“行了，回去吧。”

“教授，我……”关星禾垂着眼睛，“我想考虑一下。”

“考虑什么？”王教授瞪眼道，“你知道多少人在争这次的名额吗？那可是K大，多少人梦寐以求的学校！”

关星禾的杏眼映着窗外的光，浮上一层怯怯的水雾。

王教授深吸了一口气，缓了缓语气：“说说看，你在考虑什么？”

关星禾不知道自己在想什么，整整一夜，她的梦里全是贺灼失望的眼神。

他想要搬来海市，自己却要离开。

“星禾，”王教授正色道，“如果是家庭因素，我可以理解，但如果是因为感情，我觉得，你将来一定会后悔。事业远比一段不确定的感情重要得多，你以后会明白的。”

可那不是一段不确定的感情。

关星禾第一次这样喜欢一个人，那份喜欢不只是长久的依恋，而是一种更深切、更沉重的情感。

而且有一天她突然发现，自己付出的甚至比不上他的万分之一。

在她尚且懵懵懂懂的时候，他就已经想好了未来。

她就像个只知一味索取的掠夺者，心安理得地享受着他的体贴和温柔，却吝啬得什么都不愿意付出。

关星禾低着头道："教授，我再好好想想吧。"

教授叹了一口气，语重心长道："你好好考虑一下，有些东西，失去了，可能会后悔一辈子。"

关星禾在雪地里慢慢地走着，脑子里一片混乱。

不知走了多久，回到家时，天已经黑了下来。

远远地，厨房里传出了声音，男人挺拔的身影隐在氤氲的热气中，透着几分暖意。

他转过头，在关星禾身上打量了一眼："回来了？快去洗手吃饭吧。"

"嗯。"关星禾没什么胃口，但她意外地发现，所有的菜都是自己爱吃的。

贺灼给她夹了一块糖醋小排，道："这些都是你爱吃的菜，多吃点儿。过几天我就回去了，平时你要好好吃饭，知道吗？"

"嗯，知道了。"她低声道。

她吸了吸鼻子，心想，糖醋小排为什么会这么酸呢？

吃完饭，贺灼没有去洗碗，而是轻轻地牵起了她的手："你跟我过来一下。"

他打开了阳台的门。

满天星开满了窗台，宛若夜空中闪闪发亮的星，而她的琴静静地摆放在旁边。

"你不是觉得琴房太闷了吗？我今天找人改了一下阳台，以后，你就在这里练琴，还可以看看窗外的风景。"

关星禾的眼睛有些发涩。

"满天星很好养的，不需要太操心。别不开心了，好吗？"

她垂下眼眸，心软得一塌糊涂。

她一直自由散漫，很多时候，她以为自己在乎梦想多过感情。

林映爱自由胜过爱她，关城宇在乎事业多过她，时光匆匆而过，他们终将消失在她的世界里。或许时光会带走爱，梦想却像星星，永远璀璨明亮。

可面前的这个少年打破了过去她对于爱的认知。

他事无巨细，体贴温和，像深沉的海，胜过这世间所有动人的色彩。

关星禾第一次觉得自己被热烈又纯粹地偏爱着。

在他的心里，她最重要。

温热的泪流下来。

贺灼的指腹轻轻地贴上她冰冷的脸颊：“哭什么？”

“没事。”她吸了吸鼻子，“我就是舍不得你。”

她突然觉得，他也许是自己这一辈子最不愿意失去的存在了。

贺灼轻轻地将她拥进怀里：“真的吗？”

“嗯。”她抹了抹眼泪，“你的工作室什么时候搬过来？”

闻言，贺灼的心情瞬间变得愉悦起来：“我会尽快的。”

关星禾搂住他的腰，道：“我等你。”

第十章
最喜欢你吃醋

贺灼今天就要回京市了，关星禾刻意起得早了一点儿。

她在阳台上练了一会儿琴，才上楼准备叫贺灼起床。

他的房间静悄悄的，被子叠成了方块，床单连一点儿褶皱也没有，看来已经起来很久了。

他早起时便会在书房办公，关星禾蹑手蹑脚地走到隔壁，敲了敲门，无人回答。关星禾疑惑地推开门，书房空无一人，唯有电脑屏幕亮着。

她走过去，心里一惊，屏幕上是交换生申请表，桌上还摆着贺灼平时用的钢笔。

关星禾的心一瞬间坠入了谷底，转身拉开门喊了他一声。

她的脑海里闪过无数可能性，连脚步都乱起来。

门发出“咔嗒”一声响，贺灼站在门廊处，沉默地收了伞。

她走过去问：“你去哪儿了？”

贺灼沉默地望着她，半响才将手里的袋子递给她：“去买早餐了。”

关星禾抿着唇。

他一定是看见了，可为什么还是一脸云淡风轻，装作什么事情都没发生呢？

“快去吃吧。”他的语气依旧温和。

关星禾深吸一口气：“其实……”

“星星，”他第一次打断了她的话，“这个……给你。”

他递过来一张薄薄的纸，那是一张打印好的申请表。

“家里的打印机坏了。”他顿了一下，道，“我出去买早餐，顺便打印了一份。”

他的声音低下来：“原来，你是因为这个不开心。我看这上面的截止日期就快到了，快去填好了交上去，嗯？”

她猛地抬眸望向他。

他低低地笑了一声：“星星，你是觉得对不起我吗？”

那是不是代表着，自己在她的心里是很重要的存在？

这样的认知让贺灼觉得愉悦。

“但是星星，我希望在你心里，永远把自己排在第一位。”

爱从来不是束缚和枷锁，她可以自由追逐梦想，他会在原地等着她回来。

出国的手续办得很快，再过不久，K 大就要开学了。

关星禾出国的前一晚，关城宇、吴若和林隽都回来了，四人吃了顿离别饭。吴若的手艺很好，做的也都是关星禾爱吃的菜。

吃完饭，关城宇将她叫到了书房。

关城宇坐在椅子上，静静地看着她：“星星，来。”他推给她一张卡，“到国外要照顾好自己，遇到事也别害怕，记得给爸爸打电话。”

关星禾已经很久没有见到他了。

窗外的阳光照进来，她才恍然发现，不知什么时候，他也有了白发。

“爸爸，你平时也要注意身体。”

她不知道他们之间的关系是什么时候开始生疏的。高中之后？大学之后？还是看到吴若阿姨之后？可平心而论，除了关爱，他什么都给自己了。

或许，这世间所有的东西都是守恒的。

她已经拥有一个人的绝对偏爱了，不应该这么贪心。

她望着关城宇的白发，突然觉得过去的很多事情都在这一刻释然了。

关城宇抬眸看着自己的女儿。她白净的小脸格外美丽动人，很像林映年轻时的模样。

或许是离别勾起了愁绪，他走过去，僵直地扶住她的肩，轻轻地拍了拍：“去 M 国之后，记得看看你妈妈。”

林映离婚后便去了国外，和关星禾的联系也越来越少了。

她抿抿唇，轻轻地点了点头。

这一夜，她梦到了很多小时候的事。

醒来时，天光大亮。下楼后，她发现林隽正坐在客厅。

关星禾听说，年初时，他开了个牙科诊所。

看到她下楼，林隽站起身道：“走吧，我送送你。”

关星禾思索了片刻，还是同意了。她要先去一趟京市，和贺灼道个别，再转机去M国。

开学季，机场总是人山人海。关星禾想带风信子去M国，家里人拗不过她，只好答应。

林隽陪着她办好行李和宠物托运，送她到了安检口，说：“自己在外面小心点儿，我有个朋友在M国做家庭医生，有什么不舒服的，可以给他打电话。”

“好。”

“那我先走了。”

关星禾看着他的背影。

他肩背不像贺灼那样宽阔挺拔，却给人一种很舒心的感觉。

“隽哥。”她叫道。

他回过头，眼中闪过一丝诧异。

“可不可以帮我照顾一下我爸爸？”

“好，别担心。”

飞机到达京市正值中午，两班飞机的间隔时间不长，贺灼怕关星禾误了去M国的飞机，让她待在机场不要出来，他来找她。

远远地，关星禾就看见贺灼站在出口等她。

关星禾眉眼弯弯地走过去。

贺灼伸手轻轻地抚了抚她的脸颊：“饿了吗？”

“还好。”关星禾贴过去，眨巴眨巴明净的大眼睛，“要不，你让我咬一口吧。”

看着她眼里闪烁着的似繁星般的光芒，贺灼的耳朵烧得滚烫。他的喉结剧烈地滚了两下，低头贴上了她的唇。

或许是离别在即，满心的不舍与爱恋让贺灼决定放纵一次，他拥着她，重重地加深了这个吻。

关星禾双手搂着他的腰，蓦地想起他醉酒的那夜，她抵着冰冷的石台，他的吻也是这么炽热疯狂，可今天的他是清醒的。

不知过了多久，贺灼轻轻地松开了她，关星禾的脸颊贴在他的胸膛上，一双杏眼似乎染上了春色，泛出几分浅浅的水光。

四周喧闹极了，关星禾却能听到他胸腔里疯狂的心跳声，离别的愁绪似乎被炽烈的吻消减了，她微微勾了一下嘴角：“这是什么啊？”

她指的是贺灼脚边的小行李箱。

“给你买的一些零食，还有手套和围巾。”

“谢谢。”

时间很赶，再不走可能就来不及了。

贺灼将一个保温盒递给她：“这个，给你在飞机上吃。”

他知道她不爱吃飞机餐。

“好的。”她乖乖地抱着保温盒，低声道，“我会想你的。”

“嗯。”

“两年很快的，而且，我放假还能回来。”

贺灼的声音带上了几分沙哑：“好。”

“那我走了？”

她进了安检口，瘦弱的身影渐渐地消失在贺灼的视线里。

飞机缓缓地升上天空，没过多久，空姐便过来询问需不需要餐点，关星禾说了声“谢谢”，指了指保温盒，示意自己带了食物。

关星禾将保温盒放在桌上，打开盖子，香气扑面而来。

糖醋小排、鱼片粥、手撕包菜、水煮牛肉，全都是关星禾最爱吃的。

不知是不是被热气熏了眼睛，她的眼睛一阵酸涩。

关星禾连忙低下头，掩饰般地喝了一口鱼片粥。

是她记忆里的味道。

关星禾吸了吸鼻子，突然很希望这两年赶快过去。

她从没有像这一刻一样，如此地渴望留在他的身边。

飞机落地，她还未从低落的情绪里走出来。

M 国此时正是中午。

关星禾推着行李，见到出口有人举着写着她名字的牌子。

她有些疑惑，学校没提起会安排人来接机。

那人似乎是当地的华人，说一口流利的中文：“你是关星禾吗？”

“是的。”

“是贺先生要我来接你的。”他将她的行李接过去，“我帮你拿吧。”

来接她的是一辆很宽敞的越野车。

上车后，来人自我介绍道：“我叫吴漾，叫我 Sam 就好，你租的房子也是我家的。我小时候就过来了，对这里很熟的，平时有什么问题联系我就好。”

到了公寓，吴漾帮她把行李搬了进去。

关星禾看他忙前忙后，也伸手拎了一个小箱子。

“别，贺先生特地交代我得负责搬行李，你要是搬了，这份钱，我拿得也不痛快。”

关星禾只得作罢。

吴漾的动作很快，不一会儿就搬完了全部的行李。

“多少钱？”关星禾掏着钱包。

“不用了，贺先生已经给过了。”他随意地擦了擦汗，“你刚下飞机，先去好好休息一下。这是我的联系方式，有什么事情来问我就好。还有，门口的那箱生活用品是贺先生托我买的，钱也付过了。窗台上的那些花可是费了我好大劲弄来的，你有空就照看一下。”

贺灼将一切都安排妥帖了。

关星禾走过去打开门口的纸箱。

满满一箱子的东西，吹风机、烧水壶、咖啡机，都是关星禾用惯了的牌子，连那床薄薄的空调被都是她最喜欢的颜色。

她起身将这些东西拿进房间里。

手机振动了一下，是贺灼发过来的消息：“到家了吗？”

关星禾吸了吸鼻子，回复：“到了。”

她知道，现在国内正是凌晨三点。

窗外阳光明媚，阳台上种着满天星，厨房里的烧水壶里发出嗡嗡的轻响。

关星禾有种错觉，自己还生活在海市，还在那个只有两个人的公寓里。

她看着贺灼回过来的信息，蓦地湿了眼眶。

她垂下眼眸打下一行字：“等我毕业，我们就见家长吧。”

过了很久很久，那边回复道：“好。”

徐营发现贺灼最近跟疯了一样拼命地工作。他原先以为他是在赶毕业论文，没想到忙的全是工作室的事。

他惊讶地说道：“你没病吧？不是要提前毕业吗？”

键盘敲击声响个没停，贺灼的声音低低的：“毕业论文早写完了。”

“都是上的京大，凭什么我和你差这么多？”徐营看着前几天的作业，满面愁容，“我连作业都没做完。”

“发你了，这门课我去年修过，这些是之前的代码，你去看看。”

徐营“啪”的一声关上电脑，赞道：“好兄弟。”他正想出去抽支烟，看到贺灼眼下的青黑，声音低了一些，“我说，你别这么拼了，平时也要注意休息。”

“没事。”

他和徐营说着话，手上的动作却没停，连一秒钟都不愿意浪费。

“唉！”徐营叹了一口气道，“我看，自从她出国，你的世界就只剩下工作了，唯一的消遣就是和她视频。身体是革命的本钱，咱们现在赚的钱也够花了，新筹备的那款游戏可以慢慢来，我预感一定会火。”

贺灼的手指顿了一下，键盘敲击声又响起。

还不够。

他想到了那条让自己兴奋得好几天都睡不着的短信。

见家长……是不是意味着结婚？

“结婚”这两个字好像带着魔力，一想起来，贺灼就不自觉地颤抖。

关家富贵了几代人，关星禾更是含着金汤匙出生。

贺灼清楚，如今他获得的一点儿成就在关叔叔的眼里根本不算什么，所以，他必须争分夺秒，抓住每一个机会，争取成为更配得上她的人。

徐营拍了拍他的肩。他真的很佩服贺灼，他永远知道自己想要什么，坚毅刻苦，像株向日葵，永远向着光。

毕业典礼结束后，徐营抢着和贺灼拍照：“快，让我和我们的优秀毕业生合照一张。”

“哎，我也要。”

礼堂内一片喧闹，他望着挤来挤去的室友，突然愣怔住了。

熙熙攘攘的礼堂里，他看到了她。

她穿着有些不合时宜的米白色长袖，一副风尘仆仆的样子。

所有的声音都在这一瞬间远去，贺灼以为自己出现了幻觉。

是不是因为太想她了？

可她慢慢地朝他走来，站在他的眼前。

“你……”他的瞳孔紧缩了一下，“你怎么来了？”

她眨眨眼，俏皮地说道：“偷偷跑回来的。你不是毕业了吗？”

她猛地扑进他的怀里：“毕业快乐。”

周围响起起哄声，贺灼反应了许久，才紧紧地搂住他。

傍晚，绯红色的霞光铺满整个校园，林荫小道边开满了鲜花，三五成群的学生正簇拥着拍照。

关星禾有些懊恼：“早知道就穿好看一点儿了，还能和你拍照。”

贺灼垂下眼眸，摸了摸她的头发，道：“很好看。”

他将手机递给徐营：“你帮我们拍一张吧。”

“啊……”关星禾连忙制止，“等一下，等一下。”

她掏出小镜子，整理了一下头发，又拿出口红和眉笔补了一下妆。

晚风轻轻地吹着，贺灼看着她，眼神温柔沉静。

“好了好了。”关星禾将东西收进小包里，有些不好意思地朝徐营笑了笑，“不好意思啊，让你等了这么久。”

她微微一笑，眉眼如画，格外动人。

徐营笑着摇了摇头：“没事，来拍吧。”

关星禾靠过去，挽住贺灼的胳膊，平时冷峻的少年也不禁勾起嘴角。

美好的一瞬定格下来。

出租车上，关星禾倚在贺灼的肩上睡着了，夏夜的风从车窗吹进来，他的心软得一塌糊涂。他垂眼看她，她的眼睫垂落着，眼下的青黑十分明显。

贺灼心疼地摸了摸她的头发。

京市的夜晚灯火璀璨，出租车路过闹市区，喧闹声不绝于耳。

关星禾迷迷糊糊地睁开眼：“到了吗？”

“没有。”他将车窗关上，“你再睡会儿。”

“好。”

下车后，他们先去吃了饭。

关星禾坐了十几个小时的飞机，没什么胃口，只草草地吃了两口。

回到家后，贺灼立即往房间走，却被关星禾拉住了手：“你去干吗？在这里陪我一会儿嘛。”

他的声音低下来：“我去给你铺床。”

“一会儿再去嘛。”

她的声音软得让人无法拒绝，贺灼无奈地坐下来。

关星禾抬眼望向他。这段时间，他变了很多，又好像什么都没变。

“你最近瘦了好多。”她轻轻地说，“不要那么拼，我们还有很长很长的时间。”

他心中一片柔软，摸了摸关星禾的脸颊：“知道了。”

“你陪我看会儿电视吧。”

“好。”

贺灼打开电视，很顺利地找到了她喜欢看的综艺。

屋里开着空调，贺灼拿了条毛毯，盖在关星禾的腿上。

寂静的夜里，欢笑声从电视里缓缓地传出来，她盖着毯子，不知什么时候睡着了。

贺灼关了电视，将她抱起来，她迷迷糊糊地问道：“结束了吗？”

“嗯。”贺灼按了一下遥控器，播到一半的综艺戛然而止。

他将她抱进房间，轻轻地放在自己的床上。

他帮她盖好毯子，正要离开，下一秒，他的手腕一紧。

“你陪我。”她双眼半眯着，一副困极了的模样。

他手指微僵，慢慢地坐下来。

“抱。”她张开双手，眼睛却轻轻地垂下去。

他抵抗不了这样的诱惑，只好轻轻地躺上床，将她抱在怀里。

“乖，睡吧。”

“嗯。”她的嘴角勾起来，一把搂住他的腰，“晚安。”她软绵绵地靠在贺灼的怀里，似乎睡得不太安稳，手在贺灼的腰间动来动去。

贺灼努力地克制着自己，缓缓地低头，轻轻地吻了一下她的唇。

关星禾丝毫不知道自己的举动让贺灼彻夜难眠。学校的课程很紧，她是趁着周末跑过来的，回程的飞机就在第二天的晚上。

落了地，她便马不停蹄地赶去学校上课了。

感恩节前夕，关星禾接到了林映的电话，她邀请关星禾去家里做客。

来 M 国之后，她们只匆匆见过一次。林映和男朋友似乎在创业，做得风生水起。

感恩节这天，关星禾去了她家。

开门的是个英俊的中年男人，他眉目深邃，看起来似乎是个混血。

“星星，快进来。”林映笑着为她准备拖鞋，又跟男人介绍道，“这是我女儿，之前跟你提过的。”

男人打量了关星禾一番，忽然很热情地凑过来抱住她：“哦，你好，真是个漂亮的小姑娘。”他弯下身子和她贴了贴脸，胡须扎得关星禾缩了一下。

她不习惯这样的热情，不安地笑了笑：“叔叔好。”

林映说：“菲利普从小在 M 国长大，就是这么热情。快进来坐，饭一会儿就好。”

关星禾知道林映并不喜欢吃西餐，但不知是不是为了迎合菲利普的口味，今天桌子上摆的都是西餐。饭桌上，菲利普侃侃而谈。他说他是个冒险家，喜欢环游世界，到中国旅游时遇上了林映，就对她一见钟情了。

关星禾有一搭没一搭地听着，时不时客气地笑笑。

刚刚拥抱的时候，她感觉到他的手若有若无地摩挲了一下自己的肩膀。

窗外，大雪无声无息地飘着，吃完饭，关星禾就想离开了。

林映说：“留在这儿睡吧。你住在山上，雪天车不好走。”

“是啊，是啊。”菲利普说，“我们楼上有很多房间的。”

雪地难行，为避免危险，许多车都不愿意上山。

关星禾想了一下，无奈地应道：“好吧。”

林映给关星禾准备的房间和他们的不在同一层，关星禾莫名地松了一口气。她躺在床上给贺灼打电话，那边传来一阵忙音。

她叹了一口气，强迫自己闭上眼，不知过了多久才睡去。

这一觉睡得并不安稳，不知什么时候，一缕亮光透过窗帘洒了进来。

关星禾迷迷糊糊地睁开眼，看到不远处有个朦胧的身影。

“啊——”她尖叫着坐起来。

那身影猛地一震，支支吾吾道：“别怕别怕，我……是来给你送早餐的。”

是菲利普。

不知道为什么，关星禾反而更害怕了。虽说这是他家，但没有敲门就进别人的房间，怎么想都觉得奇怪。

“我先走了。”他放下餐盘，很快离开了。

关星禾睡意全无。

窗外，雪越下越大，学校发来邮件说大雪封山，今天和明天停课。

学校建在山上，她租的公寓就在学校旁边，也不知道还要困在这里多久。

关星禾知道，也许是自己太警惕了，可一对上菲利普的眼神，她就感觉怪怪的。

午饭时，关星禾特意坐得离菲利普远了些。

林映有些奇怪，招呼道：“星星，坐过来一点儿，到妈妈旁边来。”

关星禾犹豫了一下，还是移了移椅子。

林映放了一块比萨到她的盘子里：“吃吧。”

关星禾低头咬了一口。

屋子里安静极了，只听到叉子碰到盘子发出的轻响。

关星禾感觉到有什么温热的东西轻轻地蹭了蹭她的小腿。

——是菲利普。

她的脑海一片空白，小腿上如毒蛇般悄悄攀上来的触感却越来越明显。

她重重地剁脚，猛地站起身，端起杯子，“哗”的一声，泼了菲利普一脸水。

“星星，你干吗？”林映尖叫一声，一脸的难以置信。

关星禾瞪着狼狈的男人叫道：“你自己问他啊！”

水顺着菲利普英挺的脸颊往下淌，他辩解道：“我什么都没做啊。”

“星星，”林映沉下脸道，“到底怎么回事？”

“他刚刚在蹭我的脚。”关星禾快气炸了，连声音都不自觉地拔高。

林映的脸色有些不好看，转头问菲利普：“怎么回事？”

“我……我以为是你。”菲利普的声音低下来。

关星禾只觉得无语，这世界上怎么会有这样无耻的人？

“你骗谁啊？我们坐的位置明显不同，而且，你早上为什么进我房间？”

“我是给你送早餐。”菲利普抹了一把脸上的水，辩解道，“我敲了门，你没听到。”

关星禾知道菲利普在撒谎，自己睡眠浅，不可能听不到敲门声。

她直视着林映，等待着她的回答。

林映叹了一口气，声音放轻：“星星，你是不是误会了？”

“我误会了？”关星禾叫道，“他昨天拥抱我的时候还摸了我的肩，我本来就觉得很奇怪，今天才知道为什么。”

她垂下眼眸，双眼冒火，一字一句道：“因为他就是个人渣。”

“星星！”林映厉声呵斥道，“你这样说话就太过分了！菲利普从小在国外长大，待人接物和我们不一样。你如果觉得不适，可以温和地说出来，但你不搞清楚事情的真相就又泼水又骂人，你爸爸就是这样教你的吗？”

关星禾气得一脸通红，大声地说道：“对，我就是个有娘生，没娘养的小孩，满意了吧？”

她没想到，林映宁愿相信认识没多久的菲利普，也不愿意相信自己的话。

屋里分明开着暖气，关星禾却觉得浑身冰冷。

“我早该知道，一个和有夫之妇混在一起的男人不会是什么好东西。”关星禾收拾了自己的包，猛地甩上门，“祝你们长长久久，再见。”

她再也不会来这个地方了。

风雪吹进关星禾的眼睛，她一脚踩进雪里，鞋袜被瞬间浸湿。

强撑的坚强被瞬间击碎，她站在空旷的雪地里，泪水无声无息地滑落。

大雪封山，没有车愿意载她，她一步步艰难地走着，身上的衣服被浸湿了，双脚也仿佛没了知觉。

天地间白茫茫一片，仿佛望不到尽头。

她终于忍不住号啕大哭起来。

那是她的妈妈啊！她为什么不相信自己呢？

不知道走了多久，她才远远地看到了自己的公寓。公寓里开着地暖，她冻僵的脚触到木地板，第一感觉竟然是疼。

她崩溃地坐在地上，突然很想贺灼。

她想到很多年前的雪天，他背着自己，在漫天的冰雪中走了很久很久。

寒风拍打着窗户，她颤抖着拨通了贺灼的电话。

她抽泣着，等待音逐渐盖过了呼啸的风声，电话却始终没有人接听。

一连好几次，他都没有接电话。

关星禾感觉浑身发冷，她紧紧地蜷起身子。

她一直以为自己已经长大了，内心强大到可以泰然地面对父母的漠视，可直到今天她才发现，她心底最深处仍然孤独敏感。

她以为自己得到了一份绝无仅有的偏爱，足够支撑她往下走，却从未想过，如果那份偏爱出了差错，自己又该怎么办？

这时，一个毛茸茸的东西悄悄地攀上她的膝盖。

是风信子，它静静地蹲坐在她的腿上，睁着大眼睛，一眨不眨地望着她。

关星禾颤抖着将它抱在怀里，眼泪慢慢地落下来："风信子。"

"喵。"

自从来了M国，它一直蔫巴巴的，直到今天才主动亲近她，好像知道她很难过一样。

毛茸茸的生物似乎能治愈人心，关星禾的心情瞬间好多了。

贺灼已经失联两天了。

之前，关星禾从未担心过异地恋会影响他们的感情，如今，她联系不上他，从未有过的焦虑和孤独感几乎让她夜不能寐。

第二天，她终于拨通了贺灼的电话。

所有的委屈好像都留在了昨夜的风雪里，她吸了吸鼻子："你最近很忙吗？为什么都没有接我的电话？"

那边顿了几秒才道：“对不起，星星，最近有些忙。怎么了？不开心吗？”

他的声音依旧温柔，让关星禾瞬间红了眼眶。

她抿着唇，强忍着不发出颤音：“没有……我……”

电话那头响起了敲门声，贺灼的声音蓦地慌乱起来：“星星，我有点儿事，先不和你说了，等这几天忙完了我就给你打电话，好吗？”

她擦了擦眼睛，低声道：“好，那你忙完了一定要给我打。”

那边很快挂断了。

窗外已经积了一层厚厚的雪，屋里开着暖气，关星禾看着白茫茫的世界，从未觉得这样冷过。

护士走进病房，麻利地换了点滴，她看了一眼贺灼的手机，严肃地说道：“你才刚醒，这几天还是多静养吧。过劳很伤身体的，稍不注意就会猝死。”

贺灼只问：“请问，我什么时候能出院？”

“这得问医生，我不清楚。”护士说，“如果你出院后还是这种状况，那没过多久又得进来。这次幸好你朋友发现得及时，不然后果不堪设想。”

窗外的白雪压低了枝丫。

门“嘭”的一声打开，徐营气喘吁吁地跑来，道：“终于醒了？”平时吊儿郎当的徐营这会儿连眼圈都红了，“你昏迷了好几天，我以为你要死了。”

贺灼说：“我没事的。”

徐营叹了一口气道：“阿灼，你真的不能再这样熬下去了。咱们身体第一，行不？你看看，你这次进了医院，咱们的进度更慢了，不是得不偿失吗？星禾给我发微信消息，问我你怎么了，我都不敢告诉她，只说你最近在忙。”

贺灼最害怕的就是让关星禾担心。

“谢谢。”

“唉，我还不知道你吗？”徐营放下手上的食盒道，“去学校食堂打包的粥，咱也不会做，你将就着吃一点儿。”

看到贺灼攥在手里的手机，徐营又道：“你把手机和电脑都给我，这几天就好好休息，别再管其他的事了，等出院了，我再还你。”

贺灼僵坐着没动。徐营干脆伸手一把夺过来，低头将手机关机了：“先帮你保管着，身体垮了，别人更不会要你的。”

这句话仿佛触动了贺灼，他垂下眼眸，没再坚持。

几天后，关星禾接到了林映的电话。

她直接挂断了。

过了几分钟，那边发来了短信："星星，那天是妈妈的话说重了，菲利普反复和我说了，你们之间有些误会，你们都是我最爱的人，我还是希望你们能够和睦相处。"

关星禾被气笑了。她本以为林映隔了这么多天给自己打电话，多少会说些好听的话，没想到她还是这番和稀泥的言论。

或许，从很久以前开始，自己就不应该再对她抱有希望。

随后，关星禾果断将她拉进了黑名单。

今天，学校的社团组织了活动。关星禾本来不想参加，可待在家里心情更不好，思来想去，她还是决定出门散散心。

出门前，关星禾遇上钟点工阿姨，她交代道："阿姨，今天不用做晚饭了。"

钟点工阿姨是个和善的中年女人，每天下午过来打扫卫生、做晚饭，听说今天少了一项工作，她开心地应道："好的好的。"

关星禾本以为社团的活动是音乐交流会，没想到是一个大型的室内烤肉派对。她对参加派对兴致不高，只拿了杯饮料随意找了个角落坐下。

"星禾？"几分钟后，一个清朗的声音传来。

关星禾转过头，是很久没见的向远。他穿着一身很随意的卫衣，还戴了耳环。他变了很多，不再是以前的朗朗少年。

"师兄？"

"没想到你还认得出来。"他摇了摇手里的酒，"我们都多久没见了。"

"好多年了吧，自从……"关星禾想到过去，突然有些尴尬起来。

向远轻笑道："没什么的，都过去多久了，我早忘了。"

他这么坦荡，反而显得关星禾有些拘谨了。

她浅浅地笑了一下："嗯，那你最近好吗？"

"挺好的。"这时，背后有人喊他的名字，向远应了一声，转身对关星禾说，"我等会儿再来找你。"

向远走后，关星禾重新坐回角落里，却又有人主动过来了。

来人是一个漂亮的亚洲女生，化着精致的欧美妆，头发染成了浅金色，在明灿的灯光下十分耀眼。

"你认识向远？"她的中文略带口音。

关星禾眨了眨眼睛："认识啊。"

"你们是怎么认识的？"

女生的语气明显带着攻击性，令关星禾觉得有些不舒服，但她还是礼貌地回答："以前就认识了。"

"以前？多久以前？"

关星禾皱眉："这个，我没必要告诉你吧？"

那女孩儿眉毛一扬，本就微挑的眉尖快贴上头皮了。

"他是我男朋友，我劝你离他远点儿。"

关星禾有些无语道："是吗？那你有什么问题，为什么不直接问他呢？非要没礼貌地来问一个陌生人？"

对方似乎被激怒了，嚣张地将酒往她的身上一泼："我就要来问你，谁叫你勾引别人的男朋友。"她的声音尖锐刺耳，惹得周围的人纷纷侧目。

好在她说的是中文，只有一部分人听懂了，却还是免不了一阵窃窃私语。

向远注意到动静，连忙走过来，对女孩儿厉声喝道："你在干什么？"

"是她先说我没礼貌的。"她一脸委屈，"你竟然帮她说话。"

"对不起啊，星禾。"向远转过身道，"快，向她道歉。"

女生像是任性惯了，跺了跺脚，留下一句"我不"，就转身跑了。

"不好意思啊，星禾，我替她跟你道歉。"向远的声音低下来，"她是我导师的女儿，平时被惯坏了，你要不要先去洗手间清理一下？"

她垂眼道："算了，我先回去了。"

向远要送她，关星禾拒绝了："不用了，我想一个人走一走。"

夜幕降临，路边没有灯光，正是化雪的时候，关星禾看不清路，一脚踩进积水里。

"啊——"她只觉得脚踝一疼，猛地坐进了水洼。

冰水顷刻渗进她的衣裙，她咬着牙爬起来，一步一步地往家走。

早知道就不来了。关星禾无比郁闷。

到家时，钟点工阿姨已经走了，阳台的窗户开了条缝，有冷风进来。

关星禾洗了个澡，出来时却发现猫窝里空空如也。

"风信子——"她喊了一声，回答她的只有一片寂静。泡过热水的脚踝好像更疼了，她一瘸一拐地找遍了屋里的每一个角落，却没有找到猫的身影。

所有的委屈一瞬间涌上来，她坐在沙发上，视线一阵模糊。

一眨眼，一滴泪水滴在睡裙上。

她的视线无意识地落在那扇打开的阳台窗户上，心猛地一惊。

关星禾不断地安慰自己，这里是三楼，跳出去应该不会有事，可她很快想到她小时候爷爷家的那只猫咪，它也是这样猝不及防地离开了。

想到这里，关星禾什么也顾不上了，匆匆出了门。

她刚扭伤了脚，每走一步都会传来钻心的疼痛，冷风肆无忌惮地钻进她的衣裙里，她冷得浑身发抖，却还是一步步地往前走。

“风信子——”

不知找了多久，身体都被冻得没有了知觉，关星禾才一瘸一拐地回了家。

她强撑着写了寻猫启事发到网上。

她从来没有这样绝望过。

躺在床上，她颤抖着拿起手机，无助地给贺灼打电话。

她知道，他远在大洋彼岸，帮不上什么忙，她只是想听一听他的声音，听到他的声音，她就不再害怕。那边仍是忙音。

焦虑、难过、绝望、痛苦，所有的情绪瞬间涌上来，她整个人都在发抖。

不知道过了多久，她迷迷糊糊地听到了手机铃声，连忙按下接听键。

“喂，星星，你怎么了？”

听到贺灼的声音，关星禾的情绪瞬间崩溃了，终于控制不住地哭了起来：“你为什么不接我的电话啊？为什么？为什么每次我需要你的时候，你都不在啊？什么工作要忙这么久啊？”她哽咽了一声，声音软下来，“忙到电话都不能接一下吗？”

那边沉默了一秒，声音蓦地焦急起来：“对不起，星星，我最近有事，你怎么了？”他的声线低沉，回荡在寂寥的冬夜里，令人安心。

关星禾抽泣着，终于渐渐恢复了理智。

她想起刚刚自己说的话，有些后悔，又不知道应该说些什么。

她抹了抹眼泪道：“没什么，我就是好累，我们都冷静一下吧。”

说出伤人的话不是她的本意，关星禾知道，她需要时间平静一下。

他不是自己的出气筒。

她挂了电话，穿上衣服，一瘸一拐地出了门。

这样冷的天，小猫会冻坏的。

不知道找了多久，直到天边微微泛白，关星禾才踉跄着回了家。

她再也支撑不住，瘫倒在了床上。

不知道过了多久，一阵猛烈的敲门声将她吵醒。

她只觉得脑袋钝疼，艰难地爬起来，脚刚一落地，扭伤的地方好像更疼了。

关星禾单脚跳到了门口，打开门，冬日的寒风吹了进来。

贺灼风尘仆仆，清冷的脸上没有一丝血色，微垂着眼望向她。

那双原本深邃漆黑的眼眸，此刻猩红一片。

关星禾揉了揉眼睛，试探地喊了他一声。

话音未落，她就猛地跌进了一个冰冷的怀抱。

贺灼的双臂紧紧地箍着她，冰凉的脸颊用力地贴着她的脖颈，似乎要将她融进骨血里："我不同意。"他声音低沉，像是即将爆发的火山，压抑又疯狂，"我不分手。"

关星禾愣了一瞬，她被用力地抱着，脚踝钻心地疼，几乎站不稳。

她轻轻地挣了一下，贺灼却猛地收紧了胳膊。

他低低地恳求道："不分手，好不好？我知道，是我不好，没有接到你的电话。星星，我错了，我会改的。"

关星禾没有再挣扎，只是安抚般地拍了拍他的背："我没有要分手。"

她能清晰地感知到他身体的紧绷，在说到"分手"两个字时，他的身体甚至剧烈地颤了一下。

下一秒，他失控般地低吼道："你说要冷静一下，你还说……"

"我的意思是，昨晚太累了，"她抿了抿唇，"说出了很多口不择言的话，所以，我想要冷静一下。"

她的声音带上了几分安抚的意味："我不分手，你先放开我，好不好？"他没松，反而将她抱得更紧了些。

"我好冷。"她吸了吸鼻子，"而且，脚也疼。"

他猛地松开她，转身将门关上。

他半蹲下来："脚哪里疼？是不是我刚刚太用力了，把你的脚弄疼了？"

"不是，昨天在外面不小心扭到了。"

关星禾有些难过，他怎么什么事都往自己身上揽？

下一秒，他的手绕过她的膝盖，猛地将她抱起来。

贺灼的怀抱让关星禾感到一阵舒心。

他将她放在沙发上，小心翼翼地碰了碰她的脚踝，问："这里疼吗？"

"嗯。"

"有药吗？"

"没有。"

"那有白醋和面粉吗？"

关星禾思索了一会儿，道："好像有，在厨房里。"

贺灼好像还没从刚刚的情绪中缓过来，他垂着眼，眼睫轻颤着：“我去给你做个东西，做完贴在上面，一会儿就好了。”

他向厨房走了几步，脚步顿了一下，又折回来将她抱在怀里。

“怎么了？”她抬起头，看到他紧绷的下颌和苍白的脸颊，心中蓦地一软，“你才下飞机，先休息一会儿吧。”

“不用。”他将她放在餐厅的椅子上，随后走进了厨房。

厨房里传来一阵响动，贺灼的背影藏在氤氲的雾气里，莫名地让人心安。

关星禾觉得心像是被渐渐地填满了，委屈和不安不知什么时候散去了。

他停下来，转头望向她，两人视线交汇，他的眼眶还是红的。

“星星。”

“嗯？”

他一脸疲惫，清冷的声音里透着小心翼翼：“你说的不分手，是真的吧？”

关星禾沉默地看着他。

贺灼不由得攥紧了手，强笑道：“别骗我，好吗？我知道我做得不好，不是一个合格的男朋友，将来，我会改的。”

他的语气卑微又恳切：“再给我一次机会，好不好？”

他的话如同一把锋利的刀，生生地插进她的心口，让她疼到不能呼吸。

他什么都没做错，是自己太任性，口不择言地把气撒在了他的身上。她怎么可能和他分手呢？她怎么可能……丢掉这个世界上最爱她的人呢？

明亮的灯光下，关星禾的眼底逐渐浮上了一层水雾。

贺灼的心一阵抽疼，他几步上前，伸手碰了碰她的眼角：“别哭。”

“要是你……”他的身体轻颤了一下，仿佛说出这句话已经用尽了全身的力气，“要是你实在想分手，可不可以再给我一次追求你的机会？”

泪从关星禾的眼角滑落，他手指一颤。

“谁要和你分手？”关星禾吸了吸鼻子，“我才不和你分手。”

她扑进他的怀里，抽泣起来：“对不起，是我不好，是我太任性了。”

他愣了愣才紧紧地抱住她：“星星，是我不好，是我忽略了你的感受。”他轻抚着她的头发，喃喃道，“不分手就好，不分手就好。你别哭了，我在这儿呢。”

关星禾滚烫的泪水落进他的脖颈，让他的一颗心颤了颤。

“以后，我每天都把手机带在身边，就算在工作也不静音，好不好？”

“嗯。”她抽噎了两声，道，“别再不接我的电话了。”

我会害怕的。

“是我的错，别哭了。”

贺灼的怀抱很温暖，关星禾努力地想要平静下来，却无法控制内心的情感，不断地抽泣着。贺灼就这样抱了她很久，直到她轻轻地打了个哭嗝。

空气凝滞了一瞬，下一秒，贺灼忍不住低低地笑了一声。

“不许笑。”

他马上抿住唇：“好，不笑。”

他只是觉得她很可爱。

眼睛有点儿痒，关星禾忍不住伸手去揉，却被贺灼攥住了。他抽了一张纸巾，仔细地为她擦了擦眼睛：“别揉，会揉红的。”

他的眼眶还有一点儿红，关星禾眨了眨眼。

“你怎么这么快就来了？不是要办手续吗？”

“之前想着有空就来看你，所以提前办好了签证和护照。”

“那坐飞机累不累？”

“还好。”他心里被担忧和焦虑占据，几乎感受不到累。

关星禾心疼地摸了摸他的脸颊：“以后，打电话来问我就是了。”

有什么误会及时说开就好，她不希望他们之间有什么隔阂。

“你的电话一直打不通。”他顿了一下，难以启齿道，“我……害怕。”

关星禾一直以为他是坚强的勇士，原来，他也会因为自己的一句话丢盔弃甲，恐惧、害怕。

她心疼极了：“对不起，手机没电关机了。”她犹豫了一下，小声说，“风信子走丢了，我出去找了一夜，忘记充电了。”

“找到了吗？”

关星禾摇了摇头，愧疚极了：“没有。”

那是他送她的猫，却被她弄丢了。

“我给你做完止痛贴就去外面找它，你先休息一下。”

“不要。”关星禾说，“你坐了一夜的飞机，快去休息吧，我自己出去找。”

“我不累。”贺灼把她按在椅子上，转身走进厨房。

他做的是清水镇的偏方膏贴，把加了白醋的面饼烫熟，贴在肿起的脚踝上，然后用布包好。

“你脚伤成这样，哪能走路？”他摸了摸她的头，“乖，去睡一觉，找猫我最在行了。”

这时，门外响起一阵敲门声。

“我去开门。”关星禾单脚跳到门边。

门一开，一个留着胡子的外国大叔问道：“Hi，is it your cat？（你好，这是你的猫吗？）”

他手里抱着的小猫正使劲挣扎。

“Yes，yes.（是的，是的。）”关星禾连忙接过来，连声道谢。

大叔说他是楼上的住户，出门时看到一只猫窝在家门口。他家里也养了一只小猫，知道丢了猫主人会有多着急，就连忙抱起来挨家挨户地敲门，这才找到她这里。

风信子似乎知道自己贪玩惹了祸，一溜烟钻到沙发底下，再也不敢出来。

贺灼松了一口气：“找到就好。”

两人彻底放松下来，这才坐下来随意地吃了顿饭。

吃完后，关星禾看着贺灼一脸疲惫，忍不住心疼起来。

“你快去休息吧。”关星禾将他推进自己的房间里，“客房还没有铺床单，你先睡我的床吧。”

房间里点着香熏，是很熟悉的味道。贺灼蓦地想起曾经和关星禾一起住过的关家别墅，很多年前，她也在房间里点着同样的香熏。

贺灼实在有些疲惫，可那是她的床……

“你先去洗个澡。”关星禾躺到床上盖上了被子，白色的被子衬得她的脸越发白皙，“快点儿啊。”

她打了个哈欠：“我也好困啊，我们一起睡吧。”

“不……不行。”贺灼转过身子，“客房在哪儿？我去铺床。”

“不许去。”关星禾一把抓住他的手。她知道，贺灼一直是个板正保守的人，她的声音不自觉地放软，“大不了盖两床被子嘛。”

见他还不答应，她抿了抿唇说：“我脚疼，要是半夜要起来，没人扶我。”

她的声音软软的，像一根羽毛，在贺灼的心上挠了挠。

他犹豫了一下才道：“好。”

窗外的冰雪正在无声地融化，贺灼从浴室出来时，关星禾正靠在床头看书。房间里一片静谧，窗帘紧闭着，柔和的灯光映在她的侧脸上，像镀上了一层光辉，十分美好。

贺灼突然生出一种错觉，仿佛她已经成了他的妻子，正静静地坐在床头，等待着正在洗漱的丈夫。

他的心塌陷了一块，轻轻地上了床。

“灯在床头，你按一下。”

“啪”的一声，屋里陷入一片黑暗。

所有的感官在这一刻被放大，关星禾身上的花香夹杂着香薰的味道慢悠悠地飘来。贺灼听到自己的心脏怦怦地跳着，一声又一声。

他努力放松身体，可下一秒，他的背又猛地挺直——关星禾的手悄悄地钻进了他的被子，轻轻地握住了他的手。

“我想牵着你睡。”

她只轻轻地一握，贺灼便感觉浑身的血液便直往头顶上冲。

偏偏他没办法拒绝她。

贺灼深吸了一口气，自暴自弃道：“好。”

“你牵我嘛。”她又撒娇道。

他咬咬牙，反手将她的小手攥在手心。

两人的呼吸在黑暗里交织着，关星禾感受着手上的暖意，感到从未有过的安心。

“你对我很重要。”

她没头没尾的一句话让贺灼心神俱震，就连呼吸都不自觉地粗重起来。

“比你想象的，还要重要很多。”

他再也控制不住，掀开她的被子，倾身吻住了她的唇。

不知过了多久，他摸了摸她的脸颊，疼惜地说：“乖，先睡吧。”

“那你抱我。”她喘着气，语气娇憨。

贺灼收紧了手臂。她躺在他的怀里，闻着她身上的幽香，他心里一阵躁动。

外面冰天雪地，他却浑身滚烫，像是着了火一样。

关星禾挨着他，气息逐渐平稳下来，困意袭来，她昏昏沉沉地睡了过去。

不知过了多久，她感觉到身边的热源骤然离去。

“你去干吗？”她迷迷糊糊地抓着他的手不放。

他咬牙切齿道：“去洗手间。”

关星禾睡得前所未有地安稳，再醒来已经是下午了，她揉了揉眼，往身侧摸了一下，却摸了个空。

外头传来响动，关星禾轻手轻脚地起床，将门打开一条小缝，饭香扑鼻而来。胖嘟嘟的猫半蹲在贺灼的腿上，两只爪子轻轻地挠了挠他的裤子。

男人一脸严肃，丝毫没有被小猫的撒娇行为打动。

小猫歪了歪头，凑上去舔了舔他的手背。

“别撒娇。”他的声音清清冷冷的，“还乱跑吗？”

“喵呜——”

他伸手轻轻地拍了一下猫背：“你知道姐姐有多担心吗？”

他的语气严厉极了，猫委屈得一边“喵呜”叫着，一边伸出爪子试探着去碰他的手。半晌，他还是犹豫地摸了摸它毛茸茸的脑袋。

他的声音很低：“又撒娇。”

门后的关星禾忍不住“扑哧”一声笑了出来。

贺灼的指尖僵了一下，迅速地将小猫放到一边：“星星，你醒了？”

仿佛是觉得有些窘迫，他摸了摸鼻子，转移话题道：“我煮了晚饭，你要不要吃？”

“好啊。”

风信子早已见风使舵地奔过来，在她的脚下蹭着。

贺灼冷飕飕地望了它一眼，问关星禾：“甜的和咸的，你要哪一种？”

“甜的吧。”说着，她便蹲下身，将撒娇的猫抱在怀里，“还乱不乱跑了？”

小猫无辜地眨了眨蓝眼睛，蹭着女孩儿的手。

贺灼皱眉：“先把它放下来吧，吃饭要紧。”

肥猫在她的怀里高抬着下巴，发出“咕噜咕噜”的声音。

“等等嘛。”关星禾揉了揉它的下巴，又摸了摸它的脸，“我还不是很饿，先跟它玩一会儿。”

贺灼下颌紧绷，走过来道：“给我抱一下。”

刚刚还在他腿上撒娇的小猫扭过头，彻底不理他了。

关星禾忍不住笑出声：“原来，小猫也知道看人脸色的。”

贺灼的手僵在半空中。

关星禾抬眸望去，他眼底一片幽深，脸颊苍白消瘦。

她突然有些心疼。他坐了十几个小时的飞机，明明那么累了，还早起给自己熬粥。她原本只是觉得他吃醋的样子很有趣，现在，心里却多了几分不忍。

关星禾放下怀中的小猫，轻轻地抚了抚贺灼的手背，温声说：“好啦，还是跟你吃饭比较重要，不跟它玩了。”

贺灼的眉眼顷刻舒展开：“嗯，我去给你盛粥。”

小猫转了个圈，一路跟着关星禾走进了餐厅。

“它可能饿了。”胖猫的鼻尖耸动着，似乎是在嗅空气中的香味，关星禾说，“是不是忘记加猫粮了？”

“已经加过了。”

小猫突然往地上一躺，肥胖的身子滚来滚去，撒娇耍赖一般。

贺灼弯腰，果断地将它抱到餐厅外，接着关上了餐厅门。

小猫站在玻璃门外一脸懵懂地看着他们。

关星禾觉得有些好笑，道：“哎呀，你干吗？它想进来就让它进来嘛。”

贺灼给她夹了一筷子炒青菜：“小心猫毛飞到饭里。”

他声线平淡，分明是在跟一只猫争风吃醋，却义正词严的。

关星禾憋不住笑：“你好幼稚哦，还吃一只猫的醋。”

“叮”的一声，他手中的勺子磕到了碗。

“没有。”他垂眸喝了口粥，“别乱说。”

“好吧好吧。”她拉长声音，“那——我想把它抱进来，你看，它还在那里扒门呢，多可怜。”

他的手指紧了紧，没说行，也没说不行。

他几乎从不对关星禾说“不”，就连这样的沉默也是极其罕见的。

餐厅里一片寂静，贺灼漆黑的眼眸闪了闪。

他实在不想她那样抱着风信子。

起床时，他在房间的地板上看到了几根猫毛，可见小猫经常进她房间，说不定……还会爬上她的床，和她一起睡觉。

这么多年，连他都只和她同床共枕过三次。

贺灼垂眸，咬了咬牙，道：“我是……吃醋了。”

关星禾弯了弯眼睛，笑意蔓延开：“你怎么这么可爱啊？”说着，她伸手去碰他的手。

他没想到她会这么说，抬起头，撞上她亮晶晶的眼眸，愣了一秒，才反握住她的手。

“不过，我觉得，你这样很好，吃醋就大胆说出来嘛。”

贺灼的手很好看，骨节分明，匀称干净，关星禾轻轻地蹭着他的指骨。

一股酥麻的电流从指尖传到心底，贺灼莫名回忆起睡前那个湿热绵长的吻，呼吸一顿。他猛地抓住她的指尖，咳了一声：“别逗我了，吃饭吧。”

“好吧好吧。”她吃了一口饭，又道，“风信子哪能和你比？它才不会给我做这么好吃的饭呢。”

她看见贺灼的嘴角轻轻地翘了一下，又道：“而且它胖嘟嘟的，哪有我哥哥帅？”

贺灼垂下头吃饭，眉宇间的郁气消散了许多。

“有空去给它做个绝育吧。”

关星禾眨了眨眼，需要这么狠吗？

“它先前跑出去可能是因为发情了，你邻居家养的应该是只母猫。”

“这……”关星禾有些犹豫，“我过几天问问医生吧。”

“平时睡觉的时候尽量不要让它进屋子，猫发情的时候会到处乱尿的。”

“哦，好的。”

贺灼松了一口气。

跟一只猫争风吃醋实在不是什么光彩的事，他很快吃完了碗里的粥，收拾了一下就去洗碗。

贺灼正低头洗着碗，腰间缓缓地攀上了一双白皙细长的手臂。

关星的脸颊贴着他的背，轻轻地蹭了蹭。

“怎么了？”

她声音温软，带着轻快的笑意：“你不让它进我屋里睡，不会是因为吃醋吧？”

关星禾清晰地感觉到她环住的腰身一紧。

她窃笑了一下：“没关系，你就承认吧，我最喜欢你吃醋了。”

最喜欢？他沉默了一下，竟然十分干脆地“嗯”了一声。

背后的人轻轻地笑了一声。

他的嘴角也勾了一下，突然觉得承认自己嫉妒一只猫也没什么丢脸的，只要她开心就好。

贺灼加快了手上的动作，不一会儿就洗完了所有的碗。

而后，他打开了电视，挑了一档关星禾喜欢的综艺节目，两人坐在沙发上，静静地偎依在一起。

风信子也跑了过来，肥嘟嘟的身子硬要挤到两人之间。

关星禾推了推它：“哎呀，你不要当我们的电灯泡，快去吃饭。”

她起身拿了一盒肉罐头，小猫便迅速跳下沙发，扭着屁股跑过来。

关星禾摸了摸它的头，说：“快吃吧，别打扰姐姐和姐夫，知道吗？”

“吧嗒”一声，贺灼手里的遥控器猛地掉在了地上。

他听到了胸腔里震耳欲聋的心跳声，一下又一下，剧烈又疯狂。

关星禾走回来，搂住他的手臂，脸颊贴着他的肩膀，笑道：“终于把它打发走了。你觉得，它像不像我俩的熊孩子？”

孩子？贺灼眼神变得深沉起来，他的心脏快要炸了。

“还……还好，嗯……”他的唇覆上一抹温软，关星禾的睫毛扫着他的脸。

他搂住她的腰，情不自禁地加深了这个吻。

室内的空气稀薄起来，温度一点点地升高……

半晌，贺灼喘着气放开了她。

她半坐在贺灼的腿上，双手紧紧地搂着他的脖颈，娇美的脸上一片绯红。

贺灼抚了抚她的脸颊：“等你毕业，我们见了家长，再……好吗？”

“你说什么呀！”她羞恼地跳起来，脸更红了几分，“你们男人怎么满脑子都是这些？不跟你说了。”她跑回房间，“嘭”的一声关上了门。

第十一章
沉默的爱

最近工作室一切顺利，贺灼便打算留在 M 国陪关星禾一段时间。两人虽然还是睡在同一张床上，贺灼却十分克制，再没有任何逾越之举。

第二天是个大晴天，关星禾醒来时发现身边又是空荡荡的。

贺灼总是起得很早，变着法子地为她做各式各样的早餐。

起床后，关星禾轻手轻脚地走到厨房。贺灼的背影挺拔清瘦，他垂着头，手上握着个小药瓶，正轻轻地往外倒药片。

关星禾走过去：“你在吃什么？”

他的手指猛地一攥，快速地将药瓶塞进口袋里。

“你在吃药？”关星禾的语气有些急，“你不舒服吗？拿过来给我看看。”

“就是维生素。”他的手指蜷了蜷，“没什么好看的。”

关星禾板起脸：“给我。”

贺灼转过身：“我给你做了你爱吃的肠粉，模具还挺难找的……等等，你别……”他使劲按住她的手，哄慰道，“没什么好看的，真的……”

窗外的阳光落了进来，关星禾仰着头，眼里闪着水光。

贺灼的呼吸猛地一顿，手不由得松了松。

下一秒，口袋里的药瓶被猛地抽出来。

关星禾抿着唇，一字一句地看着瓶身上的字，看不懂便拿出手机查。

不一会儿，她就查到了，这是一种调理肠胃的药。

“生病了怎么不跟我说？”

“不是什么大病。”贺灼握着她的肩，将她往餐厅推，“好了，没事的，你也查了，肠胃病很多人都会有的，不用担心，快点儿吃完去上课吧。”

关星禾总觉得没有那么简单。她草草地吃完早餐，到学校后，她便拿出手机，给徐营发了条短信：“贺灼的病，医生说要怎么调理啊？”

那边过了很久才回：“不好意思，刚刚在工作，你们已经和好了？”

关星禾：“嗯，早就和好了。”

徐营以为贺灼把自己的病情都告诉了关星禾，连忙回复：“那就好。医生说他是过劳加上肠胃炎。你多体谅他一些。上次，他不是故意不接你电话的。他昏迷了几天，醒来后，我怕他拿着手机谈工作，才把他的手机收走的。”

“吧嗒”，一滴眼泪直直地落在手机屏幕上。

关星禾的心像被一双大手捏住了，呼吸一下都觉得剧痛。

她不知道是什么时候下课的，只是顺着人潮往外走。

贺灼站在郁郁葱葱的常青树下，见她来了，眉眼绽开笑意：“我刚刚才想到，你脚还没……”

贺灼话还没有说完，关星禾便扑进他的怀里，双手紧紧地箍着他的腰，任凭他怎样哄慰也不愿意放开。

“怎么了？怎么哭了？”

“你为什么不告诉我啊？为什么不告诉我你住院了？我还那样凶你。”她抽噎了两声，“对不起。”

他轻抚着她的脑袋，安慰道：“没事的，是我不好，在你最需要的时候，我都没有陪在你身边。”

“不哭了。”他擦了擦她的眼角，转身半蹲下来，“走吧，我背你回去。”

关星禾趴在他的背上，突然说：“以后有什么事情，不要再瞒着我，好不好？”她吸了吸鼻子，“我知道你害怕我担心，但我们是最亲密的人啊，不要因为那些隐瞒让我们之间产生嫌隙，好不好？”

雪地难行，贺灼就这么背着她慢慢地走着，像很多年前那样。

不知过了多久，她听到他低声说：“好。”

没过几天便是圣诞节了，学校放了长假，关星禾每天窝在家里，和贺灼黏在一起。吃好喝好，喜欢的人还天天陪在身边，连脚伤都好得快一些。

平安夜，两人决定在家包饺子。

贺灼已经擀好了饺子皮，正忙着调肉馅。

“你后天什么时候走啊？”

过完圣诞节，贺灼就要离开了，工作室的新游戏《罗灵》下个月上线，成败在此一举。

他的手指顿了一下，道：“晚上七点。”

“哦。”她的眉眼耷拉下来，切葱的速度也慢下来许多。

小猫闻到肉味儿，一蹦一跳地跑过来，见到贺灼，又连忙转身，往关星禾的脚边跑去。看着风信子滑稽的动作，关星禾悲伤的情绪散了大半。

“你先别加调料，给它点儿肉。”关星禾将小碗递过去。

贺灼舀了一小勺肉，俯下身将小碗放在地上。

小猫受惊般地往后缩了一下，鼻子轻轻地耸了耸，转身跑远了。

“奇怪了，它之前不是和你挺好的吗？”关星禾好奇地说道，“难道是因为你上次把它关在餐厅外面？猫也这么记仇吗？”

“猫的记忆能维持很久。”贺灼声音平淡道，“它不吃，那我开始调味了。”

“好。”关星禾眨眨眼，“你也挺喜欢它的吧？”

贺灼正往里放盐，闻言，手一顿：“还行吧。”

关星禾笑道：“你之前还摸它的头，我都看到了。”

“它撒娇的时候……”他的声音低低的，透着一丝温柔，“很像你。”

关星禾愣了一下，下一秒却猛地笑出声来。

“好啊，”她的眼眸亮晶晶的，“你竟然说我像那只小肥猫。”

贺灼上下打量了一下关星禾，扬起嘴角道：“最近几天好像是多了点儿肉。”他见她板起脸，连忙道，“但是好看。”

不论怎样，她都是最好看的。

关星禾撇撇嘴，小声说：“那你也要胖点儿，知道吗？回去要按时休息，不可以再熬夜了。”

“知道了。”

“要按时吃三餐。”

“知道了。”

她撇了撇嘴，语气里带了几分委屈：“我会想你的。”

他的嘴角压下来，低声道：“嗯。”

这次，工作室将所有的资源都押在了新游戏上，如果成功，等她回来，他便有底气一直留在她身边。

贺灼蓦地想到她曾经对自己说过，等到毕业就去见家长。

他违背了对关叔叔的诺言，无法想象到时候会引起怎样的轩然大波，可自从十六岁那年，她闯进自己的世界里，黑暗退去，他见到了从未有过的绚烂色彩。

她是他一生的追逐，他不可能再放弃她。

转眼又是一个冬季。

明净的写字楼内，徐营推开门："阿灼，上个星期《云镜》上线后，我的电话都要被风投公司打爆了，他们全都在打我们下个游戏的主意。"

虽然去年《罗灵》大火，工作室的名气跟着水涨船高，得到了许多风投公司的关注，但因着工作室成员都是年轻人，风投公司顾虑重重，愿意抛出橄榄枝的只有少数，金额也不大。

上个星期《云镜》上线后，游戏连续三天登上了微博热搜榜。

推出的游戏接连大火，业内再也没有人看不起这个由年轻人组成的团队。

贺灼起身拿起西装外套，淡淡地说道："到时候再看吧，还早。"

"你今天怎么这么早就下班？"

贺灼认真地整理了一下衣服，道："星星回国了，我去机场接她。"

"难怪你最近状态这么好。"徐营拍了拍他的肩，"替我向她问好。"

贺灼站在机场出口，一如少年时的模样。

旁边有个小女生忍不住凑过来问道："你是在等人吗？"

他礼貌地回道："嗯。"

小女生又问："是女朋友？"

贺灼正要回答，一个清亮的女声响起："那当然咯。"

刚刚一直露出一副清冷表情的男人突然笑了。

"今天怎么这么快？"他上前接过行李车，轻轻地摸了摸女孩儿的头。

关星禾挽住他的手："因为我得快点儿来监督你。"

贺灼推着行李车，脚步顿了一下："刚刚那个人，我不认识。"

她笑眼弯弯："哎呀，我知道的。"

贺灼轻轻地松了一口气。

他侧过头望了一眼关星禾，她瘦了一些，却出落得越发美丽。

关星禾笑着转过身问："你的车在哪儿呢？"

他回过神："那边。"

崭新的黑色奔驰商务车的车门正缓缓打开。

关星禾有些惊讶："你新买的？"

"嗯。"他帮她将行李搬上去，"走吧。"

车上放着车载香薰，是关星禾常用的牌子。

她坐在副驾驶座上，环视了一圈，调侃道："看来我男朋友发达了。"

他没回答，只是突然倾身过来。

关星禾抬眸，男人的瞳孔幽深，炽热的气息传了过来。

他早已褪去了少年的青涩，硬挺的侧脸透着一股冷意，莫名地让关星禾的心中痒痒的。她抿了抿唇，轻轻闭上眼睛，下一秒，只听到“咔嗒”一声。

“好了。”他扶着方向盘，“现在去哪儿呢？”

原来不是要亲她。关星禾觉得尴尬极了，猛地转头看向窗外，小声说：“先去海音大学旁边的公寓吧。”

“星星。”他下颌紧绷，眉头紧锁。

关星禾问：“怎么了？”

“你……”他转了一下方向盘才低声问，“你为什么不吃醋？”

“关星禾忍不住笑出声来，道：“原来你刚刚那么严肃，是在想这个？”

他的睫毛微颤了一下，在她满含笑意的注视下抿了抿唇。

她曾经说，有什么事情都要坦诚。

夕阳西下，天色暗淡下来。

“谁说我不吃醋的？”她声音轻快，“我可爱吃醋了。本来是打算回家再和你算账的，没想到你自己撞枪口上了，你要补偿我。”

贺灼松了一口气，微微勾了一下唇：“补偿什么？”

她理直气壮道：“明天给我做红烧小排。”

“好。”贺灼问，“你明天一早要去学校吗？想中午吃还是晚上吃？”

“晚上。”她说，“你不说我都忘了，明早还要去学校。那我先睡一觉，一会儿到了叫我。”

贺灼开车向来很平稳，关星禾闭上眼睛很快便睡了过去。

不知过了多久，她缓缓醒来。车已经停在地下车库里，四周昏暗，车里开着暖气，她侧过头，发现贺灼正静静地望着她。

“醒了？”

“嗯。”她揉了揉眼睛，“到了多久了？你怎么不叫我？”

他打开车里的灯，倾身为她解安全带，道：“看你睡得香，就没叫醒你。”

这样冰凉的夜里，男人身上滚烫的气息喷在耳边，关星禾想到刚刚的窘迫，干笑了一声：“我自己可以……”

下一秒，她的唇被吻住了。

安静的车厢里，他的吻格外温柔，带着爱意与热情。

她愣了一瞬，下一秒，轻轻地环住他的脖颈。

不知过了多久，贺灼轻轻地松开她。

关星禾咬了一下唇，羞恼地瞪了他一眼，娇嗔道：“不是不亲吗？”

他摸了摸她的脸颊，声音低哑：“刚刚亲了开不了车。”

“那快点儿上去吧，到时候，想亲多久亲多久。”

他的喉结剧烈地滚了两下，迅速地打开车门。

冷风拂进来，关星禾扯了扯贺灼的衣袖，道：“等等，这好像不是我的停车位。”

“是我买的。”他低声说，“我买了个公寓，就在你的公寓对面。”

去年《罗灵》大爆，他拿到第一笔分红后，迅速地买下了那套公寓，连带着车位也一同买下了。

关星禾跳起来抱住他，将头贴在他的胸口：“看来我真是傍上大款了。”

他无奈地摸摸她的头：“胡说什么呢？”

关星禾拉着他的手：“快带我去看看你的公寓。”

贺灼买的公寓户型和关星禾的几乎一模一样，两百多平方米，上下两层，基调是浅淡的米黄色，阳台改成了泳池，冬日暖气升腾，整个家宽敞又温馨。

和关星禾那冷冰冰的样板间很不一样，这个家像是量身为她打造的，窗台上种着她最喜欢的水仙花，茶几上摆放着她最喜欢的香薰，还有一个专门给风信子准备的玩具房。

关星禾愣愣地站在原地，好久都没回过神来，直到被拥进熟悉的怀抱。

“喜欢吗？”

“嗯。”她的脸轻轻地贴着他的脖颈，“很喜欢。”

“喜欢就好。”

关星禾说：“等我毕了业，你就跟我回家，好不好？”

他呼吸一顿。

关星禾感受到他身体的僵硬，问：“你不想去吗？”

“不是。”他声音急促，“不是的。”

像是期待了许久的东西突然落在手心，贺灼连心跳都急促了起来。

六月，距离现在只剩下半年，他得开始好好准备了。

关星禾回来没几天便放寒假了。

这是她在海音大学的最后一学期，同宿舍的朋友们决定一起去城郊滑雪。那天的雪下得很大，贺灼送她们到滑雪场后本想回公司，等结束再来接她们，却被关星禾一把拉住。

“你跟我们一起去呗。”

好不容易回来了，关星禾没事就喜欢黏着他。

“行。”他给徐营打了个电话交代了一声。

贺灼没滑过雪，但他聪明，学什么都快，不一会儿就熟练了。

直到深夜，大家才尽兴而归。

贺灼将林沉月和林茜送到了学校，车里只剩下他和关星禾。

关星禾说：“我今晚想回去一趟，之前我帮阿姨买了点儿东西，一直放在包里，还没给她。”

“好，那我送你去。”

车开到关家别墅，关星禾下了车：“我晚上不回去睡了，你好好休息。”

“嗯，你也是。”

雪花飘飘，一辆黑色的车缓缓地穿过夜色，停在别墅前。

王叔下了车，微微弯腰，将伞撑开。

吴若从车上下来，看了看那辆奔驰，眼中带上笑意：“星星回来了。”

关星禾说：“阿姨好。”

吴若好奇地往车上望了一下：“是你朋友吗？要不要进去坐一坐？”

关星禾莫名地有些紧张：“我爸爸……在吗？”

“他今天还在忙工作，没有回来。”

贺灼下了车，对着吴若礼貌地问了声好。

“我爸不在。”关星禾扯了扯他的衣摆，小声说，“要不，你先回去？”

“好。”他抬眸对吴若说，“阿姨，我还有些事，改日再来拜访。”

“年轻人做事要紧。”吴若摆摆手，了然道，“那阿姨就不留你了，下次有空，和星星一起来吧。”

车缓缓地驶出小区，吴若转头问：“男朋友？”

“啊……嗯。”

“小伙子挺帅的，改天我和你爸爸说一声，一起吃个饭。”

关星禾僵了一下。

吴若不认识贺灼，也不知道关城宇说过怎样的话。

听她这样云淡风轻的语气，关星禾的心中却忍不住忐忑起来。

进了屋，张姨给两人端了茶，吴若轻轻地接过杯子：“谢谢。”

她姿态优雅，只坐了椅面的三分之一，涂着蔻丹的手指轻轻地端起茶杯，没有发出一丝声响。

关星禾觉得她和林映很像，同样轻声细语，时刻优雅得体，像一个模子里刻出来的名门淑女。

吴若其实是一个很好的继母，她们相处得也很和谐。可或许是过去发生的一切总让关星禾心存芥蒂，她很难和吴若像真正的母女那样亲近。

客厅里很安静，吴若轻声说："星星，明天你爸爸会回来一趟，你们也好久没见了吧？今天晚上就住在家里吧，明天一起吃个饭。"

关星禾犹豫了一下，点了点头。

隔天，许久没见的林隽也回了家。关星禾和他说了一会儿话，关城宇才回来。他的身后跟了个中年男人，穿着板正的三件套西装，风度翩翩。

关城宇一边走一边对吴若抱怨道："你说说他，刚和我谈完事，听说我要回家吃饭，硬要跟着我来讨一杯酒喝，你说讨不讨厌？"

在关星禾的记忆里，关城宇极少用这样开玩笑般的语气说话，看来，这一定是他很好的朋友了。

可她从未见过这个人。

那人脱了外套，自然地在餐厅入座，这才看到和林隽坐在一起的关星禾。

"这是……小隽的女朋友吗？"

"不是不是。"关城宇摆摆手，"怪我没介绍，这是我女儿关星禾，之前去M国学习了，最近才回来。"

"哦，我说呢。"男人笑着端起酒杯，"不好意思，不好意思，自罚一杯。"

关星禾坐在角落，突然觉得自己有些格格不入，好像吴若、林隽和关城宇才应该是其乐融融的一家人。可这样的情形她早已见过好几次，也在学着不再难过，泰然处之。

她只夹着自己眼前的菜，心里暗暗决定吃完这顿饭就回学校。

可客人总是把话题转到她身上："星禾还在读书吧？是学什么的？"

"小提琴。"

他大笑："这可巧了，我儿子是学音乐史的，你们年纪一样大，肯定有话聊。来来来，等会儿你们加个微信好友。"

关星禾强笑了一下，求救般地望着关城宇。

"没事的。"关城宇打圆场道，"年轻人，交个朋友嘛，以后的事慢慢说。"他见过对方的儿子几次，印象不错，想着要是能够发展下去，对两家也是好事。

关星禾不想让他没面子，低下头没再说话。

酒过三巡，客人摇摇晃晃地走了，关城宇也喝得醉醺醺的，似乎早已忘记了加微信好友的事。

关星禾连忙起身离开。

她本以为这件事情就这样过去了，没想到，第二天却接到了关城宇的电话。当时，贺灼正开车带她去城郊一家很难订的私房菜馆吃饭。

“星星，你怎么还没加李叔叔儿子的微信？”

车停下来，关星禾连忙开了车门，走到角落。

大雪纷纷扬扬，有雪花落进她的衣领，她咬咬牙：“我已经有男朋友了。”

那边沉默了很久才问：“什么时候的事？”

她怕关城宇生气，低声说：“没多久……”

关城宇的声音很冷：“是贺灼吗？”

关星禾抿着唇，心跳不自觉地加快，不知过了多久，她低声说：“嗯。”

前几天，关城宇无意间听到老王说：“上次送夫人回家时，好像在门口看到了贺少爷。”

关城宇本以为是他看错了，没想到……

听着女儿忐忑的呼吸声，他的心瞬间沉下来：“我不同意。”

他不知道他们瞒了自己多久，又是什么时候在一起的。但他想起了当年自己对贺灼说过的那番话。

他至今还记得少年脸上的无措、隐忍，甚至屈辱。

他知道自尊心对于一个男人有多么重要。

有时，关城宇也会想，那一年，贺灼是带着怎样的心情离开海市的？又是怎样度过这些年的？可在关城宇心中，年少时的情感总是脆弱懵懂，十七八岁的年纪，没有人会惦念一个人那么久，更何况，对方的父亲曾经狠狠地羞辱过他。

他不禁想，贺灼和关星禾在一起究竟是为了什么？

关城宇径直挂了电话，没再听女儿说了什么。

关星禾愣愣地站在原地，直到一抹柔软悄悄地拂过脖颈，她回过头，撞上了贺灼的眼睛。

“下次记得把围巾系上。”

关星禾不敢看他的眼睛，低低地“嗯”了一声。

她本以为一切可以从长计议，可关城宇的这个电话打断了她对未来所有的设想。她的心里有些慌，又不敢在贺灼的面前表现出来。要是他知道关城宇的态度，会是怎样的反应？

贺灼摸了摸她的脸："刚刚在和你爸爸打电话吗？"

"嗯。"关星禾抿了一下唇，"他没说什么，就是叫我没事多回家。"

贺灼没再多问，只说："我们快进去吃饭吧。这家餐厅，你不是念叨很久了？"

"好。"

一顿饭吃得没滋没味，分明是关星禾最期待的餐厅，她却怎么也打不起精神。吃完饭，贺灼将她送到公寓门口。

"你不陪我吗？"关星禾小声问。

"今天公司有点儿事，你回去好好休息。"

"好……好吧。"

看着缓缓关上的公寓门，贺灼拿出钥匙，转身打开了对面的门。

他走进卧室，弯下腰，打开了角落的保险柜。

保险柜一共两层，他将下层的牛皮纸袋拿出来，而后转身出了门。

冬夜里的风格外寒冷，他开了窗，车子驶上高架桥，海市的灯火尽数映入他的眼中。

车一路畅通无阻地开到了关家别墅门口，他郑重地走上前，按下门铃。

院子里传来一阵急促的脚步声，而后，大门缓缓地打开了。

"贺……少爷？"

"是我，张姨，我想找一下关叔叔。"

"哦。"许久没见，张姨上下打量了他一番，语气迟疑道，"不好意思啊，先生今天不在，要不您先回去吧？等先生回来，我再给您打电话。"

贺灼颔首道："好，那我就先不打扰了。"

一连几天，贺灼都到别墅门前等，可关城宇最近好像很忙，一直没回家。

看着一日日消沉下去的贺灼，徐营也有些不是滋味。这天，徐营跟贺灼道："我朋友新开了一家农家乐，你带着星禾一起去散散心。"

贺灼摇头："不去。"

"去吧，我已经和星禾说了，她都答应下来了。还有小胖和他女朋友，我们一起去。"

提起关星禾，贺灼的眉毛舒展开："行吧。"

徐营没有想到农家乐这么远，一行人从下午出发，开车到那儿时，天色已经暗下来了。好在，老板给他们准备的饭菜格外丰盛。

自家养的土鸡炖的汤格外鲜美，贺灼给关星禾盛了碗汤。

小胖的女朋友瞪着喝汤的小胖，抱怨道：“你也不知道给我盛一碗。”

“我错了，我错了。”小胖连忙给她盛了一碗汤，又笑着说道，“对了，下个月我们订婚，大家一定来捧场。”

徐营惊讶地问道：“什么情况？这么快？”

“上周去见了她父母。”小胖挠挠头，憨憨地笑道，“她爸妈很满意，说是先订婚，结婚的事情再慢慢筹备。”

关星禾低头喝着汤，没说话，抬眸看了一眼小胖。

他的脸上带着浅浅的红晕，看向旁边的女孩儿时，眼神格外温柔。

原来，一段能获得父母祝福的美好感情，真的能让人变得更好。

关星禾的眼神逐渐暗淡下来。

吃完饭，大家各自回了房间。

“我们出去走走吧。”关星禾觉得有些闷，提议道。

贺灼点了点头。

两人静静地走在路上，关星禾看了一眼贺灼。他早已褪去了年少时的青涩，变得愈加成熟、沉稳。

可关星禾蓦地想到那次男人红着眼眶，哀求着说不分手的模样。

其实，他也没有那么坚强的。

关星禾突然有些慌，她的语气很轻，带着试探：“如果……我是说如果，我爸爸不答应我们的事，你会怎么办？”

贺灼垂眸，语气坚决：“那我就一遍遍地去找他，直到他点头答应。”

他会努力达到他的要求，直到他同意为止。

寂静的雪夜里，关星禾清晰地听到自己的心跳漏了一拍。她望进男人的眼里，那双总是清冷的眼睛，此刻仿佛盛满了整个世界的星光。

她深吸了一口气，紧绷的神经终于放松下来。

是啊，总有一天，所有人都会看到他的好。

她弯了弯眉眼，不知是在安慰自己还是在安慰贺灼：“你这么好，他怎么会不同意呢？”

关星禾回房间时，还不算很晚。

洗完澡后，她给关城宇打了个电话：“爸爸。”

那边沉默了两秒：“星星，这么晚了，还没睡吗？”

“没有，我想和你聊聊。”

他们父女之间日渐生疏，这么多年来，这是关星禾第一次想和他聊聊。

关城宇知道她要说什么，叹了一口气道："你说吧。"

"爸爸，你知道吗？初三的时候，我很想考海音附中，全家人都说我不行，只有哥哥对我说，我可以。"

"他给我准备了厚厚一摞笔记，帮我补习，有时候我会想，他要是我的亲哥哥该有多好啊。"她顿了一下，继续说，"后来，学校发生了地震，我的脚扭伤了，只有他冲进来救我。那天晚上，我的脚很疼，我躺在床上不敢睡，一直在等你的电话，可是，你没有给我打电话。"

"我知道，你和妈妈有很多矛盾，你们忽略了我，几乎从来都没有关心过我，只有他陪着我。"

关城宇的心紧缩了一下。

他知道自己没有给过女儿该有的陪伴，却没想到自己错过了这么多。

"星星，我……"他喉咙哽住，不知道应该说些什么。

最后，他讷讷地说道："让我再想想。"

关城宇想，或许要找个机会，和贺灼当面说清楚。

给过去一个交代，也给未来一个结果。

贺灼醒来时天还未亮，窗外白茫茫的一片。

他和关星禾的房间紧挨着，共用一个阳台，从窗户往外看，他看到她小小的身子缩在阳台的摇椅里，仰头望着夜空。

贺灼起身拿了一条薄毯，打开阳台的门。

"怎么这么晚还没睡？"他将薄毯盖在她的身上，又摸了摸她的头，"快进去吧，别着凉了。"

关星禾轻轻地依偎着他，小声说："睡不着，想看看雪。"

"里面也可以看。"贺灼的声音低低的，"乖，进去吧。"

"那你陪我。"她蹭了蹭他的脖颈，暖香的气息飘过来。

贺灼抱起她，她依偎进他的怀里，他的心中一片滚烫。

他的气息仍像很多年前那样清冽干净，令人安心。关星禾靠着他的肩，迷迷糊糊地睡了过去。

第二天吃完午饭，大家便准备回去了，一行人正往停车场走，遇上了一对情侣。关星禾没注意看，倒是对方先开口叫了她。

"好久不见。"男人的眼神在关星禾和贺灼之间打量了一番，语气还是像以前那么欠，"你们还在一起呢？"

贺灼轻飘飘地望了他一眼，垂眸问："这是？"

关星禾愣了几秒："周钦杨？"

他咬牙："是徐钦杨。"

徐钦杨想，当年自己开着跑车轰轰烈烈地追求过她，就算没追上，也应该在她的心中留下了一点儿印象。没想到才过去这么几年，对方连自己姓什么都忘了。

倚在他身上的女孩儿轻飘飘地望了关星禾一眼，道："钦杨，快走嘛，你不是说带人家去看保时捷最新出的跑车吗？"

徐钦杨正觉得有些丢脸，闻言，他揽住女朋友的肩，道："走走走，爱买什么我都给你买。"

两人坐上亮红色的跑车绝尘而去。

关星禾只觉得好笑，她搂住贺灼的手臂，娇滴滴地说："走嘛，人家也想要保时捷的最新款跑车。"

贺灼纵容地揉了揉她的头，转身给她开了车门。

将车开到公寓后，贺灼没将车停在平时的车位，而是开向了另一个方向。

"下车看看。"

这里是小区的私人车库，贺灼按下钥匙，车库门缓缓升起，一辆银灰色的保时捷跑车出现在关星禾的视线里。

她愣了，回头望了贺灼一眼："这是……"

"送你。"他的语气淡淡的。

关星禾眨了眨眼睛："刚刚……我是开玩笑的啊。"

"原来是打算你过生日的时候再送给你的，刚好今天你说想要，赶巧。"

贺灼记得，那年，男孩儿开着跑车，在学校里大张旗鼓地表达着对她的喜爱。他甚至可能比关星禾记得更牢一些。

他在乎她身上发生的每一件事，她遇到的每一个人，嫉妒那人能够那样肆无忌惮地表达着喜欢。而现在，他终于也有了这样的资格。

关星禾有些犹豫："……其实，我不太会开车。"

贺灼突然低声唤道："星星。"

"嗯？"她下意识地应了一声。

"我吃醋了，那个人……他以前喜欢过你。"

"你幼不幼稚啊？那是多久以前的事了？我连他的名字都忘了。"

他望着她，眼中波光转动。

关星禾弯了弯眼睛："还不把钥匙给我？"

她的语气温柔，说出的话却格外嚣张："改天，我打听一下周钦——不，徐钦杨现在在哪儿工作，我要把车开到他的面前去，气死他。"

贺灼的嘴角微微地勾了一下。

她顿了一下，拖长声音道："到时候，你跟我一起去，免得你又吃醋。"

雪越下越大，将关星禾送到学校后，贺灼再次驱车来到了关家别墅门口。

像之前很多次那样，他上前按下了门铃。

来开门的张姨依旧是之前的那番说辞。

贺灼礼貌地问道："关叔叔大概什么时候回来？"

"这……我也不知道呀，您也知道的，先生工作忙，很少回家。"张姨擦了擦额上的汗，"要不您先回去，过几天再来？"

"不了。"贺灼表情平淡，语气却很坚决，"我就在这儿等他。"

他一定要等到关叔叔回来。

贺灼没有回去车里，而是直直地站在大门边。

大片大片的雪花落下来，不过片刻，他的肩上就积满了厚厚的白雪。

雪水渗进衣服里，他蓦地想到许多年前，自己第一次来到关家，忐忑地走进这扇大门的情景。

那里面，是年少的他从未见过的世界。

在这里，他第一次见到她。

她站在关城宇身边，见到他后，她的眼睛微微弯起来。

贺灼抿住唇，低头看着自己洗得发白的衬衫，不知道应该说些什么。

那时，关城宇说："这是贺灼，以后，他就是你的哥哥了。"

彼时，窗外的阳光照射进来，她眼里有细碎的光。

她的声音很甜："嗯，我知道了，爸爸。"

他一直不知道自己是什么时候动心的，情感来得汹涌，他甚至分不清那是亲情还是爱情，只敢悄悄地将她放在心底，就连夜里偷偷想起，都认为是对她的亵渎。

后来，他也时常想起离开海市前，关叔叔对自己说的那番话。

每当挫败、失意时，他便会反复地想。

起初，他想做这个世界上最适合她的人，可长大后，他渐渐地明白，他可能永远成不了那个人。

她喜欢热闹，喜欢鲜艳美好的花朵，喜欢可爱的猫猫狗狗。

可他喜欢待在家里，看书，写代码，一待就是一天。

她喜欢高雅的古典音乐，喜欢听音乐会，喜欢拉小提琴。

可即使他看了许许多多的书，也依旧没法体会其中的美妙。

他悲哀地发现，哪怕再努力，自己也无法成为这世间最适合她的人。

但他愿意为她改变，愿意送她鲜艳美好的花朵，愿意和她一起养可爱的猫猫狗狗，愿意为她看那些高深难懂的音乐书籍。

他愿意包容她的所有，陪着她长大，为她承担所有的苦难，阻挡这世间所有的风雨。

他要做这个世间最爱她的人。

三楼主卧的窗帘拉开一条小缝，吴若看了外面一眼，倒吸了一口气："张姨，那孩子站了多久了？你怎么也不让人家进来？"

"我让他先回去，他不肯，说就在门口等着。"

吴若语气焦急："快快快，把他叫进来，就说是我要见他。"

张姨转身出了门，冰冷的风钻进来，片刻之后，贺灼跟在她身后走进来。

"先坐吧。"吴若给他倒了一杯茶，"喝点儿热的，暖暖身子。"

贺灼唇色发紫："关叔叔还没有回来吗？"

吴若望着他被冻得苍白的脸，温声道："你关叔叔这几天有点儿忙，等他有空了，我让他给你打电话，好吗？其实，他也想找你谈谈的，只是最近太忙了，一直抽不出时间来。"

贺灼摇摇头："我在这儿等他。"

他不知道关城宇是真的忙还是不想见他，所以，他只能这样执拗地等着。

吴若叹了一口气："其实，你知道的，他不太赞成星星和你在一起。"

"嗯，我知道。"

"你来了这么多次，他都没有见你，为什么还在外面等了这么久？"

他声音沙哑地回道："因为，我不可能放弃星星。无论机会有多渺茫，我都要试一试。"

"如果你一直见不到他呢？"

"那我就每天来。"

一天复一天，一月复一月，他相信，总有一天，他会等到关城宇的。

昨天夜里，关星禾孤独的背影让他心疼。

他不希望她因为父亲的不认可而伤心，也不愿意再看到那样的情形了。

他必须见到关城宇。

吴若看着他冷得泛青的手指，半晌才轻轻地叹了一口气，道："你先坐着喝点儿茶，我上去一下。”

她不忍心再看到贺灼苍白的脸，转身上了楼。

走到二楼角落里，她拨通了关城宇的电话：“你快回来一趟。”

“不管多忙，马上回来。”

关城宇到家时，客厅的灯还亮着，他看见贺灼，脚步滞了一下。

许多年过去，他第一次认真地端详这个自己看着长大的少年。

他早已褪去了年少时的青涩模样，脸颊消瘦，眉眼锐利。

“叔叔好。”看到关城宇，贺灼立马站起身来，语气诚恳、尊敬。

关城宇点了点头，道：“来了啊，先坐下吧。”

贺灼仍然站着，动作急促地打开了一个牛皮纸袋，将一摞文件在玻璃茶几上一字排开。

他像是怕被赶走一样，语速飞快道：“叔叔，这是股权转让书，这些是我名下的所有房产，这是我在游戏工作室持有的所有股份。我知道，这些在您眼里不算什么，但我保证，我以后绝对会让星星过上很好的生活，如果您要求，我也可以把这些都转到星星的名下。”

关城宇被他这样莽撞又直白的话堵得一愣。

贺灼抬眸看他，诚恳又卑微道：“我知道，过去答应您的事情，我没有做到，我很抱歉。如果在您眼里，适合她的人就是可以给她优渥生活的人，那么，我希望您能给我一个机会，让我证明，我也可以做您眼中适合她的人。”

室内一片静默。

半晌，吴若擦了擦眼角，轻轻地推了一下关城宇：“说话啊。”

关城宇垂眸盯着茶几上的文件，过了许久才哑着嗓子问：“这么多年，你怪过我吗？”

贺灼沉声道：“没有……我感激您在很多年前带我走出清水镇。”

他感激关城宇带自己领略世界的精彩与广阔，更感激他将关星禾带到自己的身边。如果没有关城宇，也不会有如今的贺灼。

许久，空气中传来一声浅浅的叹息：“或许，当年我不该那么做。”

一个男人的自尊最为可贵，它让人学会克制，有了底线。如果一个人愿意为了另一个人弯下脊梁，舍弃自己所有的尊严，那么全世界再也没有人能够阻挡他。

关城宇望着眼前的男人，这么多年来，他第一次觉得自己做错了。

他错过了女儿的成长，而这个男人却陪伴着她，一年又一年。

隔了许久，关城宇低声说：“我只有这么一个女儿，以后，你好好对她。”

贺灼重重地点了点头。

“走吧，陪叔叔喝几杯，和我说说你这几年的生活。”

关星禾醒来时，发现贺灼夜里给她发了很多短信。她刚睡醒，脑子还很蒙，揉了揉眼睛，点开第一条短信：“星星，我好爱你。”

她的脑子清醒了大半，点开第二条短信：“星星，我好开心。”

发送时间是凌晨两点半。

她有些奇怪，打了个电话过去。

那边很快接起来，声音有些缥缈：“喂，星星。”

关星禾看了一眼墙上的钟，不确定道：“你在……睡觉吗？”

“嗯。”他的声音有些沙哑，迷迷糊糊地嘟囔了几声，关星禾没听清，只觉得他有些奇怪。

不会是昨晚喝酒了吧？

她知道喝醉的贺灼有多反常，想到那两条夜里收到的短信，立即了然。

她温声道：“那你好好睡觉吧，等醒了再说。”

挂了电话，关星禾才发现，林隽也给她发了一条短信：“今天我妈生日，中午一起吃个饭？”

吴若对她不错，关星禾不好不去。

关星禾：“好，一会儿过去。”

风信子跳上床，用脑袋蹭了蹭她的手臂。关星禾正想摸摸它的头，却发现它的脸上有两道灰痕，就连刚刚它踩过的床单都留下了梅花印。

她气得使劲地揉了揉它的脸，下床准备给它擦干净，发现家里的宠物湿巾用完了。

关星禾记得贺灼那边准备了很多宠物用品。

他家的门是指纹锁，关星禾按了手指，门开了。

窗台上的水仙花开得正好，关星禾想到他还在睡觉，刻意地将脚步放轻了些。

凉风吹过来，卧室门被吹开。

关星禾吓了一跳，连忙上前想把门关上，却发现贺灼并不在房间里。

他昨晚不会是在公司睡的吧？

房间里纤尘不染，所有物品摆得很规整，只有床头柜一侧的抽屉半开着。

关星禾走过去，正要将抽屉关上，却发现里面放着个深蓝色的绒布盒，大小很像……她心尖一颤，双手轻轻地触上盒子。

窗户的阳光洒进来，映照在钻石上，晕出一层层璀璨的光晕。

关星禾清晰地听到了自己剧烈的心跳声，一声又一声。

戒指内刻着小字“02.19”。

——是她去M国的那天。

关星禾吸了吸鼻子，将戒指轻轻地放回抽屉里。

她要等他堂堂正正地将戒指送给自己。

风信子不知道什么时候跟了过来，沾了灰的脸一下下地往她的小腿上蹭。

关星禾整理了一下思绪，抱起它：“算了，还是带你出去洗澡吧。谁叫你这么爱玩？”

关星禾想着带着猫打车不方便，便开着贺灼送她的跑车出了门。

宠物店的小姐姐很温柔，小猫洗完澡，雪白的毛发散发着淡淡的香气。

宠物店的对面是一家花店，想到吴若过生日，关星禾决定买束花送给她。

很多植物对猫是有害的，不能让它接触到，关星禾便把小猫放在车座上，自己下去了。

花店的老板娘是个中年女人，眉目柔和，吴侬软语，格外温柔。

“小妹妹，想要什么花？”

“康乃馨吧。”

老板笑着转身给她包装花束，关星禾便闲闲地环顾着店里。

“那是什么花啊？”

门口插着一束层层叠叠的白色花朵，花瓣微微地卷起来，微风拂过，飘来一阵幽香。

“哦，那个啊，是风信子。”

关星禾觉得好巧，道：“我的猫也叫风信子，给我包一束风信子吧。”

老板微微笑道：“这年头，小猫不都叫汤圆、糯米吗？竟然也有叫花名的。”

“不知道，是别人取的。”

“猫也是别人送的吗？是什么颜色的？”

“是啊，是一只白色的小猫。”

“那个人一定很喜欢你。白色风信子的花语，是沉默而不敢表露的爱。”

闻言，关星禾蓦地想到很多年前那个离别的日子，他给自己留下的卡片——希望接下来的时光，它可以代替我好好陪伴你。

原来，他浓浓的爱意，曾经以那样隐晦的方式告诉过她。

那是他沉默而不敢表露的爱。

怕时间来不及，关星禾开着车直接回了别墅。屋里静悄悄的，关星禾提着装着风信子的航空箱，对张姨说：“有肉吗？给它吃一点儿。”

一大早就出门了，该饿了吧？

这时，吴若从楼上下来了，看到她手里的箱子，问道：“这是猫吗？”

关星禾想到林映曾经因为害怕猫毛粘到衣服上而勒令张姨把小猫关进笼子里，连忙解释道：“是的，它叫风信子，很乖的，而且刚洗完澡，很干净。”

吴若蹲下身，轻轻地将手指伸进航空箱，一下一下地挠着猫的下巴，风信子开心地发出“呼噜呼噜”的声音。

“把它关着干吗？放出来给我抱抱。”吴若笑道。

关星禾愣了一下，抿了抿唇，将航空箱打开了。

风信子似乎也很喜欢吴若，在她的怀里蹭了蹭，不一会儿便睡了过去。

“我最喜欢猫了。”吴若见小猫睡了，声音也低了下来，“张嫂，记得把肉煮熟，猫的肠胃不好。”她嘴角含笑，找了个靠垫，小心地将猫放上去。

关星禾突然觉得，或许，她和林映是不一样的。

吴若看着她道：“星星啊，你跟我上来一下。”

她将关星禾带到了二楼的书房。

“你知道你的男朋友昨天来找了你爸吗？”

关星禾心里一紧：“不知道。”

“我就知道那孩子不会和你说这些。他昨天在雪地里站了一下午，进来时嘴唇都冻紫了。”吴若声音温和道，“他见了你爸后，把所有的财产文件摆了一桌子，我都被吓到了。”

关星禾只觉得一颗心被高高地悬起来，既担心又心疼：“我爸他……说了什么？”

“他能说什么啊？”吴若说，“当然是同意了。”

“来，你过来。”吴若牵起她的手，“我们都希望你可以幸福，过去的事，你爸爸做错了。他固执了一辈子，总觉得自己是对的，不愿低头妥协。”

吴若弯下腰打开抽屉道：“来，看看这个。”

她打开一个小木盒，里面放着一只翠绿色的玉手镯。她又打开另外一个木盒，里面是一顶由粉钻镶嵌成的皇冠。

十几个盒子被一一打开，各色珠宝十分璀璨。

“我们刚见面的时候，我也没给你什么见面礼，这些都是我以前的嫁妆，我没有女儿，便想着等你出嫁了，就都送给你。”吴若的手很温暖，轻轻地覆在关星禾的手背上，像寒冬里柔软的棉絮，温暖了她的心。

“阿姨，这些太贵重了。”关星禾吸了吸鼻子，“我不能要的。”

“虽然你叫我阿姨，但我已经把你当作自己的女儿了。”吴若笑了笑，“哪个妈妈不希望自己女儿穿着最漂亮的衣服，戴着最亮眼的珠宝首饰出嫁呢？”

关星禾的眼眶瞬间红了，过去所有的不甘和失望，都在这一瞬间，在吴若温和的话语中消解了。

或许，上天从来都是公平的，只要耐心等待，从前失去的一切，都会以另一种方式重新回到身边。

她的脸上滑过一抹温热。

吴若轻轻地抚着她的脸颊：“别哭别哭，快吃饭了，去叫你的男朋友起床吧，他昨晚喝了酒，睡在二楼走廊尽头的那个房间。”

关星禾走到门口，突然转过身唤了一声：“阿姨。”

“嗯？”吴若抬眸，微微笑了一下，“怎么了？”

“我爸凭什么娶到你这么好的女人啊？”

吴若“扑哧”一声笑了出来：“要是被你爸听到了，看他不打你。”

关星禾强忍住笑，走到走廊尽头。

时光突然慢下来，流转着缓缓倒退。

关星禾突然想起十五岁的时候，自己第一次站在这扇门前，忐忑不安地想要邀请他一起去玩大富翁的情景。

她弯起手指，轻轻地敲了敲门。

脚步声由远及近，仿佛穿过了时空。

站在门内的是二十二岁的贺灼。

这次，他没有再像当年那样拒绝她，而是轻轻地牵起了她的手：“走吧。”

关星禾抬眸叫了他一声。

“嗯？”

阳光正好，春天应该不远了。她说：“我也爱你。”

窗台上，白色的风信子随着风晃荡着。

那些年沉默又不敢表露的爱，终于在这一天得到了回应。

番外 只想和你在一起

海市的傍晚，霞光透过会议室的玻璃，将暗色的办公桌镀上一层暖色。

“今天的会议就先到这里。”贺灼起身，扣上西装纽扣，“有什么紧急的事情，发邮件告诉我。”

电梯显示屏的数字跳动着，他松了松领带，听到旁边传来脚步声。

徐营挑眉道：“捎我一程？”

贺灼点了点头：“好。”

手机振动了一下，是条短信：“今天回来吃饭吗？”

贺灼眉宇间的冷意瞬间淡了几分。

徐营笑道：“星禾的消息？”

贺灼沉默着低头打字：“嗯，马上回来。”

新开发的游戏正处于上线阶段，写字楼灯火通明了好几个晚上，贺灼已经连续一周没回家了。

“算了算了，我自己回去吧。”徐营望着他青黑的眼底，不忍心道，“你回去好好休息，都几天没睡觉了，别又忘了上回进医院的事。”

“好。”贺灼垂眼道，那边又发来消息。

关星禾：“那你小心开车，等你回来。”

出了写字楼，清冷的风拂过来，路上积了一层厚厚的雪。

到家时，天色已经暗了下来，门里传出轻轻的响动。

一股暖香飘过来，下一秒，他的怀里一沉。

“你回来啦。”

“嗯。”他应了一声，双臂下意识地环住她的肩膀，抬眸时瞳孔一缩。

“这是？”

客厅里，高大的圣诞树郁郁葱葱，上面挂满了各式各样的礼物，彩灯蜿蜒缠绕，一闪一闪的。

“快到圣诞节了，我把家里装饰了一下。”她在贺灼的怀里蹭了蹭，兴致勃勃地问，“好看吗？”

他点点头，眼底的疲惫瞬间散去，心中泛起一阵暖意，道：“很好看。”

“但是……”他顿了一下，道，“圣诞节，公司决定去芬兰……”

“真的？”关星禾眼睛一亮，“什么时候出发？”

贺灼笑笑：“圣诞前一周，你好好准备一下。”

他环顾了一下四周，迟疑道：“只是这些……”

“没事没事。”她笑眯眯的，一点儿也不觉得自己做了无用功，“摆着好看嘛。”

“哦，对了，我今天照着菜谱做了菜，你快尝尝看好不好吃。”关星禾说着，拉着他往餐厅走。

贺灼拉住她的小臂，将她往怀里一带：“等会儿再说。”

他扣着她的腰，紧紧地拥住她，炽热的气息喷洒在她的耳畔：“让我好好抱抱你。”

他的声音很低，带着浅浅的疲惫感。

她的声音软下来：“是不是这几天太累了？”

“没有。”他将她抱得更紧了些，“就是……想你了。”

她忍不住弯了弯唇：“我不是在这儿吗？”

感受到她身上温暖的气息，贺灼觉得所有的疲惫都被抚平。

“好啦。”关星禾从他的怀抱里挣脱出来，“先吃饭吧，吃完想抱多久都可以。”

关星禾今天做了三菜一汤，很简单的菜式，勉强够及格水平，贺灼却吃得津津有味。

“上次你不是说有一部想看的电影吗？”贺灼将最后一只虾剥好，放进关星禾的碗里，“等会儿我陪你一起去看吧。”

“不要了。”关星禾说，“你加了这么多天的班，快去休息吧。”

她知道贺灼会拒绝，撒娇般地说：“今天排练了一天，我刚好也累了。”

他这才答应下来。

吃完饭，关星禾给贺灼拿了一套睡衣，道：“这是我给你新买的睡衣，阿姨洗过了，一会儿试试合不合身。”

纯棉的布料，摸上去很软，带着淡淡的香味。

洗完澡后，贺灼便套上了新睡衣，大小合适。

贺灼轻轻地摸着睡衣上的条纹，心尖被悄悄地熨烫。他拉开被子，动作猛地顿住。

肥胖的大猫正四脚朝天地呼呼大睡着，仿佛是感受到了周围的异动，它迷糊地睁开一只眼，见是贺灼，它翻了个身，飞快地跳下床。

“啊，风信子，你醒了啊。”关星禾抱着床新床单开门进来。

风信子连忙在她的脚边撒娇般地蹭了两下。

贺灼的眉心狠狠地跳了跳。

关星禾用脚逗了逗猫，一双眼睛却直勾勾地盯着贺灼：“挺适合你的。”

贺灼看了一眼被她忽略的大胖猫，嘴角微勾：“嗯。”

他刚洗过澡，空气中弥漫着清新的沐浴乳香味，头发还没完全擦干。

关星禾的心里痒痒的。

她起了逗弄的心思：“就是……看不到你的腹肌了。”

贺灼的喉结猛地一滚，黑眸暗下去。

像是知道会发生什么一样，关星禾连忙笑吟吟地将手里的床单往前一挡，转移话题道：“哎呀，今天阿姨没来，要自己换床单了，你快帮帮我。”

心底的燥意被生生地掐灭，贺灼无奈地接过床单。

他转身将床上原来铺的床单收起来，却发现上面粘着许多猫毛。

他的指尖顿了一下：“风信子这几天都睡床上吗？”

“啊……对啊。”

贺灼沉默地将被子抖开，残存的几根猫毛飘飘扬扬落下来。

换完床单，他又从外面取来吸尘器，快速地将整个房间清理了一遍。

关星禾伸手将电源拔了，房间里瞬间安静下来。

“干吗呢？”关星禾轻轻地捏了捏他的手指，眼里都是藏不住的笑意，“还吃猫的醋呢？”

贺灼的声音淡淡的：“没有。”

“还说没有。”关星禾玩着他的手指，“那我晚上就让它陪我睡了？”

下一秒，贺灼反手将她的手握住，声音僵硬：“不行。”他漆黑的眼底透出强烈的渴望。

他轻轻地摩挲着她的手背，声音低低的：“说好……陪我的。”

扑哧。关星禾忍不住笑出来。

“当然要陪你了，我就是开个玩笑。”她踮起脚吻了吻他，“以后别再吃猫的醋了，你这么久没回家，还不能让它陪陪我吗？”

“嗯。”他冷峻的表情松动了，声音沉下来，“对不起，最近有点儿忙，忽略了你。等忙完这一阵，我们就一起去芬兰，好好过个圣诞节。”

新游戏上线十分顺利，贺灼终于结束了漫长的加班日子，他开始每天按时回家，给关星禾做了她最爱吃的山楂糕，还陪她看了几场电影。

关星禾发现，贺灼格外期待这次旅行。

刚过十二月，他便开始收拾行李，还给她买了好多围巾和帽子，连耳罩都买了一整套。

似乎是受他的影响，关星禾也越来越期待这次旅行。

旅行时间定在了十二月中旬。

这天吃完晚饭，关星禾给风信子喂了罐头后，照例去琴房练琴。她刚练了一会儿，就听到贺灼急切的敲门声：“星星，快出来看看。”

打开门，她便看到地上摊着一堆呕吐物，小猫伸着头低喘着。

“这是怎么了？”关星禾急得六神无主。

贺灼冷静地说道：“我们赶紧把它送去医院。”

临近深夜，二十四小时营业的宠物医院很远。贺灼不知道闯了多少个红灯，到那里时，风信子已经合上了眼，呼吸微弱。

风信子的病来得急，医生检查后发现是感染了病毒，便马上给它注射了药物。

“好在送来及时，不过，它的情况不太好，随时可能有危险，需要住院观察一段时间。”

看着关星禾通红的眼睛，医生叹了一口气道：“好在已经暂时脱离危险了，你们先回去吧。”

关星禾只觉得浑身发抖，下一秒便被拥进了一个温暖的怀抱。

“没事的。”她的长发被他轻抚着，耳边是他低沉的声音，“医生都说了，暂时脱离危险了，咱们先回去准备点儿风信子爱吃的零食，明天再来看它，好不好？”

“嗯。”关星禾靠在他的怀里，他炽热的体温传过来，缓和了她的恐惧。

之后的日子，他们每天都要往宠物医院跑。

天气越来越冷，今天，乐团的排练结束得格外早，关星禾到宠物医院时，医生说：“贺先生已经来了。”

关星禾悄悄地走过去。

四周很安静，透过那道门，她听见贺灼低沉的声音：“你快点儿好起来，姐姐……很担心你。”

他顿了一下，声音里透出几分无可奈何：“大不了……以后让你上床睡觉。”

关星禾忍不住闷笑了一声，这些天压在她心头的烦恼瞬间一扫而空。

圣诞节快到了，宠物医院旁的商业街口摆上了巨大的圣诞树，到处播放着圣诞歌曲。

风信子的情况一天天地变好，医生说，圣诞节的前一天，它就可以出院了。

平安夜那天，客厅里圣诞树上的彩灯被点亮了，映着窗外的白雪，分外美丽。外面飘着雪，屋里却十分温暖。

大病初愈的风信子恢复了活力，蹲在圣诞树前，好奇地看着明明灭灭的星光灯。

贺灼特意准备了烛光晚餐。

关星禾眨了眨眼：“对不起。”

贺灼顿了一下，将盘子里的牛排切好，递给她：“怎么了？”

“芬兰，”她抿抿唇，“去不了了。”

她知道他有多期待这次旅行。

风信子好像对彩灯失去了兴趣，钻到桌子下方，蹭了蹭他们的脚。

屋里很安静，她听到贺灼低低地笑了一声：“傻瓜。”

关星禾不满道：“干吗突然说我傻？”

他放下叉子，神色认真道：“我不是想去旅行。”

那双漆黑的眼眸里映着烛火，熠熠闪光。

“只是……想和你在一起。”

无论在哪里。

无论什么时候。

只要和你在一起就好。